W0206478

grafit

Bei den Storys dieses Bandes handelt es sich um Fiktion. Dies gilt besonders für eventuelle Ähnlichkeiten erwähnter Einrichtungen, Firmen und Personen mit real existierenden Einrichtungen, Firmen und Personen - diese wären rein zufällig und sind nicht beabsichtigt.

Internet: http://www.grafit.de
E-Mail: info@grafit.de

Umschlaggestaltung und -illustration: Peter Bucker
Druck und Bindearbeiten: CPI – Clausen & Bosse, Leck
ISBN 978-3-89425-352-3
1. 2. 3. 4. 5. / 2010 2009 2008

H. P. Karr / Herbert Knorr (Hrsg.)

Mord am Hellweg IV

Kriminalstorys

grafit

Herausgegeben von H. P. Karr und Herbert Knorr im Auftrag des *Westfälischen Literaturbüros in Unna e. V.* und der *Kulturbetriebe Unna* für die Veranstaltergemeinschaft *Mord am Hellweg IV – Tatort Ruhr,* Europas größtem internationalem Krimifestival.

Mord am Hellweg IV – Tatort Ruhr (13. September bis 8. November 2008) ist ein Projekt der Kulturregion Hellweg mit/oder in den Kreisen, Städten und Gemeinden Ahlen, Beckum, Bergkamen, Bönen, Fröndenberg/Ruhr, Hagen, Hamm, Holzwickede, Kamen, Lüdenscheid, Lünen, Menden, Schwerte, Selm, Soest, Oelde, Unna, Werl, Werne, Wickede (Ruhr) in Zusammenarbeit mit der *Hellweg Touristik e. V. Lippstadt,* der *HanseTourist Unna,* der *Stiftung Kultur der Stadtsparkasse Schwerte,* den Bürger- und Kulturzentren *Rohrmeisterei Schwerte, Depot e. V.* und dem *Theater im Depot* (Dortmund), der Polizei Dortmund (Polizeipräsident Dortmund), der *Evangelischen Akademie Iserlohn, MELANGE (Gesellschaft zur Förderung der Salon- und Kaffeehauskultur e. V.)* und dem *Literaturmuseum Westfalen* (Kulturgut Haus Nottbeck) unter Federführung des *Westfälischen Literaturbüros in Unna e. V.,* Dr. Herbert Knorr (V. i. S. d. P.) und der Kulturbetriebe Unna (Sigrun Krauß M. A.).

Inhalt

Krimireise Hellweg: Ein Ausflug lohnt sich immer

Reiseführer sind oft problematisch. Vieles von dem, was in und mit ihnen beschrieben wird, ist meist nicht mehr richtig, wenn der Reisende sein Ziel erreicht hat. Da ist aus der Insel-Superdisco, in der angeblich die Kuh fliegt, schon längst ein Heimwerkermarkt geworden – das frustriert. Und wenn der megageile Abenteuerspielplatz in Südspanien zum Großbazar für Drogendealer mutiert ist, sinkt der Urlaubsfunfaktor sofort auf null. Der empfohlene Wanderweg – »unbeschwert die Natur genießen« – führt jetzt an der jüngst ausgebauten Umgehungsstraße entlang, direkt bis zur neuen Müllverbrennung. Und das urige Volksfest in der Altstadt ist wegen fehlender kommunaler Finanzen zum Kinderflohmarkt degeneriert, auf dem der frühpubertierende Nachwuchs seine Matchboxautos und Ponybücher vertickt.

Alles ziemlich kriminell, nicht?

Um wie viel leichter hat man es da doch, wenn man den Auftrag hat, einen ganz besonderen Reiseführer für eine Region zusammenzustellen, speziell für die Kulturregion Hellweg, die seit Jahren zu Recht damit preist, neben New York City alle zwei Jahre die höchste Mordrate der Welt aufzuweisen – einen Auftrag für einen Krimiband mit vierundzwanzig Morden in den Orten entlang des Hellwegs. Andere Länder haben hohe Berge, tiefe Meere, heiße Quellen und kalte Schneepisten. Der Hellweg ist das Land der Schwerverbrecher. Lassen Sie sich überraschen von den Kurzgeschichten in diesem Krimi-Reiseführer, der keiner ist.

Denn kein Besucher erwartet allen Ernstes auf dem Marktplatz von Ahlen, einer kleinen verträumten Stadt am Werse-Fluss, die nackte Leiche eines libanesischen Waffenhändlers an die Spitze des Ehrenmals gefesselt zu sehen, wie es etwa Tatjana

Kruse in ihrer Geschichte *Ahlen muss sauber bleiben!* beschreibt. Oder möchte jemand von unseren Lesern wirklich mit einem Killer der sizilianischen Mafia im *Regionalexpress 59* von Dortmund nach Soest reisen, wie es etwa Niklaus Schmid schildert? Sicherlich – das Jugendstilkrematorium von Hagen ist absolut sehenswert – doch möchte man dort wirklich Zeuge dessen werden, was der britische Bestsellerautor Peter James in seiner Story *Meet Me At The Crematorium* schildert – und vielleicht gleich darauf verfeuert werden?

Sicherlich, wer diesen jüngst erschienenen von insgesamt vier erfolgreichen *Mord am Hellweg*-Bänden in die Hand nimmt, kann die Hellweg-Region zwischen Dortmund, Unna und Beckum, Hamm und Schwerte, zwischen Idylle und Industrie auch als normalen Reiseführer benutzen. Die Geschichten sind nicht ohne Hintersinn von A wie Ahlen bis W wie Wickede/Ruhr sortiert; doch zu Beginn reisen Sie *On the road …* und *On the rail …* mit zwei ganz besonderen Storys durch einen Landstrich zwischen Lippe und Ruhr, Idylle und Industrie. Erlebnis-Krimi-Urlaub Hellweg!

Doch eigentlich ist das, was mit den hier versammelten vierundzwanzig Geschichten erlebt werden kann, etwas Besseres, Intensiveres als jeder Ausflug oder jeder gewöhnliche Urlaub. Es ist eine Reise, die die Fantasie anspricht, angeregt von Eindrücken, die die derzeit besten und erfolgreichsten deutschen Krimiautorinnen und -autoren in den Städten und Landschaften der Hellweg-Region gesammelt haben. Denn alle (!) waren sie hier und schauten sich gezielt um am Hellweg, suchten nach Impressionen, die in den üblichen Reiseführern nur selten aufgenommen werden. Einen Hellweg-Krimi, das hat sich in der deutschen Krimiszene herumgesprochen, schreibt man nicht einfach in der Abgeschiedenheit einer Eifeler Jagdhütte, eines Juister Reethauses oder eines schwäbischen Bauernhofes. Man muss mindestens einmal hier gewesen sein. So entstanden Kriminalfälle durch die Augen von absoluten Experten gesehen, die den Hellweg in ein Licht rücken, in das ihn übliche Reiseführer niemals setzen könnten. Schon mit einem kleinen Ausflug lässt sich das leicht überprüfen. Also los: Entdecken Sie die kriminellen Hellweg-Orte!

Wo etwa wird das Problem der sterbenden Zechen und ihrer wasserreichen Folgen derart intensiv geschildert wie in Sebastians Fitzeks Mini-Thriller *Alles für Bergkamen?* Nirgendwo sonst wird eine Müllverbrennung so geschickt und lustig zugleich thematisiert wie in Jürgen Ehlers' Story *Weekend mit Leichen: Holzwickede spezial.* In Frank Göhres Geschichte *In Werne hoch zu Pferde* erfährt der Leser allerhand über die Bedeutung der Pferdezucht am nördlichen Rand des Hellwegs, in Raimon Webers *Aschermittwoch, Magnum und der Tod in Beckum* überraschenderweise davon, dass es selbst im tiefsten Westfalen zu Karneval hoch hergehen kann.

Immer noch nicht genug animiert für eine Krimireise ins Land der Mörder und Mordfälle? Wir können noch was drauflegen: Die Isländerin Yrsa Sigurðardóttir beschreibt in ihrer Mordgeschichte *Die Bluteiche von Oelde* die wiesen- und waldreiche Gegend um das ehemalige Rittergut Haus Nottbeck und heutige Literaturmuseum Westfalen derart suggestiv, dass man unwillkürlich aufbrechen möchte, sie sofort selbst zu durchstreifen. Und der englische Thriller-Autor Michael Morley verblüfft in *Virtually Lost – Leben und Sterben in Unna* mit der Erkenntnis, dass die Stadt Unna am östlichen Rande der Metropole Ruhr die größte Lichtkunstausstellung der Welt (!) in den Katakomben einer ehemaligen Brauerei beherbergt.

Isländische, englische Autoren schreiben deutsche Regionalkrimis? Für die Kulturregion Hellweg? Ja, dies ist eine Neuerung der vierten *Mord am Hellweg*-Anthologie. Zum ersten Mal sind internationale Krimiexperten mit mörderischen Ideen vertreten, und nicht nur deutschsprachige Nachbarn wie Sabina Naber aus Österreich, Michael Theurillat aus der Schweiz oder Leo P. Ard, dem das spanische Mallorca zu seiner zweiten Heimat geworden ist. Nein, neben Yrsa Sigurðardóttir und Michael Morley kamen auch Maj Sjöwall aus Schweden und

Peter James aus England, der Heimat des Krimis, gern an den Hellweg, um sich von der Region für ihre Geschichten inspirieren zu lassen. Sie waren begeistert von der Vielfalt der Städte und Stoffe, die sich ihnen bot.

Die Region am historischen Heerweg, am Salzweg oder auch am Höllenweg, wie immer der Leser den Namen ›Hellweg‹ deuten mag, hat sich seit 2002 mit dem Festival *Mord am Hellweg,* das als Biennale duchgeführt wird und in dessen Zusammenhang dieses Buch erscheint, mit dem Krimi neu erfunden. Denn ›der Krimi‹ ist ebenso vielfältig und spannend, facettenreich und schillernd wie ›der Hellweg‹, an dem er jetzt ein Zuhause gefunden hat: mit dem größten europäischen Krimifestival, bei dem in diesem Jahr 2008 zum ersten Mal der (am höchsten dotierte) Europäische Krimipreis – der ›Ripper Award‹ – vergeben wird. Zwei Schritte mehr auf dem Weg zum größten Krimifestival der Welt? Der *Mord am Hellweg* 2010 wird es zeigen.

Zum vierten Mal wünschen wir Ihnen ein mörderisches Vergnügen – mit diesem Band, mit seinen Geschichten und schließlich mit dieser ganz besonderen Krimi- und Reiseregion Hellweg.

Ein Ausflug lohnt sich immer! Aber aufpassen: Auftragsmörder waren und sind unterwegs.

H. P. Karr & Herbert Knorr
Nach Diktat verreist

Niklaus Schmid

Railway to hell:
RB 59, Hellweg-Bahn
Dortmund–Unna–Soest

Meine Familie, ständig hat sie an mir was auszusetzen. Luigi, deine Weibergeschichten, du bist ein Träumer! Luigi, warum trinkst du so viel? Jetzt ist dein Führerschein weg. Was wirst du machen? Wie willst du ohne *patente* deinem Beruf nachgehen?

Na, mit öffentlichen Verkehrsmitteln, sage ich, wie Hunderttausende andere auch.

Luigi, fehlt nur noch, dass du dir eine blonde Frau nimmst, sagen sie.

Ja, warum eigentlich nicht, denke ich, während ich wieder in diesem bescheuerten Zug, der Hellweg-Bahn, sitze und mir durch das Fenster die Landschaft anschaue. Flaches Land, Nieselregen fällt auf Äcker und Weiden und lässt die Industriebrachen noch trostloser aussehen, Windräder in der Ferne. Dieser Regen, *maledetto!* Ich vermisse die Sonne, das Grün der Orangen- und Olivenbäume, den Duft der blühenden Macchia. San Luca ist weit.

Stattdessen Dortmund. Jetzt schon den dritten Tag. Grauer Himmel, graue Häuser, graue Gesichter. Eine Frau mit Einkaufswägelchen, eine andere, die mit einem Hund spricht, ein Mann in bunter Radlerkleidung, Schulkinder, Arbeiter. Der Kerl mit dem Schnauzbart da drüben, der saß gestern schon auf demselben Platz, hält eine Aktentasche auf dem Schoß, wahrscheinlich stecken eine Thermosflasche und eine Butterbrotdose darin. Bestimmt ist er auf dem Weg zu irgendeiner schlecht bezahlten Arbeit, hat einen Stall voller Kinder zu Hause und eine Frau, die auf eine neue Küche spart. Was für ein armseliges Spießerleben!

»Ausstieg in Fahrtrichtung links«, schnarrt es aus dem Lautsprecher. Was soll das? Sind die Fahrgäste etwa blind?

Vorhin stand *Signal Iduna Park* auf dem Schild, dann Hörde, danach Aplerbeck, immer noch Dortmund. Hört dieser Häuserbrei denn nie auf? Rechts ziehen jetzt Werkshallen mit zerbrochenen Fensterscheiben vorbei, aus bröckelnden Backsteinen wachsen Birkenstämme, Brombeergestrüpp bildet neben den Gleisen dichte Hecken und auf einem Wegweiser steht *Bezirksfriedhof.* Wie passend, denn wer will in dieser Umgebung schon leben. Ich möchte hier nicht einmal begraben sein, in diesem Land der toten Seelen.

Der Schaffner kommt. Der Mann mit der Aktentasche zeigt ihm einen Ausweis. Er hat ein kariertes Flanellhemd an, trägt Turnschuhe zu einer braunen Cordhose, bunte Socken. *Orribile!* Mit solchen Menschen auf engstem Raum, in dieser Bahn, während mein BMW, das elegante 6er Coupé, in Dortmund in einem Parkhaus wartet, nachtschwarz wie die Sünde und mit getönten Scheiben, die keine neugierigen Blicke zulassen.

Ich fische meine Automatenkarte aus dem Sakko. Der Schaffner glättet sie, beäugt sie, nickt mir zu: »Gute Fahrt!«

»*Grazie!*«, entfährt es mir ungewollt auf Italienisch. Ich habe es nicht so gern, wenn man meine Herkunft sogleich einordnen kann.

Der Schnauzbärtige kommt zu mir herüber, spricht deutsch mit italienischer Betonung: »Auch zur Arbeit?«

»*Sì,* ja.«

»Dann besser Monatskarte oder NRW-Ticket, ist günstiger.«

Was sonst noch, Stützstrümpfe, Seniorenpass? Ich bin achtundzwanzig, trage Stiefeletten von Fratelli Rosetti, einen Anzug von Brioni und darunter eine vernickelte Walther PPK. Für alle Fälle.

»Wo?«

»Wo, was?«

»Wo arbeiten?«

»Hier.« Ich mache eine Handbewegung nach links und rechts. »Ruhrgebiet, Westfalen.« Das ist nicht mal gelogen. Denn ich bin auf dem Weg zur Arbeit. Ich muss was regeln, hier zwischen Hörde und Unna, zwischen Werl und Soest.

»Was arbeiten?«

»Vertreter.« Auch das stimmt. Ich bin tatsächlich Vertreter. Denn ich vertrete die Interessen meiner Familie. Luigi, sagt sie, bring das in Ordnung, unsere Kunden proben den Aufstand. Obwohl wir ihnen die Einrichtung bezahlt haben und sie beschützen, zeigen sie sich undankbar. Die einen weigern sich, einen Freund unserer Familie einzustellen, die anderen wollen kein *pizzo* bezahlen. Hier ist die Liste, präg dir die Namen ein. Fang an mit dieser Küchenschabe in Unna, zwei Monate ist sie im Rückstand, wenn wir nicht eingreifen, geht uns die ganze Region verloren.

Die Region? Da muss ich lachen. Ein bescheuerter, regennasser Schmutzfleck. Aber er bringt Geld, das zählt. Und er ist, verdammt noch mal, unser *territori,* er ist das Herrschaftsgebiet meiner Familie.

»Aha, Vertreter«, wiederholt mein Gegenüber.

»Ja«, antworte ich.

»Landmaschinen?«

»Nein, bin im Gaststättengewerbe.« Auch das ist nicht gelogen. Vorgestern war ich im *Ristorante Costa Azzurra.* Ein Lokal der Mittelklasse, aber die Speisen sind fast erstklassig: Mein Carpaccio vom Rinderfilet war garniert mit Rucola und Parmesan, anschließend nahm ich eine kleine Portion Spaghetti Frutti di Mare. Zum Hauptgericht Osso buco – das Fleisch war so zart, dass man es mit dem Messerrücken schneiden konnte – bestellte ich einen kräftigen Maso Le Viane Trentino Rosso; ich trank zwei Gläser und war bis dahin zufrieden. Es kam der Espresso und es kam der Besitzer persönlich, ob ich sonst noch etwas wünsche, wollte er wissen. Ja, sagte ich und nannte die Rückstände für drei Monate. Wie? Was? Dabei hielt der Witzbold eine Hand hinter sein rechtes Ohr, als ob er schlecht hören könnte. *Andiamo, amico!*

Wir gingen dann ins Hinterzimmer. Ich legte meine Walther auf den Schreibtisch, platzierte die Schachtel mit Wattestäbchen daneben, steckte dem Witzbold zwei dieser Reinigungsstäbchen in die Ohren, schlug blitzschnell mit den geöffneten Handflächen zu und sagte, dass ich beim nächsten Mal nicht mehr die Finger spreizen, sondern ihm die verdammten Ohrreiniger ins Hirn schlagen würde. Danach gab es kein Wie, kein Was mehr, stattdessen überreichte er mir die Tageskasse, sozusagen als Anzahlung auf das Schutzgeld, *la tangente*, oder wie meine Familia es nannte: *il pizzo*. Den Rest, *amico*, hole ich in einer Woche. *Arrivederci!*

»Und Sie, was machen Sie?«, frage ich jetzt meinen Gesprächspartner, weil ich gegenüber einem Landsmann, der offensichtlich aus der Unterschicht stammt, nicht dünkelhaft wirken will.

»Hab einen Job im Flughafen Holzwickede. Gepäckabfertigung.«

Danach sieht er auch aus. Ich nicke nur, blicke aus dem Fenster, sehe Vorgärten mit kleinen Häuschen, die aussehen, als wären sie für Zwerge gemacht.

»Schrebergärten«, bemerkt mein Gegenüber; er kehrt den mit der Umgebung Vertrauten heraus. »Sölde. Gleich danach kommt Holzwickede, da muss ich raus, vielleicht sieht man sich wieder. Hier in der Bahn.«

Er nimmt seine Aktentasche, erhebt sich. Als er den Zug verlassen will, stürmt eine Gruppe Jugendlicher das Abteil. Sie schiebt den Mann, der wild gestikuliert, regelrecht vor sich her und dann fährt der Zug auch schon wieder an.

»Na gut, dann eben nächste Station raus. Unna. Ist ja nicht so weit«, sagt er und lässt sich wieder auf den Sitz fallen. »Die Jungen. Kein Respekt. Vielleicht, weil sie keine Arbeit haben oder schlechtes Zuhause.«

Ich nicke, was habe ich damit zu tun.

Außerdem ist es jetzt sehr laut im Wagen. Musik aus einem tragbaren Abspielgerät und dazwischen die Rufe der Halbwüchsigen, die sich in Lautstärke und Vulgaritäten zu übertreffen suchen: He, Alter, weissuwas, ich fick dein Schwester ... ey, du, nee, ich aber, ich scheise fick dein scheise Mutter ...

Ob Wortwahl oder Geschrei, meinem Gegenüber ist die Sache anscheinend peinlich. Er legt einen Finger an die Lippen, sagt: »Bitte!«

»Oho, ein Ordnungshüter«, sagt einer und tut erschrocken.

Die Jungen tragen schwarz-gelbe Schals, bestickte Jeansjacken und haben ein dürres Mädchen in der Mitte. Sie schieben sich näher heran, einer, dick und rosig wie ein Schwein, setzt sich neben den Gepäckarbeiter, zwei quetschen sich selbst und das Mädchen auf die Bank, auf der ich sitze. Ich rücke näher zum Fenster, das Mädchen, halb gestoßen, halb freiwillig, rückt nach.

Die Bande kichert, ich schließe die Augen und denke an ein Mädchen, eine junge Frau, die ich einmal kannte. Rosalie hieß sie und war nicht so ein dürres Hühnchen wie das neben mir. Rosalie mit ihren kastanienbraunen Haaren, den vollen Lippen und runden Hüften, die zum Streicheln einluden. Perfekt, alles war perfekt an Rosalie, bis auf eines, sie kam aus einer Familie, die in meiner nicht gelitten war. Rosalie, die weiche Wärme ausstrahlte und wie eine Rose duftete.

Als ich den Zigarettenrauch rieche, öffne ich die Augen. Ein kurzer Blick, dann weise ich mit dem Daumen auf das Verbotsschild und sage: »No smoking!«

»Und? Haste ein Problem damit?« Der dicke Junge bläst mir den Rauch ins Gesicht, sagt: »Ey, du bist gar kein Engländer. Bist ein Itaker, stimmt's?«

»Itaker sind scharf auf Weiber«, sagt einer von den beiden, die auf meiner Bank sitzen.

»Oder auch nicht«, wirft sein Nebenmann ein. »Vielleicht trägt er ja Strapse unter seinem feinen Zwirn. Wir können ja mal testen, ob er schwul ist. Komm mal her, Jessi.«

Nachdem sich das Mädchen erhoben hat, schubst der Junge Jessi auf meinen Schoß. Das Mädchen quiekt. Dann folgt ein völlig übertriebener Aufschrei: »Ey, Mann, Pfoten weg!«

»He, der Macker betatscht deine Schwester. Wir sollten ihn bei der Sitte anzeigen.«

»Warum nicht?« Ich hole mein Telefon aus dem Tasche. »Welche Nummer soll ich wählen?«

»Mensch, geiles Handy.«

»Nein, das ist kein Handy«, betone ich, »das ist ein iPhone.«

»Okay, gib es uns, dann zeigen wir dich nicht an wegen der Grapscherei.«

Der Gepäckarbeiter, halb verdeckt von der Schulter des dicken Jungen, macht Zeichen der Beschwichtigung. Wenn mich nicht alles täuscht, steht ihm der Angstschweiß auf der Stirn.

»Nun, so ein iPhone kostet 650 Euro«, sage ich zu dem Dicken. Während ich mit der linken Hand ganz betont das Revers meines Sakkos zurückschlage, lege ich mit der rechten das Mobiltelefon auf die Abdeckung des Müllbehälters am Fenster. »Da liegt es, Motherfucker. Fass es an – und ich schieß dir ein Loch in die Hand.«

»Der Itaker blufft, das ist bestimmt nur eine Schreckschussknarre. Von wegen Loch inner Hand.«

»Ja, aber nur wenn du Glück hast. Wenn du Pech hast, reißt dir die abgeflachte Kugel die ganze Hand ab.«

Stille im Wagen, plötzlich kann man wieder das Rattern der Räder vernehmen: Un-na ... un-na ... un ... na ... na ... na. Es klingt wie der Name der nächsten Station. Komisch, auf welche Gedanken man bei einem Adrenalinschub kommt. Jeder Muskel in meinem Körper ist gespannt. Fast wünsche ich, dass es zur Gewaltexplosion kommt.

Nichts.

Einer nach dem anderen setzen sich die Jungen in Bewegung. »Wir müssen gleich raus, Itaker, hast Glück, morgen biste dran.«

Als sich hinter dem letzten in der Gruppe die Schiebetür geschlossen hat, sagt der Gepäckarbeiter: »Tolle Cowboynummer!«

»Ja, und alles mit einer billigen Replika.«

»Sie klangen eben recht überzeugend.«

»Muss man als Vertreter doch sein. Wenn ich zu einem Kunden sage, dies ist die beste Kaffeemaschine der Welt, dann muss er das nicht nur glauben. Nein, dann muss er das Aroma des frisch gebrühten Espresso förmlich in der Nase und die aufgeschäumte Milch des Cappuccino vor Augen haben.«

»Interessant. Sehr interessant.«

Ja, denke ich, aber nicht nur das, sondern überlebenswichtig in meinem Beruf. Denn nur wer überzeugend wirkt, erspart sich und anderen eine Menge an richtigem Ärger. Normalerweise. Aber hin und wieder muss ich auch deutlich werden. Wie gestern in Hörde. Die Vorführung mit der Walther und den Wattestäbchen in den Ohren hatte nicht die gewünschte Wirkung gehabt. Vielleicht war dem Besitzer des Eiscafés *La Primavera* sein Hörvermögen egal, vielleicht hatte es sowieso schon von dem Gedudel der italienischen Schnulzen, die bei ihm liefen, gelitten. Aber die Gesundheit seiner Kinder, die einen gefährlichen Schulweg hatten, die war ihm nicht egal. Die Kleinen, überleg es dir gut, *amico,* sie würden nie wieder die Koseworte ihres Vaters vernehmen – ist es das wert? Mit diesem Satz hatte ich seine Fantasie angeregt und das Eiscafé wieder auf Linie gebracht. Schon in der nächsten Woche würde eine meiner Cousinen die Gäste bedienen.

Uun-na-na-naaaahh. Der Wagen hält. Die Jugendlichen steigen aus. Auf dem Bahnsteig grölen sie: »Berlin, Berlin, wir fahren nach Berlin!« Immer wieder den einen Satz. Bis sie mich im Zug entdecken, da kommen sie angelaufen, bauen sich vor meinem Fenster auf, drohen mit den Fäusten. Der Dicke schlägt mit der flachen Hand gegen die Scheibe, läuft noch hinter dem Zug her, als dieser schon wieder anfährt.

Mein Gegenüber schaut mich an, für meinen Geschmack ein wenig zu intensiv, sucht wohl, weil er selbst Angst hat, nach Anzeichen der Furcht in meinem Gesicht.

»Kinder«, sage ich nur und, etwas später: »Wollten Sie nicht in Unna aussteigen?«

»Ach, wissen Sie, ich fahre noch ein Stückchen mit Ihnen mit und nehme dann von der Endstation in Soest die Hellweg-Bahn zurück nach Holzwickede.« Er macht, wie schon einige Male davor, mit angewinkelten Ellbogen und den nach oben gekehrten Handflächen eine Geste der Beschwichtigung. »Ich meine, falls es Sie nicht stört.«

Der Gepäckarbeiter scheint mit der neuen Situation ganz zufrieden zu sein. Sicher ist er froh, einen guten Grund gefunden zu haben, nicht mit den Rabauken aussteigen zu müssen. Er wirkt entspannt und spricht jetzt ein viel flüssigeres Deutsch als zuvor. »Auf dem Rückweg von Soest kann ich dann vielleicht noch ein wenig schlafen. Wir machen Schichtarbeit und da ...«

Er unterbricht sich, weil sich sein Mobiltelefon mit dem Klingelton eines schreienden Babys meldet. Mit der Bemerkung »Nicht so schön wie Ihres« zieht er es aus der Brusttasche seines Flanellhemds und nimmt den Anruf entgegen.

»Pronto ... sì, sì, ... accordo ... ciao.« Und dann zu mir: »Der Vorarbeiter vom Flughafen. Er ist auch Italiener, kommt aber aus Milano. Ein strenger Boss, ein bisschen nervös ist er derzeit, weil in unserer Gruppe jemand erwischt worden ist, der mit einer Kneifzange die Schlösser an den Koffern geknackt hat. Der Mann suchte Kameras und solch ein Zeug, ein Kalabrier, sehr peinlich.«

Peinlich ist vielmehr, dass ich mir das anhören muss, diese Geschichten von Landsleuten aus dem Süden, die Koffer durchwühlen, weil sie im Grunde ihres Herzens die Hühnerdiebe geblieben sind, die sie in ihrer Jugend waren. Was zum Teufel gehen mich diese Ärmlichkeiten an?

Dagegen mein erster Auftrag. Mich schickten sie ins Sauerland. Nie zuvor hatte ich auch nur den Namen dieser Region gehört. Grüne Hügel, saftige Weiden, Schafe wie bei uns zu Haus, nette Leute, wenngleich ein wenig bockig. Unsere Leute fuhren übers Land, sammelten Schafe ein, hin und wieder auch eine Kuh, die dann an Ort und Stelle in dem umfunktionierten Lastwagen geschlachtet wurden. Fleisch wie es frischer in den Restaurants der Umgebung nicht angeboten werden konnte. Und preisgünstig war es auch. Doch irgendwann, vielleicht weil das widerspenstige Naturell der Einheimischen inzwischen auf die Zugewanderten abgefärbt hatte, ließ der Absatz zu wünschen übrig.

Luigi, hieß es, sprich mal mit den Leuten.

Ich sprach mit einem unserer Kunden. Er zeigte sich nicht einsichtig. Ich sprach wieder mit ihm. Doch der Mann wollte anstelle unseres lokalen Angebots seinen Gästen lieber Lammfleisch aus Neuseeland und Rindersteaks aus Argentinien anbieten. Luigi, sagte meine Familie, du musst überzeugender sein. Bei meinem nächsten Besuch war ich es dann. Patsch! Patsch! Eine Woche später führte der Sohn des Besitzers das Restaurant, weil der Alte aufgrund eines plötzlichen Hörsturzes dazu nicht mehr in der Lage war. Der Vorfall sprach sich im Sauerland herum, ich hatte mich bewährt …

»Permesso!« Er bietet mir einen Apfel an. Als ich dankend ablehne, beißt er selbst hinein. Er schmatzt. Und streicht sich nach jedem Biss die Schnurrbarthaare. Alles Dinge, die ich eigentlich nicht mitkriegen will.

Ein Mann in Trainingshosen kommt herein. Er guckt in die Abfallbehälter, angelt die leeren Flaschen heraus und steckt sie in eine große Mülltüte. Eine Bierflasche, offensichtlich noch nicht ganz leer, hat es ihm angetan. Er beäugt das Etikett in der Art eines Weinkenners, nimmt einen Schluck, den er aber sofort wieder ausspuckt, und schüttet den Rest der Flasche unter eine Sitzbank. Bierdunst breitet sich aus.

»Hätte ich nie gedacht, dass ich so etwas mal in Deutschland sehen würde«, kommentiert mein Gegenüber den Vorfall, um nach einer Pause zu verdeutlichen: »Ich meine von einem Deutschen, die früher doch so diszipliniert waren und auf strenge Ordnung achteten.«

Schon wieder etwas, worauf ich nicht eingehen will. »Tja«, sage ich. Ein tolles Wort, passt immer und manchmal hilft es, ein Gespräch zu beenden.

Nachdem der Flaschensammler den Wagen verlassen hat, öffnet eine Frau die Schiebetür. Sie hat lange blonde Haare, ist ausgesprochen hübsch und obendrein, was man hier auch nicht so häufig sieht, elegant gekleidet. Ganz kurz schaut sie zu uns herüber, ich hoffe, dass sie sich in unsere Nähe setzt, doch dann rümpft sie die Nase und verlässt den Wagen.

Schade. Bleibt mir nur der Blick aus dem Fenster. Lünern liegt hinter uns. Bauernland zieht vorbei. Gemüsefelder, Schafe auf der Weide, Windräder in der Ferne und immer noch rinnen Regentropfen von den verkratzten Scheiben dieser komischen Hellweg-Bahn.

Weil eine kleine Unterhaltung, deren Thema ich selbst bestimme, immer noch besser ist, als stumm den Regentropfen zuzusehen, frage ich: »Warum heißt dieser Zug eigentlich Hellweg-Bahn?«

Man kann einem Fasteinheimischen keine größere Freude machen, als ihn um eine Auskunft zu bitten. Vertreterweisheit. Der Mann strahlt.

»Der Name hängt mit der alten Bezeichnung Hal für Salz zusammen, davon gab's hier früher eine Menge. Hellweg gleich Salzstraße, sagen die einen. Nein, sagen andere, Hell hat was mit der germanischen Totengöttin Hel zu tun. Demnach heißt Hellweg dann so viel wie Weg zur Hölle. Way to hell or road to hell«, setzt er hinzu wie ein Reiseführer, der einer vielsprachigen Gruppe die Sehenswürdigkeiten erklärt. *»La via all'inferno.«*

Während er mir noch weitere Erklärungen gibt, die zurückgehen bis zu den Zeiten, als römische Legionen durch diesen Landstrich zogen, bleibt der Zug stehen, mitten auf der Strecke zwischen Lünern und Hemmerde. Mein Gegenüber erlaubt sich noch einen Kalauer, indem er den Ortsnamen wie Hem-*merda* ausspricht, dann zuckt er mit den Schultern und sagt mit der Autorität eines Alteingesessenen: »Passiert schon mal, wir müssen einen anderen Zug vorbeilassen. Vielleicht gibt's auch eine Baustelle oder vor uns fährt ein Werkstattwagen. Ich habe gehört, dass die Strecke demnächst privatisiert wird und dass dann schöne neue Züge eingesetzt werden, hoffentlich.«

Unser staatseigener Zug jedenfalls steht und Paolo, inzwischen hat er mir seinen Namen genannt, erzählt, dass er als junger Mann mit seinen Eltern von Kalabrien wegging. Dass sein Vater in Dortmund in einem Stahlwerk gearbeitet habe, das später von den Chinesen komplett mit Hochöfen und Walzwerk abgebaut und in China wieder aufgebaut worden ist.

»Mein Vater bekam eine Abfindung. Statt aber froh zu sein, nicht mehr zur Schichtarbeit zu müssen, wurde er immer unzufriedener. Und schließlich, nachdem er monatelang nur zu Hause gesessen hatte und meiner Mutter auf die Nerven gegangen war, fuhr er mit ihr zurück nach Locri, sein Heimatdorf in Kalabrien.«

»Tja«, sage ich wieder einmal.

»Und Sie, woher kommen Sie, ich meine, ursprünglich?«, will er wissen.

Man muss sich vor einem Fremden, auch das ist eine Vertreterweisheit, nicht gleich bis auf die Unterhose ausziehen. Meine Antwort bleibt vage, ich spreche, recht einsilbig, von einem Dorf in Süditalien. Dafür kommt mein Gesprächspartner jetzt richtig in Fahrt. Er berichtet von seiner Kindheit, von Geschwistern und Freunden, vom Leben im Dorf und von den Ritualen unter den Jungen. Wie sie nachts auf die Weiden gingen, um heimlich die Mutterschafe zu melken, oder Mädchenwäsche von der Leine klauten oder wie sie als Mutprobe an bestimmten Grabsteinen ein Kreidekreuz machten und ähnliche Kindereien.

Da hatte das Ritual, von dem meine Mutter mir oft erzählte, schon ein anderes Gewicht. Luigi, sagte sie, als du getauft wurdest, hielt dein Vater dich am Altar in die Höhe, während dein Pate eine Kette aus purem Gold schwenkte. Dabei lächelten sie sich an, schweigend, kein Wort war nötig, aber alle, die bei deiner Taufe anwesend waren, wussten, was es bedeutete: Ja, Luigi, von nun an standest du unter einem besonderen Schutz. Aber andererseits, fügte sie stets hinzu und dabei veränderte sich ihr Gesicht, andererseits, mein Sohn, würdest du dafür vielleicht später mal einen Verwandten rächen oder eine andere Aufgabe übernehmen müssen.

Wie recht sie hatte. Bei dem zweiten Ritual, bei der anderen Taufe, da war Mutter dann nicht dabei. Damals, ich war achtzehn, feierte ich im Kreis von hochrangigen Clanmitgliedern. Es war das Fest Mariä Himmelfahrt, wir aßen und tranken, zunächst Wein, später ich dann auch das Blut des Clanführers, und schließlich wurde, als Höhepunkt der Feier, auf meiner Hand das Heiligenbild des Erzengels Gabriel verbrannt, während ich schwor, dass ich nie verraten werde, nie, nie, solange ich lebe. Die *omertà* – das Schweigegelöbnis aller Mitglieder. Im Jahr darauf, beim traditionellen Fest zu Ehren unserer Schutzpatronin, der Bergmadonna von Polsi, erhielt ich dann die letzte Auszeichnung. Nach der Prozession, als in den Dorfstraßen das Blut der Opfertiere trocknete, da wurde ich vom Clanchef zur Tarantella in den Tanzkreis gebeten …

Das waren Rituale, nicht diese Nichtigkeiten, die mein Gegenüber immer noch zum Besten gibt. Jetzt erzählt er von seinen Kindern und dass sie vor Jahren, als es mit der Wirtschaft in Italien aufwärtsging, wieder zurück in die Heimat gezogen sind.

»Ein Sohn und eine Tochter, müssten etwa in Ihrem Alter sein, nein, warten Sie«, er sieht mir prüfend ins Gesicht, »jünger als Sie, mein Sohn ist dreiundzwanzig, meine Tochter wäre jetzt einundzwanzig.«

»Wäre?«

»Ja, sie ist tot. Ein Unfall.«

Die Unterhaltung droht, eine sentimentale Wendung zu nehmen. In Gedanken zähle ich die noch verbleibenden Stationen: Hemmerde, Werl, Westönnen, dann kommt noch Soest, aber in Westönnen werde ich aussteigen und meinen Kunden besuchen. Hoffentlich fährt der Zug endlich weiter. Sonst kommt bestimmt das Unvermeidliche.

Kaum gedacht, schon passiert es! Er kramt bereits in seiner Aktentasche, legt die Thermosflasche neben sich auf den Sitz und zieht eine speckige Brieftasche ans Licht.

»Schauen Sie, die Aufnahme ist schon etwas verblasst, aber die Schönheit meiner Tochter ist immer noch zu erkennen.«

Wie ich das hasse, diese Bambini-Orgie der Auslandsitaliener, immer haben sie die hübschesten und unschuldigsten Töchter, die mutigsten und intelligentesten Söhne. *Assurdo!* Ich bin auf dem Weg zur Arbeit, ich muss einen Job erledigen, in spätestens zwei Stunden muss ich einem Kerl gegenübersitzen, der meiner Familie Geld und Respekt schuldet. Ich muss in Form sein. Der Kerl da in Westönnen, der muss in meinen Augen sehen, dass er für mich nicht mehr ist als eine Küchenschabe, ein Insekt, das ich gegebenenfalls, ohne mit der Wimper zu zucken, zertreten würde.

»Ein schönes Mädchen, nicht wahr?«

Er hält mir das Bild direkt unter die Nase – und der Anblick trifft mich wie ein Schlag.

»Was ist, *Signore?*«

»Die stickige Luft.«

»Soll ich das Fenster öffnen?«

»Geht schon.«

Endlich fahren wir wieder. Hemmerde. Ich schaue hinaus, die Windräder jetzt ganz nah, dahinter Bauernhäuser. Doch das alles nehme ich nur verschwommen wahr, viel deutlicher sehe ich Rosalie vor mir; ich spüre, wie sie mich damals anblickte, ohne Hass, nicht einmal enttäuscht, vielmehr mit dem Blick eines treuen Hundes, der keine Angst vor dem eigenen Tod hat, sondern nur davor, den geliebten Menschen zurückzulassen, in einer Welt voller Gefahren. Luigi, murmelte sie, du weißt, dass ich seit meinem dreizehnten Lebensjahr einem anderen versprochen bin? Ja, ich weiß es, Rosalie, darum lass uns fliehen. Es geht nicht, Luigi, außerdem wäre es sinnlos, sie würden uns überall finden. Aber dann heißt das ja nichts anderes, als dass wir uns nie mehr ... Meine Stimme brach. Nein, nie mehr, Luigi, sagte sie. Es waren ihre letzten Worte ...

»Wie bitte, Paolo? Ich habe im Moment nicht zugehört.«

»Ach, nichts Wichtiges. Ich wollte nur sagen, in Werl, wo wir gerade gehalten haben, da gibt es ein interessantes Museum, voll mit Dingen, die einst die Missionare aus Afrika und Asien mitgebracht haben, eine Steinaxt und Muschelgeld aus Papua-Neuguinea, sogar eine Mumie haben sie da. Ein gutes italienisches Restaurant gibt es in Werl auch. Ich meine, falls Sie dort mal Station machen.«

Überall, nur nicht in Werl. Der Ort oder vielmehr das Werler Gefängnis ist nicht allein meiner Familie, sondern allen Bewohnern von San Luca und sogar vielen Menschen in Kalabrien bestens bekannt. Denn dort sitzt jemand hinter Gittern, der, nachdem er wegen einer Familienfehde aus seiner Heimat verschwinden musste, in Deutschland eine Aufgabe übernommen hatte. Warum nicht, hatte er beim Abschied in San Luca gesagt, ich gehe, bis Gras über die Sache gewachsen ist. Doch dann ist er in unserem *territori,* in dieser bescheuerten Region an Rhein und Ruhr, unvorsichtig geworden. Und darum bin ich jetzt hier. Mich würden sie nicht kriegen, nicht die Deutschen, da habe ich keine Angst.

Ja, die Vendetta. Und *la famiglia.* Luigi, du musst es tun, hatte sie verlangt. Du musst dieses Mädchen verlassen. Wir wollen keinen Ärger.

Ein Knacken im Lautsprecher kündigt die nächste Durchsage an. In wenigen Minuten werden wir Westönnen erreichen. Ich straffe meine Schultern, atme tief ein: »Pardon, ich muss gleich aussteigen.«

»Ja, ja«, sagt mein Gegenüber, »aber ein Foto muss ich Ihnen noch zeigen.« Seine Stimme hat plötzlich einen ganz anderen Klang, sein Blick eine ungewohnte Autorität. »Schauen Sie, das hier. Es kam aus der Heimat als E-Mail-Anhang, ich habe es ausgedruckt. Entschuldigen Sie die mangelnde Qualität. Aber ich finde, dass Sie, Luigi Peluso, ganz gut getroffen sind, oder?«

Es wird ernst, von einer Sekunde zur anderen weiß ich, dass die nächsten Minuten womöglich über den Verlauf meines weiteren Lebens entscheiden werden.

»Wie … wie lange sind Sie schon hinter mir her?«

»Seit Sie in Deutschland angekommen sind.«

»Ihr Job am Gepäckband …«

»... gehört zu meiner Legende. Wie hatten Sie es vorhin so treffend ausgedrückt: Wenn ich zu einem Kunden sage, dies ist die beste Kaffeemaschine der Welt, dann muss er das nicht nur glauben, nein, dann muss er das Aroma des frisch gebrühten Espresso in der Nase und die aufgeschäumte Milch des Cappuccino vor Augen haben. Nun, bei mir war es die Geschichte des Vaters, der im Stahlwerk arbeitet. Da sollten Sie einen Mann im Asbestanzug beim Abstich vor Augen und den Geruch der glühenden Schlacke in der Nase haben.«

»Die Jungs und das dürre Mädchen?«

»Fußballfans von Borussia Dortmund, jeder bekam zehn Euro für den Zwischenfall, der von mir inszeniert worden ist.«

»Warum?«

»Ich brauchte einen glaubhaften Vorwand, um bei Ihnen im Zug bleiben zu können. Außerdem wollte ich herausfinden, wie Sie ... *No, no, no*, lassen Sie Ihre Hand, wo sie ist.«

»... wie ich reagiere, wollten Sie sagen. Und das Foto? Was ist mit Rosalie?«

»Sie ist tot. Sie war schwanger, aber nicht von dem Mann, dem sie versprochen war, sondern von Ihnen. Und jemand aus der Familie des betrogenen Mannes hat die Sache bereinigt. Eine Frage der Ehre.«

»Wer schickt Sie? Rosalies Vater?«

»Ja.«

»Warum regelt das nicht jemand aus der Familie?«

»Weil derjenige viel zu emotional wäre. Hier geht es doch ums Geschäft. Ich bin Profi.«

»Und ganz schön mutig. Denn ich hab Neuigkeiten für Sie, Paolo. Ich darf Sie doch weiterhin Paolo nennen: Also, was ich unter meinem Sakko trage, das ist keine Replika.«

»Selbstverständlich nicht. Aber Sie werden keine Gelegenheit haben, Ihre Walther zu benutzen. Ist Ihnen nicht aufgefallen, dass ich eben, als ich die Brieftasche mit den Fotos zurücklegte, meine Hand in der Aktentasche ließ? Nun, sie schließt sich in diesem Moment um den Griff einer Sig Sauer P6 9 Millimeter

Parabellum und der Lauf dieser vorzüglichen Waffe zeigt genau auf Ihren Bauch.«

»Sie werden nicht schießen, nicht in diesem Zug.«

»O doch, ich werde. Ist Ihnen denn ebenfalls nicht aufgefallen, dass wir eine Weile schon ganz allein in diesem Wagen sitzen? Die blonde Frau, deren Anblick Sie vorhin so fasziniert hat, sie hat dafür gesorgt, dass niemand uns hier stört.«

Zum ersten Mal seit er mir gegenübersitzt, geht so etwas wie ein Lächeln über sein Gesicht. Der Kerl hat mich mit seiner Biedermannfassade reingelegt. Luigi, höre ich im Geiste meine Familie sagen, lass dich in der Fremde nicht mit Landsleuten ein.

Sein Handy klingelt. Ohne die Augen von mir zu lassen, nimmt er den Anruf entgegen. »Ja, er ist es. Bleiben Sie dran.« Er legt sein Handy, so wie ich es bei dem Streit mit den Jugendlichen getan habe, auf den Abfallbehälter unterhalb des Fensters. »Sie ahnen, von wem der Anruf kommt und wer jetzt zuhört?«

Ich zucke die Achseln.

Für einen Augenblick deckt er das Mikrofon an seinem Mobiltelefon ab, während er leise, fast andächtig sagt: »Don Salvatore. Rosalies Vater.« Dann wieder lauter, doch seine Stimme bleibt ruhig, sein Blick ohne Emotionen. »Luigi, Luigi Peluso, in wenigen Minuten wird der Zug halten, es ist die vorletzte Station, wir aber sind am Ende.«

Sein Gesicht ist wie aus Stein, nichts in seinen Augen verrät, ob er nur blufft oder ob er im nächsten Moment wirklich abdrücken wird ...

»Luigi, va all'inferno!«

... Hellweg ... Weg zur Hölle ... all'inferno ... nein, nach San Luca ... zu ihr ... zu Rosalie ... Rosalie ...

In Süditalien, unweit der kalabrischen Ostküste, schreitet ein Mann über den Friedhof des Viertausend-Einwohner-Dorfes San Luca. Vor einem Grabstein bleibt er stehen. Er lauscht in sein Mobiltelefon. Da ist das Rattern eines Zuges und eine ihm bekannte ruhige Stimme. Zwei Schüsse aus einer großkalibrigen Waffe mit Schalldämpfer dringen an sein Ohr. Dann bricht die Verbindung ab. Der Auftrag ist erledigt worden.

Don Salvatore, Oberhaupt eines 'Ndrangheta-Clans, steckt sein Handy ein. Er wendet sich zu dem Grabstein und murmelt: »Es ist vollbracht, mein Engel. Du bist gerächt. Nun kannst du schlafen.«

Ralf Kramp

On the road am Hellweg: Wenn möglich, bitte wenden

Ist so eine Marotte von mir. Ich gucke auf den Boden, wo ich gehe und stehe. Ich finde oft Dinge. Münzen, Zettel, Kondome ... Manches hebe ich auf, das meiste lasse ich liegen.

An diesem Abend ist es ein Schlüsselbund. Ein richtig pralles Ding mit vielen unterschiedlichen Schlüsseln an einem metallenen Ring, an dem ein klotziges E baumelt. Es sieht nach Gold aus. Kann natürlich nicht sein, sieht aber danach aus.

Der Besitzer heißt vermutlich Emil. Oder Edgar.

Mitten auf dem vollgestellten Parkplatz am Heinz-Hilpert-Theater, zwischen den geparkten Autos. Fast wäre er mir gar nicht aufgefallen. Es ist ja schon dunkel. 11. Oktober. Nieselregen. Kalt ist mir auch. Trotzdem habe ich mich gebückt.

Vor einer Viertelstunde sind hier noch unzählige Menschen zwischen den Autos hin und her gewimmelt, wie die Ameisen. Zum Theater hin, wo sie heute ganz groß das Fünfzigjährige feiern. Mit der Neuen Philharmonie. Alle in Pelz oder Smoking.

Und mittendrin ich in meiner einzigen Jeans und dem Cordjackett mit dem hochgeschlagenen Revers. Auf dem Parkplatz findet man oft Kleingeld. Den Leuten rutscht es aus der Tasche, wenn sie den Schlüssel rauskramen. Lohnt sich meistens für mich.

E könnte auch Erich sein. Jetzt hat er keinen Schlüssel mehr. Denn den habe ich jetzt.

Und wie ich mir das Ding so angucke und die Schlüssel zähle, drückt mein Daumen ganz beiläufig auf ein Knöpfchen an einem klobigen schwarzen Plastikding und vier Autos weiter fiepst was. Die Parkleuchten glimmen rot auf.

Eberhard, denke ich, Eberhard, ja, so wird er heißen, Eberhard, war ein Fehler, das Ding hier zu verlieren. Eberhard oder Enrico sitzt jetzt bestimmt im Theater und hört klassisches Gedudel.

Ein Mercedes. Klar, was sonst? Bei dem dicken goldenen E.

E – das weiß ich jetzt fast sicher – E steht für Engelbert. Oder Ernst.

Noch mal rasch umgeguckt. Dahinten läuft noch einer, der zu spät kommt. Sonst alles menschenleer.

Ein CLK. Anthrazit. Oder dunkelblau. Oder dunkelrot. Ist schon reichlich spät und finster.

Ich öffne fast geräuschlos die Fahrertür und schwinge mich schnell hinein.

Ledersitze, Nichtraucherkarre, saubere Luft, kein Stäubchen, kein Kaugummipapierchen, keine Zahnstocher, keine Brötchenkrümel.

Ich fingere rasch durch das Handschuhfach. Vielleicht finde ich statt der Brötchenkrümel ja Geld. Aber da sind nur die Betriebsanleitung, ein Atlas und ein aufgerissener, leerer Briefumschlag.

Nicht mal Parkmünzen.

Auf dem Briefumschlag erfahre ich mehr über E: Eike. Wär ich nie drauf gekommen. Dr. Eike Trimbügel. Ist das ein Frauenname? Nein, Eike heißt doch auch der Fußballer, der letztes Jahr im Dschungelcamp war. So, so, Eike.

Natürlich hat Eike ein Navigationssystem in seinem Mercedes. So was hätte ich auch gerne. Aber als Fußgänger hat man selten Verwendung dafür. Es gehört einfach ein Auto drum herum. Allein schon wegen der Optik.

Nun, im Moment habe ich ja ein Auto. Mein Finger drückt wie ferngesteuert auf den Einschaltknopf. Tolles Ding. Ich soll ein Ziel wählen. Hm. Was fällt mir denn da ein? Wo wollte ich denn immer schon mal hin? Mal zu Tante Martha nach Ottensundern. Da war ich schon ewig nicht mehr. Die würde sich freuen. Ich gucke auf die Uhr. Oder in den komischen neuen Zoo in Gelsenkirchen. Ist natürlich zu spät. Da ist schon zu und die Tiere schlafen alle. Und Tante Martha vermutlich auch.

Was ist denn das?

Gespeicherte Orte ...

Zuhause ...

Möhnesee Südufer.

Teure Gegend. Eike Trimbügels Zuhause. Meine Hand fährt über das teure Leder und ich gucke wieder auf die Uhr und auf den Schlüsselbund.

Etwas kitzelt mich im Magen. Das ist die Aufregung, das ist ja klar. Das Zuhause eines Mercedes-CLK-Fahrers. Wo mag das sein? Als ich das Ziel mit Knopfdruck bestätige, zeigt das Gerät immerhin eine Zeit an: 43 Minuten. Hin und zurück, 43 mal zwei ... halbe Stunde Aufenthalt, kleiner Rundgang durch das Haus von Dr. Eike Trimbügel. Keine zwei Stunden. Der Festakt hat gerade erst begonnen.

Das könnte ich riskieren, oder?

Der Motor macht ein sattes, schnurrendes Geräusch, als ich den Schlüssel im Schloss drehe. Der Wagen schwimmt regelrecht aus der Parklücke, er gleitet. Die Bewegungen sind elegant und geschmeidig. Wenn ich je das Geld haben sollte, um mir ein Auto zu kaufen, muss es unbedingt ein Mercedes CLK sein.

Jetzt links abbiegen auf die B61. Das ist ja mal eine angenehme Frauenstimme. Die mag ich jetzt schon. Und natürlich tue ich, was sie sagt.

Ich gleite die Kamener Straße entlang und summe vor mich hin. Es ist wenig Verkehr heute und ich habe vor, mal so richtig aufs Gas zu treten, wenn ich erst mal aus dem Dunstkreis von Lünen raus bin. An der nächsten großen Kreuzung muss ich an der roten Ampel halten. Vergeblich versuche ich, das Autoradio in Gang zu bringen. Junge, Junge, da sind mehr Knöpfe dran als an meinem Hemd.

Plötzlich wird die Beifahrertür aufgerissen und ich fahre zusammen.

Na Mahlzeit, Dr. Eike Trimbügel ist mir im Frack vom Hilpert-Theater bis hierher nachgelaufen und wird mir jetzt eins auf die Glocke geben!

Aber das kann nicht Eike Trimbügel sein. Er trägt eine Wollmütze, einen schwarzen Rolli und eine Pistole. Seine Koteletten reichen fast bis zum Kinn und sind schwarz und dünn wie ein Pinselstrich.

Die Ampel springt auf Grün.

»Weiterfahren, rechts ran, Kohle raus!«

Wie meint er das? Ich frage ihn. Er fragt, wie er das schon meinen solle und welchen Teil von »Rechts ran, Kohle raus« ich nicht verstanden habe.

Ich entgegne, dass ich keine Kohle mit mir führe, geschweige denn Geld, nur zwei Euro dreiundsiebzig, worauf er mir die Mündung der Waffe in die rechte Schläfe bohrt. Ich bin überzeugt und lenke den Wagen rechts in eine Stichstraße.

Er guckt auf das E am Schlüsselbund. »Nun mal los, Emil ... oder Eberhard ... Flocken raus.«

»Das ist nicht mein Auto«, erkläre ich zerknirscht. Ich deute auf mein zerschlissenes Cordjackett. »Ich habe den Schlüssel auf dem Parkplatz gefunden.«

Sein Blick wandert ungläubig an mir herab und landet im Dunkel des Fußraums, wo man schemenhaft meine ausgetretenen Schuhe sehen kann. Meine einzigen. Es geht ungewöhnlich schnell, bis er mir Glauben schenkt.

»Und jetzt? Willst du den Wagen verticken?«

Ich erkläre weitschweifig, dass mir dazu die Kenntnisse und die entsprechenden Kontakte fehlen. Da müsse man sich ja erst mal kundig machen und in Erfahrung bringen, was so ein Fahrzeug überhaupt auf dem Markt ...

»Was dann? Spritztour? Straßenstrich abklappern?«

Ich betone noch einmal, dass die zwei Euro dreiundsiebzig in meinem Portemonnaie auch dafür kaum ausreichend sein dürften. Nein, ich sei unterwegs zum Haus des Fahrzeugbesitzers, erkläre ich und merke, wie sich Stolz über meinen genialen Einfall in meine Stimme schleicht. Ich lasse mit meinem rechten Zeigefinger den Schlüsselbund klimpern.

Er runzelt die Stirn, blickt ein paar Minuten lang schweigend in das Dunkel des Abends hinaus, ohne die Waffe von meinem Kopf zu entfernen, dann nickt er langsam.

»Okay, weiter, und da vorne links fahren.«

»Aber ich wollte zum Möhnesee ...«

»Später. Erst nach Rünthe.«

»Rünthe?« Ich bin nicht einverstanden, tue aber trotzdem, was er sagt.

Das Navigationssystem ist auch nicht einverstanden. *Wenn möglich, bitte wenden.* Es klingt ein bisschen nölig.

»Wieso Rünthe?«

»Wegen Katsche.«

»Katsche?«

»Katsche aus Rünthe. Der muss mit.«

Wenn möglich, bitte wenden. Die Frau vom Navi will partout nicht nach Rünthe.

Wir rollen durch Oberaden.

Wenn möglich, bitte wenden.

»Mensch, halt die Fresse!« Mein Begleiter beginnt, am Navigationssystem herumzufingern.

Nach ein paar Minuten hören wir ein zufriedenes *Die Route ist berechnet.*

Mich macht der Gedanke nervös, dass wir wertvolle Zeit verlieren. »Was kann dieser Katsche denn?«

»Katsche ist Schränker.«

So, so, aber was wollen wir mit einem Schränker? Mein Nebenmann sieht meinen verständnislosen Blick und erklärt, dass Katsche der beste Schränker am Hellweg sei und dass mit Sicherheit im Haus eines reichen Heinis wie E ...

»Eike«, werfe ich ein.

... dass bestimmt in einem Haus eines reichen Heinis wie ... echt? Eike? ... dass da ein Tresor sei und den könne man sich doch nicht entgehen lassen.

Vermutlich hat er recht, aber die Zeit ...

In fünfhundert Metern rechts auf Westenhellweg abbiegen.

Jetzt rechts auf den Westenhellweg abbiegen.

Der erleuchtete Kühlturm vom Kraftwerk Heil erscheint vor uns.

Bitte beachten Sie die Geschwindigkeitsbegrenzung.

»Ja, ja, ja, mach dir nicht ins Hemd, Puppe!«, grunzt der Mann neben mir. Er hat die Pistole jetzt in den Schoß gelegt und entspannt sich. Er schmiedet einen Plan, das merke ich.

Sie haben Ihr Ziel erreicht.

Katsches Bude ist gleich links, wenn man zur Marina in Rünthe abbiegt. Ein Schuppen mit einer Tranfunzel am Eingang, vor dem ein paar rostfleckige Boote liegen. Er passt so gar nicht zu dem schicken Ambiente des Jachthafens.

Ich muss hupen. Eine Frau mit fettigen Haaren kommt in Unterwäsche an die Tür.

Katsche sei draußen auf der *Jennifer,* sagt sie. Morgen früh müsse er mit dem Boot nach Polen und bis dahin müsse der Motor laufen. Klingt nicht gerade nach einem Geschäft mit Lieferschein und ordentlich ausgewiesener Mehrwertsteuer.

Von allen Booten, die in der Marina vor Anker liegen, ist die *Jennifer* sicher das schäbigste. Ich muss wieder ein Hupzeichen geben. Der Kotelettenmann trommelt mir den Rhythmus auf dem Handschuhfach vor.

Katsche streckt seinen Kopf durch ein Kajütenfenster nach draußen. Kotelettenmann winkt und Katsches Kopf verschwindet, nur um kurz danach in der Kajütentür wieder aufzutauchen. Der dazugehörige Körper, der folgt, ist atemberaubend fett. Katsches teigiger Bauch leuchtet prall unter dem Saum eines grobmaschigen Pullovers durch die Nacht. Entsetzt sehe ich, dass seine Hände völlig mit Öl verschmiert sind. Ich denke panisch an die teuren Sitze.

Er wirft sich auf den Rücksitz und der Wagen federt hin und her, als er in die Mitte rutscht und sich zwischen den Sitzen nach vorn beugt. Er stinkt unglaublich nach Schweiß und Öl.

Aus seinem schwarzen Sauerkrautbart grinst mich ein zahnloser Mund an. »Bin Katsche«, sagt er und guckt nach dem Schlüsselbund. »Ede?«

Bevor ich etwas erwidern kann, erklärt ihm der Kotelettenmann, worum es geht. Katsche wölbt die Brauen in die Höhe. In seinen trüben Augen erscheinen jetzt Dollarzeichen. Aus dem Mund riecht es fürchterlich, als er haucht: »Fahrt zurück zum Schuppen, wir holen mein Werkzeug.«

Wenige Momente später gucken wir seinem halbierten, weißen Arsch hinterher, der zum Schuppen wackelt. Dann kehrt er mit schwerem Gerät zurück, das er in den Kofferraum knallt. Es scheppert und dengelt. Hoffentlich macht er nichts kaputt.

Ich tippe auf der Tastatur des Navis herum. Wieder *Zuhause.*

Die Route ist berechnet.

Ich gucke auf die Uhr. O Mann!

Jetzt links abbiegen auf A1 Richtung Köln.

Und weiter geht es südwärts. Ich mache vorsichtig mein Fenster einen Spalt auf, weil Katsche schwitzt, dass man es tropfen zu hören glaubt.

»Es zieht«, grölt der Dicke vom Rücksitz. Also wieder zu.

Bald sind wir am Kamener Kreuz.

»Da biegen wir auf die Zwei ab!«, quakt der Fettklops.

Wir wenden uns irritiert zu ihm um. Er hat ein Handy in der dreckigen Hand. »Planänderung, hab Pogorny gesimst, dass wir ihn abholen kommen.«

Kotelette rechts neben mir nickt einverständig.

»Wer ist Pogorny?«

Kotelette meint gedehnt: »Hmm, tja ... Pogorny. Sagen wir, wir schulden ihm noch was.«

»Hat vier Jahre für uns gesessen«, kommt es von hinten. »Und da war der tote Typ von der Tanke noch nicht mal mit drin.« Er gluckst vor Vergnügen.

Pogorny soll also auch noch mitmachen. Da sind sich die beiden einig. Kotelette steckt die Wumme weg. Pogorny, so erklärt er mit einem wölfischen Grinsen, Pogorny sei viel besser ausgestattet als er.

Pogorny wohnt in Hamm. Ich biege also am Kamener Kreuz ab und folge der Beschreibung des Dicken.

Wenn möglich, bitte wenden.

Wir rollen über die A2 und ich fahre in Höhe Bönen ab und orientiere mich nordwärts Richtung Hamm. Pelkum, Wiescherhöfen. Das mit der Zeit haut alles vorn und hinten nicht mehr hin. Und der Navitante passt sowieso die ganze Richtung nicht.

Wenn möglich, bitte wenden. Ich habe den Eindruck, dass der Ton schärfer wird.

»Wo treffen wir Pogorny?«, frage ich.

Bei Katsche piept was. Er hat eine SMS gekriegt. »Am Parkplatz hinterm Kaufhof.«

Wenn möglich, bitte wenden.

Kotelette explodiert: »Mann, du blöde Schlampe, halt endlich dein doofes Maul, sonst ...«

Er hat wieder seine Wumme herausgeholt und hält den Lauf ganz dicht vor das Gerät.

Katsches ölige Pranke legt sich von hinten auf seine Schulter. Ein Schwall von Mundgeruch trägt die Worte »Ruhig, Brauner. Sie weiß allein, wo wir hinmüssen« nach vorn.

Das Navigationsgerät murmelt nun halbherzig etwas von *In fünfhundert Metern rechts abbiegen,* dann sagt sie fünfhundert Meter weiter *Jetzt rechts abbiegen*, und als wir das nicht tun, flüstert sie weitere fünfhundert Meter später *Am Kreisverkehr die erste Abfahrt nehmen* und dann schweigt sie frustriert.

Am nur spärlich erleuchteten Parkplatz hinterm Kaufhof warten wir. Fast zehn Minuten. Ich will nicht kleinlich sein, aber das können wir jetzt überhaupt nicht gebrauchen.

Pogorny kommt angeradelt, stellt sein Gefährt im Radschuppen ab, zieht sich die Hosenklammern von den Waden und sichert das Fahrrad gewissenhaft mit einem Zahlenschloss. Pogorny steckt in einem Blaumann, hat kurz geschorenes rotes Haar und eine Brille mit Gläsern so dick wie Dessertschälchen. Das soll ein Killer sein?

Er quetscht sich neben Katsche auf den Rücksitz. »'tschuldigung, Jungs. Bin noch bei Bob vorbei. Er kommt jetzt. Musste noch Kippen kaufen.« Er grinst uns mit erdnussfarbenen Zähnen an. »Und du? Du bist … E … Esteban? Enrique? Irgendwas Französisches jedenfalls, wetten?«

»Echnathon«, murmele ich unwirsch.

Da kommt Bob.

Der sieht schon eher nach Killer aus. Bisschen jung vielleicht. Immerhin hat er eine Narbe. »Guck ihm bloß nicht auf die Narbe«, raunt Kotelette von rechts. Die breite, ausgefranste Narbe verläuft von der Mitte der Stirn schräg über die Nase bis auf die rechte Wange. Wer immer dieses Gesicht wieder zusammengeflickt hat, hat entweder einen Lötkolben oder eine Heißklebepistole benutzt. Verzweifelt hefte ich den Blick auf sein linkes Ohr, als er den Kopf zum Beifahrerfenster reinsteckt. »Geil, Jungs, dass ihr mich mitnehmt.«

Bob quetscht sich zu den beiden anderen auf den Rücksitz. Kaum zu glauben, dass das noch geht. Sofort fängt er an zu qualmen.

Das ist ein Nichtraucherauto! Das geht doch nie mehr raus! Ich möchte zu gern was sagen, aber immer wenn ich ansetze, fällt mein Blick in den Rückspiegel und Bobs Narbe leuchtet mir entgegen.

»Bloß nicht auf die Narbe gucken.« Kotelette zählt neben mir mit gesenktem Blick eine Handvoll Patronen. »Sonst rastet er aus.«

Folgen Sie der Straße zwölf Kilometer. Aha, unser Mädchen ist wieder an Bord.

»Navi, geil«, freut sich Bob. »Ich hab schon sechs Stück geklaut, aber noch nie eins benutzt.« Bob sieht aus wie dreizehn. Er scheint mir ein echter Psychopath zu sein. »Geil, voll geil, eh geil, eh.«

Pogorny beugt sich nach vorn. »Bob ist bei mir in der Lehre.« Und zu Bob: »Hast du alles dabei?«

Bob nickt. »Alles dabei.« Er klopft auf seine Lederjacke und im Inneren klimpert es metallen. »Ich hoffe, ich kann heute mal ’n paar Sachen ausprobieren. Wirklich voll total geil, eh, Jungs.«

Eine Zeit lang schweigen wir. Kotelette neben mir hat die Mütze abgenommen und ich kann eine Tätowierung auf seinem kahlen Schädel erkennen. Was ist das? Ein Dackel? Nein, ein Drache.

In tausend Metern rechts auf A445 in Richtung Arnsberg abbiegen.

»Geil, so 'n Navi! Geil!«

In fünfhundert Metern rechts auf A445 in Richtung Arnsberg abbiegen.

Ich seufze kraftlos. Im Hilpert-Theater ist wahrscheinlich schon Pause. Dr. Eike Trimbügel hat sicher längst herausgefunden, dass er nicht nur seines Schlüsselbunds verlustig gegangen ist, sondern dass sich zwischenzeitlich auch sein geliebter Mercedes in Luft aufgelöst hat.

Jetzt rechts auf A445 Richtung Arnsberg abbiegen.

Die Polizei wird uns erwarten, wenn wir am Möhnesee aufkreuzen. Sie werden uns mit Streifenwagen und Hubschraubern jagen.

»Hört mal, könnt ihr mich nicht vielleicht da vorne irgendwo rauslassen? Ich lass euch das Auto und …«

Sie starren mich stumm an. Ihre Blicke sind kalt wie Eis.

»War ja nur so 'ne Idee.«

Wir fahren weiter durch den Abend.

Als auf einem Schild der Name Werl auftaucht, heult Pogorny plötzlich auf wie ein Schlosshund. Vier verdammte Jahre habe er da in diesem Scheißknast gesessen, lamentiert er. Vier Jahre für die Jungs.

»Und da war der tote Typ von der Tanke nicht mal drin«, ergänzt Katsche grinsend.

Vier Jahre, das könne sich ja gar keiner ausmalen, da gehe er nie wieder rein, denn da drin hätten ihn alle schlecht behandelt außer der schwule Wärter aus Soest, der habe ihm immer, wenn er besonders traurig gewesen sei … Er wird still und schluchzt nur noch leise. Tränen tropfen vom unteren Rand der dicken Brille.

In tausend Metern rechts auf A44 in Richtung Kassel abbiegen.

Bob summt etwas, um Pogorny zu beruhigen.

In fünfhundert Metern rechts auf A44 in Richtung Kassel abbiegen.

Jetzt rechts auf A 44 in Richtung Kassel abbiegen.

Wir biegen auf die 44 ab.

Folgen Sie der Straße fünfzehn Kilometer.

Nach sieben Kilometern sagt Katsche zerknirscht, er müsse mal.

»Schluck's runter, da haben wir jetzt keine Zeit für«, herrscht ihn Kotelette an. Bob qualmt wieder, Pogorny furzt. Es ist nicht nur laut, es riecht auch. Nur zur Vorsicht schickt er noch einen hinterher.

»Boah, Pogorny, das riecht, als wäre dir ein Tier hinten reingekrochen und drin gestorben!«, ächzt Kotelette.

Bei der Ausfahrt 56 biegen wir ab. Katsche zieht geräuschvoll die Luft zwischen den Zähnen ein. »Geht bald nicht mehr«, wimmert er.

»Jetzt nicht!«, knurrt Kotelette.

Er wird mir die Sitze vollpinkeln, denke ich. Die guten Ledersitze! Was wird Eike sagen?

»Ich könnte mal kurz rechts …«, beginne ich, als wir das erste Gehöft passiert haben. Es klickt. Kotelette entsichert die Knarre. »Untersteh dich, Bürschchen.«

»Dann fahr schneller«, winselt Katsche. Ich trete aufs Gas.

Wir schießen durch ein Kaff. Im Vorbeifahren lese ich irgendwas mit Wipp…

Die Allee ist schnurgerade und elend lang. Rechts blinken die roten Lämpchen der Windräder durch die Nacht.

»Nicht so schnell«, mault Pogorny jetzt vom Rücksitz. »Mir wird schlecht.«

Ich gucke in den Spiegel und sehe Bobs Narbe. Sie leuchtet geradezu im Dunkeln, wie ein feuriger Blitz. Warum kann ich nicht woanders hingucken?

»Was ist, häh?«, blafft er. »Hab ich was an von dir? Passt dir was nicht?«

»Nein, nein, alles in Ordnung, ich ...« Ich konzentriere mich auf die Straße, die Alleebäume.

»Ist es meine Narbe ...« Er guckt zum Schlüsselbund. »Häh, Engelbrecht? Hast du noch nie 'ne Narbe gesehen? Weißt du, was ich mit dem gemacht habe, der zuletzt so auf meine Narbe gestarrt hat, häh?« Er zückt ein Messer.

In fünfhundert Metern der Straße nach rechts folgen.

Die Scheinwerfer fressen sich durch die Finsternis.

Jetzt der Straße nach rechts folgen.

Pogorny ist plötzlich sehr aufgeregt und ihn überkommen heftige Flatulenzen.

Die Straße macht eine starke Rechtskurve und wir schießen mit Vollgas hinein.

Katsche heult auf: »Zu spääät!«

Ich rufe: »Nicht auf die Sitze!«

Häuser rasen rechts und links vorbei. Wir fahren mindestens mit Schallgeschwindigkeit. Bobs Hand mit dem Messer schießt nach vorn, er will mir ein Ohr abschneiden, ich schreie, das Steuer dreht sich hin und her. Katsche und Pogorny versuchen, dem Wahnsinnigen Einhalt zu gebieten, die Brücke über den Möhnesee rast auf uns zu, die Frau im Navi behauptet: *In tausend Metern haben Sie Ihr Ziel erreicht,* als Kotelette durchdreht und drei ohrenbetäubende Schüsse auf das Armaturenbrett abfeuert.

Wir sind bereits ein paar hundert Meter auf der Brücke dahingerast, als ich endgültig die Kontrolle über das Lenkrad verliere.

Tausend Meter vor der Villa am Möhnesee.

Es dröhnt blechern, der Wagen bricht nach links durch die Leitplanke, schwebt ein paar Augenblicke durch die Luft, und während das Blechgehäuse schließlich mit uns eine elliptische Kurve nach unten beschreibt und das schwarze Wasser sekundenschnell auf uns zurast, greife ich instinktiv nach dem Türgriff.

Ich bin der Einzige.

Kurz bevor es mir gelingt, mich hinauszuschwingen, kurz bevor mich der Windstrudel packt und bevor sich Dr. Eike Trimbügels Wagen endgültig in die unergründliche Tiefe des Möhnesees bohrt, glaube ich noch zu hören: *Wenn möglich, bitte wenden … bitte …*

Tatjana Kruse

Ahlen muss sauber bleiben!

In Ahlen möchte man nicht tot am Zaun hängen.

Moooment! Jetzt keine voreiligen Schlüsse. Man möchte auch nicht in Paris tot am Zaun hängen. Oder auf Bali. Man möchte einfach überhaupt nirgends tot am Zaun hängen.

Aber wenn man denn schon irgendwo tot am Zaun hängen muss, weil ein unausgeschlafenes Schicksal mit Morgenmundgeruch es offenbar so wollte, dann war ein Zaun in Ahlen sicher nicht der schlechteste Ort dafür.

Das hätte auch Dwayne Dekker gesagt, wenn er noch etwas hätte sagen können. Er hätte es allerdings auf Amerikanisch gesagt, denn er kam aus New Orleans. Und er hätte gewusst, wovon er sprach. Er hing nämlich nackt am Zaun beziehungsweise über dem Backsteinmäuerchen am Marienplatz.

Im Adamskostüm.

Und tot.

Jetzt fragt man sich natürlich: Woher wusste die Welt, dass es sich um Dwayne Dekker handelte? Der Mann war doch nackt. Wurden die Fingerabdrücke unbescholtener Mitbürger jetzt schon weltweit gespeichert?

Nein. Denis Birkendieck, der ermittelnde Kommissar, erhielt gegen Mittag einen Anruf vom Rechtsmediziner, der nicht nur vermeldete, dass der Tod durch einen Kopfschuss eingetreten war, sondern auch, dass er bei dem Toten an einem Ort, an dem die Sonne nie scheint, eine Visitenkarte gefunden hatte. *Dwayne Dekker, Kunsthändler, New Orleans.* Der Kommissar googelte den Mann und tatsächlich: Zahlreiche Fotos im Internet zeigten die Ahlener Leiche auf diversen Vernissagen, bei denen es immer um große Namen ging – Picasso, Degas, Munch. Dekker war allerdings nicht unbescholten. Eine Eilanfrage bei den Kollegen in New Orleans ergab, dass man mehrmals wegen Hehlerei sowie Handel mit gefälschten Kunstwerken gegen Dekker ermittelt hatte, ihm jedoch nie etwas hatte nachweisen können.

Es stellte sich die Frage, was ein zwielichtiger Kunsthändler aus New Orleans in Ahlen zu suchen gehabt hatte. Kommissar Birkendieck rief im Ahlener Kunstmuseum an. Fehlanzeige: Man kannte dort keinen Dwayne Dekker und konnte auch keinen Kontakt mit einem amerikanischen Kunsthändler bestätigen. Daraufhin klingelte Birkendieck bei den begüterten Honoratioren in Stadt und Umland durch und erkundigte sich höflich, ob Kunsttransaktionen angestanden hatten. Auch nichts.

Der ganze Fall blieb ein Rätsel.

Und daran änderte auch die nächste Leiche nichts.

Der Himmel weinte. Eigentlich heulte er sogar. Und wie. Als ob er Liebeskummer hätte. Lyrisch unbeleckte Zeitgenossen hätten natürlich gesagt, dass es regnete. Wie aus Kübeln. Und weil starker Wind herrschte, regnete es von schräg vorn.

Wer an diesem Nachmittag durch Ahlen streifte, schaute meist nach unten auf das nasse Pflaster, den Kragen hochgeschlagen, den Schirm dicht vor den Körper haltend. Niemand erhob den Blick zum wolkenverhangenen, dämmernden Himmel.

Bis auf Gesche Kleinkötter, drei Jahre, die auf dem Marktplatz unter der Plastikschutzplane ihres Kinderwagens sitzend mit dem pummeligen Kleinkindfinger nach oben zeigte und lautstark die Aufmerksamkeit ihrer Mutter einforderte. Hiltrud Kleinkötter unterhielt sich unter ihrem knallgrünen Familienschirm mit einer Freundin aus der Yogagruppe, darum musste Gesche mehrmals »Mama, guck!« rufen, bevor die beiden Frauen den Schirm schräg hielten und den Blick zur Spitze des Ehrenmales für die Opfer von Krieg und Kriegsfolgen wandern ließen.

Und den Toten sahen.

Der nackt auf dem flügelspreizenden Adler hoch oben auf dem Ehrenmal gefesselt war.

Aber definitiv tot.

Kopfschuss.

Die beiden Ahlener Tageszeitungen vermeldeten am nächsten Morgen fast etwas ungläubig, dass es innerhalb von vierundzwanzig Stunden zwei Morde in Ahlen gegeben hatte. Und nicht einmal im oder ums Hochhaus am Stockpiper herum, wo man Buddelköpfe und Ähnliches erwarten würde. Nein, in der Innenstadt!

Der Tote am Ehrenmal konnte, noch während er dort hing, dank eines goldenen Armkettchens mit eingraviertem Namen und dem Hinweis auf Englisch und Arabisch, dass er auf Penizillin allergisch reagierte, als Hahmid Mahmud identifiziert werden. Während die Feuerwehr den Toten mit der Drehleiter von den ausgebreiteten Schwingen des steinernen Adlers barg, fand Kommissar Birkendieck heraus, dass Mahmud Libanese gewesen war und mit Waffen gehandelt hatte.

Es gab keinerlei erkennbare Verbindung zwischen Dekker und Mahmud – abgesehen von den Löchern in beiden Männerköpfen. Und: Beide hatten im einzigen Innenstadthotel Ahlens gewohnt.

Der Kommissar machte sich auf den Weg.

»Wir haben im Moment fast nur Stammgäste. Einige besuchen die Firma *Kaldewei*, andere sind bei LR, dem Fußballverein, heißt ja jetzt Rot Weiß, dann ein Ehepaar aus Neuseeland. Die sind vor zwanzig Jahren ausgewandert, kommen aber zur Karnevalszeit immer wieder in die alte Heimat.«

Empfangsfrau Inka Ostenbrink zeigte auf den Bildschirm. »Es gibt nur noch zwei Herren aus dem Ausland, die hier noch nie waren. Claude Pétrusse mit Heimatadresse Toronto und Willem de Vries aus Südafrika. Zimmer 102 und 104.«

»Sind die Herren momentan im Hotel?«

Frau Ostenbrink zuckte mit den Schultern.

Der Vertreter der Staatsmacht ließ sich von ihr in den ersten Stock begleiten. Das Zimmer von Herrn Pétrusse war leer. Ein Koffer lag geöffnet auf der Kofferablage, ein zweiter stand geschlossen neben der Tür. Der Bewohner des Zimmers war augenscheinlich nicht mehr hier gewesen, seit das Zimmermädchen aufgeräumt hatte.

In Zimmer 104 sah die Sache schon anders aus. Willem de Vries hatte Überreste eines Döners auf dem Schreibtisch verteilt, eine halb leere Flasche Bier stand auf dem Nachttisch, der aufgeklappte Laptop zeigte den übervollen Posteingang seines E-Mail-Accounts bei igor.com und im Fernsehen lief CNN ohne Ton.

De Vries selbst nahm ein ausgedehntes Wannenbad. Seine Haut war schon ganz schrumpelig. Er badete in Klarwasser ohne Badezusatz. So waren die unzähligen Tätowierungen auf seinem durchtrainierten Körper gut zu sehen.

Der Kopf hing über den Wannenrand und hatte aus einem Loch in der Schläfe den Badezimmerboden vollgeblutet.

Kurzum: De Vries war mausetot.

»Sie waren also die Letzte, die ihn lebend gesehen hat.«

Else Pennemann nickte. »Da lebte er aber noch!«, insistierte sie.

Else Pennemann verschönerte die Zimmer im Hotel. Andere mochten die Tätigkeiten als Schrubben, Wienern und Bettenmachen bezeichnen, aber seit Else den Feng-Shui-Kurs an der Ahlener Volkshochschule besucht hatte, war ihr bewusst geworden, dass sie Schönheit und Ordnung in die Welt brachte, mithin eine höhere Aufgabe erfüllte, die auch blumiger benannt sein wollte. Als ihr Sohn, ein selbstständiger Fensterputzer, sich Visitenkarten drucken ließ, orderte sie gleich hundert Stück für sich mit. Aufdruck:

Else Pennemann Raumkosmetikerin *– für ein sauberes Ahlen! –*

»Is klar, Frau Pennemann. Aber ist Ihnen irgendwas aufgefallen? Wirkte er nervös?« Kommissar Birkendieck saß dem Zimmermädchen – altersmäßig ja eher eine Zimmeroma – in ihrem Wohnzimmer gegenüber. Ihre Schicht hatte um 15 Uhr geendet. Sie und ihr Mann, der in der Küche mit dem feinen Gästekaffeegeschirr hantierte, besaßen ein Häuschen in der Kolonie, gleich um die Ecke vom Glückaufplatz. Karl-Alfred Pennemann war ein ehemaliger Kumpel, und als der Pütt Mitte 2000 gedeckt worden war, hatte er auf Müllmann umsatteln müssen. Außer Geschirrgeklapper und dem Blubbern der Kaffeemaschine hörte man auch ein mysteriöses Gurren aus der Küche. Es klang nach einer Taube, aber zum Wundern hatte der Kommissar keine Zeit, er musste eine Befragung durchführen.

»Denken Sie nach, Frau Pennemann. Jede Kleinigkeit kann wichtig sein«, drängte Birkendieck.

Else dachte nach. Dabei kräuselte sich ihr Stupsnäschen. Kalle, ihr Mann, hielt das auch nach fast vierzig Jahren Ehe immer noch für besonders sexy. Sie führten eine glückliche Ehe.

Kommissar Denis Birkendieck hatte keinen Blick für die Altersschönheit von Else Pennemann. Er war emsig damit beschäftigt, sich auf der Karriereleiter nach oben zu kämpfen. Wenn er diesen Fall bravourös löste, stand einer Beförderung nichts mehr im Wege. Er beugte sich auf dem in Plastik gehüllten Sofa vor. »Schien der Mann ängstlich? Denken Sie nach, Frau Pennemann!«

»Ich versuch's ja!« Else schürzte die Lippen. »Nein, er hat sich völlig normal verhalten. Vielleicht einen Tick unfreundlich. Sprach aber für einen Ausländer sehr gut Deutsch. In der Rückschau bekommen seine letzten Worte natürlich eine ganz besondere Bedeutung.« Else legte die Stirn in Falten.

Denis Birkendieck nickte auffordernd. »Was hat er gesagt?«

Else guckte triumphierend. »Er sagte: Ich brauche noch ein weiteres Handtuch – ich will baden!«

Esteban Zafron zog eine Augenbraue nach oben.

Der Westfalen-Express hatte ihn auf dem Ahlener Bahnhof ausgespuckt. Draußen vor dem Bahnhofsgebäude goss es in

Strömen. Dunkle Wolken dräuten über Ahlen – und es waren nicht nur Regenwolken, aber das ahnte Zafron noch nicht.

Am Taxistand langweilten sich zwei Fahrer. Ein grüner Bus fuhr vorbei, ohne zu halten. Drüben auf dem Sidney-Hinds-Platz erleichterte sich ein Dackel. Der dazugehörige Zweibeiner war in der Ganzkörperregenkluft weder als Mann noch als Frau zu identifizieren. Sonst war weit und breit niemand zu sehen.

Zafron faltete den Stadtplan auseinander. Vorn prangte das Wappen von Ahlen: ein geflügelter Aal unter drei Zinnen. Mitteleuropäische Geschichte war das Hobby von Esteban Zafron, 44, aus Kolumbien. Der Westfälische Hansebund war ihm bekannt. Ob der fliegende Aal allerdings eine Anspielung auf den hansischen Gedanken verkörperte, erschloss sich dem Südamerikaner nicht sofort. Jedoch hatte auch er hansische Gedanken: Er wollte für sich und seine ›Familie‹ neue Handelsräume erschließen.

Der Regen nahm zu. Zafron seufzte, stellte den Kragen auf und marschierte in die feuchte Luft hinaus. Sein Ziel: das Innenstadthotel. Erst mal einchecken und sich frisch machen. Er hätte ja gern ein Taxi genommen, aber je weniger Menschen ihn sahen und sich später an ihn erinnern konnten, desto besser.

Normalerweise ging er nämlich nie zu Fuß. Er fuhr auch nicht mit dem Auto. Er wurde gefahren. Von seinem Chauffeur Carlos. Und er hatte auch immer zwei Leibwächter dabei. Aber der Deal mit den anderen hatte gelautet: Allein kommen!

Zafron umklammerte den Griff seines Schweinslederköfferchens, in dem sich eine Zahnbürste und eine Unterhose zum Wechseln befanden. Sowie sein Gastgeschenk für seine neuen Handelspartner: vier Päckchen bestes Kokain zu je einem halben Kilo. In grünem Geschenkpapier mit blauer Schleife.

Zafron seufzte.

Schweißwetter!

Müllmann Viktor Friebel-Fricke wuchtete die gelben Säcke in den Müllwagen. Es war Donnerstagmorgen und sie standen vor der Kampfkunstschule im Imkerhaus.

»Und dann verlangt sie von mir, dass ich mir ihren Namen auf die Schulter tätowieren lasse!«, brüllte er seinem Kollegen Kalle Pennemann über den Regen hinweg zu.

Noch ein Sack flog durch die Luft.

»Ich habe mir wegen ihr schon diesen bekackten Doppelnamen zugelegt. Ich trage wegen ihr einen Ohrring als Zeichen unserer Verbundenheit. Und jetzt ein Tattoo? Nee, mein Lieber, ohne mich!«

Die Säcke flogen schneller.

»Nicht mit mir!«, donnerte Friebel-Fricke hinterher, in einem Dezibelbereich, der womöglich bis zu der gemeinsamen Dreizimmerwohnung auf dem Westkamp zu hören war, wo seine Gabi noch selig schlummerte. Er warf den letzten gelben Sack mit so viel Schmackes in den Müllwagen, dass der Sack aufplatzte.

Und ein sauber abgetrenntes Bein freigab.

Das, wie sich später herausstellen sollte, Igor Barsoi gehörte, einem 36-jährigen Kasachen, der mit einem gefälschten kanadischen Pass, ausgestellt auf den Namen Claude Pétrusse, unterwegs war.

Manchmal nannte er sich auch Boris Grutschenko. Dann wieder Sergei Lafitte.

Sein Beruf war aber immer derselbe. Gewesen.

Mädchenhändler.

In Ahlen ging die Angst um.

Jeden Tag zwei frische Leichen, da kam selbst die BILD-Zeitung nicht mehr mit. Deren Repräsentanten tummelten sich mittlerweile ebenso in der Stadt wie die jedes privaten Fernsehsenders. Wenn es nur ehemalige Kumpel gewesen wären, die da meuchlings gemordet wurden, da hätte ja vielleicht kein Hahn nach gekräht. Aber international gesuchte Großverbrecher?

Die Welt staunte!

Von schnöder Hand hatte ein Sprayer *Worüber wacht ihr eigentlich? Nur über die Hundeleinenpflicht?* an die Schaufensterscheibe des Stadtwachtbüros gesprüht.

Besorgte Bürger gaben ihrer Besorgnis Ausdruck, wann immer ihnen Radio WAF oder sonst wer ein Mikrofon vor ihr Gesicht hielt, was oft vorkam, insbesondere wenn es sich bei den besorgten Bürgern um türkische Kopftuchträgerinnen oder erkennbare Exzechenkumpel handelte, die waren medienwirksamer als der Durchschnittsbürger.

Der Polizeichef forderte Verstärkung aus Warendorf an und bekam sie auch. Unzählige Streifenwagen patrouillierten durch die Stadt. Es gab womöglich keinen Ort in Gesamtdeutschland, der in diesen Tagen mehr Sicherheit bot als Ahlen/Westfalen.

Esteban Zafron hatte trotzdem Angst, als er dank der *Ahlener Zeitung* in seinem Hotelzimmer von den Vorfällen erfuhr. Er war ein Drogenbaron in einer Stadt, in der Verbrecher wie er reihenweise abgeschlachtet wurden.

Und er war allein.

Der Weg zum Herzen eines Mannes führt nicht durch seinen Magen – das wäre viel zu hoch gezielt.

Inka Ostenbrink, blond, 33, Hotelempfangsdame, wusste das, weswegen sie auch sämtliche Sexratgeber deutscher Sprache gekauft hatte. Aber ein lecker Töttchen war auch nicht zu verachten, wenn man sich einen Mann gefügig machen wollte.

»Nicht doch einen Happen, Herr Kommissar?«, hauchte sie mit rauchiger Schlafzimmerstimme und legte den Kopf schräg.

Denis Birkendieck schüttelte den Kopf. »Riecht wirklich köstlich, aber deswegen bin ich nicht hier.«

Er war hier, um sie erneut zu befragen. Es konnte nämlich kein Zufall sein, dass alle Toten im Innenstadthotel übernachtet hatten.

»Frau Ostenbrink, Sie sind Mitglied im Schützenverein?« Es war eigentlich keine Frage, Birkendieck hatte das längst überprüft.

»Ja und?« Inka versuchte sich an einem sexy Augenaufschlag. Natürlich sah es eher so aus, als hätte sie was im Auge.

»Nun … alle Opfer wurden erschossen.«

Inka schlüpfte kurz aus ihrer Rolle als verruchte Femme fatale und machte auf empört. »Ja wie? Wollen Sie etwa andeuten, dass ich …?«

Birkendieck blickte neutral. Das konnte er gut.

»Ich habe mit diesen Morden nichts, aber auch gar nichts zu tun!«, echauffierte sich Inka Ostenbrink. »Ich besitze ja nicht einmal eine Waffe. Ich bin nur Mitglied geworden, weil in der *Brigitte* stand, man soll einem rein männlichen Sportverein beitreten, wenn man gutes Flirtmaterial auftun will!«

Esteban Zafron irrte durch die regennassen Straßen Ahlens, sein Schweinslederköfferchen an die Brust gepresst.

Keiner der anderen war noch am Leben. Er hatte daraufhin seine Bodyguards auf dem Handy alarmiert. Sie waren schon unterwegs. Aber rund um das Kamener Kreuz war wieder Stau. Irgendeine Massenkarambolage wegen Aquaplaning.

Er hastete die Warendorfer Straße entlang, über die Nordstraße in Richtung Fußgängerzone. Jeder schien ihm verdächtig. Diese Westfalengesichter – wer konnte schon in ihnen lesen? Aber nein, alles harmlose Mitmenschen. Natürlich waren die Mörder von Dwayne, Mahmud, Igor und de Vries internationale Auftragskiller. Gedungene Spießgesellen, von Konkurrenten bezahlt. Aber wie hatte die Konkurrenz herausgefunden, dass sie fünf ausgerechnet in Ahlen ein eigenes Verbrechersyndikat gründen wollten? Das Ahlen-Kartell. Die Westfalen-Connection. Gewinnmaximierung durch Diversifikation – die Wahl war durch Werfen eines Pfeiles auf diese westfälische Kleinstadt gefallen. Wie hatte die Russenmafia das herausfinden können? Es waren ganz bestimmt die Russen! Die wollten ihre Pfründe schützen.

Hatte einer der anderen geplaudert? Und dafür mit dem Leben ebenso bezahlt wie die, die er verraten hatte? Ja, so musste es gewesen sein!

Zafron hastete über den Markplatz. Und verschwand in der St. Bartholomäus-Kirche. Hier fühlte er sich sicher. Schwer atmend ließ er sich auf eine Holzbank fallen.

Er sah auf sein Handy. Ja, er hatte Empfang. Hier würde er bleiben, bis seine Jungs in Ahlen eintrafen und ihn sicher zum Flughafen geleiteten.

Da ging die Tür auf. Ein kahl rasierter, vierschrötiger Killer?

Zafron, der kurz erstarrt war, atmete entspannt auf.

Nein, nur eine kleine, alte Frau, die eine Kerze entzünden wollte.

Sie lächelte ihm zu.

Erika Wessling kam vom Freeclimbing in der ehemaligen Kaue. Sie gab Gas, denn sie war spät dran. Um 20 Uhr sollte der bunte Abend im Seniorenheim beginnen. Es kam extra ein Zauberkünstler aus Münster. Und bis die ganzen Pflegestufen II und III in den Versammlungsraum geschoben waren, das dauerte. Erika blinzelte durch den Regen in die Nacht. Man konnte die Hand nicht vor Augen sehen. Aber sie gab weiter Gas. Ihr Golf schoss nach vorn. Und ruckelte über etwas hinweg.

»Au weia, hab ich ein Reh überfahren?«, fragte sich Erika im ersten Moment. Was ja Blödsinn ist, dachte sie gleich darauf, wir sind hier mitten in der Stadt. Sie hielt an und stieg aus.

Eine böse Vorahnung überkam sie.

Und ja, was da am Boden lag, war ein Mensch. Ein nackter Mann, um genau zu sein.

Ein toter, nackter Mann.

Die rechte Hand um den Griff eines Schweinslederköfferchens gekrallt.

Mit einem Einschussloch im Kopf.

Aus der Beförderung wurde nichts.

Denis Birkendieck hatte versagt. Ein kolumbianischer Drogenboss, ein kasachischer Mädchenhändler, ein südafrikanischer Diamantenschmuggler, ein amerikanischer Kunsthehler und ein libanesischer Waffenschieber waren in Ahlen/Westfalen durch Fremdeinwirkung zu Tode gekommen und ihm, Denis Birkendieck, war die Aufklärung nicht gelungen. Okay, auch die extra abgestellten BKA-Experten für organisiertes Verbrechen waren kläglich gescheitert und die fünf Morde – zweifellos Racheakte innerhalb des organisierten Verbrechens – galten als ungeklärt, aber Denis nahm das persönlich. Er ließ sich bald darauf nach Bayern versetzen.

Hotelempfangsdame Inka Ostenbrink nahm er mit. Sie waren sich auf der Frühjahrskirmes auf dem Dr.-Paul-Rosenberg-Platz nähergekommen. Kurz vor Weihnachten wurde Denis junior in der Passauer Frauenklinik geboren. Mutter und Kind sind wohlauf. Die Hochzeit der Eltern ist für den kommenden Valentinstag geplant.

Erika Wessling sattelte um und wurde Freeclimbinglehrerin. Im Sommer wurde sie bei den Freeclimbingweltmeisterschaften in Finnland Vierte.

Die linke Pobacke von Viktor Friebel-Fricke zierte ab Juni der Namenszug *Gabi forever.*

Else Pennemann arbeitete weiter als Raumkosmetikerin im Innenstadthotel.

Kalle Pennemann hatte eine Träne im Auge.

»Ich weine nicht! Das Leberbrot war so scharf. Hast du deinen Jahresvorrat an Chili drübergestreut oder was?«, sagte er zu seiner Frau Else, die neben ihm auf dem Sofa saß und auf einer langen Liste einzelne Punkte abhakte.

Ursache seines Tränenflusses war aber nicht das Leberbrot, Ursache war der einzige Spross seiner Lenden, bis gerade eben der ganze Stolz seines Lebens, sein Sohn Günter.

Günni Pennemann saß seinem Vater gegenüber. »Tut mir leid, Papa. Aber wir schreiben das 21. Jahrhundert. Und ich bin, wie ich bin.«

»Kalle, hast du die Klamotten heute bei Schichtende in der Müllverbrennungsanlage entsorgt?«, fragte Else.

Kalle nickte.

Schorsch gurrte. Schorsch war ein Täuberich. Als Brieftaube war er eine Null. Wer als Taube nichts bringt, kommt normalerweise in die Suppe. Aber Kalle Pennemann hatte Schorsch aus irgendeinem Grund ins Herz geschlossen. Seitdem saß Schorsch jeden Abend im Wohnzimmer auf seiner Schulter. Eine Männerfreundschaft.

Else machte einen Haken auf der Liste. »Günni, hast du beim Ausziehen der Leichen auch immer deinen Plastikanzug getragen, damit die Polizei keinen Faserabrieb von dir findet, wie ich es dir gesagt habe?«

»Klar, Mama.« Günni stand auf und ging in die Küche.

Else machte noch einen Haken.

Kalle Pennemann seufzte. Er hatte es schon immer geahnt. Günni war anders als andere Jungs. Immer schon.

Kalle und Schorsch schüttelten unisono den Kopf.

Sein Sohn kam mit zwei Flaschen Pinkus aus der Küche. »Mein Gott, Papa«, sagte er, »es könnte viel schlimmer sein.«

»Noch schlimmer?« Kalle trank seine Flasche auf ex.

»Ach, Papa, es ist ja nicht so, als ob ich schwul wäre. Ich habe nur ein exotisches Hobby! Du hast ja auch ein Hobby!« Günni wurde einen Tick lauter, als er auf die Brieftaube zeigte.

Schorsch gurrte warnend. Er mochte es nicht, wenn man gegen seinen guten Kumpel Kalle die Stimme erhob. Oder gegen ihn.

Günni Pennemann, einen Meter neunundachtzig stattliche Männlichkeit, selbstständiger Fensterputzer, mittlerweile Vater von zwei unehelichen Kindern, hatte sich soeben geoutet: Ja, er besuche schon seit einem Jahr heimlich das Training seiner Gruppe in Dortmund. Und ja, er war jetzt festes Mitglied geworden.

Im *Synchronschwimmerensemble Seesternchen e. V.*

Günni hatte eigentlich erwartet, dass seinen Vater der Schlag treffen würde. So gesehen, war die Aussprache noch echt gut verlaufen.

Ach herrje, dachte derweil Kalle Pennemann, was würden wohl die Kollegen von der *Brieftaubenreisevereinigung Ahlen und Umgebung e. V.* sagen, wenn sie davon erfuhren? »Ach

Junge, ich liebe dich natürlich trotzdem, aber noch ist es nicht zu spät – willst du nicht Boxer werden? Oder Radfahrer wie der Aldag? Oder Taubenzüchter wie ich?«

»Ach, Papa!« Günni schnaubte genervt.

Else Pennemann achtete nicht weiter auf Mann und Sohn. Kleine Meinungsverschiedenheiten gehörten in einem mittelständischen Familienunternehmen einfach dazu. Und sie waren ein Familienunternehmen, Tätigkeitsbereich: Reinigungsgewerbe. Im weitesten Sinne. Ihre Berufung ging über Dreck und Müll hinaus: Quasi der Raum an sich – die Stadt, ja, das Universum – verlangte nach Reinigung. Der Sohn wienerte nicht nur Fenster, der Vater entsorgte nicht nur Müll, die Mutter richtete nicht nur Hotelzimmer – sie hatten ein hehreres Ziel: Sauberkeit für Ahlen. Auch in moralischer Hinsicht.

Wenn Else beim Saubermachen der Zimmer im Innenstadthotel entdeckte, dass kriminelles Gesocks sich in Ahlen zu schnöden Komplottzwecken traf, dann wurde eingegriffen.

Mutti Pennemann war eine Expertin darin, das Gepäck der Gäste so zu durchwühlen, dass sie es nicht merkten. Ganz Misstrauische legten ja oft ein Haar quer über den Koffer. Lächerlich. Das war keine Herausforderung. Erst bei Koffern mit Zahlenkombinationsschlössern blühte Else richtig auf. Aber die allermeisten ließen ohnehin alles einfach liegen, auch wichtige Dokumente oder E-Mail-Ausdrucke, gerade die Ausländer. Die glaubten wohl, Hotelzimmer würden von Heinzelmännchen gereinigt, die keine Fremdsprachen lesen konnten.

Sie hatten in ihrem Familienunternehmen eine klare Arbeitsteilung: Mutti Pennemann erschoss die windigen Verbrecher mit dem alten Armeerevolver ihres Vaters selig. Der war auf dem Pütt geblieben. Damals hatte keiner nach der Waffe gefragt. Keiner der Verbrecher hatte Angst vor ihr gehabt. Wer fürchtet sich schon vor einer Anfangsechzigerin mit schlechter Dauerwelle und Kittelschürze? Günni Pennemann war mit seinem Fensterputzlaster mit Schwenkarm für die Drapierung der Toten an öffentlichen Orten zuständig: Es galt schließlich, der Welt eine Botschaft kundzutun: *Ihr windigen Verbrecher da draußen, bleibt, wo ihr seid, kommt ja nicht nach Ahlen!* Und Papa Pennemann warf im Anschluss sämtliches Beweismaterial in die Müllverbrennungsanlage. Ja, als Team waren sie einfach unschlagbar.

In dem Schächtelchen, das zum Revolver ihres Vaters gehört hatte, lagen noch fünfundvierzig Patronen. Else musste an den Gast aus Zimmer 114 denken. Und an die Vorladung im Seitenfach seiner Reisetasche. Offenbar verprügelte er regelmäßig seine Frau.

Else nickte.

Ja, sie würde die Patronen ihres Vaters selig weiterhin sinnvoll einsetzen. Günni und Kalle konnten dann den Rest erledigen.

Ahlener Komplettreinigung à la Pennemann.

Else lächelte beglückt.

Raimon Weber

Aschermittwoch, Magnum und der Tod in Beckum

Rosenmontag

Willi war vierundvierzig Jahre alt, aber er sah älter aus – älter und gefährlich. Er war fast zwei Meter groß, mit einem Stiernacken und einer großen Nase, die dreimal gebrochen war. Obwohl er langsam Speck ansetzte, wirkte er, als könnte er einem Mann alle Knochen im Leib brechen.

Und das hatte Willi auch mehr als einmal getan.

An seiner linken Hand fehlte der Zeigefinger. Vor über dreißig Jahren war eine seiner selbst gebastelten Bomben ein wenig zu früh explodiert.

Der Revolver fühlte sich angenehm schwer in seiner Hand an. Willi hob den Lauf, visierte das tote Tier an und drückte ab.

Die Waffe flog hoch. Das explosionsartige Geräusch machte ihn für zwei, drei Sekunden taub.

Kaliber .357 Magnum, dachte er und grinste breit.

Er betrachtete das Einschussloch in dem Kadaver. Das Projektil hatte einen Krater von fünf Zentimeter Durchmesser gebohrt. Wäre das Tier nicht schon einige Zeit tot – Willi hörte bei der Betrachtung bewusst auf zu atmen –, wäre viel Blut geflossen, aber so hielt sich die Sauerei in Grenzen. Nicht dass es Willi etwas ausgemacht hätte, aber das hier war Holgers Schuppen. Sein fünf Jahre jüngerer Bruder würde sicher ein Riesenspektakel veranstalten, wenn das penibel geordnete Werkzeug – die Schraubenschlüssel hingen poliert und der Größe nach geordnet an der Wand – und die halb restaurierte 900er BMW, Baujahr 1978, ein paar Spritzer abbekommen hätten.

Willi fragte sich, warum sich sein Bruder überhaupt die Mühe machte, das alte Motorrad herzurichten. Holgers weiteste Reisen führten ihn gerade mal bis Münster und von dort kehrte er gestresst und verschwitzt zurück. Er hasste es, sein vertrautes

Umfeld zu verlassen. Er bezeichnete sich immer als »mit der Scholle verwachsen«. Beckum würde ihm alles bieten, was er brauchte. Holger war in Willis Augen schon immer ein Weichei gewesen. Ein strebsames obendrein. Schulabschluss, Ausbildung zum Schweißer, begeisterter Karnevalist und mehrere Beziehungen mit Frauen, die immer mindestens ein paar Monate hielten. Vermutlich wäre Holger auch schon längst verheiratet, mit Kindern, gepflegtem Haus und Garten anstelle dieser Bruchbude, wenn er nicht eine Leidenschaft gehabt hätte, die sich mit der Zeit zu einem höchst kostspieligen Problem entwickelt hatte.

Holger war ein Zocker. Mit Karten und Würfeln. Und er wusste nie, wann er aufzuhören hatte. Jetzt steckte er in der Scheiße und schuldete ein paar ausgekochten Typen vom Balkan fünfzehntausend Euro. Die hatten bei ihm zweimal angemahnt und beim dritten Mal seinen linken Arm in Plastikfolie gewickelt und angezündet. Eine Woche blieb ihm noch, um die Schulden zu begleichen. Sonst würden sie seine Weichteile verpacken. Nur deshalb war Holger bei ihm aufgekreuzt. Weil er nicht mehr weiterwusste. Weil ihm sein Bruder, den er sonst mied wie Herpes, helfen sollte.

»Familie bleibt Familie«, knurrte Willi, und um seiner mühsam im Zaum gehaltenen Wut ein Ventil zu verschaffen, drückte er den Lauf der Waffe gegen den Tank der BMW und hinterließ einen Kratzer im metallicblauen Lack.

Er hörte den alten Kadett kommen. Die Karre lief nur noch auf drei Zylindern und gehörte Holgers neuer Freundin Katja. Sie war die erste Frau von außerhalb, mit der er was angefangen hatte. Willi nannte sie die *Zimtstange.* Weil er fand, dass sie immer stank wie ein Zentner Weihnachtsgebäck.

Er hörte die schlurfenden Schritte seines Bruders vor der Schuppentür.

Holger blieb auf der Schwelle stehen. »Was machst du hier?«

Im Gegensatz zu seinem Bruder war er ein schlaksiger Bursche. Mit seinen ausgeprägten Glupschaugen unter den geschwungenen Brauen sah er aus, als wäre sein Dasein eine permanente Überraschung.

Willi hielt den Revolver auf Augenhöhe. »Ich musste das Ding doch wenigstens einmal vor unserem großen Auftritt testen.«

Holger starrte auf die stählerne Waffe mit dem kurzen, stupsnasigen Lauf, dann wandte er panisch den Kopf in alle Richtungen. »Was ist das denn?« Mit ausgestrecktem Arm deutete er auf das schwarz-weiße Fellbündel auf der Werkbank.

»Ein Dachs«, erklärte Willi, während er fasziniert den Revolver im Licht der einzigen Glühbirne betrachtete.

Holger baute sich vor seinem Bruder auf. »Du hast hier einen Dachs erschossen? Bist du jetzt völlig gestört!« Speicheltropfen spritzten aus Holgers Mund und landeten auf Willis Parka.

»Der war schon tot. Hab ihn am Straßenrand gefunden. Ich wollte sehen, ob die Knarre auch richtige Löcher reißt.« Willi zielte erneut auf den Dachs. »Wo hast du die Waffe eigentlich her?«

Holger gab keine Antwort, sondern legte seine Hand auf Willis Arm. »Leg den Revolver wieder ins Versteck. Du kannst hier nicht rumballern. Was ist, wenn das jemand gehört hat?«

Willi rollte mit den Augen. »Hier ist doch keiner. Außerdem feiert ganz Beckum Rosenmontag. Du weißt doch: Rumskedi helau! Dieses Jahr werden dich deine Narrenkumpel wohl schwer vermissen, was?« Willi tat so, als wäre er der Karnevalsprinz und grüßte mit der rechten Hand huldvoll eine imaginäre Menschenmenge.

Ehe Willi reagieren konnte, hatte ihm sein Bruder die Waffe aus der Hand genommen. »Du kriegst sie am Aschermittwoch zurück.«

Willi schnaufte verächtlich. »Seit du mit dieser Katja zusammen bist, spielst du dich ziemlich auf.«

Holger sagte nichts, wippte nur nervös auf den Zehenspitzen.

»Wie lange willst du eigentlich mit der zusammenbleiben?«

»Immer«, schnarrte Holger.

Willi lachte kurz und bellend. »Du hast sie doch erst vor Kurzem in Münster kennengelernt.«

»Sie ist die Richtige für mich. Das weiß ich. Ich werde meine Schulden begleichen und eine Therapie machen. Katja hilft mir dabei.«

»Klasse!«, erwiderte Willi, schob seinen Bruder unsanft zur Seite und stampfte zur Tür.

»Willst du nicht zum Essen bleiben?«, fragte Holger.

»Nö, nicht wenn die Zimtstange da ist. Außerdem stehe ich nicht auf Sojafürze.« Willi warf die Tür so fest hinter sich zu, dass Staub und Vogelkot von der Decke rieselten.

»Du sollst sie nicht Zimtstange nennen!«, brüllte Holger. »Und nimm deinen Scheißdachs mit!«

Klingeldienstag

Holger stieß die Messerklinge in ein Dinkelbrötchen und zersägte es mühsam in zwei Hälften. Der Morgen vor dem Fenster war so düster und grau, dass es ebenso gut das Ende wie der Anfang des Tages hätte sein können.

Katja blies eine kastanienfarbene Haarsträhne aus ihrem Gesicht. Sie stützte beide Ellbogen auf den Tisch und starrte ihn mit ihren riesigen, grünen Augen an. »Dein Bruder hat einen Dachs erschossen?«

»Der ist vorher schon von einem Auto überfahren worden«, brummte Holger. Er griff nach einer Scheibe Bärlauchkäse, obwohl ihm eher nach rohem Schinken war. Aber Katja hatte ihn davon überzeugt, dass der Verzehr von Fleisch barbarisch war. Sie liebte Tiere – ob Regenwurm oder Königstiger – über alles und er war froh, dass sie ihm jeden Tag aufs Neue klarmachte, wie existenziell es war, sich an den Geschöpfen von Mutter Erde zu erfreuen, anstatt sie zu braten.

Er hatte ihr erst beim Frühstück von Willis Schießübungen erzählt, wusste er doch, wie schockiert sie darüber sein würde.

Außerdem, hätte er Katja noch am gestrigen Abend davon berichtet, wäre sie bestimmt zu verstört gewesen, um ihm wieder einmal zu zeigen, welche unglaublichen Dinge ihre schlanken Finger mit seinem Körper anstellen konnten.

Katja schniefte und wischte sich die Nase am Ärmel ab. »Er hat den armen Dachs noch nach dem Tode entweiht.« Ihre ungeschminkten Wangen wirkten beinahe durchscheinend.

»Ich habe ihn beerdigt«, sagte Holger leise.

Sie schenkte ihm ein dankbares Lächeln. »Du bist gut.«

Er betrachtete intensiv sein Käsebrötchen, weil er fürchtete zu erröten. Er schämte sich für seine Lüge, denn er hatte am gestrigen Abend keine Lust mehr gehabt, ein Grab auszuheben, wie es Katja bei jeder gefundenen Tierleiche tat. Der Dachs lag in der Mülltonne.

Katja nippte an ihrem Tee. »Das ist nur ein weiterer Beweis für das ganz schlechte Karma deines Bruders.«

Holger nickte. »Aber wir brauchen ihn. Ich habe so etwas noch nie gemacht. Und er kennt die richtigen Leute.«

»Es reicht schon, wenn er dabei ist. Noch zwei von seiner Sorte sind ...« Sie suchte nach Worten. »Sind eine ungeheure Konzentration negativer, gewalttätiger Energien.«

»Die beiden sind nötig, um uns Zeit zu verschaffen.« Er griff über den Tisch hinweg nach ihrer Hand. »Ich finde es viel schlimmer, dass du den Wagen fahren willst.«

Katja stand auf, stellte sich hinter ihn und schlang beide Arme um seine Brust. »Ich muss es aber tun, mein Schatz. Für dich.«

Sie küsste ihn auf den Kopf und ihre Haare fluteten über sein Gesicht wie ein nach Weihnachtsgebäck duftender Vorhang.

»Hast du die Platzpatronen besorgt?«, hauchte sie in sein Ohr.

»Ja«, ächzte Holger irritiert und seine Erektion erschlaffte.

»Gut. Er hat den Revolver doch nicht mitgenommen?« Sie knabberte jetzt an seinem Ohrläppchen, aber der Moment der Erregung war endgültig vorbei.

Er seufzte. »Ich habe sie ihm gestern Abend weggenommen.«

Sie ließ abrupt von ihm ab. »Er ist unberechenbar. Es macht ihm Spaß, anderen wehzutun. Du musst die scharfe Munition austauschen.«

Er holte tief Luft und sah zu ihr auf. »Weder er noch ich werden scharfe Munition haben. Es wird niemandem etwas passieren.«

Regentropfen hämmerten jetzt so heftig gegen die Fensterscheiben, als wollten sie sich gewaltsam Einlass verschaffen. Er hoffte, dass das Wetter nicht den Ausklang des Karnevals beeinträchtigen würde. In knapp neun Stunden, Punkt 17.11 Uhr, würden sich die Karnevalsvereine nach einem Sternmarsch auf dem Marktplatz versammeln, um den Stadtprinzen und den Hofmarschall zu verabschieden. Die Beckumer sollten an ihrem Klingeldienstag feiern und trinken. Viel trinken. Zum ersten Mal seit Jahren würde Holger nicht dabei sein.

»Ich habe Angst«, sagte Holger.

»Ich weiß«, erwiderte Katja sanft. »Deshalb werde ich im Wagen auf dich warten. Du kannst dich auf mich verlassen.«

Willis Wohnung bestand nur aus einem großen Raum mit einer Kochnische. Willi ließ sich auf die zerschlissene Ledercouch fallen und musterte den großen Waschmittelkarton auf dem Tisch. Zangen, Schraubenzieher, Drähte und Lüsterklemmen verteilten sich über die Tischplatte. Das Telefon stand auf dem Boden und verbarg sich unter einem Haufen schmutziger Wäsche. Willi wischte diverse Unterhosen und Socken zur Seite und wählte eine Nummer. Am anderen Ende der Leitung wurde sofort abgenommen.

»Hey, Klaus! Ich bin's«, sagte Willi. »Alles klar mit dir und Achim?«

»Alles klar!«, erwiderte Klaus. »Wir haben zwei Karren besorgt. Einen Renault und einen Iveco. Stehen sicher in Achims Schuppen.«

»Hat euch auch keiner gesehen?«

Klaus schnaufte verächtlich. »Wir sind Profis, Mann.«

»Um Punkt neun macht ihr die Straße dicht.« Willis Stimme nahm einen verschwörerischen Ton an. »Wir schlagen so vierzig Minuten später zu. Das bedeutet, dass wir euch ungefähr um zehn treffen. An der Straße Zum Wasserwerk.«

»Wann bringst du das …« Der Mann am anderen Ende der Leitung zögerte. »Ich meine … das Paket.«

»Heute Abend um elf.«

»Damit kann doch nichts schiefgehen?«

Willi klopfte gegen den Waschmittelkarton. »Quatsch!«

Aschermittwoch

Während die Sekretärin darüber nachdachte, ob sonnengelb nicht ein zu gewagter Anstrich für ihr neues Badezimmer war, vernahm sie zwei Geräusche gleichzeitig: Das Telefon läutete und vor ihrem Fenster quietschten Reifen. Die Frau erhob sich halb vom Bürostuhl, um zu sehen, was auf der Straße los war, und griff dabei nach dem Hörer. Verwundert betrachtete sie den Lieferwagen, der quer auf der Fahrbahn stand.

»Hohmann, Sekretariat der Eichen …«

»Schnauze und zuhören!«, unterbrach sie eine Männerstimme.

Die Sekretärin war so verblüfft, dass sie für den Moment sprachlos war und ihr Verstand mühsam nach Worten suchte, um auf die Unverschämtheit angemessen zu reagieren.

»Hier spricht das Komitee der globalen Vernunft!«, bellte der Fremde stakkatoartig. »Wir fordern Religionsfreiheit und eine schulische Früherziehung hinsichtlich eines rücksichtsvollen Umgangs mit den Ressourcen unseres Planeten.« Der Text klang abgelesen.

»Soll das ein schlechter Scherz sein?«, fragte die Sekretärin und versuchte, ihrer Stimme jenen Klang zu verleihen, den sie bei einem ungehorsamen Schüler für angemessen hielt. Aber dies war kein Schülerstreich, warnte ihr Verstand. Der Mann klang aggressiv. Er machte ihr trotz seines unsinnigen Vortrags Angst. Sie sah sich Hilfe suchend um, aber da war niemand im

Zimmer, der ihr beistehen konnte. Vom Flur drang gedämpft das Lachen von Kindern.

Der Mann am anderen Ende der Leitung raschelte mit Papier und fuhr fort: »In Ihrer Schule befindet sich eine Bombe. Wenn unsere Forderungen nicht erfüllt werden, wird die Bombe per Fernzündung in die Luft gehen.«

Das Herz der Sekretärin begann, wie wild zu schlagen. Ihr Mund war mit einem Mal ganz trocken. »Was für Forderungen?« Sie klang wie ein rostiges Scharnier.

»Ich wiederhole mich nicht!« Der Mann hörte sich jetzt an, als wollte er sie schlagen. »Außerdem verlangen wir zwei Millionen in kleinen Scheinen. Weitere Anordnungen folgen.«

Sie vergaß zu atmen. Ihr Gesicht zeigte hektische Flecken.

»Absolut niemand, kein Kind und auch kein Scheißlehrer, verlässt die Schule. Sonst geht die Bombe sofort hoch. Ich kann euch genau sehen.«

Die Leitung wurde unterbrochen.

Der Sekretärin rutschte der Hörer aus der Hand. Mit einem Mal war ihr die Farbe des Badezimmers völlig egal. Der Klang einer Autohupe riss sie aus der Erstarrung. Auf der Straße blockierte ein dunkelblauer Lieferwagen noch immer die Fahrbahn.

»Was ist das bloß für ein beschissener Text!«, fluchte Willi und knallte das Handy aufs Armaturenbrett des gestohlenen Mazda.

»Er wird sie verwirren.« Katja umklammerte das Lenkrad. Sie trug wie alle im Wagen Handschuhe.

Willi grunzte und wischte mit dem Ärmel über die beschlagene Seitenscheibe. Es regnete zwar nicht mehr wie am Vortag, aber die Temperatur war auf wenige Grad über null gesunken.

Holger kauerte schweigend auf der Rückbank und wünschte sich an einen anderen Ort, aber dann dachte er an die kaum verheilten Brandwunden auf seinem Arm. Er musste die Sache durchziehen. Er atmete tief ein und fühlte sich gleich etwas besser. Das Innere des Mazda war von Katjas Parfüm erfüllt.

Der Polizeibeamte reichte den Telefonhörer an Hauptkommissar Schütte weiter. Schütte hörte der mühsam beherrschten Stimme mit regungsloser Miene zu. »Bewahren Sie Ruhe«, sagte er dann. »Veranlassen Sie, dass alle Kinder in den Klassen bleiben. Niemand verlässt das Gebäude. Wir kommen sofort.«

Hauptkommissar Schütte hatte auf einen ruhigen Ausklang des Karnevals gehofft, damit war es jetzt wohl vorbei.

»Das ist doch sicher nur ein dummer Schülerstreich«, sagte der Polizist neben ihm.

Schütte griff nach seiner Uniformjacke. »Grundschüler machen keine Bombendrohungen. Außerdem war es eindeutig die Stimme eines Erwachsenen, der angerufen hat. Wir fahren mit zwei Wagen hin.«

Als die Polizeiwagen die Werse überquerten, ließ Schütte den Alarm ausschalten. Er wollte die Kinder nicht unnötig in Aufregung versetzen. Der Fahrer bog von der Oppelner Straße ab und sofort sah Schütte den Lieferwagen, der die Fahrbahn blockierte.

»Anhalten!« Der Hauptkommissar öffnete die Beifahrertür und tastete automatisch nach seiner Dienstwaffe. Niemand saß im Führerhaus des Transporters, und als sich Schütte vorsichtig dem Fahrzeug näherte, entdeckte er in knapp fünfzig Meter Entfernung einen zweiten Lieferwagen, der ebenfalls quer zur Fahrtrichtung stand.

»Was soll das?«, hörte er den Polizisten hinter sich fragen.

»Das gefällt mir nicht«, knurrte Schütte. »Schickt die Kennzeichen durch den Computer.« Mit der Hand am Pistolenholster ging er auf den zweiten Transporter zu. Schütte versuchte, einen ruhigen und selbstsicheren Eindruck zu machen, ahnte er doch, dass Dutzende von Kindern und etliche Lehrer jeden seiner Schritte verfolgten. Und vielleicht war da noch jemand ... Hatte der Anrufer nicht gesagt, er würde die Schule beobachten? Schütte widerstand dem Drang, sich nach allen Seiten umzublicken.

Wie erwartet saß auch niemand im zweiten Fahrzeug. Schütte probierte, die Fahrertür zu öffnen, sie war verschlossen.

Eine junge Polizistin kam eilig auf ihn zu. »Beide Fahrzeuge sind von den Eigentümern als gestohlen gemeldet«, sagte sie.

»Wir brauchen Verstärkung«, ordnete Schütte an. »Das Gebäude wird weiträumig abgesperrt. Und melden Sie, dass wir hier eine USBV haben.« Die junge Kollegin sah ihn irritiert an. »Unbekannte Sprengbrandvorrichtung. Wir brauchen ein Spezialteam mit Spürhund.«

Schütte entdeckte eine wild gestikulierende Gruppe Männer und Frauen im Eingangsbereich der Schule. Er hob die Hand und ging auf sie zu. Ein Mann – trotz der Entfernung konnte Schütte erkennen, dass sein Gesicht jegliche Farbe verloren hatte – streckte vorsichtig den Kopf durch die halb geöffnete Tür.

Der bleiche Mann formte die Hände vor seinem Mund zu einem Trichter und rief: »Er hat schon wieder angerufen!«

Schütte beschleunigte seine Schritte. Der Mann wartete auf der Türschwelle, sorgsam darauf bedacht, das Gebäude nicht zu verlassen.

»Was hat er gesagt?« Schütte atmete etwas schneller.

»Er hat seine Forderungen wiederholt und gebrüllt, dass er es ernst meint. Es würde jetzt eine Warnung erfolgen.«

»Wie soll die Warnung aussehen?«

Schütte vernahm ein dumpfes Geräusch hinter seinem Rücken. Es hörte sich an, als sei ein Silvesterknaller in einem Metalleimer gezündet worden.

Sekundenbruchteile später splitterte Glas. Reflexartig wandte sich Schütte um und sah, dass die Windschutzscheibe von einem der Lieferwagen von der Wucht einer Detonation nach außen gedrückt worden war. Das Sicherheitsglas hatte sich in winzigen Splittern über den Asphalt verteilt. Rauch drang aus dem Inneren des Fahrzeugs.

Schütte rannte zu den drei Polizisten, die hinter den Einsatzfahrwagen Schutz gesucht hatten.

»Ich will jeden Mann haben!«, rief er atemlos. »Und die gesamte Bezirksreserve. Ich alarmiere die Hauptstelle in Münster! Das wird hier zu einer Riesensauerei!«

Willi sah auf seine Armbanduhr und machte »Bumm!«. Er fingerte eine Reval aus der zerknitterten Packung.

»Hoffentlich wurde auch wirklich niemand verletzt«, sagte Katja besorgt. »Du hast es versprochen.«

Willi kicherte heiser und zündete die Zigarette an. »Das war nur eine winzige Spielzeugbombe. Aber die hat genug Krach gemacht, dass da jetzt alle rumlaufen wie eine Horde aufgescheuchter Hühner.« Er inhalierte tief und blies den Rauch in Katjas Richtung. Sie wedelte angewidert mit der Hand vor ihrem Gesicht und kurbelte die Seitenscheibe herunter. In einiger Entfernung rasten Polizeiwagen mit eingeschalteten Sirenen davon.

Willi grinste breit und entblößte dabei seine nikotingelben Zähne. »Wer sagt's denn! Auf der Wache hockt jetzt nur noch einer am Telefon.«

Holger reichte eine Plastiktüte nach vorn. »Hier sind deine Skimaske und der Revolver.«

Willi warf einen kurzen Blick in die Tüte. »Schmeiß die Karre an, Mädchen. Es geht los.«

Katja startete den Mazda. Nach einigen hundert Metern bog sie auf den Parkplatz der Sparkasse ein. Wie erwartet standen dort nur wenige Fahrzeuge. Es war noch früh und viele Beckumer erholten sich von den Karnevalstagen. Willi sah sich kurz um und nickte Holger zu. Sie zogen die Skimasken über und verbargen die Waffen unter ihren Jacken. Holger trug unter der Winterjacke noch zwei Wollpullover und hatte sich zusätzlich einen künstlichen Bierbauch aus Schaumstoff umgebunden. Er wollte so eine Korpulenz vortäuschen, wo keine war, und hoffte damit die Zeugen über sein wahres Aussehen in die Irre zu führen. In der linken Hand hielt er eine Kunstledertasche für das Geld.

Sie betraten die Sparkasse. An der gläsernen Eingangstür prangte noch immer ein übergroßes Abbild des schwarzen Katers Rumskedi, dem Wahrzeichen des Beckumer Karnevals. Ein Dutzend Augenpaare richtete sich auf den stämmigen Hünen und seinen kleineren Begleiter, der wie aufgepumpt aussah. Holger zuckte zusammen, als Willi einen Warnschuss in die Luft abgab, und hoffte, dass sein Bruder nicht bemerkte, dass es nirgendwo über ihm ein Einschussloch gab.

Aber Willi achtete nicht auf solche Details. Er brüllte: »Überfall! Kein Arsch bewegt sich! Hände hinter den Kopf! Wer auch nur zuckt, kriegt eine Kugel in den Wanst!«

Die Menschen hielten den Atem an. Willi platzierte sich, wie abgesprochen, in der Mitte der Halle. Er wandte sich ständig nach allen Seiten, sodass jeder das Gefühl haben musste, immer wieder in die Schusslinie des Revolvers zu geraten.

Holger wankte zu dem Kassierer in seinem Schalter aus Sicherheitsglas. Die Kleidung behinderte ihn beim Gehen, zwickte unter den Achseln und ließ ihn schwitzen. Außerdem verrutschte der künstliche Bauch.

Der Kassierer presste die Lippen zu blutleeren Strichen zusammen. Vermutlich hatte er längst den stillen Alarm ausgelöst.

Holger verstellte seine Stimme zu einem heiseren Krächzen: »Du machst deine Tür auf und packst alles Geld in die Tasche. Wenn nicht, bringt mein …« Holger verschluckte das Wort. Beinahe hätte er ›Bruder‹ gesagt. Mehr Schweiß sammelte sich unter der Maske. »Dann bringt mein Kollege einen von euch um«, fuhr er mit verstellter Stimme fort.

Willi zielte auf einen jungen Krawattenträger. »Der hier ist zuerst dran!«

Das Kassierer stakste mit marionettenhaften Schritten zur Tür und öffnete sie. Holger hielt ihm die Tasche entgegen. »Vollmachen!«

Der Mann stopfte wortlos Geldscheine hinein.

»Alles!« Er klopfte mit dem Revolverlauf gegen die Glasscheibe. »Das ist nicht genug!«

Das Kassierer drehte sich nicht um, als er sagte: »Der Rest ist mit einem Zeitschloss gesichert.«

»Macht nichts.« Holger drückte ihm die Waffe ins Genick. »Wir warten die paar Minuten.«

»Komm rein!«, rief Willi.

Holger riskierte einen Blick zur Seite. Im Eingang stand ein untersetzter Mann in einem dunkelblauen Overall. Auf der Brust prangte der Schriftzug einer Sanitärfirma. Der Handwerker war inmitten seiner Bewegung eingefroren. Sein rechter Fuß berührte nur mit der Spitze den Boden. Der Mund formte ein erschrockenes O. Holger kannte den Mann gut. Er hieß Ottwin Dreischer, war Klempnermeister und wie Holger aktives Mitglied in der Karnevalsgesellschaft *Beckumer Püttspatzen*. Am Rosenmontag vor zwei Jahren hatten sie gemeinsam auf einem der Umzugswagen gestanden und der Menge gewunken. Holger war damals als dicker Clown verkleidet gewesen. Mit seinem ausladenden Bauch aus Schaumstoff unter dem Kostüm.

Ottwin Dreischer schien ihn anzustarren.

»Reinkommen!«, wiederholte Willi streng.

Der Mann im Overall drehte sich in einer ungelenken Pirouette um einhundertachtzig Grad und flitzte davon.

»Scheißkerl!«, fluchte Willi und drückte ab.

Die Menschen in der Bank schrien gleichzeitig auf. Es klang wie der Laut einer einzigen, verängstigten Kreatur.

Aus Ahlen und Hamm war bereits Verstärkung eingetroffen. Das Spezialteam aus Münster war unterwegs. Hauptkommissar Schütte hatte die Schule weiträumig absperren lassen und ließ die angrenzenden Häuser räumen. An den Absperrungen drängten sich die Menschen. Neugierige, Anwohner und immer mehr panische Eltern. Gerade erst hatten die Beamten einen Vater mit Gewalt davon abhalten müssen, in das Schulgebäude einzudringen, um seine Tochter herauszuholen. Schütte konnte den Mann verstehen, aber er durfte es nicht riskieren, den Bombenleger zu provozieren. Er war mittlerweile davon überzeugt, dass es nur um Geld ging und nicht um irgendeine krude Form von Weltverbesserertum. So war es doch meistens.

Einer seiner Beamten hastete zu ihm und sagte: »Banküberfall in der Innenstadt.«

Schütte brauchte nur eine Sekunde, um sich auf die Situation einzustellen. Auf der Wache war nur ein Beamter zurückgeblieben. »Drei Wagen von hier abziehen.«

Dem Hauptkommissar fiel es schwer, an einen Zufall zu glauben. Wahrscheinlicher war, dass jemand alle Polizeikräfte hatte bündeln wollen, um in der Innenstadt freie Bahn zu haben.

Aber die Sicherheit der Kinder ging vor. Er durfte nicht einfach davon ausgehen, dass hier nur geblufft wurde. Schütte fluchte laut. Was war nur aus seiner ruhigen Stadt geworden?

Willi glotzte auf seinen Revolver. »Daneben«, sagte er zu sich und stampfte wütend mit dem Fuß auf.

Bei seiner Flucht hatte der Klempnermeister einen Blumenkübel umgeworfen. Die Kügelchen der Hydrokultur hatten sich wie braune Murmeln über den Fußboden ergossen. Irgendwo schluchzte eine Frau.

»Alle halten die Schnauze!«, tobte Willi. »Oder ich ziele genauer!«

Ottwin Dreischer hatte sich aus dem Staub gemacht. Hätte Katja nicht in weiser Voraussicht auf Platzpatronen bestanden, überlegte Holger, wären sie jetzt Mörder.

»Dauert das noch lange?«, drängte er den Kassierer.

Während sich der Kassierer fragte, wo die Polizei blieb, entriegelte sich das Zeitschloss. Holger beobachtete, wie die Tasche mit Geldbündeln gefüllt wurde.

»Gut«, krächzte er schließlich, während der Schweiß in den Augen brannte. »Wir haben alles!«, rief er seinem Bruder zu.

»Wer uns folgt, wird erschossen!«, schnauzte Willi und rannte zum Ausgang. Holger folgte ihm mit der Tasche. Auf der Treppe hätte er beinahe seinen Schaumstoffbauch verloren.

Katja raste mit dem Mazda heran. Auch sie trug jetzt eine Skimaske.

»Pack die Tasche in den Kofferraum!«, fuhr Willi seinen Bruder an.

»Warum?«

»Mach es einfach!«

Holger warf die Tasche mit dem Geld in den Kofferraum und stieg ein. Aus der Ferne drang das Geräusch von Polizeisirenen. Katja trat aufs Gaspedal.

»Es ist doch niemand verletzt worden?«, fragte sie.

»Alle kerngesund. Fahr ganz normal«, mahnte Willi und nahm die Skimaske ab. »Wir treffen Klaus und Achim an der Straße Zum Wasserturm. Dort lassen wir diese Karre stehen und fahren mit Achims Wagen weiter.«

»Warum sollte das Geld in den Kofferraum?«, fragte Holger und blickte nervös durch die Heckscheibe. Niemand folgte ihnen.

»Wegen dem Security-Pack«, erwiderte Willi und zündete sich eine Zigarette an. Er war jetzt ganz ruhig. »Manchmal mischen sie so ein Ding unters Geld. Sieht aus wie ein Bündel Scheine, explodiert nach kurzer Zeit und besprüht alles mit Farbe.«

»Was?« Holger sah aus wie ein verschreckter Affe. »Soll das heißen, dass das ganze Geld vielleicht gleich unbrauchbar ist?«

Willi winkte ab. »Ich glaube nicht, dass die hier so was haben.«

Katja funkelte ihn wütend an. »Auf jeden Fall war das sicher der Grund, warum Holger die Tasche tragen sollte.« Sie schaltete die Scheibenwischer an. Es hatte angefangen zu nieseln.

»Verdammte Scheiße!« Holger hieb mit der Faust auf die Lehne des Beifahrersitzes ein.

»Komm wieder runter«, sagte Willi.

»Komm ich nicht!«, brüllte Holger hysterisch. »Du wolltest Ottwin Dreischer erschießen!«

»Meinst du etwa den Dicken, der getürmt ist?« Willis Stimme zeigte nur geringes Interesse.

Holger spürte, wie ihm die Tränen in die Augen schossen. »Er ist mit mir im Karnevalsverein.«

»Ach, du Scheiße.« Willi gähnte vernehmlich.

»Vielleicht hat er mich erkannt!«

»Blödsinn!« Willi wandte sich schwerfällig zu seinem Bruder um. »Deine Verkleidung ist spitze. Du siehst richtig fett aus.«

»Eben.« Holger schniefte und schwieg.

Der Regen wurde stärker. Katja setzte den Blinker und bog links von der Vorhelmer Straße ab. Willi lag tief im Beifahrersitz und stieß Qualmwolken aus.

»Kackwetter«, knurrte er. Plötzlich richtete er sich auf. »Moment. Du bist falsch abgebogen. Du hättest eben rechts gemusst.«

Katja trat abrupt auf die Bremse und stieß einen spitzen Schrei aus.

Holger, der nicht angeschnallt war, prallte mit dem Kopf gegen den Vordersitz.

»Was soll das?« Willi suchte nach seiner Zigarette im Fußraum.

Katjas Augen waren ganz groß. »Da war ein Tier, ich glaube, es war eine Katze. Eine schwarze Katze. Ich ... ich muss sie überfahren haben.«

»Wenn schon«, grunzte Willi. »Du sollst wenden.«

Katja öffnete die Fahrertür. »Ich muss erst nachsehen. Vielleicht lebt sie noch.«

»Eine schwarze Katze am Aschermittwoch!«, ächzte Holger. »Das bringt Unglück!«

Sein Bruder sah ihn entgeistert an.

»Kater Rumskedi«, erklärte Holger. »Das Wahrzeichen unseres Karnevals.«

Willi klatschte seinem Bruder mit der flachen Hand gegen die Stirn. »Mann! Seid ihr jetzt beide bekloppt?«

Willi stieg aus. Holger hörte Katja entsetzt »O nein! O nein!« rufen. Sie hockte vor der Motorhaube.

»Lass die Katze«, sagte Willi und ging zu ihr. Er blickte auf Katja hinunter. Selbst hier draußen konnte er ihren Zimtgestank riechen. Er streckte verwundert die Hand aus. »Da ist doch gar kein Vieh.«

»Doch! Du bist das Vieh!«, stieß Katja hervor. Ihr Blick war mit einem Mal starr. Mit einer blitzschnellen Bewegung zog sie eine Pistole aus der Jackentasche. »Rumskedi helau!« Katja drückte zweimal ab.

Willi fiel wie ein gefällter Baum. Vornüber, mit dem Gesicht ungebremst auf die Erde.

Holger stieg aus dem Mazda. Er sah zuerst den mächtigen Körper des Bruders auf dem Bauch liegen und dann die Waffe in der Hand seiner Freundin.

Sein Verstand nahm eine Auszeit. Katja war doch alles, an das er glaubte. Sie war seine Liebe, seine Zukunft.

»Er war ein brutales Arschloch«, sagte Katja.

»Nicht«, war alles, was Holger hervorbringen konnte, als er sah, dass sie die Waffe jetzt auf ihn richtete. Die rußschwarze Pistole in ihren zarten Fingern wirkte riesig. Er griff automatisch nach seinem Revolver, ließ aber die Hand sofort wieder sinken, als ihm einfiel, dass der nur mit Platzpatronen geladen war.

Er hörte einen Knall und dann war es so, als würde jemand einen Schalter umlegen. Übergangslos ging das Licht aus. Die Kugel traf ihn direkt in die Stirn. Aus einer Distanz von einem Meter. An seinem Hinterkopf trat sie wieder aus und sauste noch ein gutes Stück durch den Beckumer Nieselregen.

Katja zerrte die Leichen ins Gebüsch. Sie war gut durchtrainiert, aber dennoch kam es ihr vor, als würde Willis Gewicht ihr den Rücken brechen. Sie hastete zum Kofferraum, öffnete ihn und stieß erleichtert den Atem aus. Die Tasche – der Reißverschluss war nicht ganz verschlossen – befand sich in tadellosem Zustand. Keine Farbpatrone war explodiert.

Die junge Frau vergewisserte sich, dass sich kein Fahrzeug auf dem Weg näherte, und machte sich auf zu ihrem Wagen. Sie hatte den alten Kadett ein Stück weiter an einer nicht einsehbaren Stelle geparkt.

Hauptkommissar Schütte hielt Seidel für seinen fähigsten Mann, und was der ihm jetzt per Funk über den Banküberfall mitteilte, war alles andere als erfreulich.

»Die zwei männlichen Täter waren deutschsprachig und korpulent. Sie haben Schusswaffen und werden als äußerst brutal beschrieben. Sie haben auf Klempnermeister Dreischer geschossen. Ihn aber nicht getroffen. Dreischer sagt, dass ihm der kleinere der beiden Bankräuber irgendwie bekannt vorkam.«

»Was heißt ›bekannt‹?«, drängte Schütte.

»Er erinnerte ihn an einen ...« Der Polizist zögerte. »An einen dicken Clown.«

Der Hauptkommissar ächzte. »Sehr witzig! Was noch?«

»Die Täter haben in aller Seelenruhe gewartet, bis sich das Zeitschloss geöffnet hat. Dann sind sie mit einer silbernen Limousine geflüchtet. Am Steuer saß eine dritte, nicht näher beschriebene Person.«

Dem Hauptkommissar wurde klar, dass er und die gesamte Polizei mit nahezu hundertprozentiger Wahrscheinlichkeit von ein paar dicken Kerlen ausgetrickst worden waren.

»Der Kassierer hat ein Security-Pack untergeschoben«, fuhr Seidel fort. »Die Farbpatrone hätte unmittelbar nach dem Verlassen der Bank hochgehen müssen. Ist sie aber anscheinend nicht. Vielleicht war das Ding überlagert oder defekt. Das kann vorkommen.«

Hauptkommissar Schütte hieb mit der Faust auf das Dach des Einsatzwagens.

Katja bog wieder auf die L 586 ein. Sie wollte zunächst zurück nach Münster. Nur weg aus diesem Kaff, wo man für den Brötchenkauf beim Bäcker eine halbe Stunde einplanen musste, weil jeder jeden kannte und an der Verkaufstheke ausgiebig getratscht wurde. Sie wusste in Münster jemanden, bei dem sie garantiert für einige Zeit unterkriechen konnte.

Holger war ein Langeweiler gewesen und sie hätte ihn schon nach zwei Tagen verlassen, wenn er sie nicht in seine Probleme mit der Spielsucht und den daraus resultierenden Schulden eingeweiht hätte. Und vor allem über seine Idee der Problemlösung. Von da an hatte sie darauf geachtet, sich mit ihm in der Öffentlichkeit rar zu machen.

Der alte Kadett kam mühsam voran, plötzlich gab es einen Ruck, als sich der vierte Zylinder überraschenderweise dazu entschloss, seine Arbeit aufzunehmen. Katja wertete das als ein gutes Omen. Alles war perfekt. Willis Komplizen würden am Treffpunkt versauern. Sie hatten Katja nie kennengelernt.

Der Regen hatte aufgehört und die Sonne stand am diesigen Himmel wie eine silberne Münze. Katja beschleunigte gut gelaunt auf hundert Stundenkilometer. Sie warf der geöffneten Tasche auf dem Beifahrersitz immer wieder einen Blick zu, als müsste sie sich vergewissern, dass alles real war.

Weit vor ihr tauchten auf der Straße blaue, zuckende Lichter auf. Viele Lichter.

Katja keuchte nervös. Ihr kam eine halbe Armee von Polizeifahrzeugen entgegen. Sie wusste nicht, dass es die Spezialeinsatzkräfte aus Münster waren, von denen Hauptkommissar Schütte mittlerweile glaubte, dass er sie nicht mehr benötigen würde.

Katja griff reflexartig nach der Tasche mit dem Geld und schleuderte sie in den Fußraum. Der Motor des Kadetts übertönte das leise »Plop!«, als durch die Erschütterung die defekte Farbpatrone im Security-Pack gezündet wurde. Roter, dichter Rauch quoll aus der Tasche, flutete das Wageninnere und setzte sich wie klebriger Tau an allem fest. Katja hustete, konnte durch ihre brennenden Augen nur noch schemenhaft die Straße erkennen, bis der Farbnebel auch die Frontscheibe rot besprenkelte. Sie trat auf die Bremse, der Wagen brach aus, knickte einen Begrenzungspfahl und kam auf dem Seitenstreifen zum Stehen.

Neben dem demolierten Kadett stoppte der Polizeikonvoi.

»Mein Gott«, sagte einer der Beamten. »Ist das alles Blut?«

Alles für Bergkamen

Viele halten mich für ein Arschloch. Vermutlich bin ich das auch. Aber die wenigsten können das wirklich beurteilen. Sie lernen mich immer in Situationen kennen, in denen es unmöglich ist, Freundschaften zu schließen. Nicht in einer lockeren Runde beim Bier, nicht beim Sport und schon gar nicht auf einer Party. Sondern immer am Arbeitsplatz. Und mein Arbeitsplatz ist der Tod.

Da der Tod sich nicht an feste Arbeitszeiten hält, habe ich kein Büro. Ich bin eher ein Vertreter, ein Handelsreisender. Ich reise Menschen hinterher, von deren Existenz Sie besser nichts hören wollen. Psychopathen, die in ihrer Brotdose einen abgetrennten Kinderfinger spazieren tragen, an dem sie nach Schichtende noch etwas nuckeln wollen. Soziopathen, die ihrer gelähmten Ehefrau interessiert beim Verhungern zusehen. Menschen von nebenan halt. Meistens komme ich zu spät. So wie heute, in Bergkamen.

Als mich der Anruf auf meinem Notfallhandy erreichte, war ich gerade dabei, eine Hello-Kitty-Armbanduhr vor den Augen meiner Tochter verschwinden zu lassen. Lisa feierte ihren siebenten Geburtstag und meine Exfrau Tanja hatte ausgerechnet mich als Zauberer für die Kindergesellschaft engagiert.

Nun musste sie sich allein mit den Kindern rumschlagen, die alle den versprochenen Zaubertrick erwarteten, während ich auf der B61 unterwegs war, um mich in Bergkamen mit einem Geisteskranken zu treffen.

»Die alte Dobkowitz hat ihn als Erste entdeckt«, klärte mich der Einsatzleiter am Handy auf.

Dobkowitz. Der SEK-Chef Hartmann hatte den Namen der alten Dame so betont, als wäre sie eine lokale Berühmtheit. Mir war sie ebenso fremd wie jeder Einzelne aus der Heerschar von Einsatzkräften, Presseteams und Schaulustigen, die sich trotz des strömenden Regens in der Fußgängerzone Nordberg drängten und von den uniformierten Beamten nur mit Mühe vom Tatort zurückgehalten werden konnten.

Der Einsatzleiter sah genau so aus, wie ich ihn mir aufgrund seiner asthmatischen Stimme vorgestellt hatte: übergewichtig, mit schütteren Haaren und einer grobporigen Fleischernase. Als ich ihm seine nasse Hand schüttelte, erwartete ich fast, von ihm zu einem Bier und Hackbraten eingeladen zu werden.

»Scheißwetter haben Sie sich ausgesucht!« So wie ich trug er weder Kapuze noch Regenschirm. Dafür steckten seine Füße in riesigen, polizeigrünen Gummistiefeln. Wenn das wirklich seine Schuhgröße war, dann könnte ich ihn nachher als Clown für Lisas Kindergeburtstag mitnehmen.

Zwei seiner Männer bahnten mir den Weg hinter das Flatterband.

»Können Sie sich erklären, weshalb er nur mit Ihnen verhandeln will?«

»Keine Ahnung«, sagte ich und zuckte mit den Achseln.

Hätte ich dem Einsatzleiter gesagt, dass er nur mal meinen Namen googeln müsste, dann hätte das ziemlich überheblich geklungen. Wie sollte ich jemandem, der mich nicht kannte, erklären, dass ich der Beste war? Dabei war ich noch nicht einmal ein ausgebildeter Polizeipsychologe. Ich hatte Jura studiert und war irgendwann beim Bundeskriminalamt hängen geblieben.

»Die vom BKA sagen, Sie sind eigentlich Profiler und kein Unterhändler«, sagte Hartmann. Er klang nicht argwöhnisch, sondern einfach nur interessiert. Bis jetzt hielt er mich offenbar noch nicht für einen Mistkerl. Nun, das würde sich sehr schnell ändern, wenn er erst einmal bemerkte, wer gleich das Kommando an sich reißen würde.

»Stimmt. Normalerweise versuche ich mich in die pathologischen Gedankenstrukturen von Serienmördern hineinzuversetzen«, sagte ich. »Aber das hilft mir auch bei Verhandlungen mit Geiselnehmern. Konfliktdeeskalation ist so was wie mein Hobby.«

Sie führten mich zu dem roten Backsteingebäude der Sparkasse Bergkamen-Bönen, die sich in etwa dreißig Metern Entfernung gegenüber dem Tatort befand. »Keine schlechte Idee«, nickte ich Hartmann zu. Sie hatten ihr Hauptquartier hinter den kugelsicheren Scheiben der Bank aufgeschlagen, mit direkter Sicht auf den Psychopathen im Schaufenster auf der anderen Seite.

»Hat er schon seine Forderungen gestellt?«, fragte ich, während ich in Hartmanns Kielwasser in das Großraumbüro der Sparkasse gespült wurde. Der Polizist setzte sich hinter einen leeren Schreibtisch und gab mir ein Zeichen, mir ebenfalls einen Stuhl heranzuziehen. Kurze Zeit später starrten wir beide gemeinsam auf einen Computermonitor. Die Sicherheitskameras der Bank waren jetzt auf die Ladenzeile gegenüber ausgerichtet und warfen ein gestochen scharfes Farbbild auf den Bildschirm vor uns.

»Forderungen?«, Hartmann schüttelte den Kopf und verteilte etwas Spritzwasser über die Tastatur. Eine Computermaus verschwand unter seinen Händen und die Kamera zoomte näher an den Tatort heran. Das Bild wurde grobkörniger.

»Können Sie das da lesen?«

Ich hatte viel zu sehr auf den maskierten Mann auf dem Holzstuhl hinter der dreckigen Schaufensterscheibe geachtet, sodass mir das kleine Pappschild vor den Springerstiefeln des Täters bislang gar nicht aufgefallen war. Hartmann drückte mir eine frische Farbkopie in die Hand. Ein stark vergrößerter Ausschnitt des Schaufensters.

»Siebenhundert Euro oder die Stadt stirbt«, las ich den Text vor, der in schwarzen Druckbuchstaben auf dem Pappschild stand. »Für diese lächerliche Summe haben Sie mich hierher geholt?«

Hartmann nickte langsam. »Gertrud Dobkowitz war mit ihrem Hund Gassi gehen und hat ihn als Erste dort im Fenster hocken sehen. Zunächst hielt sie ihn für eine Schaufensterpuppe. Doch dann hat sich der Typ mit der Skimaske bewegt und die Töle schlug an.«

»Also ist sie reingegangen?«

»Ja. Die olle Dobkowitz ist nicht ohne Grund Bergkamens beliebteste Fremdenführerin. Sie kennt alles und jeden im Ort, und wenn es etwas Neues gibt, ist sie die Erste, die der Sache auf den Grund geht.«

»Was hat der Mann zu ihr gesagt?«

»Nicht viel mehr, als auf dem Schild steht. Er will siebenhundert Euro haben, sonst würde die Stadt sterben. Gertrud sagt also zu ihm, er solle den Quatsch lassen und lieber arbeiten gehen, da hat er gelacht und nach Ihnen verlangt.«

»Und wieso haben Sie ihn nicht rausgeholt, wenn selbst eine Rentnerin da einfach rein- und rausspazieren kann?«, fragte ich.

»Weil er der Dobkowitz das hier mitgegeben hat.«

Hartmann reichte mir einen durchsichtigen Beutel, in dem sich etwas befand, was wie die graue Kinderknete aussah, aus der mir Lisa letztes Jahr einen Aschenbecher geformt hatte. Der leichte Nitrogeruch, der mir aus dem Beutel entgegenschlug, war unverkennbar.

»Semtex«, sagte ich und gab Hartmann den Plastiksprengstoff zurück. »Damit dürfte auch klar sein, was da blinkt.« Ich deutete auf den flackernden roten Punkt über der Brusttasche der olivgrünen Outdoorweste des Täters.

»Möglich, vielleicht ist er verkabelt.« Hartmann schnäuzte sich die Nase. »Er lässt jetzt keinen mehr rein. Die Sprengstoffhunde konnten durch die geschlossene Ladentür keine Witterung aufnehmen. Hey, wo wollen Sie hin?«

Er sprang erschrocken auf, als er merkte, dass ich meinen Platz verlassen hatte und durch das Großraumbüro zurück zum Ausgang ging.

»Na, wohin wohl?«, fragte ich mit leicht zynischem Unterton. Es war Zeit, dass ich hier das Ruder in die Hand nahm. »Er will mich sprechen. Also schau ich mal zu ihm rüber.«

Hartmann hatte mich natürlich nicht unvorbereitet gehen lassen. Bevor er mich zähneknirschend über die Fußgängerzone zum Schaufenster marschieren ließ, versorgte er mich mit einer kugelsicheren Weste und einer Funkkapsel, die jetzt in meinem linken Ohr steckte und mit der er die Verbindung zu mir hielt. Ich wusste, dass er mich am liebsten durch ein Verhandlungsmäuschen aus seiner eigenen Truppe ersetzt hätte – aber dann hätte er den Pressehyänen mit ihren Fotoapparaten, Kameras und Ü-Wagen hinter dem Flatterband erklären müssen, weshalb er mich von einem direkten Gespräch mit dem Täter abhielt, der ausdrücklich nur mit mir reden wollte. Wenn der Mann sich vor Zeugen in die Luft jagte, weil Hartmann mich nach Hause geschickt hatte, wäre eine Strafversetzung sein geringstes Problem.

Ich ging langsam und mit erhobenen Händen auf das Schaufenster zu und blieb in zehn Metern Entfernung neben einer Laterne stehen. Der Wind rüttelte an einem Plakat, das mit einem grauen Draht an der Straßenlampe befestigt war und auf dem ein zuversichtlich lächelnder Roland Schäfer für seine Wiederahl warb. Ich löste den Draht, zog einen Edding aus meiner Lederjacke und schrieb eine Nummernfolge auf die hohe Stirn des Bürgermeisters. Dann drehte ich das Plakat zum Schaufenster. Nur wenige Sekunden später klingelte mein Handy.

»Hallo, Adam.«

Der Mann mit der Skimaske sprach mit der Stimme eines Vertrauten, so als würden wir uns schon lange kennen. Ich hatte auf laut gestellt, damit Hartmann über den Sender in meinem Ohr mithören konnte.

»Hallo«, antwortete ich. »Jetzt, wo ich weiß, dass Sie meinen Namen kennen, verraten Sie mir auch Ihren?«

»Natürlich«, sagte er und zog sich seine Maske vom Kopf.

»Ach du Scheiße«, zischte Hartmann in meinem Ohr. »Das ist Benny.«

Um mich herum summten die elektronischen Motoren zahlreicher Digitalkameras. Zum Glück hielt die Presse sich bislang an das Blitzlichtverbot.

»Benjamin«, bestätigte der langhaarige Kerl, der jetzt seine platt gedrückte Mähne durch heftiges Kopfschütteln auflockerte. Soweit ich das durch den Bindfadenregen erkennen konnte, schien er zu grinsen. Ganz offensichtlich freute er sich über die Aufmerksamkeit, die man ihm heute schenkte.

»Darf ich näher rankommen, Benjamin?«, fragte ich vorsichtig.

Er nickte.

»Schön, dann stehe ich nämlich im Trockenen.« Ich trat unter das Vordach des Ladens, das früher einmal ein Schreibwarengeschäft gewesen sein musste. In der Tür klebte noch eine alte Werbung für Tintenpatronen.

»Benny Senner ist ein harmloser Spinner«, klärte mich der Einsatzleiter aus der Ferne auf. »Vierundzwanzig Jahre alt, studiert Ökomanagement, Schwerpunkt erneuerbare Energien, ein Umweltaktivist. Er hat vor drei Jahren schon mal den Wohnturm besetzt und freie Mieten für Sozialhilfeempfänger gefordert.«

Ich fragte mich, ob Hartmann mit dem Wohnturm das hässliche, leer stehende Betonhochhaus gegenüber vom Rathaus meinte, wandte mich dann aber den wichtigeren Fragen zu. »Was wollen Sie, Benny?«

»Das wissen Sie doch. Steht alles hier drauf!« Benny nahm es offenbar nicht krumm, dass ich versuchte, eine Vertrauensbeziehung aufzubauen, indem ich die Koseform seines Namens benutzte. Er stupste mit seinem Stiefel gegen das Schild zu seinen Füßen. Erst jetzt sah ich, dass direkt unter seinem Stuhl eine Stoppuhr lag. Ihr Zeiger tickte.

»Siebenhundert Euro? Das ist aber nicht viel Geld für den Aufriss hier«, sagte ich bemüht locker. Ich hielt meine linke Hand mit der Handfläche zu ihm geöffnet, um zu signalisieren, dass ich vor ihm nichts zu verbergen hatte.

»Sie haben nichts verstanden. Sie schwimmen auch nur mit dem Strom.«

Ich blinzelte. »Wie meinen Sie das, Benny?« Das Lächeln in dem aknenarbigen Gesicht des jungen Studenten verschwand. Er sah so auf einmal aus wie jemand, der Sorge hat, dass ihm niemand zuhört, obwohl er etwas Wichtiges zu sagen hat.

»Wissen Sie, dass Bergkamen in den Jahren um fünfundzwanzig Meter abgerutscht ist?«, fragte er mich.

»Nein.«

»Daher weht der Wind«, knarrte Hartmann in meinem Ohr. »Die Schäden des Bergbaus.«

Ich nickte. Mir waren die Risse in den Straßen und Häuserwänden schon bei der Herfahrt aufgefallen. Ich war in Lünen groß geworden und wir hatten Entschädigung von der Abbaugesellschaft bekommen. So lange jedenfalls, bis es meinen Vater 67 bei dem Grubenunglück auf *Minister Achenbach* erwischt hatte und meine Mutter mit mir nach Köln gezogen war.

»Verdammte Kohle«, schimpfte Benny und für einen Augenblick dachte ich, er wolle auf das Schild spucken. »Die haben alles rausgeholt, die ganze beschissene Steinkohle für die beschissenen Kraftwerke und ihren beschissenen Strom. Ohne Rücksicht auf Verluste. Und jetzt haben wir den Salat. Wir sacken ab. Aber nicht nur die Straßen, Wiesen, Felder und Häuser. Sondern auch die Flüsse. Wissen Sie, was das heißt?«

»Ich kann's mir denken.«

»Die Scheißflüsse strömen bald rückwärts. Die haben keinen Abfluss mehr. Raten Sie mal, wie viele Pumpwerke es in Bergkamen gibt, um zu verhindern, dass wir hier alle absaufen?«

Ich zuckte mit den Achseln.

»Neun Stück. Im letzten Jahr haben die 22,3 Milliarden Liter Wasser in höher gelegene Gewässer, zum Beispiel in die Emscher, geflutet. 22,3 Millionen Kubikmeter.«

»Gleich fängt er mit seinem Vortrag über die Ewigkeitsschäden an«, informierte mich Hartmann über Funk und er sollte recht behalten.

»Das sind die unendlichen ewigen Schäden, die uns der Bergbau hinterlassen hat. Fünfundfünfzig Millionen Euro kostet es jedes Jahr, gegen die Wassermassen anzukämpfen. Bis ans Ende unserer Tage. So lange Bergkamen besiedelt ist, müssen die Pumpen laufen, sonst ist hier Land unter. Dazu steigt das Grubenwasser in den stillgelegten Zechen an und verseucht unser

Grundwasser. Das kostet noch mal einhundert Millionen, verstehen Sie? Über einhundertfünfzig Millionen jedes Jahr bis zum Jüngsten Gericht. Alles Geld, das die Kohlebonzen bestimmt nicht eingeplant haben.«

»Alles klar ...«, unterbrach ich den hitzigen Redeschwall des Studenten. »Und Sie wollen mit dieser Aktion hier auf diese Umweltproblematik aufmerksam machen?«

»Nein«, sagte Benny. »Dafür ist es schon zu spät. Die Schäden sind ja alle schon entstanden. Die Zechen hier wurden viel zu spät stillgelegt.«

»Was wollen Sie dann?«

»Steht doch auf meinem Schild«, wiederholte er und klang fast maulig: »Siebenhundert Euro.«

»Schön, dann gehe ich jetzt rüber zum Geldautomaten, ziehe ein paar Scheine raus und damit ist der Spuk hier beendet?«

»Ich glaub kaum, dass im Automat so viel drin ist.«

»Weshalb?«

»Wissen Sie, wie viel 22,3 Milliarden Liter Wasser sind?«, konterte er mit einer Gegenfrage. »Ich sag's Ihnen: Das sind siebenhundert Liter in der Sekunde, die durch die Pumpen strömen, damit wir nicht untergehen. Und genau das ist mein Umrechnungskurs. 700 Euro für jede Sekunde, die wir heute verhandeln.«

Er griff nach der Stoppuhr unter seinem Sitz. »Und das sind jetzt schon vier Minuten und siebenundvierzig Sekunden. Macht nach Adam Riese bislang über zweihunderttausend Euro. Tendenz steigend.«

»Und wieso sollten wir Ihnen diese Summe zahlen?«, fragte ich.

»Weil ihr keine andere Wahl habt.«

Er holte etwas aus der Brusttasche seiner Jacke, das aus der Ferne wie ein Plastikfeuerzeug aussah, mit dem Unterschied, dass an seiner Spitze eine Leuchtdiode blinkte.

»Solltet ihr mich zu lange auf mein Geld warten lassen, werde ich auf diesen Zünder drücken.« Benny grinste. »Und zwar spätestens nach einer Stunde, also bei einem Forderungsstand von zwei Millionen fünfhundertzwanzigtausend Euro.«

Hinter mir registrierte ich hektische Bewegungen. Ich wusste, Hartmann hatte mehrere Scharfschützen auf den gegenüberliegenden Häuserdächern und hinter den geöffneten Türen der Streifenwagen postiert, die in V-Formation in einem gebührenden Sicherheitsabstand zur Ladenzeile standen.

»Benny, wir haben die gesamte Fußgängerzone und jedes Haus hier bereits geräumt«, sagte ich beschwichtigend und vermied negative Worte wie *Tod*, *sterben* oder *Geisel.* »Wenn Sie da draufdrücken, schaden Sie nur sich selbst.«

Benny lachte, als hätte ich den Scherz des Jahrhunderts gemacht.

»Sie irren sich. Ihr denkt alle, *ich* wäre hier verkabelt, was? Okay, stimmt. Das bin ich. Aber ich geh hier doch nicht alleine drauf. Sondern die gesamte Stadt.«

»Das müssen Sie mir bitte erklären«, bat ich ihn. »Wie wollen Sie das schaffen?«

Benny zog die Nase hoch. »Hören Sie gut zu, Mann. Ich habe mehrere Sprengsätze an neuralgischen Punkten angebracht. Wenn die hochgehen, werden alle neun Pumpwerke ausfallen. Irreparabel. Auf einmal. Nach der Sintflut der letzten Tage sind die Überlaufbecken jetzt schon randvoll. Fragen Sie den Bürgermeister, wie lange es dauert, bis Bergkamen absäuft.«

Er lachte wieder.

»Ihr habt vielleicht genug Zeit, um die Stadt zu evakuieren. Aber zurückkommen wird keiner mehr. Das würde keinen Sinn machen, wenn alles zerstört ist. Also beeilen Sie sich, Adam. Wenn ich nicht in spätestens einer Stunde mein Geld bekomme, mache ich aus Bergkamen ein zweites New Orleans. Es wird nur etwas feuchter.«

Nachdem Benny das Gespräch beendet hatte, ging ich in die Sparkasse zurück, wo mich Hartmann mit einem Gesichtsausdruck empfing, den ich schon mal bei Tanja gesehen hatte.

Damals, als sie mir den Ohrring zeigte, den sie in der Ritze unserer Couch gefunden hatte. Leider keinen, den sie vermisst hatte.

»Was für eine verdammte Scheiße geht hier ab?«, fragte Hartmann und klang jetzt sogar schon wie meine Exfrau. Einer seiner Assistenten reichte mir einen lauwarmen Kaffee. Ich zog meine tropfende Jacke aus und hängte sie über die Lehne eines Bürosessels.

»Sagen Sie es mir«, antwortete ich und sah zu dem Plasmafernseher an der Wand, auf dem normalerweise Imagefilme oder stumme Börsennachrichten für die wartenden Kunden liefen. Jetzt zuckten verwackelte Luftbilder der Fußgängerzone über das Gerät. Die Aufnahmen mussten aus dem News-Hubschrauber stammen, der in dieser Sekunde hoch über unseren Köpfen wummerte.

»Ist das wahr, was dieser Benny uns erzählt? Kann er wirklich die Stadt hier ertränken?«

»Theoretisch schon!«

Ich drehte mich zu der neuen Stimme in meinem Rücken um und blickte in ein bekanntes Gesicht. Roland Schäfer lächelte wie auf dem Wahlplakat, reichte mir die Hand und setzte sich zu uns. »Sie wollen wissen, ob er die gesamte Stadt in Geiselhaft nehmen kann?«

Ich nickte.

»Leider ja. Es regnet jetzt seit einer Woche ununterbrochen. Wenn allein das Pumpwerk Beverbach in Rünthe oder gar das in Kuhbach ausfällt, geht's hier rund. Ganze Stadtteile werden überflutet, vielleicht sogar bis nach Hamm runter. Auf jeden Fall stehen die Keller unter Wasser und die Häuser werden auf Dauer unbewohnbar. Vorausgesetzt natürlich, der Attentäter hat einen Weg gefunden, die Pumpen auf Dauer außer Gefecht zu setzen.«

»Zum Beispiel, indem er sie sprengt?«, fragte ich und trank einen Schluck der ockerfarbenen Kaffeebrühe.

»Wir überprüfen gerade alle Anlagen«, sagte Hartmann. »Noch

haben wir nichts Verdächtiges gefunden.« Er rieb sich mit dem Daumen und Zeigefinger seiner rechten Hand die Augen und ich fragte mich, ob er Migränepatient oder Kontaktlinsenträger war. Vielleicht hatte er auch nur schlecht geschlafen.

»Was schlagen Sie vor?«, fragte er mich, ohne aufzusehen. Ich wartete eine Sekunde, bevor ich ihm antwortete.

»Nun, wir haben hier den besonderen Fall einer Suizidprovokation kombiniert mit einer Attentatsdrohung. Der Täter will sich selbst in die Luft sprengen und gleichzeitig mehr als fünfzigtausend Menschen obdachlos werden lassen. Merkwürdigerweise legt der Mann keinen Wert darauf, seine Identität zu verheimlichen, was normalerweise auf eine idealistische, politische Motivation hindeutet. Dennoch stellt er klare finanzielle Forderungen. Ist er eigentlich in irgendeiner Zelle organisiert?«

»Nein, nicht dass es uns bekannt wäre. Wie gesagt, Benny Senner hieß bei uns bis jetzt immer nur Benny Spinner.« Hartmann steckte sich einen Werbebleistift der Sparkasse in seinen Mundwinkel. »Hausfriedensbruch, grober Unfug, Ruhestörung, so was ist schon sein Ding. Aber niemals Gewalt gegen Menschen.«

»Aber irgendwie ist unser harmloser Benny an Plastiksprengstoff rangekommen«, erinnerte ich.

»Ja, dennoch glaube ich nicht, dass er andere in Lebensgefahr bringen würde und Bomben in Pumpwerken versteckt.«

Ich nickte. »Da stimme ich Ihnen sogar zu.«

Hartmanns Bleistift wanderte in den anderen Mundwinkel und er zog erstaunt die Augenbrauen hoch. »Also blufft er nur?«

»Nein. Ich denke, dass er die Bomben irgendwo anders platziert hat.«

Ich sah, wie der Bürgermeister etwas sagen wollte, ließ mich aber nicht unterbrechen.

»Ich habe eben nur wenige Sätze mit Benny gesprochen, aber in der kurzen Zeit hat er mehrmals das Wort ›Strom‹ oder ›strömen‹ benutzt sowie die ›Kraftwerke‹ beschimpft. Zudem beschäftigt er sich in seinem Studium mit regenerativen Energien.« Ich stand auf und sprach nun abwechselnd zu Hartmann und zum Bürgermeister. »Natürlich geht es ihm nicht nur um das Geld. Er will selbstverständlich auch ein Zeichen setzen. Deshalb die effekthascherische Inszenierung. Und er will nicht nur Bergkamen treffen, sondern auch die ›Bonzen‹, wie er sie nennt. Deshalb gehe ich davon aus, dass er zwei Fliegen mit einer Klappe schlagen wird.« Ich machte eine Pause, wohl wissend, dass jetzt auch die anderen Beamten in Hörweite mir ihre Aufmerksamkeit schenkten. »Er weiß ziemlich sicher durch sein Studium, wie ein Kraftwerk funktioniert. Er wird die Stromzufuhr für die Pumpen außer Kraft setzen. Vermutlich sprengt er einfach nur mehrere Strommasten, zerstört Oberleitungen oder setzt die Umspannwerke matt.«

Hartmann wurde blass. Man konnte förmlich sehen, wie der Gedanke an die unzähligen Anschlagsziele in ihm arbeitete.

»Und was sollen wir jetzt tun? Sein Ultimatum läuft in zweiunddreißig Minuten ab.« Der Bürgermeister griff sich einen Taschenrechner. »Also in einer Million dreihundertvierundvierzigtausend Euro.«

Ich warf einen bestätigenden Blick auf das grünliche Display des Rechners. Schäfer war gerade dabei, die maximale Summe bis zum Ablauf von Bennys Sechzig-Minuten-Frist auszurechnen, und kam auf 2,52 Millionen Euro.

Hartmann griff zu einem Funkgerät und stand ebenfalls auf. »Team A, wie sieht es aus?«, fragte er und drehte mir den Rücken zu. Hinter den Glasscheiben konnte ich einen vermummten SEK-Mann auf dem Vorplatz sehen, der kurz die Hand hob.

»Startklar«, kam es leise aus Hartmanns Funkgerät. »Alle Männer auf Position!«

»Das würde ich nicht tun«, riet ich von einer möglichen Stürmung ab. Hartmann drehte sich um und warf mir einen irritierten Blick zu. »Sie haben mir doch eben erst gesagt, Sie halten den Täter für gefährlich. Soll ich warten, bis er seine Drohung in die Tat umsetzt?«

»Nein.«

»Und was dann?«

»Geben Sie ihm das Geld.«

Jetzt lachte Hartmann, als hätte ich ihm vorgeschlagen, Gertrud Dobkowitz mit einem Maschinengewehr auszustatten, damit sie den Sturm anführen konnte.

»Sie haben ja wohl den Verstand verloren«, sagte er mit dem mir vertrauten Tonfall meiner Exfrau.

»Hören Sie«, antwortete ich so ruhig wie möglich. »Der Täter geht sehr geordnet und nach einem Plan vor. Das heißt, er ist kein impulsiver Psychopath. Aber wir haben einen klaren Vorteil. Ihm fehlt eine Exit-Strategie.«

»Soll heißen ...?«

»Soll heißen, dass er nichts mit dem Geld anfangen kann. Sehen Sie ihn sich doch mal an.« Ich deutete auf den Überwachungsmonitor, der weiterhin das Schaufenster des Ladens einfing. Benny war gerade dabei, sich sein rechtes Hosenbein umzuschlagen. Selbst von hier aus sah man, dass seine Finger zitterten.

»Das ist kein Killer. Er ist unsicher und wird immer nervöser. So was Großes hat der noch nie durchgezogen. Ich bin mir sicher, ich kann ihn da rausverhandeln. Doch dafür brauche ich Zeit. Und die kriege ich nur, wenn ich das nächste Mal etwas in der Hand habe, wenn ich wieder zu ihm gehe.«

Zweiundzwanzig Minuten und damit neunhundertvierundzwanzigtausend Euro später näherte ich mich wieder dem Schaufenster des Ladens. Ich hatte mich nicht getäuscht. Benny schwitzte, sein Palästinenserschal lag achtlos neben dem Stuhl und er grinste nicht mehr, als er mich sah. Obwohl ich einen schwarzen Aktenkoffer bei mir trug und er wissen musste, was sich darin befand. Er griff sich nervös in den Nacken und begann, ihn langsam zu massieren. Mit der anderen Hand zog er sein Mobiltelefon aus der Hosentasche. Wenig später klingelte mein Handy.

»Wie viel?«, fragte er knapp.

»Fast zwei Millionen. Mehr konnte die Sparkasse so schnell nicht auftreiben.«

Das war keine Lüge. Es war ohnehin ein Wunder, dass überhaupt so viel zusammengekommen war. Sämtliche Filialen in der Umgebung des Nordbergs hatten in den letzten zwanzig Minuten ihre Geldtransporter losgeschickt.

»Aha«, sagte Benny in einem Tonfall, der nicht erkennen ließ, ob er damit einverstanden war oder gleich den Zünder ziehen würde. Immerhin lagen wir mit dieser Summe jetzt schon über einhunderttausend Euro hinter seinen Forderungen zurück und die Stoppuhr zu seinen Füßen tickte immer noch.

»Wie geht's jetzt weiter?«, fragte ich so freundlich wie möglich.

»Nehmen Sie den Knopf aus dem Ohr.«

»Scheiße«, kommentierte Hartmann Bennys Befehl. Es war das Letzte, was ich über Funk von dem Einsatzleiter hören sollte.

»Ist draußen«, bestätigte ich Benny und hob den Koffer. »Soll ich jetzt zu Ihnen reinkommen?«

»Ja. Aber erst machen Sie das Handy aus und nehmen den Akku raus.«

Ich spürte förmlich, wie Hartmann hinter mir wütend auf den Schreibtisch einschlug.

»Macht euch nicht in die Hosen, Jungs«, sagte ich, bevor ich auflegte. »Schließlich bin *ich* derjenige in der Gefahrenzone.«

Ich riss den Akku aus dem Telefon und legte beides auf den nassen Gehweg. Dann ging ich langsam, mit erhobenen Händen auf das Schaufenster zu. Die zwei Millionen waren in sechs Bündel aufgeteilt, die jeweils nicht mehr als ein dünnes Taschenbuch wogen. Dennoch zog der Koffer wie eine Hantel meinen rechten Arm nach unten.

Die Ladentür war offen. Im Inneren des leeren Geschäftes schlug mir ein Mief aus Staub, Schweiß und Angst entgegen. Jetzt, aus nächster Nähe, erkannte ich sofort, dass Benny keine fünf Minuten mehr durchhalten würde. Ein Kinderspiel für einen Verhandler wie mich.

»Wie geht's?«, fragte ich ihn.

»Nicht so«, antwortete er und räusperte sich. »Ist das Geld wirklich da drin?«

»Ja.« Ich ließ den Koffer aufschnappen. Jetzt kam zum ersten Mal Bewegung in seinen dürren Körper. Er ging zum Fenster und drückte, ohne mich aus den Augen zu verlieren, auf einen kleinen Schalter am Rahmen. Es knackte und der Außenrollladen senkte sich herab.

»Schluss mit der Vorführung«, sagte er und winkte zur Einsatzzentrale gegenüber.

Als niemand mehr von draußen zu uns hereinsehen konnte, drehte er sich zu mir um und fuhr sich nervös durch seine Haare. »Okay, und wie geht's jetzt weiter?«

»Wie besprochen«, sagte ich und sah auf die Uhr. Dann stellte ich den Koffer zu seinen Füßen und nahm das erste Geldbündel heraus.

»Dreh dich um«, befahl ich ihm und steckte es in eine der zahlreichen Außentaschen seiner Jacke.

»Sobald ich die Kohle an deinem Körper verstaut habe, gehst du raus und wartest, bis dich alle Kameras im Visier haben.«

»Schon klar, will ja, dass jeder hört, was ich zu sagen habe.«

»Genau.«

Zum Glück war Benny nur total nervös, aber nicht total bekloppt. Wir hatten das alles stundenlang durchgekaut. Seit Wochen. Die ganze Welt sollte erfahren, welche Schäden der Bergbau angerichtet hatte. Schäden, die die Ewigkeit überdauerten und vor denen man nicht die Augen verschließen durfte. Nicht, wo derzeit in China ein noch viel größerer, menschen- und umweltverachtender Raubbau an der Natur betrieben wurde.

»Sobald du dich vor der Presse in Position gebracht hast, rufst du diese Nummer hier an.« Ich steckte ihm ein letztes Geldbündel zu und reichte ihm dann einen Zettel, auf dem ich Hartmanns Handynummer notiert hatte.

»Was soll ich sagen?«

»Sag: ›Ich mache das alles nur für Bergkamen‹«, verlangte ich. »Mehr nicht. Für alles andere ist später noch genug Zeit, wenn sie dich verhören. Dann gibst du ihnen die zwei Millionen zurück und spätestens heute Abend wird jeder wissen, dass du weder ein Attentäter noch ein Dieb bist.«

»Und die ganze Welt kennt den Umrechnungskurs«, grinste Benny. »Siebenhundert Liter Wasser, in jeder Sekunde. Mann, es wird echt Zeit, dass da mal jemand aufwacht, bevor die noch mehr Kohlekraftwerke bauen.«

»So ist es.«

Ich schloss den leeren Koffer und nahm ihn in die Arme.

»Mann, das hat echt Spaß gemacht«, lachte er nervös. »Danke, dass du mir geholfen hast, das durchzuziehen. Bin nur froh, wenn ich die Sprengstoffattrappe wieder ausziehen kann. Die kratzt tierisch unter dem T-Shirt.«

Ich grinste und fuhr ihm durch die Haare. In dem Jahr der Vorbereitung war mir dieser Verrückte richtig ans Herz gewachsen. Natürlich war es kein Zufall, dass er ausgerechnet mich angesprochen hatte. Es gibt schließlich nicht viele Verhandler der Polizei, dessen Väter bei einem Grubenunglück ums Leben gekommen sind.

»Das Ultimatum läuft ab«, sagte ich zu ihm und deutete zur Tür. »Geh raus und bring es zu Ende.«

Für einen kurzen Moment hatte ich den Eindruck, er würde sich wie in Zeitlupe von mir fortbewegen. Langsam, schlacksig, aber dennoch mit energischem Schritt. Er war ein Krieger, der in seine letzte Schlacht zog. Ein Idealist, der trotz seiner jungen Jahre so viel Zorn in sich trug, dass er seine gesamte Zukunft für einen Krieg opferte, der nicht gewonnen werden konnte. Ich hatte Respekt vor seinem Mut, den ich niemals aufbringen würde. Aber ich hatte getan, was ich tun konnte. Ihnen vor Augen geführt, wohin ihr Bergbau sie gebracht hatte. Der meinen Vater getötet hatte.

Während Benny die Tür öffnete und nach draußen in den strömenden Regen trat, wich ich immer mehr in den Laden zurück. Es gab keinen Hinterausgang, durch den ich hätte fliehen können. Nur einen kleinen Verschlag mit einem Handwaschbecken und einer Toilette. Ich spürte, dass Benny gerade dabei war, Hartmanns Nummer zu wählen, als ich mich unter das Becken hockte. Dann sah ich auf die Uhr. Noch zehn Sekunden, dann lief das Ultimatum ab.

Draußen hörte ich Benny mit schriller Stimme den vereinbarten Satz brüllen.

»Ich tue das alles nur für Bergkamen!«

Dann, zwei Sekunden zu früh, zerfetzte eine gewaltige Explosion nicht nur die Rolllade und die Schaufensterscheibe, sondern auch die obere Hälfte von Benjamin Senner.

Später, nachdem sich das erste Chaos gelegt, die wenigen verletzten Gaffer versorgt und der Tod des offenbar geistig verwirrten Täters offiziell festgestellt worden war, befand ich mich auf dem Weg zurück zu Lisas Kindergeburtstag. Mit etwas Glück schaffte ich es noch zu Kaffee und Kuchen. Den Zaubertrick würde ich nicht mehr vorführen. Davon hatte ich heute schon mehr als genug vollbracht. Denn natürlich war das verbrannte Geld, das man bei dem Selbstmordattentäter gefunden hatte, nicht die vollständige Summe gewesen. Während Benny mir den Rücken zugedreht hatte, hatte ich ihm immer wieder das gleiche Bündel in seine Taschen gesteckt. Benny war viel zu nervös gewesen, um zu bemerken, dass er nicht mal hunderttausend Euro bei sich hatte, von denen einige Scheine sehr effektvoll nach der Detonation durch die Fußgängerzone gewirbelt waren. Die Bilder würden heute Abend die Nachrichtensendungen beherrschen: Umweltaktivist sprengt sich aus Protest gegen Bergbauschäden in die Luft.

Ich setzte den Blinker für die Autobahnzufahrt und tastete zufrieden nach den Geldbündeln in meiner Jackentasche. Fast zwei Millionen für vier Stunden Arbeit. Was für ein Glück, dass dieser Idealist ausgerechnet mich gefragt hatte, ob ich ihn bei dieser hirnrissigen Protestaktion unterstützen könnte. Seine größte Sorge war es gewesen, dass er von einem Sondereinsatzkommando ausgeschaltet wurde, ehe er seinen Spruch in die Kameras sagen konnte. Und damit hatte er gar nicht mal so falsch gelegen, denn schließlich hatte ich wirklich meine gesamte Überzeugungskraft einsetzen müssen, um Hartmann von einem Sturm abzuhalten.

Ich schaltete das Radio ein und beschleunigte zu *The winner takes it all.*

Nun ja, viele halten mich für ein Arschloch. Vermutlich bin ich das auch.

Aber sagen Sie jetzt bitte nicht, ich hätte Sie nicht von Anfang an gewarnt.

Bernhard Jaumann

Kein Märchen für Bönen

»Offen oder geschlossen?«, fragte Kollege Kniebel vom Beifahrersitz aus. Es regnete nicht mehr, aber auf der Fahrbahn stand das Wasser. In der nebligen Nacht schimmerte das Licht der Straßenbeleuchtung milchig. Kriminalkommissar Malenke fuhr so schnell, wie es die Verhältnisse erlaubten.

»Die Schranke? Geschlossen!«, sagte er, obwohl er nicht die geringste Lust hatte, mit Kniebel zu wetten. Malenke war in Altenbögge aufgewachsen, wohnte jetzt auf der Bönener Seite im Haarenweg und wusste, dass die Bahnschranke nie offen war, wenn man passieren wollte. Außer vielleicht, wenn man gerade mit Kniebel gewettet hatte.

»Um zwei Bier plus Korn bei *Lohmann?*«, fragte Kniebel.

Malenke nickte. Das ehemalige Zechengelände rechts der Oststraße verschwand in Dunst und Nacht, doch selbst an einem klaren Sommermorgen wäre nichts zu sehen gewesen. Außer der Baugrube für die neue Grundschule, die von der unerforschlichen Weisheit der Planer mitten in die industriellen Altlasten platziert worden war. Als Malenke den Wagen um die Kurve lenkte und nun an der Bahnlinie entlangfuhr, kamen ihm die Lichter des Regionalexpresses entgegen, der Richtung Unna brauste. Malenke gab Gas, aber er wusste, dass es zu spät war. Er hätte sich nicht auf die Wette einlassen sollen. Kniebel grinste, und tatsächlich ruckte der Schrankenbaum gerade in eine senkrechte Position, als sie am Bahnübergang anlangten.

»Also Sonntag um 11 Uhr. Bei *Lohmann*«, sagte Kniebel zufrieden. Malenke antwortete nicht. Er parkte den Wagen auf dem Gehsteig und schaltete die Warnblinkanlage ein. Kein Mensch war zu sehen.

»Blinder Alarm«, sagte Kniebel. Etwas anderes war auch nicht zu erwarten gewesen. Wenn ein wahrscheinlich bekiffter Jugendlicher um 21.35 Uhr den Polizeinotruf anrief, handelte es sich meist um einen üblen Scherz. Noch dazu, wenn er behauptete, aus dem Zugfenster gesehen zu haben, wie ein Mann einem anderen mit einem Spaten den Schädel einschlug. An einem Bahnübergang. In Bönen, wo der letzte Mord viele Jahre zurücklag.

Malenke zippte die Lederjacke zu und öffnete die Fahrertür. Es war von der Leitstelle völlig übertrieben gewesen, gleich die Kripo herzuschicken, aber wenn sie schon mal da waren, würden sie sich kurz umsehen, bevor sie Entwarnung gaben. Er fragte: »Auf welcher Seite des Bahnübergangs?«

Kniebel steckte sich eine Zigarette an. Dann zuckte er die Achseln.

»Herrgott, Kniebel!«, sagte Malenke. »Ich fahre, du machst den Funk. Wenn du tauschen willst, von mir aus, aber solange du den Funk machst, frag bitte nach!«

Kniebel stapfte wortlos über die Gleise hinüber auf die Bönener Seite. Die Spitze seiner Zigarette glühte rot. Malenke überquerte die nasse Fahrbahn zum verrammelten Bahnhofsstübchen hin. Kein Spaten, kein abgeschlagener Kopf, nichts, was auf einen Kampf hindeutete. Drüben pinkelte Kniebel an das Mäuerchen, das zum Bahnhof führte. Als habe er damit einen Alarm ausgelöst, ging das Lichtzeichen über dem Andreaskreuz an und die Schranken begannen sich wieder zu senken. Was für ein Pech! Nicht einmal zwei Minuten war der Bahnübergang offen gewesen, gerade lang genug, um Malenke am Sonntag die Zeche bei *Lohmann* bezahlen zu lassen. Drüben wippte Kniebel auf den Fußballen und knöpfte sich umständlich die Hose zu. Die Schrankenbäume mit dem Gitterbehang lagen jetzt waagerecht. Ein Zug war noch nicht zu sehen.

»Spring drüber!«, rief Malenke. Kniebel schnippte die Kippe auf die Straße, brummte irgendetwas und kramte nach der nächsten Zigarette.

Herrgott, Kniebel!, dachte Malenke. Er stützte sich auf der Schranke ab. Unter der linken Hand fühlte sie sich klebrig an. Noch bevor Malenke die verschmierten Spuren auf dem rotweißen Kunststoff sah, wusste er, dass es sich um Blut handelte. Frisches Blut.

Mit den Menschen sterben die Erinnerungen. Es hilft auch nichts, sie vorher niederzuschreiben. Ich würde sogar behaupten, dass sie dadurch notwendigerweise verfälscht werden. Schon allein, weil man die Einzigartigkeit von Bildern, Tönen, Gerüchen und – ja – Berührungen in geschriebenen Worten gar nicht adäquat ausdrücken kann. Und selbst wenn man dem Gefühl von damals nahezukommen glaubte, wer weiß denn, was die Leser daraus machen? Welche eigene Vorstellungswelt sie sich aus deinen Worten basteln? Noch erbärmlicher wird das Ergebnis, wenn ein anderer dein Leben sozusagen aus zweiter Hand aufschreibt. Ich habe nie verstanden, warum manche Leute sogar irgendwelche Schreiberlinge dafür bezahlen. Es muss mit der Angst zu tun haben, dass mit dir auch deine Erinnerungen sterben. Aber ist das wirklich so schlimm?

Frau Kommissarin, ich habe aus gegebenem Anlass lange darüber nachgedacht und muss Ihnen gestehen, dass die Vorstellung für mich jeden Schrecken verloren hat. Man kann ja sonst nichts mit ins Grab nehmen. Da ist es doch tröstlich zu wissen, dass die Erinnerungen mit einem gehen, statt völlig verfälscht und heimatlos weiter in der Welt umherzuirren. Nein, lieber ein Ende mit Schrecken als ein Schrecken ohne Ende. Das war immer meine Devise.

Der Junge, der per Handy die Polizei verständigt hatte, konnte am nächsten Morgen in Berlin ausfindig gemacht und befragt werden. Von den Mitschülern, die mit ihm auf Klassenfahrt waren, hatte keiner die Szene am Bahnübergang beobachtet, und auch an ihm selbst war sie nur wie ein ultrakurzer Schnitt aus einem Horrorfilm vorbeigeflogen. Mit absoluter Deutlichkeit habe er nur den niedersausenden Spaten gesehen, auf dessen metallenem Blatt irgendein Lichtreflex aufgeblitzt sei. Der Rest sei schemenhaft geblieben, wie in einem abgedunkelten

Raum, in dem sich das Schwarz zu vermeintlichen Konturen verdichtete. Weder vom Täter noch vom Opfer könne er eine Beschreibung liefern. Er glaube, dass es sich um zwei Männer gehandelt habe, aber selbst da sei er sich nicht sicher.

Andere Zeugen hatten sich nicht gemeldet und auf spektakuläre Aufrufe in den Medien wollte man noch verzichten, solange man nicht genau wusste, was wirklich geschehen war. Dass der Gymnasiast sich die ganze Geschichte aus den Fingern gesogen hatte, schien unwahrscheinlich, doch möglicherweise ergänzte er seine allzu vagen Beobachtungen mit Bildern aus irgendeinem Killervideospiel und in Wahrheit hatte sich alles viel weniger dramatisch abgespielt. Dann waren sich nur zwei Besoffene auf dem Heimweg in die Haare geraten, dann war der Spaten nur ein Regenschirm gewesen und das Blut stammte von einer harmlosen Platzwunde, über die die beiden Streithähne gemeinsam lachten, wenn sie sich am nächsten Vormittag zum Frühschoppen trafen.

Kriminalhauptkommissarin Christina Endrikat ahnte, dass es anders war. Vielleicht hatte sie nur schlecht geschlafen oder zu viel Fantasie, jedenfalls ließ die Horrorszene, von der der Schüler gesprochen hatte, in ihrem Kopf einen ganzen Film ablaufen. Als säße sie in einem dunklen Kinosaal mit Großleinwand und Dolby-Sound, sah und hörte sie, wie der Mann mit dem gespaltenen Schädel aufstöhnte und sich krampfhaft an der Bahnschranke aufrecht zu halten suchte. Wie sein Kopf hinabsackte und der Körper erschlaffte. Wie ein Spaten klirrend auf die Fahrbahn fiel, wie zwei Hände den leblosen Körper unter den Achseln fassten, bevor er zu Boden sinken konnte. Wie der Täter ihn zu seinem Auto schleifte und im Kofferraum verstaute, während die Bahnschranke sich langsam öffnete. Wie er dann zurückging, um den Spaten aufzuheben. Wie er zum obersten Drittel des senkrecht stehenden Schrankenbaums aufsah und fluchte, weil er die Blutspuren dort nicht gleich beseitigt hatte. Wie er wartete, zehn Sekunden, zwanzig, ob nicht wieder ein Zug komme, dreißig Sekunden, ob sich die Schranke nicht wieder senke, vierzig, fünfzig, wie er immer nervöser wurde, eine Minute, und dann näherte sich von der Bönener Seite ein Motorengeräusch. Hastig setzte sich der Täter ins Auto und beschleunigte über den Bahnübergang hinweg.

Ihr Instinkt sagte Endrikat, dass an der Bahnschranke unzweifelhaft ein Mord geschehen war, da mochte Kriminalhauptmeister Kniebel noch so sehr murren, dass Bönen nicht die Bronx sei. Jedes Detail hatte Endrikat so gestochen scharf vor Augen, dass es für mehr als einen nächtlichen Albtraum reichen würde. Nur die Gesichter von Täter wie Opfer blieben unbestimmt, zwei graue Flecke mit scharfen Rändern, als hätte sie jemand Einzelbild für Einzelbild aus Endrikats Film herausgeschnitten.

Die Blutspuren, die Malenke entdeckt hatte, wurden schon in der Kriminaltechnik analysiert. Die DNA würde allerdings im Moment wenig nützen, wenn das Opfer nicht bereits in einer einschlägigen Datenbank geführt wurde. Mehr erhoffte sich Endrikat von den Vermisstenmeldungen. Sicher, das Opfer konnte von irgendwoher stammen, war vielleicht einer der polnischen Zigarettenschmuggler und Autoschieber, die aus der A2 im Volksmund die Warschauer Allee hatten werden lassen. Trotzdem ließ Endrikat die umliegenden Polizeidienststellen bitten, sie sofort über jede Abgängigkeitsanzeige zu informieren, und sei sie noch so fragwürdig.

Im Laufe des Tages trudelten ein paar Meldungen ein. Ein abgelehnter Asylbewerber war untergetaucht, ein sechzehnjähriges Mädchen aus Menden war spurlos verschwunden, nachdem ihr Hund überfahren worden war, ein als verwirrt geltender Rentner hatte offensichtlich nicht mehr nach Hause gefunden und eine junge Türkin aus Bergisch-Gladbach hatte das Weite gesucht, nachdem sie wohl – so vermutete der Beamte, mit dem Endrikat sprach – von ihrem Mann geschlagen worden war.

Kniebel schüttelte den Kopf. Kleine Alltagstragödien, wie sie zu Hunderten passierten. Wenn die Kripo das alles ernst nehmen wolle, meinte er, könne sie gleich einpacken. Endrikat bat dennoch in allen Fällen, nach DNA-tauglichem Material zu suchen.

Am nächsten Morgen, ziemlich genau sechsunddreißig Stunden nach dem Anruf des Schülers, meldete sich ein Streifenbeamter aus dem *Gasthof Pohlmann* an der Bahnhofstraße. Er habe da etwas höchst Interessantes. Ein siebenundvierzigjähriger Journalist namens Helge Bruhn sei schon die zweite Nacht nicht in sein Gastzimmer zurückgekehrt.

»Wieso höchst interessant?«, fragte Endrikat.

»Der *Gasthof Pohlmann* liegt direkt neben der Bahnschranke in Bönen.«

»Das Gepäck ist noch da?«

»Als sei der Mann nur schnell zum Abendessen gegangen.«

»Wir sind gleich dort«, sagte Endrikat. Auf dem Weg zum Wagen verteilte sie die Aufgaben. Sie wollte alles über diesen Helge Bruhn wissen. Wann er nach Bönen gekommen war, wen er getroffen hatte und ob er irgendetwas getan, gesagt, gedacht oder von ihr aus auch unterlassen hatte, was jemanden dazu bringen konnte, ihm mit einem Spaten den Schädel einzuschlagen.

Bönen braucht sein Märchen, hat er mir gesagt. Jeder Ort brauche das, aber Bönen ganz besonders. Ein Ort, in dem das Industriegebiet größer als die Wohnflächen sei, ein Ort, dessen sämtliche Kirchen locker in einer einzigen der riesigen Hallen von KiK *oder* Denninghaus *Platz fänden, lechze förmlich danach. Immer sei die Gemeinde bloß Anhängsel gewesen, heute der Logistikunternehmen, früher der Bergbauindustrie. Nach der Schließung der Zeche Königsborn habe man die Vergangenheit ja gründlich plattgemacht, habe bis auf den einsamen Förderturm der Schachtanlage Königsborn III/IV alles niedergerissen, zugeschüttet, begraben und sich – schwuppdiwupp – neu erfunden. Ganz neu aufgestellt, würde man im heutigen Wirtschaftsdeutsch sagen. Ihn erinnere der Ausdruck immer an ein wackliges Kartenhaus.*

»Sie meinen, Bönen hat ein Identitätsproblem?«, fragte ich ihn.

»Identität?« Er lachte. »Lassen wir die Kirche im Dorf. Bönen braucht nur ein Märchen. Sein Märchen.«

Andere hätten ihm vielleicht widersprochen, hätten gesagt, dass Bönen Arbeitsplätze und eine funktionierende Ausländerintegration viel dringender brauche, aber mir war das egal. Wissen Sie, Frau Kommissarin, ich lebe mein eigenes Leben. In aller Bescheidenheit halte ich mich für einen Menschen, der anderen freundlich und korrekt begegnet. Das muss aber auch genügen. Ich will nicht die Welt aufhorchen lassen. Und ich eigne mich keinesfalls zum Märchenprinzen. Doch genau dazu wollte er mich machen.

Helge Bruhn. Am 15.9.1961 in Bönen geboren. Der Großvater, ein ortsbekannter Kumpel und Kommunist, wurde von den Nazis in Schönhausen interniert und ließ sich bis zu seinem Tod 1971 nie mehr die Haare auf dem kahl geschorenen Schädel wachsen. Der Vater, von Beruf Steiger, starb im selben Jahr. Steinstaublunge. Die Mutter lebte noch in einem Altersheim in Unna. Der junge Bruhn lernte nach dem Abitur bei der örtlichen Tageszeitung, bevor er nach Hamburg ging, wo er sich über die Jahre als Skandalreporter für verschiedene Zeitschriften einen gewissen, durchaus zweifelhaften Ruf erwarb. Kurzzeitig geriet er selbst in die Schlagzeilen, als es ihm gelang, einen cholerischen Blaublütigen zu einer Ohrfeige gegen ihn zu provozieren. Der Prozess verlief im Sande. Seit einigen Jahren schien Bruhn etwas aus dem Geschäft geraten zu sein. Nach den Bankauszügen zu schließen, war seine finanzielle Lage angespannt. Unterhaltszahlungen für zwei Exehefrauen und insgesamt drei Kinder trugen dazu bei.

Bönen schien er seit Ewigkeiten nicht mehr besucht zu haben. Bis er sich vor vier Tagen im *Gasthof Pohlmann* einquartiert hatte. Angereist war er mit dem eigenen Auto, einem feuerroten VW Golf mit Hamburger Kennzeichen. Wann der Wagen verschwunden war, blieb unklar. Jedenfalls hatte er noch vor dem Gasthof gestanden, als Bruhn ausgegangen war, um nie wieder zurückzukommen.

»Ich habe ihn an jenem Abend über den Bahnübergang nach Altenbögge gehen sehen«, sagte der Besitzer des Gasthofs. »So gegen 19.30 Uhr. Wahrscheinlich wollte er irgendwo etwas essen.«

Endrikat nickte und stieg zu Bruhns Zimmer hinauf, wo die Spurensicherung arbeitete. Malenke übernahm alle Gaststätten, die zu Fuß erreichbar waren. Bruhns Wagen war zur Fahndung ausgeschrieben. Endrikats Gefühl nach war er nicht weit entfernt zu finden. Vielleicht sogar mit der Leiche seines Besitzers im Kofferraum. Vor der Tür des Zimmers blieb Endrikat stehen. Sie schloss die Augen und prompt lief die Filmszene vom Bahnübergang vor ihr ab. Wieder sauste der Spaten herab, war das Splittern von Knochen, das fast erstaunte Stöhnen zu hören, wieder war Blut überall, doch jetzt rann es über ein identifizierbares Gesicht. Nun sackte der Mann auf den Asphalt, als die Bahnschranke schon nach oben ging, und dann kramten zwei fremde Hände in den Hosentaschen des Opfers nach einem Autoschlüssel, bevor sie den leblosen Körper über den Bahnübergang schleiften, dorthin, wo der Schwarz-Weiß-Film plötzlich farbig wurde, zumindest stach aus der nebligen Nacht ein knalliges Rot hervor, das sich auf einen vor dem Gasthof parkenden VW Golf legte. Der Kofferraum sprang auf und ...

»Geht es Ihnen nicht gut, Frau Hauptkommissarin?«

Endrikat öffnete die Augen. Kniebel stand in der offenen Tür des Zimmers, in dem die Spurensicherung werkelte.

»Alles bestens«, sagte Endrikat.

»Ich meinte nur, weil ...«, sagte Kniebel. Er stank nach Zigarettenrauch.

»Sie sind aus Bönen, nicht?«, fragte Endrikat. »Wie wäre es, wenn Sie mal überlegten, wo Sie hier auf die Schnelle einen Wagen loswerden würden? Dorthin fahren Sie und suchen nach einem roten Golf! Und zwar sofort!«

Kniebel starrte sie einen Moment an. Dann zog er ab. Hauptkommissarin Endrikat betrat Bruhns Zimmer. Einer der Techniker saß am Laptop des verschwundenen Journalisten und klickte durch die Dateien.

»Und?«, fragte Endrikat.

»Es geht um die Queen.«

»Was?«

»Elizabeth II. Die Königin von England«, sagte der Techniker. Endrikat beugte sich über ihn und blickte auf den Bildschirm. Offensichtlich hatte Bruhn in den letzten Tagen an nichts anderem gearbeitet. Er hatte im Internet zur Familiengeschichte der Windsors recherchiert und ein paar Artikel archiviert, die erschienen waren, als Elizabeth den Altersrekord von Queen Victoria übertroffen hatte. Aber das meiste betraf die 1960er-Jahre. Die Chronologie einer Reise, die Elizabeth damals durch Deutschland geführt hatte, war detailliert erfasst.

»Wussten Sie, dass die Queen am 25. Mai 1965 in ihrem Sonderzug hier übernachtet hat. Auf einem Abstellgleis im Lenningser Bahnhof?«, fragte der Techniker.

Nein, das hatte Endrikat nicht gewusst. Es interessierte sie auch nicht besonders. Das war dreiundvierzig Jahre her. Es war eine längst vergessene Episode einer längst vergessenen Reise einer ausländischen Monarchin. Dass Bruhn das wieder ans Licht zog, war seltsam. Sein Verschwinden, sein mutmaßlicher gewaltsamer Tod hatten damit aber wohl nichts zu tun. Oder?

Er würde mich berühmt machen, hat er gesagt. Und reich. Das wäre ja nicht nur eine Story für den deutschen Markt. In die ganze Welt könne man sie verkaufen. Die englischen Massenblätter würden sich um die Exklusivrechte schlagen. Die Sun *würde wahrscheinlich das Rennen machen und mit einer Schlagzeile herauskommen, so groß, dass nichts anderes mehr auf die Titelseite passen würde. Er wisse, wie er die Sache angehen werde. Ich müsse untertauchen, während er zum Einstieg ein paar dürre Zeilen über dpa und Reuters lancierte. Die Meldung würde wie eine Bombe einschlagen. Dann müsse man nur noch die Angebote abwarten und ordentliche Verträge abschließen. Er rechne auch stark mit einer Verfilmung. Vielleicht mit Cate Blanchett und Leonardo DiCaprio in den Hauptrollen. Mindestens.*

Dass ich gar nicht berühmt werden wollte, konnte ihn nicht bremsen. Der Geschmack komme beim Essen, sagte er mit seinem meckernden Lachen, und dass ich kein Kostverächter sei, hätte ich ja schon bewiesen. Ununterbrochen redete er auf mich ein, argumentierte, bettelte, schmeichelte, und ich, Frau Kommissarin, konnte ihm nur das entgegenhalten, was ich jetzt auch Ihnen sage: Es stimmt, dass ich als Bahnhofsgehilfe in Lenningsen gearbeitet und die Queen damals gesehen habe. Am Morgen durchs Zugfenster. Alles andere ist Unsinn. Kein Wort habe ich mit ihr gesprochen. Ich konnte ja nicht einmal richtig Englisch.

Umso besser, sagte er. Keine großen Worte, nur große Gefühle. Im Übrigen sei wahr, was geglaubt werde, und er hätte genügend Indizien. Wenn mein Tatsachenbericht überzeugend klänge, könne uns keiner an den Karren fahren.

Hauptkommissarin Endrikat hatte schon Ermittlungen erlebt, die wie am Schnürchen liefen, doch der Fall Bruhn übertraf alle. Er lief wie auf Eisenbahnschienen rasant in eine Richtung, von der man gar nicht abweichen konnte, selbst wenn man es versucht hätte. Es war fast unheimlich, wie selbstverständlich sie auf ihr Ziel zusteuerten. Und das hieß Günter Wagenlader.

Auf den Namen stieß Endrikat zum ersten Mal, als sie bei der Leiterin der Volkshochschule in der Alten Mühle nach Informationen zum Queen-Besuch 1965 fragte. Wagenlader sei der richtige Ansprechpartner. Ein Zeitzeuge, der das Ereignis dokumentiert und später zur Erinnerung den kleinen Rosengarten am ehemaligen Lenningser Bahnhof angelegt habe. Endrikat rief ihn an, erreichte aber nur einen Anrufbeantworter.

Sie hatte ihr Handy kaum eingesteckt, als Kommissar Malenke eintraf. Der vermisste Bruhn war am fraglichen Abend im *Gasthof Timmering* gesehen worden. Erst war er durch die Zuchtgeflügelschau im Nebenraum geschlendert, dann hatte er gegessen. Und zwar nicht allein. Malenke schaute in sein Notizbuch. »Mit einem gewissen Günter Wagenlader. Die beiden schienen sich zu kennen und verließen den Gasthof gegen 21.15 Uhr gemeinsam. Zeitlich passt das. Bruhn muss sich auf ziemlich direktem Weg zum Bahnübergang begeben haben.«

Endrikat rief noch einmal vergeblich bei Wagenlader an und schickte zwei Uniformierte zu seinem Haus in Lenningsen. Dann kam die Nachricht, dass Bruhns roter Golf gefunden worden war. Der Beamte sagte, dass er der Spurensicherung nicht vorgreifen wolle, aber wenn in dem Wagen keine Leiche transportiert worden sei, würde er freiwillig auf seine Pension verzichten. Der Golf stand in einem kleinen Waldstück bei Lenningsen. Keine zweihundert Meter vom Haus Günter Wagenladers entfernt.

»So blöd kann doch niemand sein«, sagte Malenke.

»Normalerweise nicht«, sagte Endrikat. Aber vielleicht, wenn einer völlig fertig war, weil er jemanden ermordet hatte. Wenn es ihn schon übermenschliche Kraft gekostet hatte, die Leiche zu beseitigen, und er nun noch den Wagen loswerden musste, bevor er endlich ins Bett fallen und sich seinen Albträumen ausliefern konnte.

»Fahndung?«, fragte Malenke. Endrikat zögerte. Als sie antworten wollte, kam Kniebel durch die Tür.

»Ich hab da was!«, sagte er.

Endrikat sah ihn fragend an.

»Es geht um den Spaten«, sagte Kniebel. »Ich hätte ja die Tatwaffe schnellstmöglich beseitigt. Und da dachte ich mir, vielleicht besorgt sich der Täter gleich Ersatz. Es gibt nicht so viele Geschäfte in Bönen, wo man einen Spaten kaufen kann.«

»Und?«

»Ohne Ergebnis. Aber ich habe etwas anderes sehr Merkwürdiges herausgefunden.«

»Nun sag schon!« Malenke verdrehte die Augen, doch Kniebel ließ sich Zeit. Umständlich berichtete er, dass ein Albert Schmidt einen gebrauchten Spaten hergerichtet hatte. Da Schmidts Werkstatt irgendwo außerhalb lag, hatte der Kunde gebeten, den Spaten am Abend bei Schmidt zu Hause abholen zu dürfen. In der Körnerstraße, ganz in der Nähe vom Bahnübergang. Dort hatte der Kunde so um 21.30 Uhr geklingelt. Also kurz vor dem Mord.

»Der Kunde heißt nicht zufällig Günter Wagenlader?«, fragte Malenke. Kniebel nickte erstaunt.

»Fahndung!«, sagte Endrikat.

Man soll über Tote ja nichts Böses sagen, doch Bruhn war ein unangenehmer Zeitgenosse. Schmierig, wenn Sie wissen, was ich meine, Frau Kommissarin. Er konnte keine zwei Sätze am Stück sagen, ohne anzüglich oder herablassend gegenüber Dritten zu werden. Egal, wer sie waren oder wofür sie standen. Ganz im Gegenteil, je unzweifelhafter es sich um Persönlichkeiten handelte, die Verehrung verdienten, desto mehr mühte er sich, sie in den Dreck hinabzuziehen, in dem er sich offensichtlich zu Hause fühlte.

Sie sehen, Frau Kommissarin, ich spiele Ihnen keineswegs vor, dass mir sein Tod sehr nahegeht, aber Sie sollten daraus nicht schließen, dass ich ihn ins Jenseits befördert habe. Ich bin doch kein Mörder! Und wieso auch? Welchen Grund hätte ich denn haben sollen, mir an ihm die Finger schmutzig zu machen?

Günter Wagenlader hatte gar nicht versucht unterzutauchen. Vielleicht traute er sich mit seinen zweiundsechzig Jahren eine Flucht nicht mehr zu, vielleicht fürchtete er, sich nur noch mehr verdächtig zu machen. Vielleicht glaubte er auch so sehr, das Richtige getan zu haben, dass ihm die Konsequenzen egal waren. Jedenfalls fanden sie ihn am ehemaligen Lenningser Bahnhof. Es war Endrikats Idee gewesen, dorthin zu fahren. Sie wusste nicht, warum, doch sie war inzwischen überzeugt, dass im historischen Besuch der Queen der Schlüssel zur Mordsache Bruhn lag.

In dem denkmalgeschützten Bahnhofsgebäude war nun eine Kindertagesstätte untergebracht. Als Endrikat die Gedenktafel an der Backsteinmauer studierte, hörte sie drinnen die Kinder singen. Sie verstand die Worte nicht, erkannte das Lied *Häschen in der Grube* aber an der Melodie. Das hatte sie Ewigkeiten nicht gehört. Sie und Malenke gingen einmal ums Gebäude, am Lattenzaun entlang und über die ehemalige Bahntrasse, auf der schon 1968 der Betrieb eingestellt worden war. An der Ostseite befanden sich ein Nebengebäude und ein paar in niedrigen Buchsbaum gefasste Beete. Die Rosenstöcke an der Rückseite des Gebäudes waren zum größten Teil geschnitten, nur ein paar trugen noch welke weiße Blüten mit einem leicht rosa Schimmer. Im Sommer mussten sie herrlich anzusehen sein, doch jetzt war Ende November. Der Boden war nass und schwer. Günter Wagenlader stand in Gummistiefeln da und stützte sich auf einen Spaten. Er blickte den beiden Polizisten entgegen.

»Herr Wagenlader, wenn ich um den Spaten bitten dürfte!« Malenke streckte die Hand aus.

»Ich pflanze«, sagte Wagenlader. Er wies auf ein paar frisch gesetzte Rosenstöcke und die drei, die noch in Ballen an der Mauer lehnten.

»Nicht unbedingt die beste Jahreszeit dafür«, sagte Malenke.

Wagenlader lächelte.

»Haben Sie gut gedüngt?«, fragte Malenke. Dann flüsterte er Endrikat zu: »Ich wette, dass da drunter Bruhns Leiche liegt.«

Endrikat nickte. Das würden sie bald feststellen. Ein paar Minuten spielten jetzt keine Rolle mehr. Sie fragte: »Was für eine Rosensorte ist das?«

»Queen Elizabeth«, sagte Wagenlader, »1954 von Lammerts anlässlich der Krönung der Königin gezüchtet.«

»Herr Wagenlader, wo stand er?«

»Wer?«

»Der Sonderzug. Der Schlafwagen der Queen.«

Wagenlader lächelte wieder. »Auf einem Abstellgleis. Das ist längst abgebaut.«

»Wo?«, fragte Endrikat.

»Das spielt doch keine Rolle«, sagte Wagenlader.

»Geben Sie es zu!«, sagte Malenke. »Haben Sie eine Ahnung, was die moderne Kriminaltechnik vermag? Wir holen Bruhns Leiche heraus, wir …«

»Machen Sie mir bloß die Rosen nicht kaputt!«

»Wir analysieren den Spaten, wir untersuchen die Spuren in seinem Wagen, und ich garantiere Ihnen …«

»Natürlich bin ich ein paarmal in seinem Auto mitgefahren«, sagte Wagenlader. »Er hat mich ja nicht in Ruhe gelassen.«

»Und deswegen haben Sie ihn umgebracht?«, fragte Malenke.

Wagenlader schüttelte den Kopf. »Er war quicklebendig, als ich mich an jenem Abend in der Bahnhofstraße von ihm verabschiedete. Er wollte in sein Hotel zurück, ich musste noch meinen Spaten abholen.«

Er war es. Zweifellos hatte er es getan. Und vielleicht würden die Indizien auch ausreichen, um ihm den Mord nachzuweisen. Vielleicht auch nicht. Die Gerichte verurteilten ungern, wenn sie kein Motiv erkennen konnten. Auch Endrikat verstand nicht, warum dieser feine ältere Herr Bruhn den Schädel eingeschlagen hatte. Sie sagte: »Es sieht ziemlich schlecht für Sie aus, Herr Wagenlader. Wenn Sie davonkommen wollen, werden Sie uns einiges erklären müssen.«

Sie haben also keine Leiche unter meinen Rosen gefunden? Das wundert mich nicht. Wie gesagt, Bruhn war ein ekelerregender Mensch. Ich hätte ihn jedenfalls nicht in meinem heiligen Hain verscharrt, wenn ich ihn getötet hätte. Aber das habe ich nicht. Wieso sollte ich denn?

Ja, wenn an Bruhns Geschichte etwas dran gewesen wäre, hätte ich vielleicht ein Tatmotiv! Wenn ich tatsächlich die Nacht vom 25. auf den 26. Mai 1965 mit der Königin von England verbracht hätte, wie Bruhn es mir unterstellte. Doch dafür gibt es keinerlei Beweis. Es ist ja auch lachhaft. Ich, ein damals neunzehnjähriger Bahnhofsgehilfe, und die Queen? Wenn Sie mir nicht glauben, Frau Kommissarin, können Sie gern im Buckingham-Palast nachfragen.

Aber mal angenommen, rein hypothetisch, es hätte sich so abgespielt, dann wäre das für mich eine Erinnerung, die ich mein Leben lang hüten und mit ins Grab nehmen würde. Wäre ich als

Auserwählter der Königin nicht verpflichtet, ihren Ruf zu schützen? Nach allem, was ich weiß, ist sie eine wunderbare Frau. Feinfühlig, zart, nobel. Sie hat es nicht verdient, dass man sie in den Schmutz zieht.

Wenn es also so wäre und ich gerade einen Spaten in der Hand hätte und einer mich mit meckerndem Lachen fragen würde, wie sie denn so im Bett gewesen sei, die Queen, dann könnte ich mich vielleicht für einen Moment wirklich vergessen.

Robert Hültner

Die Legende von Cappenberg

»Kommen Sie herein, Herr Kommissar. Und entschuldigen Sie bitte meine Unordnung.«

»Es stört mich nicht im Geringsten, Herr Professor.«

»Haben wir uns nicht schon einmal irgendwo kennengelernt? Oder irre ich mich? Mein Gedächtnis spielt mir in letzter Zeit leider manchmal Streiche.«

»Sie irren sich nicht, Herr Professor. Ich habe Sie vor etwa einem halben Jahr schon einmal aufgesucht! Es ging um einen vermissten Journalisten des WDR, ein Mann namens Lutz Morskamp …«

»Morskamp! Genau! Konnte diese Sache denn aufgeklärt werden?«

»Leider nein. Eben deshalb muss ich noch einmal mit Ihnen sprechen.«

»Gerne. Ich bezweifle nur, dass ich Ihnen behilflich sein kann. Aber bitte. Nehmen Sie Platz und fragen Sie.«

»Nun, der Vermisste war bekanntlich einer Ihrer Studenten.«

»Aber, lieber Herr Kommissar! Ich hatte in Münster Tausende von Studenten! Gut, ich bestreite nicht, dass ich mich an Lutz Morskamp erinnere. Der junge Mann wusste sich seinerzeit nämlich durchaus in Szene zu setzen. Ich kann mich beispielsweise an eine Debatte erinnern, bei der es im weitesten Sinne um – lassen Sie mich versuchen, die Sache für einen Laien verständlich zu formulieren – die mittelalterliche Geschichte Westfalens ging. Ich weiß nicht, wie bewandert Sie da …«

»Was man halt so an Lokalgeschichte mitbekommt, Herr Professor …«

»Also, in aller Kürze: Der letzte Herr auf Burg Cappenberg, Graf Gottfried, erstaunte ja im 12. Jahrhundert alle Welt, als er seinen Besitz einem charismatischen Prediger namens Norbert überließ. Dieser wandelte den Herrschaftssitz flugs in ein Kloster um. Der junge Graf gab danach noch einige Jahre den ritterlichen Verteidiger des Klosters, segnete aber wenige Jahre später mit knapp dreißig Jahren das Zeitliche. In einer meiner Vorlesungen ging es mir nun darum, anhand dieses Ereignisses und unter Berücksichtigung der nietzscheschen Historismuskritik unterschiedliche geschichtswissenschaftliche Theorien zu demonstrieren, welche – es wird Ihnen zu speziell, Herr Kommissar?«

»In diesen Theorien bin ich nicht eben firm, muss ich gestehen.«

»Gut, ich versuche, mich kurzzufassen. Der Fall Cappenberg hat im Wesentlichen zwei Interpretationen provoziert: Die eine ging dahin, dass das Verhalten des jungen Grafen im Kontext der mitteleuropäischen Christianisierung zu sehen sei. Demnach wäre Gottfried von Cappenberg eines jener hellsichtigen Individuen gewesen, die den Niedergang mittelalterlicher Herrschaftsstrukturen vorausahnten, sich gleichzeitig vom Schwung der damaligen religiösen Neuerungsbewegungen und des ihnen innewohnenden Mystizismus hatten faszinieren lassen. Die zweite Interpretation ist ein wenig prosaischer. Sie basiert auf der Analyse des damaligen Machtgefüges zwischen päpstlicher und weltlicher Macht, welches den jungen Grafen zu zerreiben drohte. Gottfried von Cappenberg hatte sich nämlich eindeutig auf die Seite des Papstes gestellt, womit er zwangsläufig den Zorn des Kaisers auf sich zog. Und so könnte es ihm als einziger Ausweg erschienen sein, demonstrativ aller Weltlichkeit zu entsagen und in die Rolle des heiligmäßigen Asketen zu wechseln. Wobei wir, unter uns gesagt, nur ahnen können, welche geheimen Privilegien ihm Norbert von Xanten in der Schenkungsvereinbarung zugestand. Fest steht nur: Graf Gottfried blieb bis zu einem Tod der – heute würden wir sagen – Boss auf Burg und Grafschaft Cappenberg. Können Sie mir noch folgen?«

»Durchaus, Herr Professor. Ich habe bisher lediglich zu wenig darüber gehört. Aber immerhin bin ich hier geboren.«

»Schön. Nun, ich tendierte damals zur zweiten Hypothese und wagte einmal sogar, den Satz vom Sein, das das Bewusstsein bestimme, in die Debatte zu werfen. Dies rief allgemeinen Widerspruch hervor, Lutz Morskamp war einer der Wortführer jener Gruppe, die mir – ich zitiere – ›billigen Vulgär-Materialismus‹, ›Krypto-Marxismus‹ und gar Blasphemie vorwarfen. Was mir damals ziemlich an die Nieren ging, weil ich den jungen Mann durchaus schätzte. Eine Zeit lang ging er sogar in meinem Hause ein und aus. Damit war nach dieser Affäre natürlich Schluss. Das alles liegt nun schon fast ein Vierteljahrhundert zurück – ich darf also fragen, weshalb Sie mich in dieser Sache erneut aufsuchen.«

»Nun, weil kürzlich der Terminkalender von Herrn Morskamp aufgetaucht ist. Und in dem ist für den 30. Juni, dem Tag seines Verschwindens, ein privater Termin mit Ihnen notiert, Herr Professor.«

»Ach ja? Ja, ich erinnere mich – er war bei mir. Hier in Werne, und auch in der von Ihnen angegebenen Zeit.«

»Warum haben Sie mir das nicht schon bei meinem ersten Besuch gesagt?«

»Oh. Habe ich das nicht?«

»Nein.«

»Da bitte ich um Nachsicht! Mein Gedächtnis!«

»Aber *jetzt* erinnern Sie sich wieder?«

»Nicht mehr an jede Einzelheit, wie Sie mir verzeihen werden. Ich weiß aber noch gut, dass ich über sein Erscheinen zunächst verdutzt war. Natürlich hatte ich seine Karriere als Fernsehjournalist und Geschichtsexperte am Rande wahrgenommen. Ich fand seine Filmchen mit ihren amateurhaft nachgestellten Szenen und den pseudo-authentischen Computerrekonstruktionen allerdings reichlich spekulativ, und –«

»Könnten wir bitte zurück … Sie wollten mir von diesem Gespräch am 30. Juni berichten.«

»Ich war ein wenig angespannt, als er bei mir auftauchte. Was sich allerdings bald legte. Morskamp hatte zwar ein wenig Fett angesetzt, aber nichts von seiner Eloquenz eingebüßt. Er entschuldigte sich für sein damaliges – seine Worte! – ›flegelhaftes

Benehmen‹ an der Universität. Er habe, sagte er, von meinem jüngsten Buchvorhaben gehört, in dem aufsehenerregende neue Erkenntnisse über Schloss Cappenberg veröffentlicht werden sollten. Und da er gerade an einem Feature über die Klöster Westfalens arbeite, wolle er mich um Mitarbeit bitten. Daneben, dass er selbstverständlich mein Buch gebührend präsentieren wolle, könne er durchaus eine kleine Summe für Beratungstätigkeit auswerfen.«

»Ihrer Formulierung darf ich entnehmen, dass es sich nicht um Millionenbeträge handelte.«

»Ich will ehrlich sein, Herr Kommissar: Die Summe war tatsächlich eine Frechheit. Dass ich trotzdem gesprächsbereit war, hatte mit meiner Erwartung zu tun, dass sich mein neuestes Buch größerer Aufmerksamkeit erfreuen könnte. Deshalb unterdrückte ich jenes Gefühl, das mich sofort wieder beschlich …«

»Welches Gefühl?«

»Nun, der Verdacht, dass Morskamp bei aller äußerlichen Veränderung noch immer ein – wie sagt man heute salopp dazu? – Abstaubertyp sein könnte. Aber sehen Sie, die Überlegung bezüglich meines Buches, wie vermutlich auch der Anflug einer gewissen, nun, nennen wir es Altersmilde, bewogen mich schließlich doch dazu, ihm behilflich zu sein. Ich umriss, dass ich eindeutig beweisen könne, dass der junge, möglicherweise psychisch labile Graf von Cappenberg Opfer einer schäbigen Intrige geworden war. Letztere hatte zum Ziel, sowohl in den Besitz von Burg und Ländereien zu gelangen als auch die Macht des Papsttums in dieser politisch äußerst fragilen Region zu stärken.«

»Sie wurden sich also mit Morskamp einig, dass …«

»Nun ja, Morskamp schien ein wenig enttäuscht. Er wollte wissen, woraus denn nun meine umwerfende Entdeckung bestünde, über die man in der Fachwelt seit Monaten munkelte. Wo sei der definitive Beweis? Gäbe es ihn nicht, müsse er leider von seinem Angebot Abstand nehmen, mich als wissenschaftlichen Berater für seinen Film zu engagieren.«

»Hatten Sie dafür Verständnis?«

»Nun, was schätzen Sie, Herr Kommissar?«

»Dass Ihnen diese Tour reichlich unverschämt vorkam.«

»Ihrer Vermutung kann ich in der Tat nicht widersprechen, Herr Kommissar. Ich wies ihm die Tür.«

»Ich fürchte allerdings, da muss *ich* Ihnen widersprechen.«

»Ach? Interessant. Ich höre?«

»Ihre Aussage deckt sich nicht mit der Einlassung einer kürzlich aufgetauchten Zeugin, die Sie und den Verschwundenen in der Nähe von Schloss Cappenberg gesehen hat. Und zwar gegen Abend jenes Tages, an dem er auch bei Ihnen in Werne gewesen ist – wie Sie eben zugegeben haben.«

»Ach ja? Die Zeugin … kannte mich?«

»Von einem Foto in einem Ihrer Bücher, Herr Professor. Ich kann Ihnen so viel sagen, dass es sich um eine Studentin der Uni Münster handelt, die für ihre Dissertation über die steinsche Staatsreform im Schloss Unterlagen sichtete.«

»Was Sie nicht sagen. Eine Dissertation über die steinsche Staatsreform. Ich selbst habe einiges dazu veröffentlicht. Warum hat sie mich dann nicht angesprochen?«

»Nun, sie fürchtete, Sie zu belästigen. Hinzu sei gekommen, dass Sie sich eigenartigerweise im Gestrüpp unterhalb der Schlossmauer aufgehalten hätten …«

»Was, in aller Welt, hätte ich in einem Gestrüpp verloren? Herr Kommissar! Diese Zeugin muss sich geirrt haben.«

»Das glaube ich leider nicht. Was … was haben Sie, Herr Professor?«

»Nichts … nichts.«

»Dann muss ich leider auf einer Erklärung bestehen, Herr Professor.«

»Gewiss … Einen kleinen Augenblick bitte, Herr Kommissar … Sie erlauben, dass ich diese Medizin zu mir nehme?«

»Fühlen Sie sich nicht wohl? Soll ich einen Arzt …?«

»Lassen Sie Ihr Handy stecken, Herr Kommissar. Ich wusste, dass Sie früher oder später wieder zu mir kommen würden, und habe meine Vorkehrungen getroffen. Auch wenn die Ambulanz schon vor meiner Tür stünde, könnte sie jetzt nichts mehr tun. In etwa einer halben Stunde werde ich mein Bewusstsein verloren haben. Nutzen wir also lieber die Zeit, die uns bleibt. Sie wollen diesen Fall doch endlich aufklären?«

»Doch! Aber ...«

»Dann nehmen Sie bitte wieder Platz. Glauben Sie mir. Nach allem, was ich darüber in Erfahrung bringen konnte, ist die Wirkung des Gifts, das ich soeben eingenommen habe, durch keine ärztliche Kunst der Welt mehr aufzuhalten. Man hat mir in meinem Leben zu Recht viele Fehler vorgehalten, Herr Kommissar. Niemals aber den, halbe Sachen zu machen. Nun setzen Sie sich schon!«

»Sie ... Sie sind wahnsinnig, Professor.«

»Wollen Sie mir nun zuhören oder nicht? Dass ich dieses Geheimnis jetzt nicht – was ich ursprünglich vorhatte – mit ins Grab nehme, hat in gewisser Weise sentimentale Gründe, die mich selbst überrraschen. Sehen Sie, ich fühle mich den Orten verbunden, in denen ich gelebt habe. Deshalb liegt mir daran, dass ich nicht als gewissenloser Mörder in die Geschichte meiner Heimatstadt eingehe.«

»Morskamp ist tot? Sie ... Sie haben ihn getötet?«

»Nur noch ein wenig Geduld, Herr Kommissar. Ich möchte Ihnen zuvor nur noch versichern: Ich kann und will nicht von meiner Schuld freigesprochen werden und bitte Sie inständig, alles, was ich Ihnen erzählen werde, nicht als den Versuch einer Rechtfertigung misszuverstehen. Trauen Sie mir bitte auch so viel Intelligenz zu, dass Sie mich nie hätten überführen können. Auch der mittelmäßigste Anwalt hätte die Beobachtung dieser ominösen Augenzeugin zerzupft. Wenn es, was ich bezweifle, diese Zeugin überhaupt gibt. Im Schloss finden sich vielleicht noch interessante Unterlagen zum Privatleben des Freiherrn von Stein, nicht aber solche, die man für eine Dissertation über dessen Reformen benötigt.«

»Ich ...«

»Sparen Sie sich Ihre Erklärungen, Kommissar. Sie sind nicht mehr von Belang, und ich nehme Ihnen diesen kleinen Kniff nicht übel. Es ist zu Ende, und das seit langer Zeit. Alles, was ich nur noch möchte, ist, dass die Nachwelt über mich nicht urteilt wie über einen Verbrecher, dem Gier, Rücksichtslosigkeit, Neid oder eine andere Erbärmlichkeit die Hand führte. Sondern dass ich mich seit dem Tod meiner Frau in einem entsetzlichen inneren Gefängnis fühlte. Es war ein Gefühl, das mir jeden Tag und jede Stunde vergällte und dem ich nur noch durch diese Tat zu entkommen glaubte. Es war jedoch eine Hoffnung, die sich nicht erfüllte, denn meine Tat hat mir keinen Frieden verschafft. Verstehen Sie mich?«

»Ich ... ich glaube, ja.«

»Gut. Bitte kommen Sie ein wenig näher. Nun ... Morskamps Besuch am Tag seines Verschwindens endete damit, dass ich ihn zu einem Besuch des Schlossberges einlud. Dort, so versprach ich ihm, würde ich ihm zeigen, was ich entdeckt hatte. Er überwand seine Skepsis und schlug ein. Es dämmerte bereits, als wir vor Cappenberg ankamen. Ich führte ihn an den östlich gelegenen Fuß des Schlossberges.

Ob ihm etwas auffiele, fragte ich ihn.

Nun, meinte er ein wenig unwillig, dass dieses Mauerwerk eindeutig einer wesentlich früheren Bauphase zuzuordnen sei, liege ja wohl auf der Hand.

Das sei richtig, sagte ich. Es handele sich in der Tat um die Reste der mittelalterlichen Anlage. Aber das würde ich nicht meinen.

Ich wies auf die Kontreforts der Mauer und machte ihn darauf aufmerksam, dass sich das Normalmaß des Abstandes zwischen den Pfeilern auf etwa sechs Meter belief, sie aber an dieser Stelle deutlich näher beieinanderstanden.

Natürlich habe er das bemerkt, hielt Morskamp patzig dagegen, der durch die Wanderung durch das Gestrüpp ein wenig außer Atem geraten war. Das läge eben daran, dass diese Mauerpartie aus irgendwelchen Gründen dünner sei und daher eine zusätzliche Abstützung nötig habe!

Richtig!, lobte ich und erkundigte mich, ob er sich vielleicht aus seinem Studium noch dunkel an das Konzept der Flucht- und Versorgungstunnel erinnere, die man oft in hochmittelalterlichen Burgen für den Fall einer Belagerung angelegt habe. Auf diese Weise konnte Nachschub an Munition und Lebensmittel besorgt, Kuriere ausgesandt werden und damit ...«

»Moment, Herr Professor – Sie sagen, dass Sie dort einen über Jahrhunderte verborgenen Tunnel entdeckt haben?«

»Aber ja, mein lieber Kommissar, das habe ich. Hinter einem Dornenbusch befindet sich eine Kuhle, die in eine schmale Mauerscharte mündet. Ich stieg in die Grube hinab, schob eine Steinblende beiseite, löste ein von Rost zerfressenes Gitter aus seinen Ankern, bog es zurück und erklärte Morskamp, dass dahinter ein Stollen lag, der Entlüftungsschacht eines unterirdischen Ganges, der vermutlich zu einem längst verschütteten Ausgang etwa einhundert Meter weiter östlich führte, ungefähr dort, wo sich bis vor einiger Zeit noch Stallungen befanden. In der anderen Richtung jedoch gelangt man durch den Gang in die Gewölbe der mittelalterlichen Burganlage.«

»Aber ...«

»... es hieß doch immer, die alte Burg Cappenberg sei beim Neubau im zwölften Jahrhundert völlig geschleift worden, wollen Sie sagen, Herr Kommissar? Eben nicht! Jedenfalls nicht ganz.

Morskamp schnappte nach Luft, als er begriff, dass sich unter sämtlichen Neubauten noch das komplette Kellersystem der früheren Burganlage befand.

Das wäre ja, japste er, das allein wäre ja bereits eine Sensation! Man könnte endlich die Ausmaße des ursprünglichen Bauwerks genauer definieren!«

»Und wieso wurde dieser Gang nicht schon früher entdeckt?«

»Ach, Herr Kommissar, weil es erstens niemand interessierte und weil ich zweitens bei meinen Recherchen erst etwa einen Meter Erdreich hatte abtragen müssen, um diese Stelle zu finden. Ein Quäntchen Glück, diesen einzigen Zugang zu entdecken, war – muss ich gestehen – auch dabei. Ich zog eine Taschenlampe aus meiner Jackentasche und fragte Morskamp, ob er sich selbst überzeugen wolle.

Er sah zweifelnd an seinem sportlichen Sakko herab. Ich erriet seine Gedanken und beruhigte ihn. Der Schacht sei breit genug. Sein feines Tuch würde keinen Schmutz abbekommen.

Ich wartete seine Antwort nicht ab und stieg gebückt in die schmale Maueröffnung. Ein feuchtkalter, modriger Geruch schlug mir entgegen. Ich winkte Morskamp. Er folgte mir zögernd und erklärte, dass es unter dem heutigen Schloss noch ältere Bauteile gab, sei gewiss hochinteressant – aber hätte ich ihm nicht vor allem einen Beweis für meine Hypothese bezüglich Graf Gottfrieds zeigen wollen?

Ich war schon einige Schritte in das Dunkel des Schachtes vorausgegangen. Kniehohe Steintreppen führten jetzt steil in die Tiefe.

Keine Sorge, sagte ich, wir seien schon auf dem Weg dorthin.

Morskamp tappte keuchend hinter mir her. Ich hörte seinen Atem rasseln.

Wo der Beweis denn sei? Etwa am Grab des Grafen? Das sei doch Quatsch. Die Grabstelle befände sich schließlich über uns in der Schlosskirche!

Dort sei ein hübscher Sarkophag, sagte ich. Mehr nicht.

Der Schacht war zu Ende. Fußbreite Steinstufen führten in den eigentlichen Versorgungsgang hinab. Ich stieg in die Tiefe und leuchtete zurück. Sich ängstlich an der Wand abstützend, kam Morskamp hinterher. Wir bewegten uns nun in leichter Steigung in Richtung Westen. Der Gang hatte sich auf etwa einen Meter Breite und etwa einen Meter siebzig Höhe erweitert. Morskamp fluchte hinter mir, als er mit dem Kopf an die Gewölbedecke stieß. Der Boden, von einer dünnen, schlammfeuchten Erdschicht bedeckt, schmatzte unter unseren Tritten. Können Sie noch folgen, Kommissar?«

»Was sollte denn Ihre seltsame Bemerkung über den Sarkophag von vorhin? Wollen Sie sagen, dass der Sarkophag Ihrer Meinung nach leer ist?«

»Sehen Sie, genau das hat Morskamp sich natürlich auch gefragt und ist mir weiter nachgegangen. Aber wenn Sie sich noch ein wenig gedulden, dann kann ich auch Ihnen eine Auflösung bieten. Was ich Ihnen schon jetzt sagen kann, ist, dass bestimmte Teile des Skeletts Gottfried von Cappenbergs noch im Mittelalter umgebettet wurden.«

»Wozu das denn?«

»Geduld, mein Lieber, Geduld. Der Gang, durch den ich Morskamp führte, mündete als einer von mehreren Gängen in eine hohe Kaverne. Ich steuerte einen der anderen Gänge an. Minuten später betraten wir eine Steintreppe nach oben.

Warum, fragte ich Morskamp jetzt, lässt man wohl einen Teil eines Leichnams verschwinden. Warum, was meinen Sie, Herr Kommissar?«

»Weil ... weil sein Zustand etwas verraten könnte, das ...«

»Da sind Sie möglicherweise genau wie Morskamp auf der richtigen Spur. Vor uns öffnete sich ein weites Gewölbe, von dem ebenfalls wieder mehrere Gänge in benachbarte Räume führten. Ich sah mich kurz um, bevor ich einem davon zustrebte. Morskamp stolperte schwer atmend hinter mir her.

Ich drehte mich um und leuchtete in sein Gesicht. Morskamp sah mich aus geweiteten Augen an. Er hatte Angst, dass wir uns verirrt hätten, doch ich beruhigte ihn, dass ich mittlerweile jeden Winkel des Gewölbes kennen würde.

Wir würden in Kürze ein weiteres Gewölbe erreichen, von dem eine Treppe direkt unter das Seitenschiff der früheren Burgkirche führte. Präziser gesagt: in einen Raum, der vor dem Umbau als Gruft der Cappenberger Grafen diente. Denn soweit ich das rekonstruieren konnte, wurden Burg und Burgkapelle schon einmal – vermutlich um das Jahr 1000 – erweitert. Dabei musste vermutlich auch die Gruft verlegt werden.

Morskamp keuchte, als er endlich begriff, dass dort der olle Gottfried von Cappenberg begraben war. Und dass sein Skelett, wenn meine Theorie stimmte, noch Zeichen eines gewaltsamen Todes aufweisen würde.

Das wäre dann wirklich eine echte historische Sensation, presste er hervor.

Ich antwortete nicht, sondern schritt schnell voraus. Nach einigen Minuten hatten wir eine weitere Halle erreicht. Ich verweilte an einer Stelle, an der ein massiver Bogensturz zu erkennen war.

Sehen Sie?, erklärte ich. Hier befand sich früher eine Verbindung zu unteren Räumen des Hauptgebäudes. Und dahinter liegt jetzt vermutlich der Fitnessraum der heutigen Schlossbewohner. Oder der Heizungskeller, was weiß ich.

Die Wand ist jedenfalls um die zwei Meter dick, deshalb hat mich auch keiner gehört, als ich in wochenlanger Arbeit den Zugang zur alten Gruft freigelegt habe.

Morskamp grinste schmierig und meinte, ich sei ihm ja ein alter Gangster – oder, um es direkt zu sagen: Raubgräber und Grabräuber.

Ich überging den respektlosen Scherz und versicherte ihm nochmals, dass uns hier unten wirklich niemand hören könne.

Worauf er danach drängelte, endlich meine fabelhafte Entdeckung sehen zu wollen, er habe heute noch ein ›date‹, und da wolle er ungern nach ›toter Ratte‹ riechen.

Gleich, sagte ich.

Sein Blick folgte dem Strahl meiner Lampe. Er starrte auf eine gezackte Öffnung in der Mauer über ihm.

Dahinter soll die Gruft sein?, krächzte er.

Ich nickte. Die Gruft und der Sarkophag Gottfried von Cappenbergs, welcher jene Skelettteile enthielte, die uns endlich Aufschluss über die Hintergründe seines rätselhaften Verhaltens geben würden.

»Nun mal ehrlich, Professor – so ganz kann ich es ja nicht glauben, dass Sie …«

»Was?«

»Ich meine, Sie rücken da gegenüber Morskamp, der Sie an

der Uni damals aufs Übelste drangsaliert hat, mit einer Sache heraus, die Sie auf Ihre alten Tage noch zur Berühmtheit hätte machen können …«

»Ja, das kam Morskamp auch in den Sinn, da unten. Er meinte ebenfalls, es ansprechen zu müssen, dass wir früher alles andere als harmoniert hätten …

Doch ich fiel ihm ins Wort: Wir hätten eine Vereinbarung, oder nicht? Wenn ich ihm wirklich noch etwas nachtragen würde, so würde ich doch wohl erst einmal seinen Film abwarten und danach mit meiner Entdeckung herausrücken, um ihn zu blamieren.

Morskamp sagte eine Weile nichts.

Richtig!, meinte er schließlich.

Also, Morskamp, sagte ich, ich gebe zu, dass ich damals ein wenig enttäuscht von Ihnen war. Sie waren einer meiner Lieblingsstudenten und Sie konnten bei mir und meiner Frau ein und aus gehen, als wären Sie unser Sohn. Aber, mein Gott, Sie waren eben jung. Das ist kein Verbrechen. Was Sie damals vorzubringen hatten, hat mich wenig berührt. Zum letzten Mal: Wir haben einen Deal. Ich verschaffe Ihnen Ihre Sensation, und Sie präsentieren mein Buch in Ihrer Sendung. Ob er das auch so sehe?«

»Und? Sah er es so?«

»Natürlich. Er starrte mich eine Weile wütend an. Dann entschuldigte er sich und wollte wissen, wie ich überhaupt darauf gekommen sei, in dieser Richtung zu forschen.

Ich erklärte ihm, dass ich den Berichten über den frühen Tod des Grafen Gottfried nicht so recht Glauben geschenkt hätte und bei meinen Forschungen schließlich darauf gestoßen sei, dass es schon bald nach Gottfrieds Quasi-Abdankung zu Konflikten zwischen ihm und Norbert von Xanten gekommen sein musste. Gut möglich ist demnach, dass Gottfried von Cappenberg plötzlich meinte, über den Tisch gezogen worden zu sein. War die Notlage, in der er sich zur Aufgabe von Burg und Ländereien entschied, vielleicht doch nicht so gravierend gewesen, wie man ihm weisgemacht hatte? Hinzu kommt, dass es sich bei Norbert von Xanten, gelinde gesagt, um eine widersprüchliche Persönlichkeit gehandelt haben muss, mit deren heiligmäßiger Askese es nicht mehr so weit her war. Auch Gottfried muss das mitbekommen haben.«

»Sie meinen, er versuchte, die Schenkung rückgängig zu machen? Hätte er überhaupt eine Chance dazu gehabt?«

»Einfach wäre es nicht gewesen. Aber wer weiß? Meine Konsequenz war daher jene, die auch ein Kriminalist wie Sie gezogen hätte, mein lieber Kommissar: Ich musste mich auf die Suche nach Indizien dafür machen, dass es beim frühen Tod des Grafen nicht mit rechten Dingen zugegangen war.«

»Die, wenn überhaupt, im Sarkophag zu finden sein mussten.«

»Genau. Das begriff auch Morskamp endlich, als wir dort unten standen. Zum Glück stieß ich auf die Forschungsunterlagen eines leider verstorbenen Kollegen, die mich die bislang unbekannten Gewölbe entdecken ließen, in denen wir uns jetzt befanden. Der Kollege hatte weiterhin in Erfahrung gebracht, dass unter der heute sichtbaren Grabplatte Gottfrieds nur einige unidentifizierbare, für Analysen jeder Art völlig wertlose Knochenreste lagerten. Wo also, fragte ich mich, hatte man den Grafen tatsächlich beigesetzt?«

»Sie gehen davon aus, dass man Gottfrieds Leiche vertauschte, oder irre ich mich?«

»Sie irren sich keineswegs, mein Lieber. Morskamp war fasziniert von der Vorstellung, wie eine kleine verschworene Gruppe bei Nacht und Nebel die Grabstelle Gottfried von Cappenbergs manipulierte – wahrscheinlich sah er da für seinen Film schon eine seiner berüchtigten ›Rekonstruktionen‹ vor sich.

Er wies also mit leuchtenden Augen zur Maueröffnung über uns und wollte wissen, ob sich da drin des Rätsels Lösung befände.

Ich sagte: Ja, so sei es, griff nach einer Leiter, die ich hinter einem Vorsprung deponiert hatte, lehnte sie an die Mauer und winkte, dass er mir folgen solle.

Was wir denn dort finden würden?, drängelte er aufgeregt.

Nun, sagte ich mit einem vielversprechenden Lächeln, vielleicht finden wir einen Schädel, dessen Hinterhaupt eine winzige Öffnung aufweist? Ein Loch, das durch einen dünnen Eisenstift hervorgerufen wurde, den man dem Schlafenden in den Hinterkopf getrieben hat und der von außen kaum zu sehen war? Am mittlerweile entfleischten Schädel aber sehr wohl?«

»Mit Verlaub, Professor – das klingt nach einem Stoff für einen Mittelalterkrimi!«

»Sehen Sie! Kein Wunder, dass Morskamp das auch gefiel, und deshalb folgte er mir.

Ich stieg voraus und kroch gebückt durch den Durchlass. Er folgte schnaubend. Der Schein meiner Lampe streifte durch das Gewölbe und blieb in dessen Mitte an einem schmucklosen Steinsarkophag hängen.

Hier, sagte ich. Sehen Sie nach. Schieben Sie die Deckplatte zur Seite. Sie sind schließlich jünger und kräftiger als ich.

Ächzend stemmte er sich gegen den schweren Stein. Er fluchte gepresst und die Sohlen seiner Designerschuhe rutschten unter ihm weg. Knirschend bewegte sich die Deckplatte einige Zentimeter und ein winziger Spalt hatte sich aufgetan. Morskamp beugte sich darüber.«

»Und? Was sah er?«

»Ist das wichtig? Sie sollten fragen, was *ich* tat!«

»Was …«

»Ich machte einige Schritte zurück, bückte mich, schlüpfte durch den Mauerdurchbruch und kletterte die Leiter hinab. Unten angekommen, stellte ich sie an ihren alten Platz zurück.

Morskamp!, rief ich. Hören Sie mich?

Ich konnte ihn schimpfen hören und wie er sich oben auf die Suche nach dem Ausgang machte. Ich löschte meine Lampe.

Wo sind Sie, Professor?!, hallte es dumpf herab. Und: Verfluchte Scheiße!

Ich fragte noch mal, ob er mich hören könne.

Jaaa!, heulte es aus der Grabkammer, gefolgt von einem gellenden Schmerzensschrei. Er musste mit dem Kopf an eine

Mauerkante gestoßen sein. Ich hob die Stimme und rief: Nein, das glaube ich nicht! Denn dann hätten Sie gehört, was meine Frau Ihnen angekündigt hat. Meine Frau, die ich über alles liebte, der Sie hinter meinem Rücken den Hof machten und die sich daraufhin wie eine Närrin in Sie verliebte! In einen Studenten, der fast zwanzig Jahre jünger als sie war!

Er brüllte etwas wie: Lüge!

Doch ich sagte: Sie hat es mir gestanden und wollte sich von mir trennen! Ohne Sie könne sie nicht mehr leben! Und als Sie sich schließlich aus dem Staub machten, weil Ihnen der Kontakt zu mir nicht mehr profitabel erschien, da … – an dieser Stelle brach meine Stimme und ich konnte nur noch leise fortfahren – … da hat sie es wahr gemacht.«

»Herr Professor …!?«

»Ja … keine Sorge, ich bin gleich am Ende, Herr Kommissar. Mit Morskamps gellenden Schreien in den Ohren knipste ich meine Lampe wieder an, wandte mich um, fand die unauffällige Markierung an jenem Ausgang, der mich wieder ins Freie bringen würde, und eilte davon.

Eine Weile verfolgte mich noch Morskamps Brüllen, dann … Sehen Sie, Herr Kommissar … bitte kommen Sie ein wenig näher … Sehen Sie, dass Morskamp an der Uni gegen mich auftrat, dass er mich bei Kollegen und Rektorat als Linksradikalen denunzierte … all das hätte ich verwunden. Nicht aber, dass er mir diese maßlose … Demütigung zugefügt hat und mir … meine Frau genommen hat. Verstehen Sie das?«

»Ja, Herr Professor. Ja, ich glaube, ich verstehe es.«

»Was … ist es? Mord?«

»Nein, Professor. Es war ein … ein Drama.«

»Gut … Können Sie Ihren … Fall nun … abschließen?«

»Ja, Herr Professor, ich glaube, ja. Aber was ist mit dem Grafen? Wurde er jetzt tatsächlich ermordet? Herr Professor … Herr Professor …!!?«

Norbert Horst

Ausgleich in Dortmund

Das Schwarz-Weiß-Foto zwischen den beiden gelben filzigen Wollstutzen wurde schon etwas blass, aber man erkannte noch das Lächeln auf Libudas Gesicht. Strahlend wie das Flutlicht des Hampden Parks, das sich im Pokal über seinem Kopf spiegelte. So einen könnten sie jetzt gebrauchen, so einen wie Stan, der drei Mann in der Telefonzelle ausspielte, rechte Hand und linken Fuß auf dem Rücken zusammengebunden. Soll Verteidiger gegeben haben, die sich noch unter der Dusche gedreht haben. Der würde auch heute noch die Abwehrspieler zu Brummkreiseln machen, jede Wette.

Kriminalhauptkommissar Heinz Czerwinski seufzte einmal tief. So einem sah man sogar nach, dass er vom falschen Verein kam. Lange her.

Czerwinski wandte sich von der kleinen, flachen Vitrine ab, die hinter seinem Schreibtisch hing, und sah aus dem Fenster seines Büros in den Dortmunder Himmel. Der Verkehr auf der B1 war für diese Tageszeit fast erträglich, weiter hinten zeichnete sich gegen die grauen Wolken die bekannte Silhouette mit Westfalenhalle und Stadion ab. Wieder nur ein Punkt am Wochenende. Wenn das so weiterging, konnte Abstieg doch noch ein Thema werden. Ein letzter Schluck Kaffee, er verzog das Gesicht und goss den lauwarmen Rest in den Topf der Fetten Henne, langsam versickerte das schwarze Zeug in der Erde.

Die Tür ging auf und Ilse Brüschke kam herein.

»Na, träumst du wieder von alten Zeiten?«

Sie hängte die Uniformjacke über die Lehne, setzte sich an ihren Schreibtisch und lächelte ihn an. »Du solltest mal mehr Frauenfußball gucken. Da gibt es wenigstens noch was zum Jubeln.«

Czerwinski blickte mitleidig über die beiden Schreibtische hinweg.

»Frauenfußball ... Auch wenn deine Nichte da ganz gut mitmischt: Das passt einfach nicht. Kannst du dir 'ne Frau als Kopfballungeheuer vorstellen? Also!«

Dass Frauen mittlerweile überall bei der Polizei mitmischten, daran hatte er sich gewöhnt, selbst in seinem Alter noch, aber Frauenfußball ... Das war wie Synchronschwimmen mit Kerlen. Nee!

»Sie hat übrigens die Einladung zu ihrem ersten U-17-Länderspiel.«

»Glückwunsch. Freut mich.«

Er klappte die Schranktür auf, überprüfte vor dem Spiegel den Sitz der blauen Krawatte und zog das graue Sakko an. Früher hatte er Krawatten immer vermieden, wenn es ging, aber seit er die Führungen durch die Ausstellung machte, hielt er das Tragen der Binder für angebracht. Hatten ihm für seine letzten beiden Jahre sogar noch eine Uniform verpasst, wenigstens für die Führungen mit Kindern. Ihm, nach dreißig Jahren Ermittlungsarbeit.

»Schon so zeitig 'ne Führung?«

»Weiß auch nicht, warum ich das angenommen habe. Die Freiwillige Feuerwehr aus Eving kommt.«

Ilse war eine von denen, die man gebrauchen konnte, eine von den Guten. Hatte echt was auf dem Kasten und musste ihre Truppe ziemlich im Griff gehabt haben, als sie noch Dienstgruppenleiterin war, damals, vor den Kindern. Er schickte ihr ein schiefes Lächeln, dann ging er.

In die Flure des Präsidiums war um diese Zeit schon Betriebsamkeit eingekehrt. Tagsüber hatte dieses Gebäude etwas von einer kleinen Stadt, geräuschvolle Lebendigkeit überall, die Gerüche von Menschen auf den Fluren. Aber am Abend verwandelte es sich. Je später es wurde, erst recht in der Nacht, desto mehr erschien es Czerwinski dann wie ein riesiges Raumschiff, das einsam und düster dahinglitt mit dieser gedämpften Leere auf den endlosen Fluren, düsterer Stille, nur durch Schleusen verbunden mit der Welt da draußen.

Als sich die Fahrstuhltür vor ihm öffnete, starrte er in reichlich bekannte Gesichter, zwei, drei Leute grüßten. Um diese Zeit schon Körperkontakt? Lieber nicht. Er nahm die Treppe.

In der Halle hatten sich die ersten Feuerwehrleute vor dem gläsernen Pförtnerkasten versammelt. Er begrüßte den Leiter, kramte im Gedächtnis nach dessen Namen, vergeblich, einige hatten ihre Frauen dabei.

Drei Minuten später kam der Letzte, erntete die üblichen Sprüche. Czerwinski führte sie die Treppe hoch zunächst in das kleine Museum und überlegte, wie üppig er heute den geschichtlichen Teil halten sollte. Die meisten waren daran weniger interessiert. Undeutliche Schwarz-Weiß-Fotos aus dem vorletzten Jahrhundert und ein paar vergilbte Schriftstücke waren halt nicht so spektakulär wie Trickdiebe, eingeschlagene Schädel oder selbst gebastelte Waffen. Höchstens wenn er von den Folterknechten sprach, die angehalten worden waren, ihre Opfer so zu verletzen, dass sie noch vierundzwanzig Stunden litten, mindestens, gab es mal ein schauderndes Lächeln. Auch die alte Steinwache machte Eindruck, die in der Nazizeit die ›Hölle Westdeutschlands‹ genannt worden war, durch die über 50.000 Menschen gehen mussten, auch dann oft ungläubiges, betroffenes Staunen, aber sonst kaum Interesse an Geschichte.

Er stellte sich vor den Nachbau der alten Rathauszelle, wartete, bis man sich um ihn geschart hatte, und begann. Aber er kam nicht weit. Zwei Frauen tuschelten und zeigten in den grauen Raum hinter ihm. Er atmete einmal tief durch.

»Wenn Sie Fragen haben, meine Damen, können Sie die ruhig zwischendurch stellen.«

Die beiden wehrten ertappt ab.

»Nein, nein, die Henni meinte nur, dass Sie das hier ja ganz schön gruselig nachgebaut haben, mit den Knochen.«

Czerwinski drehte sich um und brauchte ein paar Sekunden. Auf dem Sockel für die Schlafstätte lagen zwei große Knochen zu einem X gekreuzt. Die gehörten da nicht hin. Es waren menschliche Oberschenkelknochen, das erkannte er nach dreiundzwanzig Jahren Todesermittlungen und ungezählten Obduktionen sofort. Und sie sahen verdammt echt aus. Sollte das ein Scherz sein? Eine Verarsche seiner alten Kollegen vom KK 11?

Das Gemurmel in der Gruppe wurde lauter und er entschied sich, weiterzumachen, als gehörten die Knochen dazu. Klären konnte er das später.

Also, als Nächstes die Folterknechte, das würde sie ablenken.

Sie standen um den gefliesten Tisch in der Kriminaltechnischen Untersuchung und sahen Trenner dabei zu, wie er die Klebefolie zum Sichern von Mikrospuren von den Knochen zog und auf den Träger klebte.

»Vielleicht haben wir ja Glück.«

»Wie alt sind sie, ungefähr?« Tina Varesi vom KK 11 schob sich nebenbei ein Kaugummi in den Mund.

Die Gerichtsmedizinerin nahm einen der Knochen in die Hand und sah ihn sich genauer an.

»Schwer zu sagen bei Knochen, wenn nichts mehr dran ist, und die hier sind wie geleckt. Mein Tipp: mindestens fünf Jahre. Es können aber auch fünfundzwanzig sein oder noch mehr.«

»Mann oder Frau?«

»Ich schätze, eine Frau, aber nach der DNA wissen wir das genau.«

»Hilft uns auch nicht weiter.« Tina warf das Kaugummipapier Richtung Abfalleimer, verfehlte ihn, die kleine silberne Kugel rollte unter einen Schrank. »Ich schlage vor, wir bereden alles Weitere bei uns im Besprechungsraum, hier können wir im Moment nichts machen. Ich gehe davon aus, du bist auch dabei, Heinz.«

Czerwinski nickte. Tina gehörte zu den Guten, keine Frage, resolut und pfiffig. War eine der ersten Frauen in Uniform gewesen, damals, 82, und sie hatten gut zusammengearbeitet, die drei Jahre bis zu seinem Herzinfarkt.

»Okay, bei uns in ’ner Viertelstunde. Alles klar?«

Sie rauschte ab, die anderen hinterher.

Er kam ein paar Minuten zu spät, sie hatten schon angefangen.

»Ah, Heinz.« Tina schob den Stuhl neben sich zurück, er setzte sich. Einer der Hausmeister war noch dazugekommen, ansonsten Brink und Waltke, seine alten Kollegen vom KK 11, beiläufiger Gruß.

»Okay, Leute, weiter. Wem die Knochen gehören, ist natürlich auch interessant, aber da brennt uns nichts auf den Nägeln. Viel wichtiger ist für mich im Augenblick: Wer hat so eine bescheuerte Idee und legt uns menschliche Knochen ins Polizeipräsidium? Wie kommen die da hin? Und seit wann liegen die da? Hast du 'ne Idee, Heinz?«

»Die letzte Führung war Donnerstagabend, das war 'ne Computerfirma aus Aplerbeck, da lagen die Dinger jedenfalls noch nicht da, bin ich mir sicher. Also kommen Freitag, das ganze Wochenende und vielleicht heute Morgen infrage, in der Zeit muss es passiert sein.«

»Und wie ist der hier reingekommen?« Werner Waltke saß wie immer mit gefalteten Händen wie ein Pastor, dabei wusste Czerwinski aus den gemeinsamen Jahren einiges über ihn, was dazu nicht gepasst hätte. Mehr als einmal hatte er selbst ihn am Telefon mit Außenermittlungen bei seiner Frau entschuldigen müssen, wenn Waltke offiziell dienstfrei eingetragen hatte. Außenermittlungen, ja, ja …

Sie diskutierten alles durch, das Reinigungspersonal, die Anlieferer, die Besucher, die abstrusesten Möglichkeiten.

»Und vergesst nicht den alten Wilhelm Voigt.«

Alle sahen Brink an. Czerwinski schüttelte den Kopf. Brink konnte es nicht lassen, immer so ein bisschen auf gebildet machen.

»Na, den Hauptmann von Köpenick. Wenn sich einer 'ne Uniform besorgt, dürfte es kein großes Problem sein, hier reinzukommen. Und so schwer ist das nicht.«

»Oder es war sogar ein echter Kollege, nur mal so, als Möglichkeit.« Tina, mit entschuldigender Geste, vorsorglich. Gemurmel.

Die Tür öffnete sich, Oberrat Türk, forderte zum Weitermachen auf und setzte sich dazu. Alle schwiegen und sahen ihn an.

»Ich wollte eigentlich gar nicht stören, nur ganz kurz zwischendurch. Die Presse scheint noch nichts mitbekommen zu haben und dabei würde ich es gern belassen, zumindest vorerst, bis wir erste Ergebnisse haben. Ist irgendwie schwierig zu erklären, dass im Polizeipräsidium Leichenteile gefunden wurden und wir nicht wissen, wie die da hinkommen. Deshalb bitte ich das Thema recht vertraulich zu behandeln, vor allem nach außen.«

Allgemeines Nicken in der Runde.

»Okay, mehr wollte ich eigentlich nicht, lassen Sie sich durch mich nicht aufhalten.«

»Wir waren auch fast durch.« Tina verteilte ihre Aufträge, die Vermissten mussten überprüft werden, die Besucherlisten des Präsidiums, die Lieferanten, dann noch die Befragung der Kollegen von der Wache des Schutzbereiches. Um die Gerichtsmedizin wolle sie sich selbst kümmern.

»Und könntest du mir eine Liste aller Gruppen geben, die du hier durchgeführt hast in den letzten, sagen wir, vier Wochen.«

Czerwinski nickte, verabschiedete sich und ging in sein Büro.

Ilse Brüschke saß angestrengt vor dem Computer und sah hoch.

»Und?«

»Was, und? Viel weitergekommen sind wir noch nicht, wie auch?«

»Was ich mich frage, ist: Warum legt man die Knochen in die Ausstellung, warum ausgerechnet da?«

»Ist vielleicht naheliegend. Wenn einer die Polizei damit ärgern will oder bloßstellen, dann ist so eine Polizeiausstellung doch der ideale Platz. Vielleicht ist das alles ja bloß ein blöder Scherz von irgendwelchen Idioten, wer weiß.«

Sie sah ihn lange an. »Könnte das was mit dir zu tun haben, Heinz?«

»Mit mir? Was soll das denn mit mir zu tun haben?«

»Na, das ist doch seit Jahren dein Revier, diese Ausstellung, du führst hier im Jahr mehrere hundert Leute durch, man kennt dich aus der Presse. Und du hast vorher eine Ewigkeit Todesermittlungen gemacht. Nur so vom Gefühl her, meine ich.«

»Ihr Weiber immer mit eurem Gefühl. Ich halte mich lieber an Fakten. Wichtig wäre erst mal rauszufinden, wie der Knochenverteiler hier reingekommen ist.«

»Und, was meint ihr?«

»So ganz unbemerkt, ohne dass der Name irgendwo auftaucht, isses schon schwierig.«

Czerwinski zog sich die Krawatte vom Hals und hängte sie mit dem Sakko in den Schrank. Am Schreibtisch sah er noch einmal die Unterlagen für die Besprechung am Mittwoch in Wiesbaden durch.

»Mein Vater erzählte immer, es hätte hier im Keller Gänge gegeben, noch von der alten Zeche Friedrich Wilhelm.«

Ach, ja, Ilse war ja ein Polizistenkind.

»Früher hätte man sogar von hier bis weit ins Stadtgebiet gehen können, unterirdisch.«

Czerwinski sah von den Akten auf, faltete die Hände wie Werner Waltke.

»Das ist richtig, bis zum Bunker Wittelsbacher Straße oder sogar noch weiter. Aber ob das heute noch besteht? Und wenn, dann ist das mit Sicherheit alles verfüllt und vermauert, wette ich drauf.« Er stand auf, ging zur Kaffeemaschine und machte sich eine seiner Todesmischungen, wie Ilse seinen Kaffee mit sechs Stück Zucker nannte. »Wahrscheinlich will da nur irgendein Arsch in die Zeitung. Hat sich bei 'ner Friedhofssanierung ein paar Knochen besorgt und das hat ihn auf die Idee gebracht. Irgendwie so.«

Er musste lange rühren, bis der Zucker sich aufgelöst hatte. Ilse zuckte mit den Schultern. Sah nicht überzeugt aus.

»Guten Morgen, meine Damen und Herren, heute ist Donnerstag, der 27. März 2008, es ist null Uhr, hier ist WDR2 mit den Nachrichten.«

Czerwinski parkte den Dienstwagen in der Garage und schloss das Tor. Am Hauptgebäude tippte er den Zahlencode ein, die Tür öffnete sich mit einem Surren. Wäre auch eine Möglichkeit: dass der Knochentyp irgendwie an den Zahlencode gekommen war, um reinzukommen. Czerwinski hatte Tina Varesi getroffen am Morgen. Sie wussten nun, dass die Knochen von einer Frau stammten, aber ansonsten waren sie noch keinen Schritt weiter.

Durch den stillen Flur ging er zum Aufzug, irgendwo im Gebäude klappte eine Tür. So spät noch? Während die Kabine ruckelnd nach oben fuhr, strich sich Czerwinski die Müdigkeit aus dem Gesicht. Die Sitzung in Wiesbaden hatte länger gedauert als geplant und er hätte sich ein Hotelzimmer nehmen können. Aber seit seiner Scheidung vor fünf Jahren ödeten ihn Hotelzimmer noch mehr an als früher. In seinem Büro trug er die Daten ins Fahrtenbuch ein, legte die Papiere auf den Schreibtisch. Er löschte das Licht und schloss sein Büro ab. Wieder dieser Blick den dunklen Flur entlang, wieder diese Gedanken. *Alien*, Sigourney Weaver, wie sie durch die zwielichtigen, kalten Räume der *Nostromo* schleicht, endlose Gänge, allein, nur auf sich gestellt, bedroht.

Er fuhr nach unten, verließ den Fahrstuhl, ging zum Ausgang und warf noch einen Blick Richtung Ausstellung. Fast hatte er den Eindruck, auf der Galerie eine Bewegung gesehen zu haben. Czerwinski schüttelte den Kopf, amüsiert, fasste den Türgriff, als er ein Geräusch von oben hörte. Ein leiser, dumpfer Schlag, als sei etwas zu Boden gefallen. Er spürte ein Kribbeln unter der Kopfhaut, zögerte. War da wer? Sein Fuß auf der untersten Treppenstufe, lauschen. Es war nichts mehr zu hören. Ganz langsam, leise und vorsichtig ging er die Treppe hoch. Immer noch kein Laut, keine Bewegung. Er machte das Licht in der Ausstellung an, wartete, nichts. Ein Blick über die Schulter in den Museumsteil, nichts. Weiter, am Schrottauto vorbei, an der Pater-Angelo-Puppe, dem Geldautomaten. Die Tür zur Waffensammlung wirkte unversehrt, zum Glück. Er kramte den

Schlüssel aus der Aktenmappe, schloss auf und machte Licht. Alles okay. Er verschloss die Tür wieder. Noch ein Blick in den kleinen Kinoraum hinten, nichts.

Er ging zurück und war fast an der Puppe mit der Mönchskutte vorbei, als ihm die eigenartige Form des Kopfes unter der Kapuze auffiel. Mit Daumen und Zeigfinger, Zentimeter für Zentimeter zog Czerwinski den Stoff nach hinten. Da, wo sonst der weiße Kopf der Schaufensterpuppe war, blickte er jetzt auf das knöcherne Dach des oberen Teils eines menschlichen Schädels. Verflucht, schon wieder. Er atmete tief durch, sah es nur aus den Augenwinkeln und zuckte zusammen. Wie ein schwarzer Schatten schoss eine Gestalt hinter einer Stellwand weiter vorn hervor, kaum wahrnehmbar, dann das Schlagen einer Tür. Die Nottür, der ist aus der Nottür!

Czerwinski schleuderte seine Tasche in die Ecke, rannte zwanzig Meter, riss die Tür zum Flur auf, die Schritte entfernten sich Richtung Hauptgebäude. Wieder ein Sprint, bis zur Ecke, der Schwarze hatte reichlich Vorsprung, war schon im Hauptgebäude. Hinterher. Im Laufen hörte er die Tür zum Treppenhaus. Der muss nach unten, klar, er muss ja raus hier. Speckert hier nachts einer rum, unglaublich.

Er stolperte fast, riss die Tür zum Treppenhaus auf, hörte wieder eine Tür klappen. Von oben, der ist nach oben. Wieso? Treppe hoch, Tür auf, die Schritte entfernten sich Richtung Kripo-Trakt, da sah er ihn, endlich, Riesenvorsprung, verdammt. Die Gestalt verschwand nach links ins nächste Treppenhaus. Czerwinski rannte, stoppte vor der Tür. Und wenn er dahinter steht? Auf mit einem Ruck, niemand da, er hörte noch das Schlagen der nächsten Tür. Erdgeschoss war das. Los. Die Treppen fast im Flug, erster Stock, Erdgeschoss, raus auf den Flur. Stille. Hektischer Rundumblick, nichts. Er atmete schwer, kein Laut war zu hören. Wohin ist er? So groß war der Vorsprung doch nicht. Sein Blick fiel auf die Tür zum Keller. Scheiße. Doch der Keller? Auf mit einem Ruck, er machte Licht und stockte. Die Tür am Fuße der Treppe stand halb auf.

Allein da runter? Die Waffe lag warm und sicher im Waffenschrank. Kurz zur Wache, jemanden mitnehmen? Oder einen Kollegen von der Leitstelle? Ach, Scheiße, der ist allein, dranbleiben, jetzt.

Er ging die Treppe hinunter, Stufe für Stufe, vorsichtig, leise, kurzer Blick um die Ecke, der Gang war leer. Weiter. Er lauschte, nichts. Weiter, Raum für Raum, einige verschlossen. Wenigstens tat es das Licht überall. Die nächste Treppe, die Kühle wurde spürbar. Er las die alten aufgespritzten Buchstaben über den Türen, *Gasschleuse, Schutzraum C1,* in einer Ecke die alte Kabine mit dem Lokus, weiter. Er blieb stehen, horchte wieder. Vielleicht Atmen, ein Scharren, irgendein Geräusch? Nein. Vom nächsten Raum führte ein Gang weg, niedrig, höchstens eins fünfzig. Er machte Licht, bückte sich, sah hinein, alles frei, weiter. Zwanzig Meter vielleicht, die gebückte Haltung ließ ihn schnaufen, dann wieder ein Raum, kleiner als die anderen. Auf der anderen Seite erneut ein Gang, links in der Wand in Kniehöhe eine Metallklappe, kaum einen halben Quadratmeter groß. Czerwinski zog die Tür auf, aus der Dunkelheit strich ein kühler Lufthauch über sein Gesicht. Woher kam diese Luft? Er ging auf die Knie, aber das Licht reichte kaum einen Meter. Scheiße, keine Lampe. Doch, am Schlüsselbund!

Mit Daumen und Zeigefinger drehte er an der kleinen Taschenlampe, bis sie ansprang. Ganz langsam, Stück für Stück leuchtete er in die Öffnung. Dann den Kopf hinterher, ganz vorsichtig. Wieder ein Gang, noch niedriger als der andere, er konnte das Ende nicht sehen. Aber woher kam diese Luft?

Die Schritte hinter sich hörte er erst, als sie ganz nah waren. Er zog den Kopf zurück, so schnell er konnte, wollte sich umdrehen, sah schwarze Schuhe, schwarze Hosenbeine, dann, nur für einen kurzen Moment, spürte er einen heftigen Schmerz am Kopf.

Ist er wach? In den ersten Sekunden versucht sein Bewusstsein irgendwo Halt zu finden wie ein Treibender, aber da ist nichts,

nichts außer den Schmerzen. Sind sie echt, diese Schmerzen? Er will sich an den Kopf fassen, dorthin, wo es wehtut, aber seine Hände sind auf dem Rücken zusammengebunden. Der Mund lässt sich nicht öffnen, er drückt die Zunge zwischen seinen Lippen hindurch, schmeckt den bitteren Geschmack des Klebers. Dann spürt er die Kälte, feuchte Kälte an den Beinen, an der Hüfte, der Schulter, überall ist es klamm und kalt.

Das Klebeband lässt keinen Laut zu, die Geräusche, die er machen kann, Scharren, Stöhnen, verhallen, als sei es ein kleiner Raum. Seine Füße sind nicht gefesselt, er tastet mit ihnen den Boden ab, bevor er in die Richtung kriecht. Aber wohin?

Die Schmerzen in seinem Schädel scheinen nachzulassen, das Kriechen strengt an, er muss schnaufen. Seine Füße stoßen auf Widerstand, tippen so weit nach oben wie möglich, scheint eine Wand zu sein. Wie weit ist er jetzt gekrochen? Zwei Meter? Drei? Diese totale Dunkelheit, verdammt.

Erst hält er es für eine Täuschung, richtet sich auf, neigt den Kopf, tatsächlich Stimmen, mehrere Stimmen. Sie werden lauter, jetzt deutlich. Er kann Worte verstehen, hört seinen Namen, stöhnt wie wild, tritt mit den Füßen, brüllt mit verklebtem Mund. Es ist zu leise. Dann ein metallisches Geräusch, einen Augenblick später, keine zehn Meter entfernt, ein Lichtspalt. Erst nur ein dünner Spalt, mehr Licht, noch mehr, der unruhige Strahl einer Lampe, dann sticht es breit und grell in seine Augen.

»Heinz, mein Gott …«

Ilse.

»Noch mal Schwein gehabt, Czerwinski, nix gebrochen. Ist wie bei ’ner Bierflasche: Wenn die leer ist, kann die auch mehr ab.«

Na, wunderbar, ein Spaßmacher als Sanitäter. Czerwinski sitzt auf dem Hocker und wartet, bis der Witzbold den Verband festgeklebt hat. Die Schmerzen haben nachgelassen, zum Glück. Als das letzte Pflaster sitzt, nimmt Czerwinski die Packung Schmerztabletten und geht wortlos.

In seinem Büro hat sich Tina Varesi auf seinem Platz breitgemacht, sie und Ilse mit mütterlichem Mitleidsblick. Das können sie, die Mädels. Er lässt sich in einen Stuhl fallen.

»Wie habt ihr mich da überhaupt gefunden?«

»Bedank dich bei Ilse. Die hat gesehen, dass die Wagenpapiere schon hier auf dem Schreibtisch lagen. Als du mittags immer noch nicht da warst und zu Hause auch keiner dranging, hat sie beim Gleitzeitbüro angerufen und die haben ihr gesagt, dass du gestern nicht ausgebucht warst. Da hat sie mal in der Ausstellung nachgesehen und deine Tasche neben dem Schädel gefunden. Und weil ihr letztens über den Keller gesprochen hattet, haben wir da natürlich auch nachgesehen.«

Czerwinski sieht über den Schreibtisch, Ilse lächelt verlegen.

»Danke. Dafür hast du was gut bei mir!«

»Willst du dich nicht krankschreiben lassen mit dem Schädel?«

»Alles nur oberflächlich. Wenn's nicht schlimmer wird, geht es.«

Tina schüttelt den Kopf. »Na, dann können wir ja wieder dienstlich werden.« Sie steht auf, schmeißt ihm eine Akte hin. »Ilse hatte die Idee, es könnte was mit dir und deinen alten Fällen zu tun haben. Sagt dir der Name Theodor Pohlmann was? Müsste eigentlich.«

Er braucht ein paar Sekunden, kneift seine Augen zusammen. »MK Pohlmann, ja, ist wohl Anfang der Neunziger gewesen. Der hatte seine Frau getötet.«

»Richtig. Hat er aber immer bestritten, noch lautstark bei der Urteilsverkündung, sagt Werner Waltke, der war damals auch in deiner Mordkommission. Hab mir mal die Akte geholt. Die Leiche hat man nie gefunden. Verurteilt worden ist Pohlmann nur, weil du anhand der Faserspuren, die in der Wohnung gefunden wurden, eine Theorie aufgestellt hast, die der Richter geglaubt hat, richtig? Und ihr habt noch 'ne Zeugin aufgetrieben, die sein Alibi über den Haufen geworfen hat.«

»Richtig, so langsam kommt es wieder.« Czerwinski nickt. »Knappe Sache, damals. Eine Ratte war das, und ein Zocker mit reichlich Schulden. Die Frau war alleinstehend, zwanzig Jahre älter, mit richtig Kohle, die hatte er zwei Jahre vorher geheiratet, glaub ich. Und so was Ähnliches hatte der fünf Jahre vorher schon mal versucht, mit seiner Verlobten. Damals war auch Geld weg, wenn ich mich richtig erinnere, ihm war aber nichts nachzuweisen. Was wollt ihr mit dem?«

»Der Mann ist seit einem Jahr draußen und könnte einen ziemlichen Rochus auf dich haben. Wir sind deine Besucherlisten durchgegangen und er war in den letzten zwei Monaten mindestens einmal in deiner Ausstellung, mit einer Kirchengemeinde, wahrscheinlich sogar noch ein zweites Mal, aber ihr notiert ja leider nicht immer alle einzelnen Namen.«

»Ja, und?«

»Außerdem ist er gelernter Ingenieur und war zu der Zeit bei der Gesellschaft beschäftigt, die hier von der Tremonia die alten Stollen übernommen hat.«

»Ihr glaubt tatsächlich, der ist durch irgendeinen Schacht hier reingekommen?«

»Überleg doch mal: Der hätte ein Motiv, er ist genau dahin geflohen, du hast ihn da unten überrascht, er hat dich da eingesperrt, das könnte alles kein Zufall sein.«

»Aber vielleicht gibt es da unten gar keine Verbindung nach draußen. Vielleicht ist er nur dahin geflohen, weil es keine andere Möglichkeit mehr gab, hat mir eins über die Rübe gegeben und ist dann woanders raus.«

»Zurzeit kriechen die Hausmeister mit Lampen in den Gängen rum. Wenn sie 'ne Verbindung finden, holen wir uns Pohlmann morgen.«

Er sitzt auf dem Stuhl, spielt mit dem Feuerzeug. Seine Miene halb leidend, halb genervt. Daran hat Czerwinski ihn wiedererkannt, ansonsten eher weniger. Grau ist er geworden im Knast, und schlank, viel schlanker als früher. Seit vier Stunden haben sie ihn jetzt in der Mangel, aber er gibt sich keine Blöße. Das gleiche weinerliche Getue wie damals.

»Sie können sich nicht vorstellen, wie das ist, fünfzehn Jahre unschuldig im Gefängnis. Und jetzt wollen Sie mir wieder was anhängen, Herr Czerwinski. Ich kann das nicht glauben. Habe ich Ihnen was getan? Ich habe mit Ihren Knochen nichts zu tun, verflucht.«

Waltke sitzt einmal mehr mit gefalteten Händen am Schreibtisch, ungerührt, Brink steht am Fenster.

»Ich habe Ihnen doch gesagt, durchsuchen Sie mein Haus, mein Auto, machen Sie, was Sie wollen, Sie werden nichts finden. Stattdessen halten Sie mich hier stundenlang fest.«

Die Tür geht auf, Tina steckt den Kopf herein, winkt Czerwinski heraus.

»Ich habe grad mit den Leuten aus seiner Wohnung gesprochen. Sieht so, als ob wir ihn laufen lassen müssen. Er hat uns sein Haus und Auto freiwillig durchsuchen lassen, wir haben die Nachbarn befragt, wir haben alles gemacht, was möglich war. Er hat zwar kein hundertprozentiges Alibi für gestern Nacht, aber bis jetzt haben wir nicht einen echten Anhaltspunkt, dass er was mit den Knochen zu tun hat. Keine Kleidung, keine Schuhe, keine einzige Spur. Mehr können wir nicht tun.«

Czerwinski zuckt mit den Schultern. »Okay, gegen Fakten gibt es keine Argumente.«

Sie gehen wieder in den Raum, Pohlmann glotzt mit offenem Mund.

»So, Herr Pohlmann, das war's, Sie können gehen.«

Er sieht von einem zum anderen, noch etwas Unsicherheit im Blick.

»Das wurde aber auch Zeit.« Er steht auf, nimmt seine Jacke. »Und wie komme ich jetzt nach Hause?«

»Ich kann Ihnen ein Taxi rufen.«

Er legt den Kopf schief. »Wie bitte? Erst holen Sie mich aus meiner Wohnung, halten mich hier endlos fest und jetzt darf ich sehen, wie ich nach Hause komme. Finden Sie das in Ordnung?«

Tina sieht die Kollegen der Reihe nach an.

»Okay, ich bring Sie nach Hause.«

Pohlmann glotzt Czerwinski an, bleibt einen Moment mit offenem Mund stehen, dann nickt er.

»Ich hol nur noch ein Auto.«

Czerwinski biegt in die Stockumer Straße ein, schafft die Ampel bei Gelb. Keinen Ton, er sagt die ganze Zeit keinen Ton. Seitenblick aus den Augenwinkeln, Pohlmann trägt immer noch sein Mir-wird-Unrecht-getan-Gesicht. Ist das echt oder gespielt? Schwer zu sagen.

Czerwinski lenkt den Wagen in die Behringstraße.

»Wohin?«

»An der Gablonzstraße vorbei, dann das Haus dort.«

Czerwinski fährt rechts ran. Pohlmann bleibt einen Moment sitzen, wendet den Kopf, sieht ihn an. Er grinst, grinst breit.

»Tut mir leid wegen der Macke da oben.« Dann steigt er aus.

»Was?« Czerwinski reißt die Wagentür auf, rennt hinterher, erwischt ihn an der Schulter.

Pohlmanns Gesichtsausdruck ist völlig verändert.

»Was soll das heißen, Pohlmann?«

»Pass auf, Czerwinski, ich sage es nur ein Mal, hier, jetzt, für dich ganz allein. Diesmal habe ich gewonnen, eins eins, Ausgleich.«

»Du linke Bazille.« Er fasst ihn mit beiden Händen am Revers.

»Aber, aber, Kriminalhauptkommissar Czerwinski, wollen Sie mir schon wieder etwas anhängen?« Seine Stimme ist schrill und laut, die Miene schon wieder leidend. Auf dem Bürgersteig bleibt eine Alte stehen, sieht herüber.

Czerwinski lässt ihn los, seine Augen sprühen, zögernd geht er zum Wagen, der Zeigefinger tippt unentwegt in Pohlmanns Richtung.

»Es gibt immer ein Rückspiel, Pohlmann, immer …«

Verdammte Ratte, hatte die ihn echt gelinkt.

Czerwinski blickt abwesend durch das staubige Fenster seines Büros und auf das bekannte Bild. Über dem Westfalenstadion kreist ein Schwarm Tauben.

Einen Beschluss kriegten sie darauf nicht, das war klar. Und Tina hatte recht, es gab nichts mehr, was sie tun konnten, sie hatten alles gemacht, Scheiße. Es war nicht mal klar, ob die verdammten Knochen von ein und derselben Person stammten, weil an dem halben Schädel kein DNA-fähiges Material zu finden gewesen war. Es war zu Ende. Finito. Nichts mehr zu machen.

Wenn es die Knochen seiner Frau gewesen waren, dann hatte Pohlmann dafür wenigstens fünfzehn Jahre gesessen, hatte sein Fett weg. Aber wenn nicht? Gab es noch eine Leiche, noch mehrere, verdammt? Aber vielleicht wollte er sich auch nur wichtig machen. Hatte gar nichts damit zu tun und die günstige Gelegenheit genutzt, um dem Bullen von damals einen mitzugeben. Was hatte er gesagt? Tut mir leid wegen der Macke, oder so? Vom Keller hatte er schließlich nichts gesagt. Könnte er sich auch zusammengereimt haben. Aber was, wenn nicht?

Czerwinski umfasst sein Kinn mit Daumen und Zeigefinger.

War verdammt dunkel gewesen, da unten. Dunkel und einsam. Scheißgefühl.

Die Tür geht auf, Ilse kommt rein und sieht ihn mit kleinen Augen an. »Was ist los?«

»Was soll schon los sein.« Er sieht weiter aus dem Fenster.

»Weiß nicht, du siehst so … Alles in Ordnung?«

»Natürlich ist alles in Ordnung.«

Sie zuckt mit den Schultern und packt ihre Sachen zusammen. An der Tür bleibt sie einen Moment stehen. »Heinz?«

Er sieht sich um.

»Du hast doch vorhin gesagt, ich hab was gut bei dir, oder? War das ernst gemeint?«

»Natürlich war das ernst gemeint. Sonst läge ich da womöglich jetzt in dem Loch.«

Sie lächelt ihn an, lange, dann wandern ihre Augen ganz langsam zu der Vitrine.

»Nee, Ilse, komm, nicht die Finalstutzen von Libuda.«

»Ich will sie ja nicht behalten.«

Ilse öffnet nach dem ersten Läuten, zeigt auf sein Sechserpack *Brinkhoff's* und lacht.

»Fußball ohne Bier geht nicht, schon gar nicht Frauenfußball. Und ich wusste nicht, ob du was im Haus hast.«

»Natürlich hätte ich ein Bier im Haus.« Sie geht ins Wohnzimmer vor, setzt sich aufs Sofa neben ihn. Sie drückt die Fernbedienung, Eurosport, die beiden Mannschaften laufen ein.

»Oh, es fängt ja schon an. Da, Nummer sieben, das ist sie.« Sie lacht ein stolzes, leuchtendes Lächeln.

Czerwinski geht näher ran, macht kleine Augen.

»Bist du sicher, dass sie die Dinger auch trägt.«

»Ganz sicher.« Ilse nickt. »Sie hat sie unter den weißen. Das ist dein Glücksbringer, hab ich ihr gesagt. Damit kann nichts schiefgehen. Als sie erfahren hat, von wem die sind und wo er sie das letzte Mal getragen hat, ist sie ganz blass geworden.«

Im Fernsehen spielen sie die Hymnen. Er hebelt die erste Flasche auf und reicht sie ihr.

»In Afrika sagen sie, wenn du ein Kleidungsstück eines Toten trägst, ist sein Geist bei dir.« Ilse sieht ihn aus den Augenwinkeln an.

»Na, dann können wir ja einiges erwarten.«

Er lehnt sich zurück, muss lachen.

Sie stoßen an.

Anpfiff.

Maj Sjöwall & Jürgen Alberts

Fröndenberger Trichtertod

An diesem heißen Sommertag wurde Fröndenberg von zwei Ereignissen erschüttert, von denen niemand ahnen konnte, dass sie in einem Zusammenhang standen.

Für den Nachmittag war der Besuch der sprechenden Giraffe angekündigt. Auf dem freien Platz vor der Kulturschmiede war ein hohes Zelt errichtet worden, in dem das Tier auftreten sollte. *Größter Afrika-Zirkus der Welt. Eintritt: 10 Euro.*

Die Attraktion im Sommerloch!

Wo immer die Riesengiraffe auftauchte, entlang des Hellweges waren viele Stationen markiert, bildeten sich Menschentrauben, folgten dem Tier, solange die Füße trugen. Alle Zuschauer wollten den Trick sehen, mit dem sie in ganz Deutschland berühmt geworden war: Die Giraffe war in der Lage, einen Knoten in ihren überlangen Hals zu machen.

Überall wurde verbreitet, die Riesengiraffe könne drei Worte von sich geben: *What – why – when.* Nur hatte sie bisher noch niemand sprechen hören.

Der französische Zirkusdirektor war es leid, ständig die gleichen Fragen der Journalisten beantworten zu müssen: Was will das Tier uns mitteilen? Warum sagt es nur diese drei Worte? Wann werden wir die Worte endlich zu hören bekommen?

Die Presse begleitete den Zug des riesigen Tieres durch NRW mit täglichen Berichten. Der WDR hatte einen Sonderkorrespondenten samt Kamerateam abgestellt, in der abendlichen Sendung wurde stets darüber informiert, wo sich die Riesengiraffe gerade befand und ob sie an diesem Tag etwas hatte verlauten lassen.

What – why – when.

»Wir haben einen Ausbrecher!«, rief der radelnde Polizist Theo. In rasender Fahrt ging es durch Fröndenberg. »Wir haben einen

Ausbrecher!« Als müsse er jeden Bürger einzeln warnen. »Wer sachdienliche Hinweise machen kann, bitte umgehend ins Revier kommen.«

In den frühen Morgenstunden fanden Vollzugsbeamte hinter der Mauer des Justizvollzugskrankenhauses, des einzigen in NRW, einen selbst gebastelten Hochsprungstab, hergestellt aus dem Gestänge eines Krankenhausbettes und drei medizinischen Gehhilfen. Ein wahres Meisterwerk.

Es dauerte nicht lange, bis das wachhabende Personal herausgefunden hatte, welcher der kranken Insassen fehlte. Tim Zack, was ein Pseudonym war. Eigentlich hieß der Mann Karlheinz Wagenfeld. Schon zwei Stunden später lief sein Fahndungsfoto über die medialen Netze.

Eines konnte rasch geklärt werden: Tim Zack hatte bei den Weltmeisterschaften in Helsinki den dritten Platz im Stabhochsprung belegt. Er saß eine mehrmonatige Strafe wegen Verbreitung von Dopingmitteln ab. In der stets als sauber angepriesenen Leichtathletik war er das schwarze Schaf.

So sehr sich die Kripo in der Krankenanstalt auch mühte, es gab keine Spur. Niemand hatte den nächtlichen Ausbrecher bemerkt.

Was für eine handwerkliche Leistung!

Warum war er bei einer solchen Begabung überhaupt straffällig geworden?

Wann würde man seiner wieder habhaft werden?

Theo radelte noch immer auf den Fröndenberger Straßen, als er den Menschenzug kommen sah. Wie viele mochten es sein? Tausend, zweitausend, schwer zu schätzen. Im Nu füllten sich auch die Seitenstraßen.

Der Bahnübergang zur Innenstadt war blockiert. Kinder schubsten sich auf dem großen, eingedellten Plastikfußball, der an die Weltmeisterschaft erinnern sollte. Die Fahrpläne wurden aufgehoben. Überall Menschen, die sich drängelten und in Jubelschreie ausbrachen.

Die Giraffe ist da!

Die beiden afrikanischen Wärter führten das riesige Tier mit großer Gelassenheit an zwei überlangen Lederriemen, die der Giraffe genügend Freiheit ließen, immer mal wieder im Vorbeischreiten ein paar Blätter von den Bäumen zu zupfen. Die Giraffe mochte besonders die Blätter der Esche. Die waren ihr Ein und Alles.

Auf dem ehemaligen Gelände der Himmelmann-Papierwerke stand neben dem Zelt für die abendliche Vorstellung ein grau angestrichener Trichter. Er hatte als Filter für Papierreste gedient.

Der Düsseldorfer Malerfürst Markus Lüpertz hatte die Farbe für den Anstrich des Industriedenkmals höchstpersönlich ausgesucht. Ein metallisches Graubraun mit einem kleinen Schuss Grün oder Blau. 1997, bei der 800-Jahr-Feier von Fröndenberg war der Trichter feierlich der Öffentlichkeit übergeben worden.

Neben dem Trichter stand eine hohe Esche, die sofort die Aufmerksamkeit der Giraffe fand. Anstatt zum Zelt des Afrika-Zirkus zu gehen, zerrte sie die Wärter hinter sich her. Mit schnellen, raumgreifenden Bewegungen stolzierte sie los.

Plötzlich hielt das riesige Tier inne.

Warf einen Blick in den Trichter.

Schüttelte den Kopf.

»What!«, rief die Giraffe für alle hörbar. Der Trichter war ein ausgezeichneter Resonanzboden. »What!«

Es war in ganz Fröndenberg zu hören.

»What!«

Theo Beiske war gerade in der Nähe. Er hatte im Handumdrehen den Schlüssel für die Tür am unteren Trichterende parat.

Was er sah, ließ ihn taumeln.

Im Fröndenberger Trichter lag ein Mann.

Ein paar Meter über der Erde.

Quer.

War er tot?

Wir machten damals im benachbarten Unna Station. Auch wir waren vom Giraffenfieber angesteckt. Ich hatte meine Zweifel an der Geschichte, während Bo überlegte, wie er das große Tier fotografieren konnte. Nach unserem sensationellen Coup in Jever hatte ich eine wöchentliche Kolumne für *Dagens nyheter* bekommen.

Ach, ich hab mich noch gar nicht vorgestellt. Rebecca Eng, Journalistin bei der größten Zeitung Schwedens.

Ist in Deutschland nicht verboten,
einen langen Hals zu knoten?

Einer von Bo Skogs Zweizeilern. Meist bleibt er ja stumm, aber hin und wieder lässt er einen Knüppelreim vom Stapel. Bo ist der Fotograf an meiner Seite, müssen Sie wissen. Jede Kolumne braucht ein Schmuckfoto.

Jahrelang hatte Bo Skog die Luft in Lappland fotografiert, dann bei unserem Abenteuer in Jever die ostfriesische Luft und dort auch Bilder geschossen, wenn die Männer, die unter Jever saßen, sich mithilfe von halluzinogenen Mitteln Luftschlösser zusammenfantasierten.

Meine Kolumne trug den Titel: *»Har Tyskar Humor?« Haben die Deutschen Humor?* Beim letzten Mal berichtete ich über den Service der Bundesbahn. Ganz Schweden lachte darüber, wie ich beschrieb, dass die deutschen Schaffner meist so breite Hintern haben, dass sie kaum zwischen den Sitzreihen hindurchpassen. Es scheint wohl eine Grundvoraussetzung für die Einstellung zu sein.

Ist der Po ganz groß in Form,
entspricht das deutscher Bahnennorm.

Bo fotografierte die Bahnmitarbeiter. Von hinten. Und auch im Bistro. Den Daumen des Servicemitarbeiters in der Suppe. Groß im Bild. *Achten Sie immer darauf, ob der Daumen in der Erbsensuppe hängt*, hatte ich als Bildunterschrift formuliert: *Das ist keine Wurst, die Sie bezahlt haben.* Ansonsten waren die Bahnleute aber ausgesucht höflich. Wenn alles glattging. Nur wehe, etwas stimmte nicht. Dann gab es lautstarke Belehrungen. Am schlimmsten waren die jungen Frauen, die sich wie russische Kommissare aufführten.

»Mein Name ist Beck, Martin Beck«, sagte Kriminalhauptkommissar Ludwig Klausen. Er bahnte sich einen Weg durch die Kollegen von der Spurensicherung.

»Wer hat ihn gefunden?«, fragte Klausen.

Der radelnde Theo machte Meldung.

»Wissen wir schon, wer es ist?«

»Er hat keine Papiere dabei, Herr Klausen.«

Der Kommissar warf Theo einen bösen Blick zu.

Wieso nennt sich Klausen plötzlich Beck? Dachte Theo Beiske. Er hatte zwar nicht oft mit dem Kriminalhauptkommissar aus Unna zu tun gehabt, aber dieser Mann hieß Ludwig Klausen. Da gab es kein Vertun.

»Herr Klausen«, fragte Theo und stieß den Kommissar in die Seite, »werden Sie in dem Fall ...«

»Ich heiße Beck«, bekam er zu Antwort. Ausgesprochen barsch.

»Ich kann mich ja irren«, versuchte Theo einen Umweg, »aber waren Sie nicht letzten Jahr hier, als es um den vermeintlichen Diebstahl des preußischen Adlers in der Stiftskirche ging?«

»Mein Name ist Martin Beck! Merken Sie sich das!«, sagte Klausen. Noch entschiedener.

Wer ist nun durchgeknallter? Dachte Theo. Diese Giraffe oder der Klausen?

Dann geschah etwas, was seinen Puls ins Rasen brachte.

Bo und ich waren nicht wenig erstaunt, als ein uniformierter Polizist an unserem Frühstückstisch im *Hotel Katharinen Hof* erschien.

Er stellte sich als Polizeichef der Stadt Unna vor und sagte, er habe schon viel von uns gehört.

»Wir haben da einen Mann in unserer Truppe«, sagte der Polizeichef von Unna, »der glaubt, er sei Martin Beck!«

»Der Kommissar aus unserer TV-Serie?«, fragte ich.

»Und den Krimis!«, fügte der Polizeichef an.

»*Der* Martin Beck?«

»Genau der!«

Nun gab es keinen Irrtum mehr. Sie meinten den Martin Beck, der weit über die Literatur hinaus bekannt war.

»Könnten Sie uns helfen, mal mit dem Mann zu sprechen? Ich komme da nicht weiter.«

Nennt ein Mensch sich Martin Beck,
träumt er sich des Nachts gern weg.

Bo konnte sich manchmal nicht zurückhalten.

Ich witterte eine Geschichte für meine Kolumne und sagte zu.

Einen Kommissar, der sich als Martin Beck ausgab, das könnte was für die Leser von *Dagens nyheter* sein. Oder?

Der Polizeichef bestellte per Handy seinen Untergebenen ein und erfuhr, dass er sich gerade in Fröndenberg um einen durchaus mysteriösen Mordfall kümmerte.

Klausen antwortete: »Herr Beck kommt, sobald es die zeitlichen Umstände zulassen.«

»Ich darf doch bitten, Herr Klausen, lassen Sie den Unfug«, knirschte der Polizeichef, »wenn ich rufe, haben Sie zu erscheinen. Und zwar ein bisschen plötzlich.«

Ich notierte mir die Formulierung und Bo Skog machte ein Foto von dem forschen Polizeichef. Aber von vorn. So jemand gab es in ganz Schweden nicht mehr.

Theo, der radelnde Polizist, hatte noch nie einen ermittelnden Kommissar gesehen, der einer Leiche über den Kopf strich. Nicht einmal, nein, zwei-, dreimal strich dieser verrückte Klausen alias Beck dem Mann übers volle Haupthaar. Liebevoll, beruhigend, als wolle er sagen, nimm es nicht so schwer, sorgenvoll, hätte einfach nicht passieren dürfen.

In diesem Moment kam ein Telefonanruf. Klausen alias Beck nahm sofort Haltung an.

»Der Chef?«, fragte Theo vorsichtig.

»Der Chef!«, erwiderte Klausen.

Dann ging er wieder in die Knie.

Spricht er jetzt ein Gebet? Dachte Theo. Was ist hier Sache? Verdammt! Dieser Klausen alias Beck …

»Kennen Sie den Mann?«, fragte Theo.

»Wie kommen Sie denn darauf?«, fuhr Klausen ihn an. Sofort war er wieder auf den Füßen und warf Theo einen Blick zu, der die Ruhrauen hätte trockenlegen können.

»War ja nur 'ne Frage!«, entschuldigte sich Theo. Einer Leiche über den Kopf zu streicheln, konnte zur sofortigen Suspendierung vom Dienst führen. Das wusste nicht nur Theo.

»Ich muss los«, sagte Klausen, »der Chef wartet nicht gerne.«

»Klar«, antwortete Theo, »ich hab auch noch was anderes zu tun, Herr Beck.«

»Sehen Sie, geht doch!«, bekam er zu hören.

Ich stellte mich vor: Rebecca Eng, und dann meinen wortkargen Fotografen Bo Skog, der noch Reste von gelbem Frühstücksei auf seiner blauen Krawatte trug. Der Mann im grauen Anzug, der vor mir an dem Tisch saß, war bleicher als Uppsala.

Ich fragte: *»Är du den berömda kommissarie Beck?«*

Genau der sei er, erwiderte Klausen auf Schwedisch. Stockholmer Dialekt, ohne Frage.

»Var det du som löste alla dom där fallen i Stockholm på den tiden?«

Er habe nicht alle Fälle damals in Stockholm gelöst, aber die meisten schon.

»Vad hände med Gunvald Larson?«

Er stehe täglich in Kontakt mit seinem besten Partner Gunvald Larson.

»Har du också kontakt med Melander?«

Melander sei schon lange pensioniert, wo er lebe, keine Ahnung.

»Men din chef säger att ditt riktiga namn är Ludwig Klausen?«

Sein Chef habe schon ganz andere Lügen verbreitet, erwiderte Klausen. Nach einem kurzen Zögern fügte er hinzu, es sei auch dieses Mal ein so gut ausgeklügelter Plan gewesen, aber leider...

»Vilken plan menar du?«

Klausen schlug sich mit der Hand auf den Mund. So oft ich auch nachfragte, von einem Plan wollte Klausen nichts gesagt haben.

Der Polizeichef saß hinter der Glasscheibe, als Rebecca Eng Kommissar Klausen befragte. Machte sie gar nicht mal so schlecht. Er hatte zwar nichts von dem Gespräch verstanden, aber so viel bekam er mit: Ludwig Klausen spielte irgendein Spiel. Er musste nur noch hinter die Regeln kommen.

Die Überraschung, die der radelnde Theo als Erster durch Fröndenberg trug, war durchaus zu erwarten gewesen: Die Identität des Toten im Trichter konnte geklärt werden.

Doch gerade jetzt schien sich niemand in der kleinen Stadt dafür zu interessieren. Dabei war es der erste Mord seit 1999, dem Toten im Ardeyer Loch. Es ging damals um den Sizilianer Michele Bella. Die Zeitungen titelten: *Mafiamord oder mörderischer Zufall?* Der Mord blieb bis heute ungeklärt.

Die meisten Bürger und Bürgerinnen aus Fröndenberg hatten sich im Zelt versammelt, um den einzigartigen Trick zu sehen. Wie die Riesengiraffe ihren Hals verknotete. Vielleicht sprach sie ja noch einmal. Die Gerüchteküche verbreitete bereits, dass die Giraffe am Trichter einen ganzen Satz gesagt haben sollte.

Nach der Vorführung des Halsknotens würde sie weiterziehen. Und Werbung für den nächsten Auftritt machen. In der Zeitung war der Verlauf des Umzugs angegeben. Vorbei am alten Friedhof, über die Freiheitsstraße zum Volkspark sollte der Weg gehen.

Theo war froh, dass langsam wieder Ruhe einkehrte. Er liebte sein Fröndenberg nicht, wenn es so viel Aufregung gab.

Allen Schulkindern hatte er erlaubt, ihn zu duzen. Aber nur, wenn sie artig waren. Unartigkeiten bekam Theo umgehend von den Lehrern mitgeteilt. Der Hermann Schmidt darf jetzt zwei Wochen lang Theo nicht mehr duzen. Und irgendwann kam Hermann angekrochen und fragte, ob er immer noch Herr Beiske zu Theo sagen musste. Da war Theo dann oft gnädig und erlaubte, von dem Schüler Schmidt wieder geduzt zu werden.

Der Tote im Trichter war Tim Zack, der Ausbrecher aus dem Justizvollzugskrankenhaus am Hirschberg.

Theo gab die Meldung sofort nach Unna weiter. Der Polizeichef nahm die schnelle Feststellung der Identität des Toten regungslos auf. Er schien andere Probleme zu haben.

»Tja«, sagte ich zum Polizeichef von Unna, »erstens: Ihr Kollege kann sehr gut Schwedisch, Stockholmer Dialekt, zweitens: Er kennt sich prima in dem Personal der Beck-Romane und -Filme aus, und drittens: Er hat irgendetwas auf der Seele. Aber dafür sind wir nicht zuständig.«

Ist die Seele nicht zu Haus,
bricht bei dir die Panik aus!

Der Polizeichef dankte mir für die Mühe und bat darum, dass ich nichts über diesen Fall in Schweden schrieb. Geheimhaltungspflicht. Sagte er mit ganz ernster Miene.

Aber eine Rebecca Eng, Tochter von Nixon und Watergate, lehnt so was sofort ab. Ich sagte: »In Schweden gibt man viel auf Pressefreiheit!« Eine Story von einem Polizisten, der sich für Martin Beck halte, wollte ich mir nicht entgehen lassen.

Bo hatte immer noch kein Foto von diesem seltsamen Klausen alias Beck gemacht. Skog ließ die Automatik surren. Zehn Bilder in zwei Sekunden. Tak-tak-tak-tak.

»Kann ich jetzt gehen?«, fragte Klausen.

»Sie halten sich zu meiner Verfügung!«, herrschte der Polizeichef ihn an.

»Martin Beck hat verstanden!«, sagte Klausen nicht mal zerknirscht.

Kaum hatte der Kriminalhauptkommissar das Büro seines Vorgesetzten verlassen, fragte mich der Polizeichef: »Und was meinen Sie nun wirklich, Frau Eng?«

Ich musste nicht lange überlegen: »Der hat einen an der Waffel.« Dann zögerte ich doch: »Oder er tut nur so!«

Männer, die nur simulieren,
werden plötzlich mal zu Stieren.

»Zum Schluss hat dieser Pseudo-Beck etwas von einem gut ausgeklügelten Plan gesprochen, aber trotz mehrfacher Nachfrage wollte er nichts weiter dazu sagen.«

Mit diesem Hinweis verließen wir den Polizeichef von Unna, sollte er sich selbst einen Reim auf seinen verrückten Untergebenen machen.

Es war ganz einfach gewesen, die Beziehung zwischen Klausen und dem Toten im Trichter herzustellen. Da alle Telefongespräche überwacht wurden, Deutschland war Spitzenreiter im Abhören seiner Bürger, konnte festgestellt werden, dass Tim Zack vor seinem großen Sprung über die Mauer des Justizvollzugskrankenhauses mehrfach mit Kriminalhauptkommissar Ludwig Klausen telefoniert hatte. Leider waren die Abhörbänder unbrauchbar. Aber eines stand fest: Die beiden hatten telefonischen Kontakt gehabt. Mindestens vier Mal, so war es auf den Protokollbändern verzeichnet.

Als Theo Beiske davon erfuhr, rief er umgehend den Polizeichef in Unna an und machte die Mitteilung, dass dieser Klausen dem Toten über den Kopf gestrichen habe. »Sie müssen es mir glauben, das war so sonderbar, dass es mir für Stunden die Sprache verschlagen hat. Wie kann man nur …«

»Das hätten Sie mir umgehend mitteilen müssen«, bekam Theo zu hören. In ungemütlichem Tonfall. Statt einer Belobigung, wie er erwartet hatte, gab es jetzt auch noch eine Rüge.

Der Polizeichef bestellte Ludwig Klausen ein. Zum zweiten Mal innerhalb von wenigen Stunden.

»Sie hören jetzt sofort mit diesem dämlichen Martin-Beck-

Versteckspiel auf und sagen, was Sie mit dem Fröndenberger Toten zu schaffen haben!« Der Polizeichef war außer Laune. Und das sah man ihm auch an.

»Ich kenne den Mann nicht«, bekam er zur Antwort.

»Dann haben Sie also mit einem Ihnen nicht bekannten Menschen telefoniert! Und das gleich vier Mal. Erstaunlich, sehr erstaunlich. – Ich glaube, ich muss Sie mal zum psychologischen Dienst schicken.«

Nach einer Pause, die länger dauerte, als in Unna erlaubt war, erwiderte Klausen: »Das finde ich eine sehr gute Idee!«

In diesem Augenblick ging ein Engel durch den Raum und strich Klausen alias Beck die Haare aus dem Gesicht. Nur ein Luftzug, ganz sanft.

Beide Männer verharrten für Sekunden.

Dann hatte auch der Polizeichef verstanden, worum es eigentlich die ganze Zeit gegangen war.

Wir saßen im *Markgrafen* in Fröndenberg bei einem verspäteten Mittagsmahl.

Drei Bier, drei Korn
und du bist vorn.

Welche Geschichte sollten wir zuerst in Angriff nehmen?

Die von der sprechenden Riesengiraffe oder die Story vom eingebildeten Polizisten Beck.

Schade, dass wir pro Woche nur eine Kolumne füllen durften.

»Kennst du eine Giraffe, die größer ist als sechs Meter?«, fragte ich.

»Nicht persönlich!«, antwortete Bo. Er ließ sich einen weiteren Korn bringen.

»Diese Riesengiraffe soll mehr als zwanzig Meter hoch sein!« Ich kippte meinen Wodka hinunter. »Und niemand kommt auf die Idee, dass das Ganze ein Fake ist. Diese Deutschen glauben doch jeden Scheiß, oder?«

Ist die Giraffe noch so hoch,
eines Tages stirbt sie doch.

»Bo«, mahnte ich, »bleib bitte mal einen Moment ernst. Das ist gar kein Tier, die haben irgendeinen Apparat konstruiert oder, was ich glaube, in dem Riesenfell befinden sich Menschen, die mit irgendwelchen Stelzen … Also ich bin für die Giraffengeschichte. Titel: Deutschland fällt auf Fälschung rein.«

Bo schaute in das leere Kornglas. Er hob die Hand. Schon stand der Wirt mit der Flasche neben unserem Tisch.

»Sie auch?«, fragte er mich.

Ich nickte: »Wenn er trinkt, trinke ich auch.«

»Probleme?«, fragte der Wirt.

»Nein, wie kommen Sie darauf?«

»Nun, wenn man Probleme hat, sollte man nicht trinken!«, gab der Wirt zum Besten.

»Sie müssen es ja wissen«, hielt ich dagegen.

Bo zitierte ein Gedicht von Robert Gernhardt:

Das Schicksal hat es so gefügt,
dass uns am Alkohol nichts liegt.

In diesem Augenblick ging die Tür auf.

»Was treiben Sie denn hier?«, fragte der Polizeichef von Unna.

»Alkoholmissbrauch«, erwiderten wir beide, fast synchron.

Der Polizeichef bestellte einen schwarzen Tee.

»Ich wollte mich bei Ihnen bedanken«, begann er, »Sie haben uns auf die richtige Fährte gesetzt.«

»Ach, wirklich!«, sagte ich.

»Sie haben uns geholfen.«

Und dann erfuhren wir, was es mit Zack und Beck auf sich hatte.

»Die beiden kennen sich seit der Jugend, waren beide Schüler am Fröndenberger Gymnasium und auch in der gleichen Leichtathletikmannschaft. Nur dass Klausen nie aufs Treppchen kam, während Wagenfeld, der sich später Tim Zack nannte, immer höher sprang. Was er wohl eindeutig mit unerlaubten chemischen Mitteln erreicht hat. Doping und das seit Jahren. Eines Tages war Zacks Karriere zu Ende und er hat sich aufs Kriminelle verlegt.«

»Gute Idee!«, lallte Bo. »Sich einfach aufs Kriminelle verlegen. *Crime does pay.*«

»Auf jeden Fall kam Zack ins Gefängnis und hat mehrfach versucht, Kontakt zu seinem Jugendfreund Klausen aufzunehmen, was ihm auch gelungen ist, und dann ...«

Noch ein zweites Mal ging die Tür auf.

Theo Beiske.

»Setzen Sie sich zu uns«, rief der Polizeichef. »Ohne Ihre, zwar etwas verspätete, Aussage wären wir nicht auf die Lösung gekommen.«

Der Polizeichef fasste kurz zusammen, was er uns bereits mitgeteilt hatte.

»Der Plan, sich in das Justizvollzugskrankenhaus verlegen zu lassen, stammte von Klausen. Er hat Zack auch geraten, sich nach dem Ausbruch eine Zeit lang im Fröndenberger Trichter zu verstecken. Aber einen entscheidenden Hinweis vergessen ...«

Der Wirt kam an den Tisch.

»Noch eine Runde an alle«, sagte Bo, schon etwas glasig.

»Für alle«, verbesserte ihn der Wirt.

»Für Sie nicht«, zischte Bo.

»Einen schwarzen Tee für mich«, erwiderte der Polizeichef.

Theo schloss sich der Bestellung an. Schließlich musste er ja noch nüchtern nach Hause radeln.

»Das Versteck war prima gewählt«, sagte der Polizeichef, »wer wäre auf die Idee gekommen, den Ausbrecher im Trichter zu suchen? Niemand. – Beim ersten Mal springt dieser Zack in die Freiheit, beim zweiten Mal in den Tod. Klausen hatte ihm nicht mitgeteilt, dass schon seit Jahren kein Netz mehr im Trichter gespannt ist.«

Ohne Netz und doppelten Boden
verletzt du dir beim Sprung die ...

»Bo, bitte, lass das!«, ging ich dazwischen.

Als der Polizeichef sich ausgelacht hatte, sagte er mit leiser Stimme: »Klausen wollte Zack dort in der Nacht abholen. Zack sollte in eine chemische Fabrik in der Nähe von Münster einsteigen. Die wird schärfer bewacht als Fort Knox. Aber einem Stabhochspringer kann es gelingen, in zwei Sprüngen aufs Dach zu kommen und dann durch die Klimaanlage ins Innere zu gelangen. Dort wollten Zack und Beck sich die Drogen für ein europaweites Doping besorgen. Die chemische Fabrik experimentiert nämlich seit Jahren mit Aufputschmitteln.«

»Das vermuten Sie?«, fragte ich.

»Nein, das wissen wir. Unser Psychologe hat da so ein Mittelchen, das selbst den Schweigsamsten zum Reden bringt.«

»Und so was ist in Deutschland erlaubt?«, wollte ich wissen. Kritische Journalistin, die ich nun mal bin.

»Erlaubt vielleicht nicht«, sagte der Polizeichef mit ganz leiser Stimme, »aber wirksam, sehr wirksam.« Und dann erfuhren wir, warum sich Klausen so plötzlich in Martin Beck verwandelt hatte. Ein Ablenkungsmanöver. Mit dieser Geschichte wollte er sich als unzurechnungsfähig darstellen, damit ihm niemand auf die Schliche kam, und, wenn alles gut ging, sogar eine frühzeitige Pensionierung erreichen.

»Einmal im Leben wollte er groß absahnen, aber die Giraffe hat ihm den schönen Plan vermasselt«, schloss der Polizeichef seine Ausführungen, »wenn sie den Toten im Trichter nicht entdeckt hätte, wer weiß ... Jetzt sitzt Klausen in der Klapse und schaut sich pausenlos Martin-Beck-Filme an.«

Der Wirt hatte mitgehört. »Die nächste Runde geht aufs Haus!«

»Eine zwanzig Meter hohe, sprechende, afrikanische Giraffe entdeckt in Fröndenberg einen Toten im Trichter«, Rebecca klopfte sich auf die Schulter, »wenn das keine Bildunterschrift ist.«

»Ein bisschen lang«, warf Bo ein. Dann nahm er seine Kamera und wankte davon.

Nicht ohne einen Zweizeiler aufzusagen, der in allen deutschen und schwedischen Schulbüchern nachgedruckt werden sollte:

Manche singen, manche lallen, manche unken trist.
Man erkennt den Menschen besser, wenn er trunken ist.

Peter James

Meet Me At The Crematorium
Ein neues Leben in Hagen

Deutsch von Susanne Goga-Klinkenberg

Ich will dich, simste er.

Und ich dich erst!, simste sie zurück.

Trevor pflegte zu sagen, die Vergangenheit sei ein unbekanntes Land. Nun, in diesem Augenblick war für Janet eher die Zukunft ein unbekanntes Land. Die Zukunft – mit einem anderen Mann.

Heute Abend würde er ihr gehören. Endlich.

Ein scharfer Stich der Lust durchzuckte sie, als sie an ihn dachte. Voller Sehnsucht. Voller Gier.

Heute Abend gehörst du mir. Wieder und wieder und wieder!

Mit jedem Kilometer, den sie zurücklegte, ließ sie die Vergangenheit hinter sich. Den winterbraunen Kiefernwald beiderseits der Autobahn, die Ortschilder, Ausfahrten und langsameren Wagen. Sie hatte es eilig. Ihr Herz schlug vor Aufregung mit erhöhter Taktzahl. Seit achtundvierzig Stunden flog sie in einem Adrenalinrausch dahin, war aber nicht müde, sondern wach, hellwach. War unterwegs ins Unbekannte. Zu einem Mann, der bis vor Kurzem ein Fremder gewesen war.

Auf dem Beifahrersitz des älteren grauen Passat lag das Foto, das er ihr gemailt hatte. Er war nackt. Ein großer, muskulöser Typ, halb erigiert, als wollte er sie auffordern, ihn noch steifer zu machen. Waschbrettbauch, fast ein Sixpack, sie spürte förmlich, wie er sich an sie presste. Er hatte braune Haare auf Brust und an den Beinen, dicht und flaumig, darauf stand sie. Trevor war weiß und knochig, fast unbehaart. Dieser Mann hier war gebräunt, schlank und fit.

Hans.

Er sah wild aus, wie der junge Jack Nicholson, mit etwas

schütterem Haar. Sie hatte ihn beim Chatten im Internet kennengelernt und auf Anhieb toll gefunden. Er sah so aus, wie er schrieb. Raubtierhaft.

Der Hintergrund des Fotos war merkwürdig. Ein fensterloser Raum, der an den Maschinenraum eines Schiffes erinnerte. Glänzende, beigefarbene Metallschränke, deckenhoch, dazu Skalen, Messgeräte, Schalter, Hebel, Knöpfe, blinkende Lichter. Der Kommandoraum eines Atomkraftwerks? Das Kontrollzentrum der NASA?

Kommando und Kontrolle, das erregte sie.

Sie fragte sich, wer das Foto gemacht hatte. Eine Geliebte? Selbstauslöser? Egal, sie wollte ihn. Mit Haut und Haaren. Wollte das halb aufgerichtete Ding tief in sich spüren. Wollte ihn so sehr, war vor Lust fast wahnsinnig. Moskitos wurden vor Blutlust wild. Sie mussten irgendwo landen und Blut tanken, selbst wenn sie dabei draufgingen. Und sie musste Hans haben, ihn in sich aufnehmen, in ihren Körper, ihr Leben, selbst wenn sie dabei draufging.

Es war ihr egal. Denn jetzt war sie frei. Seit zwei Tagen war sie frei, freier als in den ganzen letzten Jahren.

Der Radioempfang war schlecht. Durch das Knistern hörte sie deutsche Stimmen, dann sang Bob Dylan *The times they are a-changing.*

Und wie sie sich veränderten! Schneeregen spritzte auf die Windschutzscheibe, die Scheibenwischer arbeiteten. Draußen war es kalt, gut so. Es war schön, sich bei Kälte im Warmen zu lieben. Außerdem bot die Kälte noch andere Vorteile.

Ich lasse dich niemals gehen, hatte Trevor gesagt. *Nie im Leben.* Das sagte er seit Jahren.

Hans hatte ihr genau erklärt, was er mit ihr machen, wie er sie zum ersten Mal lieben würde. Und er hatte Wort gehalten. Ihr gefiel seine deutsche Gründlichkeit. Wie er jedes Detail ihres Fotos betrachtet hatte. Dass er ihren Körper schon kannte, als sie sich begegneten. Dass er ihr Haar mochte und sein Gesicht darin vergraben hatte. Überall.

Ich heiße Hans. Ich bin 37, geschieden und möchte mit einer gleichaltrigen Frau ein neues Leben beginnen. Sie sollte brünett sein. Schlank. Verzeih mir, mein Englisch ist schlecht. Ich mag dich. Ich kenne dich nicht, aber ich mag dich.

Und ich mag dich noch viel mehr!

Sie wurde dieses Jahr vierzig. Hans sei ihr *toyboy*, hatte sie ihn aufgezogen. Er hatte gelacht. Das gefiel ihr, er hatte Humor. Einen richtig schön verdorbenen Humor.

Alles an ihm war richtig schön verdorben!

Sie wusste, sie sah ganz passabel aus. Eine Schönheit war sie nie gewesen, aber sie wusste, wie sie sich sexy aufdonnern konnte. Wenn sie sich Mühe gab, zog sie viele Männerblicke auf sich. Früher war sie zwei Mal in der Woche zum Aerobic gegangen, um in Form zu bleiben, doch als Trevor eine seiner schlimmen Phasen durchmachte, hatten die Fressattacken begonnen. Dann kamen die Saufattacken, mit denen sie sich den Frust wegspülte. Das Schwabbelfett und die Zellulitis war sie bei Weight Watchers losgeworden. Sie hatte wieder eine gute Figur, mit festem Bauch und nicht so einem schlaffen Sack wie ihre Freundinnen, die Kinder geboren hatten. Auch ihre Titten waren fest, widersetzten sich der Schwerkraft. Sie wäre gern ein bisschen größer gewesen, schon immer. Aber man konnte nicht alles haben.

Trevor, der sie überragte, hatte beim ersten Sex gesagt, im Bett seien alle gleich groß. Da hatte sie gelächelt.

Trevor pflegte auch zu sagen, dass nichts im Leben je vergebens sei. Er kam ständig mit irgendwelchen Sprüchen und es hatte eine Zeit gegeben, als Janet ihm tatsächlich zugehört, die Sprüche toll gefunden, auswendig gelernt und ihn bei passender Gelegenheit damit beeindruckt hatte.

Sie hatte ihn so sehr geliebt, dass es wehtat.

Schmerzen machten ihr nichts aus. Das war auch gut, denn Schmerzen waren Trevors Fachgebiet. Knoten, Handschellen, Klammern, Lederriemen, das stachelbesetzte Hundehalsband, Peitschen und Bambusstöcke, die brennende Schmerzen verursachten. Er tat ihr gern weh und wusste genau, wie er es anstellen musste, doch das war in Ordnung, solange sie ihn liebte. Sie hätte alles für ihn getan.

Damals.

Irgendwann zwischen damals und heute hatte er sich verändert. Hatten sie beide sich verändert. Sein Horizont war enger geworden, ihrer hingegen weiter.

Man kann jedes System austricksen. – Auch einer seiner Sprüche. Er hatte recht.

Jetzt war sie ein ganzes Leben von ihm entfernt, so kam es ihr jedenfalls vor. Sie fuhr 1.212 Kilometer von zu Hause durch einen kahlen Dezemberwald. Klick. 1.213. 130 Klicks pro Stunde. Hatte ihr Leben in zwei großen Koffern auf dem Rücksitz. Gleich waren es 1.214 Kilometer.

Hagen 3 Kilometer.

Die Abfahrt kam näher. Ihre Kehle wurde eng, ihr Körper kribbelte vor Aufregung. Wie oft war sie durch Dörfer, kleine und große Städte gefahren und hatte sich gefragt, wie es wäre, einfach anzuhalten? Wie es wäre, als Wildfremde in diese Stadt zu kommen, wo sie niemanden kannte, in ein Hotel zu gehen oder eine kleine Wohnung zu mieten und ein völlig neues Leben zu beginnen?

Nun war sie dabei, diesen Traum zu verwirklichen. *Hagen.* Bisher waren das nur die Bilder, nach denen sie im Internet gegoogelt hatte. *Hagen.* Platz 37 unter den deutschen Großstädten. Knapp 200.000 Einwohner. Das gefiel ihr. Am Rande des Ruhrgebiets. Eine Stadt, die über ihre Grenzen hinaus kaum bekannt war. Ein ehemaliges Industriezentrum, das sich als Kunstmetropole neu erfand, wie die Internetseiten erklärten. Auch das gefiel ihr. Sie konnte sich gut vorstellen, in einer Kunstmetropole zu leben.

Bisher hatte sie wenig mit Kunst am Hut gehabt. Keine Zeit dafür. Unter der Woche war sie als Vertreterin für Industriebürsten unterwegs. Polierbürsten für das Druckereigewerbe. Bürsten für Staubsauger. Türbürsten für Aufzüge. Schleifbürsten für elektrische Kontakte. Das Flirten und Scherzen mit den Kunden – Einkäufern, Großhändlern, Gebäudevermietern und Baumarktleitern, fast alle Männer – würden ihr fehlen. Genau wie der Firmenwagen, ein komfortabler neuer Ford Mondeo, doch der Passat war auch in Ordnung.

An den Wochenenden hatte Trevor nichts mit Kunst im Sinn. Von Theatern, Galerien oder Konzerten – außer von *Def Leppard* – wollte er nichts wissen. Tolle Musik, wenn man drauf stand, was bei ihr nicht der Fall war, aber die hatte nun wirklich nichts mit Kunst zu tun. Er wollte lieber Fußball schauen und danach ins Pub gehen oder noch lieber in den S/M-Klub, den er in London entdeckt hatte. Sie waren Stammgäste geworden. Ganz besonders gefiel es ihm, sie vor den Augen anderer zu verletzen und zu erniedrigen.

Sie fuhr über eine hochgelegene Straße. Jenseits der Leitplanken konnte sie die Außenbezirke einer Stadt erkennen. Sie befand sich in einer Senke, umgeben von niedrigen runden Hügelkuppen. Alles war winterlich, grau und braun, als hätte der düstere, bedeckte Himmel alle Farbe aufgesaugt. Sie fand es ungeheuer schön.

Hagen. Eine Stadt, in der niemand sie kannte und in der sie niemanden kannte. Bis auf einen Mann. Und selbst den kannte sie kaum. Eine Stadt, in der ein Fremder lebte und arbeitete, mit dem sie heute Abend zum zweiten Mal im Leben Sex haben würde. Sie versuchte, sich an seine Stimme zu erinnern. An seinen Geruch. An einen Mann, der vulgär genug war, ihr ein Nacktfoto mit halbsteifem Ding zu schicken, und doch so zärtlich, dass er sie mit einem Gedicht von Aparna Chatterjee erfreute.

»Lust is what I speak tonight«, flüsterte sie für sich. *»Lust is what I see tonight, Lust is what I feel tonight, And I Lust You.«*

Trevor hatte im Leben kein Gedicht gelesen.

Es ging unter einer Überführung hindurch, die sich über eine Reihe pastellblauer Häuser schwang. Sie hielt an einer Ampel und entdeckte ein gelbes Schild. Ein Pfeil zeigte geradeaus in Richtung Zentrum, einer nach links zum Theater.

Das gefiel ihr. Gleich das zweite Wort, das sie hier las, war *Theater*. Es war ein guter Ort, das hatte sie im Gefühl.

Hagen. Sie sprach es lächelnd aus.

Hinter ihr hupte jemand. Die Ampel war grün.

Sie kam an einem Straßenschild *Bergischer Ring* vorbei. Ihr Hotel musste ganz in der Nähe sein. So sehr es sie drängte, Hans zu sehen, wollte sie sich doch zuerst einmal orientieren. Sie wollte langsam ankommen, alles in sich aufnehmen, die Stadt verstehen. Sie hatte alle Zeit der Welt und wollte es von Anfang an richtig machen. Eben noch auf der Autobahn und jetzt mitten in der Stadt, das war zu schnell gegangen. Sie wollte es spüren, langsam erforschen, einatmen.

An der nächsten Kreuzung bog sie rechts ab. Die kurvenreiche, von großen Mehrfamilienhäusern gesäumte Straße führte bergauf, an einer rußgeschwärzten Kirche vorbei. Janet bog spontan nach links in eine Straße ab, die noch steiler war, und gelangte auf einen baumbestandenen Hügel. Die ganze Stadt breitete sich zu ihren Füßen aus.

Sie hielt am Straßenrand und stieg aus. Da die Zentralverriegelung längst den Geist aufgegeben hatte, ging sie um den Wagen herum und überprüfte Türen und Kofferraum. Dann schaute sie über das Tal, ihre neue Heimat.

Hagen. Eine Stadt, die auch das erste Krematorium Deutschlands zu ihren Attraktionen zählte. Wie praktisch.

Die Stadt erstreckte sich über die ganze Talmulde. Janet ließ die Blicke über die Stadtlandschaft unter dem grau verhangenen Himmel schweifen, der weiteren Schneeregen verhieß. Fabrikgebäude drängten sich zusammen, ein weißer Schornstein überragte die fernen Hügel. Eine Ansammlung zweckmäßiger Wohnbauten. Ein Kirchturm. Ein bunt erleuchtetes Riesenrad. Es war erst drei Uhr nachmittags, aber es würde bald dunkel werden. Sie entdeckte einen schmalen Fluss, der von schmutzigen Industriebauten gesäumt wurde. Weitere Kirchtürme. Häuser mit roten und grauen Dächern. Sie fragte sich, wer darin lebte, wie viele Bewohner der Stadt sie wohl kennenlernen würde.

Es ist weder Fisch noch Fleisch, hatte Hans über Hagen gesagt. Doch das war ihr egal. Die Stadt wirkte riesig und schien viel mehr als 200.000 Einwohner zu haben. Für sie eine Riesenstadt. Ein Ort, an dem sie untertauchen und sich für immer verstecken konnte. Er gefiel ihr immer besser.

Dann bemerkte sie einen seltsam zylindrischen Aufbau, ganz aus Glas und blau erleuchtet. Er erhob sich über einer Art altem Wasserturm. Hans würde ihr sicher erklären, was das war. Mit ihm würde sie jeden Zentimeter der Stadt entdecken, falls sie irgendwann Zeit fanden, etwas anderes als ihre Körper zu entdecken!

Sie wandte sich ab und ging den Hügel hinauf, die Hände tief in den Taschen ihrer schwarzen Wildlederjacke vergraben. Der Schneeregen prickelte auf ihrem Gesicht. Sie gelangte in ein bewaldetes Tal, das sich zu einem Weg verengte, der auf einen grasbewachsenen Hügel führte.

Er wurde von einem viereckigen steinernen Denkmal gekrönt, das von einem schiefen Bauzaun umgeben war. Das musste der Bismarckturm sein, ein Wahrzeichen von Hagen, das sie im Internet gesehen hatte. Sie betrachtete ihn schweigend und schoss ein Foto mit ihrer kleinen Digitalkamera. Ihr erstes Foto von Hagen! Sie stand ganz still da, fing den Schneeregen mit der Zunge auf und erlebte einen intensiven Moment von Glück und Freiheit.

Ich bin hier. Ich habe es geschafft! Ich habe es tatsächlich getan!!!!!

Ihr Herz brannte, wenn sie an Hans dachte, und doch verspürte sie keine Eile. Sie wollte die Vorfreude genießen, ihre Freiheit auskosten, das Gefühl, nicht nach Hause zu müssen, um Trevor das Abendessen zu kochen (Fleisch und Kartoffeln, etwas anderes aß er nicht). Sie wollte so lange, wie sie wollte, vor dem Turm stehen, der Otto Eduard Leopold von Bismarck gewidmet war, dem Mann, der ihr neues Heimatland entscheidend geformt hatte. Wie viele solche Tage mochten ihr bleiben?

Lieber einen Tag wie ein Löwe leben als tausend Jahre wie ein

Lamm, pflegte Trevor zu sagen, wenn er in Nietenleder und Schirmmütze vor ihr umherstolzierte.

Natürlich hätte es ihm nicht gepasst, dass sie nach Hagen fuhr und jetzt wie ein bewundernder Jünger vor dem Bismarckturm stand. Trevor hielt nichts von Deutschland. Mit dem Krieg hatte das nichts zu tun. Er behauptete, die Deutschen hätten einfach keinen Humor – nun ja, Hans war der lebende Gegenbeweis!

Außerdem behauptete Trevor immer, die Deutschen seien effizient, als ob das ein Charakterfehler sei! Es gab viele Dinge, von denen Trevor nichts hielt. Vor allem von Krematorien. Er fand sie gruselig.

Janet fand sie faszinierend.

Wieder so ein Punkt, über den sie geteilter Meinung waren. Sie hatte sich immer über seine Abneigung gegen Krematorien gewundert – schließlich arbeitete er in der Bestattungsbranche.

Sie fragte sich, wann sie in den fünfzehn Jahren ihrer Ehe jemals einmal einer Meinung gewesen waren. Wenn es um Gummiunterwäsche ging? Handschellen? Masken? Einander in Maßen Schmerz zuzufügen? Zu einem brutalen Höhepunkt zu gelangen, der kurze Erleichterung versprach und davon ablenkte, dass sie einander verabscheuten? Der eine Flucht aus der Wirklichkeit bot, der sie sich nicht stellen wollten? Der Tatsache, dass sie – Gott sei Dank, wie sie nun dachte – keine Kinder bekommen konnten?

Dabei hatte sie ihn einmal geliebt. Tief, aufrichtig, bedingungslos und wahnsinnig geliebt und war bereit gewesen, alles für ihn zu tun. Der Tod hatte sie immer angezogen. Genau wie Menschen, die beruflich mit ihm zu tun hatten. Trevor arbeitete als Einbalsamierer in einem Bestattungsinstitut. Die gerahmte Urkunde, die er stolz ins Wohnzimmer gehängt hatte, wies ihn als *Member Of The Association Of Independent Embalmers* aus.

Früher hatte sie es gern gehabt, wenn er sie berührte. Mit seinen Händen, die Plastikschläuche in Leichen gesteckt, das Blut abgepumpt und durch eine rosafarbene Einbalsamierungsflüssigkeit ersetzt hatten. Mit seinen Händen, die das Gesicht eines Toten geschminkt, das Haar gebürstet hatten.

Je näher sie dem Tod war, desto lebendiger fühlte sie sich. Sie lag gern nackt und still da und ließ sich von Trevor wie eine Leiche behandeln. Sie liebte die Berührung seiner Hände. Seiner Finger, die in sie eindrangen. Sie allmählich zum Leben erweckten.

Den besten Höhepunkt ihres Lebens hatte sie im Einbalsamierungsraum des Bestattungsinstituts erlebt. Unmittelbar neben zwei Rollwagen, auf denen nackte Leichen lagen.

Da hatte sie sich richtig lebendig gefühlt. Wie jetzt!

Solche Gefühle würde sie auch mit Hans erleben, das wusste sie genau! Mit Hans würde sie wahnsinnig glücklich sein.

Die Liebe dauert nicht ewig, hatte Trevor eines Abends gesagt, als sie sich darüber beklagte, dass sie nicht glücklich sei. *Glück ist eine Illusion. Nur ein Idiot ist rund um die Uhr glücklich. Der kluge Mann sucht nicht Glück, sondern Zufriedenheit. Carpe diem.*

Du musst der Realität ins Auge sehen, hatte er gepredigt, als sie ihm sagte, dass sie ihn verlassen wolle. *Du kannst weglaufen, aber du kannst dich nicht verstecken.*

Nun, sie war weggelaufen.

Wenn man jemanden schlägt, wird er irgendwann zurückschlagen. Und zwar härter.

Sie konnte nicht genau sagen, ab wann alles den Bach hinuntergegangen war. Es war kein bestimmter Zeitpunkt. Es war ein allmählicher Verschleiß.

War die Entscheidung erst einmal gefallen, gab es kein Zurück. Man musste weiterlaufen. Wie sagte Trevor doch gleich: *Nicht im Sturz liegt die Gefahr, sondern im plötzlichen Aufschlag.*

Sie war in Hagen aufgeschlagen. Ihre Angst war fast so groß wie ihre Erregung.

Ich werde dich niemals gehen lassen, hatte er gesagt.

Dann hatte er sie so fest ins Gesicht geschlagen, dass sie erst wieder zur Arbeit gehen konnte, als die Fäden gezogen und die blauen Flecken verblasst waren. Wie üblich hatte sie ihn gedeckt und etwas von einem Fahrradunfall gemurmelt.

Sein Diabetes verursachte diese Stimmungsschwankungen, das hatte sie im Laufe der Zeit begriffen. Zu wenig Zucker, schon wurde er aggressiv und gereizt. Zu viel Zucker, und er war schläfrig und brav wie ein Lamm.

Sie ging zurück zum Wagen und kurvte durch die Straßen, wobei sie die hübschen Häuser bewunderte und sich fragte, wo Hans gewohnt haben mochte, bevor seine Ehe scheiterte. Kurz darauf war sie wieder auf dem Bergischen Ring, von dem sie nach rechts abbog. Sie kam an einem Volksfest vorbei, zu dem auch das Riesenrad gehörte. Am Straßenrand waren Buden mit weihnachtlichen Märchenszenen aufgereiht. In einer hämmerten bärtige Zwerge herum, zwei kleine Mädchen standen mit ihrer Mutter staunend davor.

Janet betrachtete die Mädchen, während sie an der Ampel wartete, und schaute dann wehmütig zu der Mutter. Vierzig war noch nicht zu alt. Vielleicht konnten sie und Hans doch noch Kinder haben. Zwei kleine Mädchen. Eines Tages würde auch sie hier stehen, eine zufriedene Hagener Hausfrau, und mit ihren Kindern die hämmernden Zwerge betrachten.

Nur noch drei Wochen bis Weihnachten! Am Weihnachtsmorgen würde sie in einem neuen Land in den Armen ihres neuen Mannes aufwachen.

Beim Weiterfahren bemerkte Janet ein hell erleuchtetes Geschäft, in dessen Schaufenster Würste wie Trauben hingen. Über der Tür stand *Wursthaus König*. Sie warf einen kurzen Blick auf die Karte, bog nach links ab, kam an einem Restaurant vorbei und hielt vor dem Hotel, das sie im Internet ausgesucht hatte.

Hans hatte sie zu sich eingeladen, aber nach einem einzigen Rendezvous – selbst wenn es im Fick des Jahrtausends geendet hatte!!!! – wollte sie sich alle Möglichkeiten offenhalten. Ihre Unabhängigkeit bewahren. Nur für den Notfall.

Sie nahm einen Koffer vom Rücksitz und rollte ihn in die düstere Eingangshalle. Rechts befand sich die kleine Rezeption, vor ihr eine Treppe. Sie nannte dem Mann am Empfang, der wie ein wandelnder Leichnam aussah, ihren Namen. Das Hotel roch alt und schäbig, eine typische Vertreterabsteige. Als Berufsanfängerin war sie bisweilen auch in solchen Läden gelandet.

Er gab ihr ein Formular und erkundigte sich, ob sie Hilfe mit dem Gepäck brauche. Sie schüttelte heftig den Kopf, füllte das Formular aus und gab ihm ihren Pass.

Er reichte ihr einen Umschlag. »Eine Nachricht für Sie.«

»Danke.« Das einzige deutsche Wort, das sie kannte.

Während sie nach draußen ging, um den zweiten Koffer zu holen, riss sie den Umschlag auf. Ihre Nägel waren perfekt lackiert. Nur für Hans.

Die Nachricht lautete: *Treffpunkt Krematorium. XX*

Sie lächelte. *Du böser, böser Junge!*

Der Leichnam führte sie zwei Treppen hinauf in ein Zimmer, das so abgenutzt und schäbig wirkte wie das ganze Hotel. Immerhin konnte sie von hier aus ihren Wagen im Auge behalten, das war gut. Sie zog sich um, machte sich frisch, besprühte alle Stellen mit Parfum, in denen Hans gern sein Gesicht vergrub – bis auf eine.

Nachdem sie sich in der hereinbrechenden Dunkelheit zweimal verfahren hatte, bog sie zwanzig Minuten später auf den verlassenen Parkplatz des Krematoriums ein. Nur ein weiterer Wagen stand dort, ein älterer brauner Mercedes, der schief hing, als wäre die Federung kaputt.

Sie stieg aus, schloss den Wagen ab und schaute sie sich um. Der Parkplatz war wunderbar gelegen, umgeben von gepflegten Bäumen, Büschen und Blumen, erinnerte an einen botanischen Garten. Fast wirkte es, als wolle hier schon der Frühling Einzug halten. Das war zweifellos beabsichtigt, ein ewiger Frühling für die Trauernden.

Sie ging über einen asphaltierten Weg, der breit genug für ein Fahrzeug war, gesäumt von sorgfältig gestutzten Bäumen und hohen schwarzen Laternen. Die Vorfreude trieb sie voran, sie ging schneller, atmete tiefer und in kürzeren Abständen. Ihre

Nerven waren zum Zerreißen gespannt! Eine Million Schmetterlinge flatterten wie verrückt in ihrem Bauch! Schotter knirschte unter ihren Stiefeln. Ihre Zähne klapperten, von der Kälte, den Nerven.

Sie ging durch ein offenes Eisentor, vorbei an einem eingeschossigen, mit Efeu bewachsenen Gebäude, dessen Wände mit Gedenktafeln bedeckt waren.

Dann sah sie es.

Blieb abrupt stehen.

Ihr Herz machte einen Sprung.

Scheiße! Wow!

Das sollte ein Krematorium sein?

Es war eines der schönsten Gebäude, die sie je gesehen hatte. Weiß, eckig, im Art-déco-Stil, mit einem Portikus aus schwarzen Marmorsäulen. Die Fenster rund wie Bullaugen mit schwarzen Rechtecken darin. Gekrönt von einem eleganten Spitzdach mit roten Schindeln.

Noch mal: Wow!

Stufen führten zum Säulenvorbau hinauf. Rechts befand sich eine Steinbalustrade, über die man auf eine Lichtung mit Reihen eleganter Grabsteine blickte. *Hier würde ich gerne liegen, wenn ich sterbe. Bitte, Gott! Bitte, Hans!*

Bitte!

Sie stieg die Stufen hinauf. Die Tür schwang fast lautlos auf, sie trat ein und verharrte. Nun verstand sie, weshalb das Krematorium zu den Sehenswürdigkeiten der Stadt zählte.

Es war, als träte man in ein Bild von Mondrian. Senkrechte schwarze und weiße Streifen mit Quadraten in der Mitte, deren Tiefe, Breite und Höhe variierte. Gegenüber an der Decke eine Halbkuppel mit religiösen Figuren auf goldenem Hintergrund, wiederum umrahmt von schwarz-weißen geometrischen Mustern.

Darunter befand sich ein seltsam aussehender Altar. Ein weißes Kreuz erhob sich über einem ebenfalls weißen, zwei Meter langen Gebilde, das an ein Bierfass erinnerte.

Ein Geräusch ließ Janet zusammenzucken. Ein plötzliches, erschreckendes Geräusch. Ein mechanisches Mahlen, Dröhnen, das vibrierende Donnern einer schweren Maschine. Das Fass mitsamt dem weißen Kreuz begann sich zu heben, der Boden unter ihr erzitterte. Ein Sarg tauchte auf. Janet war wie gelähmt. Das Dröhnen erfüllte den ganzen Raum.

Das Geräusch verstummte so plötzlich, wie es begonnen hatte.

Völlige Stille.

Der Sargdeckel hob sich.

Janet schrie.

Dann sah sie das lächelnde Gesicht von Hans.

Der Deckel polterte zu Boden, als er ihn beiseite schob. Breit grinsend setzte er sich auf. Er trug nur einen Overall und schwarze Arbeitsstiefel, war schweißbedeckt.

Sie starrte ihn an, voller Faszination und Verwunderung. Er sah unglaublich aus, viel besser als in ihrer Erinnerung. Attraktiver, männlicher, unverfälschter.

Er stand auf. Er war auch größer als in ihrer Erinnerung.

»Mein schönster Engel auf der ganzen Welt!«, sagte er. »Du bist hier! Du bist gekommen! Du bist wirklich gekommen!«

»Was dachtest du denn?«

»Mein tapferer Engel«, sagte er. »Mein tapferer englischer Engel.« Dann nahm er sie in seine starken Arme, drückte sie fest an sich, so fest, dass sie die Umrisse seines Körpers unter dem dünnen blauen Stoff spürte, und küsste sie. Sein Atem roch köstlich, ein Aroma von Zigarettenrauch, Knoblauch und Bier, männliche Gerüche, an die sie sich genau erinnerte. Sie küsste ihn leidenschaftlich, spürte seine Zunge, hielt sie einen Augenblick fest, verlor sie und fand sie wieder.

Atemlos vor Erregung lösten sich ihre Lippen voneinander. Sie standen ganz still da, schauten einander an, waren sich so nahe, dass seine Augen zu einem warmen Fleck verschwammen.

»Wir haben zu tun, was?«, sagte er schließlich.

Sie schob ihre Hände in seine Hose und umfing ihn sanft. »Und ob«, sagte sie lächelnd.

Er sog scharf die Luft ein und stieß sie grinsend wieder aus. »Zuerst die Arbeit.«

»Zuerst die Liebe.«

»Du bist ein richtig ungezogenes Mädchen«, neckte er sie.

»Willst du mich bestrafen?«

»Kommt drauf an, wie ungezogen du warst. Warst du sehr ungezogen?«

Sie nickte feierlich, trat einen Schritt zurück und nuckelte am Finger wie ein kleines Kind. »Und wie.«

»Sagst du's mir?«

»Ich kann's dir zeigen.«

Er lächelte. »Hol den Wagen, ich bin gleich so weit.«

Fünf Minuten später setzte Janet den Passat rückwärts vor den Seiteneingang des Krematoriums. Dort befand sich eine grüne Aufzugtür, die sich öffnete, als sie ausstieg. Hans wartete neben einem Rollwagen mit einem Sarg. Sein Gesichtsausdruck war eigenartig. Auf einmal fühlte sie sich nicht mehr wohl. Ihr Blick sprang zu dem Sarg, dann zurück zu ihm.

Wieder zum Sarg.

Hatte sie einen furchtbaren Fehler begangen? Sie war allein hier, hatte alle Brücken hinter sich abgebrochen und alle Spuren sorgsam verwischt. War sie in eine Falle getappt?

Daheim in Eastbourne wusste niemand, wo sie war. Allein mit Hans im Krematorium, in der Abenddämmerung, samt einem offenen Sarg und er schaute sie so merkwürdig an.

Ihre Eingeweide schienen zu Eis erstarrt. Sie wollte nach Hause, wo es sicher war. Langweilig, aber sicher. Nach Hause zu Trevor.

Doch das ging nicht mehr.

Dann lächelte Hans. Sein normales warmes breites Lächeln. Sofort schmolz das Eis in ihrem Inneren. »Im Kofferraum?«

Sie nickte, öffnete die Klappe und sie betrachteten gemeinsam das Objekt in der schwarzen Plastikfolie.

»Keine Probleme?« Er legte den Arm um sie und knabberte zärtlich an ihrem Ohr.

»Er war ganz brav«, antwortete sie, ganz kribbelig vor Erregung. »Ist wie ein Lämmchen eingeschlafen, nachdem ich das Insulin gegen Zuckerwasser ausgetauscht hatte. Aber er war ganz schön schwer. Fast hätte ich ihn nicht in den Kofferraum bekommen.«

Wo ein Wille ist, ist auch ein Weg, pflegte Trevor zu sagen.

»Zum Glück ist er nicht dick«, sagte Hans und wickelte ihn aus. »Ich habe zwei Leichen zur Kremierung hier, und eine davon ist ebenfalls recht schlank. Er wird wunderbar mit in den Sarg passen.«

Als sie unten im Keller den Sarg aus dem Aufzug schoben, sah Janet die beigefarbenen Metallschränke, Instrumente und Anzeigen, auf denen überall die Firmenbezeichnung *Ruppmann* zu lesen war. Zwei Särge standen vor zwei riesigen offenen Öfen, in denen schon kleine Gasflammen züngelten.

Hans lächelte. Ganz und gar verdorben.

Minuten später hatte er einige Knöpfe gedrückt, die Öfen hatten sich automatisch geschlossen und das Dröhnen der Brenner steigerte sich in ein Crescendo. Sie spürte, wie er den Arm um ihre Taille legte. Sie streiften die Kleider ab und ließen sich zu Boden sinken.

Sie liebten sich, während die Brenner – und ihre Körper – die Höchsttemperatur erreichten.

Am Morgen mahlte Hans die Knochenreste und vermischte sie mit der Asche. Arm in Arm traten sie aus der Tür des Krematoriums in die Morgendämmerung. Vögel begannen zu singen.

Hans zog sie an sich und flüsterte ihr ins Ohr: »Ich lasse dich niemals gehen, mein englischer Engel.«

Einen Moment lang hörte er sich an wie Trevor. Sie küsste ihn und flüsterte zurück: »Ich würde es nicht drauf ankommen lassen.«

»Was soll das heißen?«

Sie lächelte nur.

Jörg Juretzka

Tatort Hamm – Die Matratze von Uentrop

Hauptkommissar **Hufschmidt** parkt den Wagen am Eingang des Campingplatzes neben einem neuen Ford Mustang. Assistent **Feldkamp** sieht zu, wie Hufschmidt ein Abschleppseil am Heck des Mustangs befestigt und an einem Lampenmast verankert.

Hufschmidt: »Reine Vorsichtsmaßnahme. Sie sind jetzt in der Stadt, Feldkamp. Da gelten andere Regeln.«

Hufschmidt quert den morgendlich verschlafenen Campingplatz mit langen Schritten. Feldkamp stolpert hinterher.

Hufschmidt: »So, Feldkamp, heute können Sie mal sehen, wie eine richtige Mordkommission eine richtige Morduntersuchung führt.«

AUTOR: ›Muss das eigentlich immer unbedingt Mord sein? Können wir nicht mal was anderes machen?‹

REDAKTEUR: ›Wir haben hier ein Format, das gewissen Regeln folgt. Und die erste lautet: Vorne muss die Leiche liegen.‹

Unkner, der Platzwart, und zwei uniformierte Polizisten stehen am Lippe-Ufer neben dem Körper einer Frau. Sie liegt auf dem Bauch, Kopf, Arme und Oberkörper im Wasser. Hufschmidt tritt heran, Feldkamp macht Fotos.

Hufschmidt: »Soll das heißen, niemand hat auch nur den Versuch unternommen, sie wiederzubeleben?«

Unkner: »Sie hängt fest an irgendwas.«

Hufschmidt: »Alle mal anpacken!«

Gemeinsam ziehen sie den Körper der Frau aus dem Wasser, drehen ihn auf den Rücken. In der linken Augenhöhle der Leiche steckt ein zappelnder Fisch. Hufschmidt macht einen Schritt zur Seite und erbricht sich konvulsivisch.

RED.: ›Okay, bis hierhin ist schon viel Schönes dran. Doch der Fisch und das mit dem Erbrechen, das muss raus.‹

AUT.: ›Wieso das? Damit zeigen wir, dass Hufschmidt unter seiner rauen Fassade ein ganz normaler Mensch ist.‹

RED.: ›Mag sein, aber unsere Ermittler sind cool. Das ist wichtig für die Akzeptanz. Nehmen Sie die Lindholm, die stöckelt auch ganz gelassen über grauenhaft zugerichtete Frauenleichen und tauscht dabei am Handy Kochrezepte mit ihrer Mutter aus. Das ist cool und cool ist angesagt. Um die Menschlichkeit zu zeigen, haben wir andere Instrumente. Hufschmidt könnte eine Tochter haben, die, sagen wir, lesbisch ist, und das macht ihm zu schaffen.‹

AUT.: ›Er hat keine Tochter. Er ist unverheiratet.‹

RED.: ›Dann eben eine Stieftochter, illegitim, lesbisch. Unsere Protagonisten haben alle eine problembehaftete private Seite. Das macht sie so dreidimensional.‹

Hufschmidt befragt cool den sich erbrechenden Unkner.

Hufschmidt: »Also, Herr Unkner, Sie sind der Platzwart hier. Und Sie haben die Leiche gefunden. Wann genau?«

Unkner (keuchend): »Sechs Uhr siebzehn.«

Hufschmidt: »Moment mal. Sie gehen über Ihren Platz, Sie finden einen Frauenkörper, halb im Wasser, und das Erste, was Sie machen, ist, auf die Uhr zu schauen? Sie haben nicht versucht, die Frau aus dem Wasser zu ziehen?«

Unkner: »Sie hing fest an irgendwas.«

Feldkamp: »Hey, Chef, hier liegt noch einer.«

Er deutet auf den bäuchlings in einem schicken Anzug daliegenden **Eddie Brilli**. Macht Fotos, während Hufschmidt herantritt und den Körper auf den Rücken dreht.

Hufschmidt (entgeistert): »Aber das ist ja …«

Der vermeintlich Tote öffnet die Augen und schreit auf.

Eddie: »Hufschmidt!«

Hufschmidt: »Eddie Brilli!«

RED.: ›Moment mal. Wer ist Eddie Brilli?‹

AUT.: ›Hufschmidts Hammer Unterweltkontakt.‹

RED.: ›Hamm hat eine Unterwelt?‹

Feldkamp: »Hamm hat eine Unterwelt?«

Hufschmidt: »Nun, wir haben zumindest Eddie Brilli … Spuck's aus, Eddie. Was hast du hier zu suchen?«

Eddie: »Ich bin eben immer da, wo was los ist.«

Hufschmidt nimmt sich Zeit für einen Rundblick. Über den verschlafenen Campingplatz, die nahe vorbeirauschende A2, den träge fließenden Fluss, das Atomkraftwerk an seinem Ufer, den verschlafenen Campingplatz, Eddie.

Eddie: »Gestern Abend war hier doch die jährliche Tombola.«

Unkner: »Vom Ruderclub nebenan.«

Eddie: »Da steppt hier immer der Papst im Kettenhemd.«

RED.: ›Oha. Heikel, das. Ich bin mir nicht sicher, ob wir damit nicht möglicherweise religiöse Gefühle verletzen.‹

Eddie: »Da fliegt hier immer die Wutz.«

RED.: ›Bisschen sehr umgangssprachlich, finden Sie nicht?‹

Eddie: »Da geht es hier immer hoch her.«

Hufschmidt: »Raus damit. Kennst du die Tote?«

Eddie: »Nein.« (Laaaaange Pause) »Welche Tote?«

Hufschmidt: »Das hat mir jetzt ein bisschen lang gedauert, Eddie! Komm mit!«

Hufschmidt, Feldkamp, Eddie und Unkner gehen zurück zu der Leiche, die inzwischen umringt ist von Schaulustigen. Über den Körper gebeugt, untersucht **Frau Dr. Özdemir** die Tote.

RED.: ›Ah, eine Frau, eine Gerichtsmedizinerin. Und mit Migrationshintergrund. Das wird dem Sender gefallen.‹

Özdemir: »Wenn Sie meine Expertise wollen, kann ich nur eines mit Sicherheit sagen: Diese Person hier ist tot.«

Hufschmidt: »Da wär ich zur Not auch allein draufgekommen.«

Özdemir: »Natürlich möchten Sie gerne noch Ursache, Zeitpunkt, die Frage möglicher Gewalteinwirkung geklärt wissen, und ob die Frau in den Stunden vor ihrem Ableben Geschlechtsverkehr gehabt hat und mit wem. Nun, die vorletzte Frage ist rasch geklärt. Wenn die anwesenden Herren sich bitte einmal umdrehen würden?«

Alle drehen sich um, bis auf Hufschmidt.

Hufschmidt: »Sehr witzig.«

Özdemir: »Was will ich machen. Wir Gerichtsmediziner sind alle schroff, selbstgefällig, mit morbidem Sinn für Humor.«

RED.: ›Mir erklärt sie sich da zu sehr. Können wir das nicht zeigen, anstatt das über den Dialog zu lösen?‹

Özdemir spreizt die Beine der Leiche.

Özdemir: »Reichen Sie mir mal das Spekulum und den langen Gummihandschuh.«

RED.: ›Vielleicht lassen wir doch besser den Dialog.‹

Hufschmidt: »Sonst irgendwelche Auffälligkeiten?«

Die Medizinerin hebt eine Hand der Toten hoch. Die Fingerspitzen sind blaurot verfärbt.

Özdemir: »Hämatome in allen Fingerspitzen. Sieht nach einer Quetschung aus.«

Unkner: »Sie hing fest an irgendwas.«

Hufschmidt: »Wann kriegen wir genauere Ergebnisse?«

Özdemir: »Donnerstag in einer Woche.« (Pause) »Sie müssen jetzt fragen, ob das nicht ein bisschen schneller geht, und ich sage dann, na gut, in zwanzig Minuten.«

Hufschmidt: »Schon in zwanzig Minuten?«

Özdemir: »Sinn für Humor, Sie erinnern sich.«

Sie geht ab, Sanitäter packen die Leiche ein.

Feldkamp: »Und was machen wir jetzt?«

Hufschmidt: »Zuerst nehmen wir die Personalien aller Anwesenden auf und fragen sie nach ihren jeweiligen –«

Er dreht sich um. Sie sind allein.

Hufschmidt: »*Sie* klappern jetzt alle Wohnwagen ab, stellen die Personalien der Bewohner fest, fragen nach ungewöhnlichen Beobachtungen oder Geräuschen in der Nacht wie Schreie, Hilferufe, das Blubbern von Blasen, wenn jemand für längere Zeit den Kopf von jemand anderem unter Wasser drückt, so was halt. Was wir wollen, sind Zeugenaussagen.«

RED.: ›Realitätsnahe Polizeiarbeit, sehr gut. Doch wir dürfen den Konflikt zwischen unseren Protagonisten nicht aus den Augen verlieren. Konflikt ist wichtig.‹

Feldkamp: »Und was machen Sie inzwischen?«

Hufschmidt (braust auf): »Was geht Sie das an? Wer ist hier der Vorgesetzte? Wer watet hier seit zwanzig Jahren im Blut? Schwirren Sie ab und bringen Sie mir Ergebnisse oder Sie sind schon übermorgen zurück in Ochtrup-Bohnenhausen!«

Feldkamp: »Ich hab ja nur gefragt ...«

Hufschmidt (ruhiger): »Ich knöpfe mir inzwischen noch mal Eddie Brilli vor. Ich bin sicher, der weiß was.«

Eddie Brilli sitzt am Steuer seines Mustang, der Motor heult, doch der Wagen rührt sich nicht von der Stelle. Rauch steigt von den durchdrehenden Hinterrädern auf.

RED.: ›Ah, ich hatte mich schon gefragt, wann Sie das mit dem Abschleppseil auflösen. Gut so. Trotzdem, das muss raus. Unsere Ermittler arbeiten so nicht.‹

Hufschmidt greift durch das offene Seitenfenster und stellt den Motor ab. Eddie blickt zerknirscht.

Hufschmidt: »Wohin so eilig, Eddie?«

Eddie: »Ich muss mit meiner Tante Mia in die Kirche.«

Feldkamp klopft an einen Wohnwagen. **Herr Bürstner** öffnet zögernd. **Frau Bürstner** blickt ihm über die Schulter.

Feldkamp: »Feldkamp, Kripo Hamm. Wir ermitteln in einem Todesfall. Ich zeig Ihnen mal –«

Bürstner: »Kenn ich nicht.«

Feldkamp: »Aber ich habe Ihnen das Foto ja noch gar nicht gezeigt.«

Bürstner: »Äh, ich wollte damit nur sagen, ich kenne keine Toten. Mehr nicht.«

Frau Bürstner: »Schon gar nicht so welche.«

Feldkamp: »Also, hier ist das Bild. Sagt Ihnen das was?«

Bürstner: »Nein. Kenn ich nicht. Nie gesehen.«

Frau Bürstner: »Das hat mein Mann auch gar nicht nötig, so was. Ich mache es ihm ja viel besser. Und preisgünstiger. Und von der Hygiene wollen wir gar nicht erst anfangen.«

Feldkamp: »Ich versteh nicht ganz. Was machen Sie –«

Frau Bürstner: »Na kochen. Die Maria hat doch den Imbiss, vorne am Eingang.«

Feldkamp: »Also kennen Sie sie doch –«

Die Bürstners (im Chor): »Nein, nie gesehen.«

Frau Bürstner: »Dieses Flittchen.«

Hufschmidt lehnt gegen den Mustang. Eddie sitzt drin.

Hufschmidt: »Euer Verhältnis war demnach rein kulinarisch?«

Eddie: »Wenn ich's doch sage. Und ich war gestern nur wegen der Tombola hier. Wohltätigkeit, das ist 'n Hobby von mir. Krieg ich jetzt meine Autoschlüssel zurück?«

Hufschmidt: »Nein. Du fährst erst mal nirgendwo hin.«

Feldkamp, in Begleitung der Bürstners, klopft an einer Wohnwagentür. **Herr Kürschner** öffnet, seine **Frau** steht hinter ihm. Sie sehen den Bürstners zum Verwechseln ähnlich.

RED.: ›Da komme ich jetzt nicht so ganz mit.‹

AUT.: ›Versteckte soziokulturelle Ironie.‹

RED.: ›Was ich meine, ist, müssen das unbedingt wieder Deutsche sein? Wir sollten größer denken, europäischer. Hamm ist, alles in allem, eine Stadt im Herzen Europas.‹

Feldkamp klopft. **Die MacIntoshs** öffnen. Er trägt Kilt, sie ist gekleidet wie die Queen. Hufschmidt drängt sich vor.

Hufschmidt (zu Feldkamp): »Ich übernehme.« (Zu MacIntosh): »Wo haben Sie sich zur Tatzeit aufgehalten?«

RED.: ›Die Alibifrage, sehr authentisch. Mehr davon.‹

MacIntosh (mit Akzent): »In Bett. Mit meine Frau.«

Feldkamp (leise): »Haben wir überhaupt schon eine Tatzeit?«

Hufschmidt: »Lassen Sie das meine Sorge sein.« (zu MacIntosh): »Woher wollen Sie wissen, wann das war?«

MacIntosh: »Ick bleibe dabei. Fragen Sie mein Frau.«

Hufschmidt: »Können Sie das bestätigen?«
Mrs MacIntosh: »Yes, you guessed right. My husband and I are British. And proud of it.«
Hufschmidt (fährt herum zu Herrn Bürstner): »Und Sie, wo haben Sie sich aufgehalten, als der Mord geschah?«
Feldkamp (leise): »Haben wir überhaupt einen Mord?«
Bürstner: »Ich war mit Herrn MacIntosh, äh, wie Herr MacIntosh, im Bett seiner Frau. Äh, meiner Frau.«
Hufschmidt: »Sie verwickeln sich in Widersprüche.«
Bürstner: »Fragen Sie sie doch.«
Hufschmidt: »Und?«
Frau Bürstner (zweideutig): »Wenn mein Gatte das sagt ...«

Hufschmidt und Feldkamp stehen am Ufer der Lippe, starren aufs Wasser. Ein Krokodil schwimmt vorbei.

RED.: ›Nein.‹

AUT.: ›Comic Relief. Man macht das, wenn die Spannung unerträglich zu werden droht.‹

RED.: ›Nein.‹

Hufschmidt und Feldkamp stehen am Ufer der Lippe, starren aufs Wasser. Ein Tretboot dümpelt vor sich hin.

Hufschmidt: Wir drehen uns im Kreis. Alle Verdächtigen scheinen wasserdichte Alibis zu haben.
Eddie (hinter den beiden): »Ich zum Beispiel war erst auf der Tombola und dann mit meiner Tante Mia in der Kirche.«
Unkner (neben Eddie): »Ich auch.«
Feldkamp: »So ein Moment der Ratlosigkeit ist eine perfekte Gelegenheit, uns ein wenig näherzukommen.«
Hufschmidt: »Näherkommen, wir? Vergessen Sie's.«
Feldkamp: »Aber wir sind ein Duo. Wir müssen uns annähern.«
Hufschmidt: »Das sehe ich anders. Für mich sind und bleiben Sie ein dämliches ostwestfälisches Landei.«
Feldkamp: »Überhaupt verstehe ich nicht, wieso man uns beide zusammengespannt hat. Rein männliche Ermittler-

duos sind doch so was von out. Stellen Sie sich mal vor, Sie wären stattdessen eine Frau. Da könnten wir uns ganz wundervoll über Ihre Menstruationsbeschwerden unterhalten und uns darüber näherkommen. So wie Lena Oden-«
Hufschmidt (laut): »Ich bin aber nun mal keine Frau! Und ich habe keine Menstruationsbeschwerden!«
Feldkamp (seufzt): »Haben Sie nicht sonst irgendein Leiden, für das ich Verständnis zeigen könnte?«
Hufschmidt: »Nein! Ich bin kerngesund.«
RED.: ›Wir müssen sie eine Krise zusammen meistern lassen. Das schmiedet zusammen.‹
AUT.: ›Das kommt im Rahmen der dramatischen Zuspitzung.‹
Feldkamp: »Was ist mit Ihrer Tochter? Leidet die an irgendwas? Ich meine, außer darunter, lesbisch zu –«
Hufschmidt: »Was? Ich habe keine Tochter!«
Feldkamp: »Dann eben Stieftochter.«
Hufschmidt: »Ich habe auch keine Stieftochter. Und sie ist nicht lesbisch.«
Feldkamp: »Wir drehen uns im Kreis.«
Hufschmidt: »Sag ich doch. Wir haben einen ungeklärten Mordfall und (blickt auf die Uhr) keine fünfunddreißig Minuten mehr, ihn zu lösen.«
Feldkamp: »War es denn überhaupt Mord?«
Hufschmidt: »Wie heißt die Kommission, der wir angehören?«
Feldkamp: »Mordkommission.«
Hufschmidt: »Eben. Sie müssen noch eine Menge lernen, Feldkamp. Wir knöpfen uns jetzt noch mal alle Verdächtigen vor und überprüfen, wo sie sich zur Tatzeit aufgehalten haben. Das machen wir immer so. Und der oder die mit dem hieb- und stichfestesten Alibi ist dann im Endeffekt unser Täter. Das war noch niemals anders.«
Eddie (hastig): »Also das mit meiner Tante Mia und der Kirche, das war schon mal glatt gelogen.«

Unkner: »Und ich war, wenn ich mich recht erinnere, nach der Tombola noch total lange allein im Wald spazieren.«

Feldkamp: »Angenommen, es war Mord. Wo ist dann das *Motiv?*«

Lange Pause, in der Hufschmidt reglos auf das Wasser starrt.

Hufschmidt: »Sie kommen aber auch immer mit Sachen an ...«

Feldkamp: »Die Tombola! Da muss es doch Einnahmen gegeben haben! Wo sind die hin?«

Unkner: »Da fragen Sie am besten Herrn Eckelstein, den Vorstand vom Ruderclub.«

Im Ruderclub sitzt Vorstand **Eckelstein** an einem Tisch. Er ist ungeheuer dick und trägt einen Verband um die Hand.

Eckelstein: »Da fragen Sie am besten Herrn Schnapp, unseren Schatzmeister.«

Schatzmeister **Schnapp** sitzt mit am Tisch. Er ist bebrillt.

Schnapp: »Den gesamten Barerlös der gestrigen Tombola habe ich sofort nach Kassenschluss durchgezählt und im einbruchsicheren Wandsafe im Untergeschoss eingeschlossen.«

Hufschmidt: »Den sehen wir uns mal an.«

Im Untergeschoss gähnt ein Loch in der Wand.

Schnapp: »Das ... das ist unerklärlich. Gestern war er doch noch ... Wir ... wir müssen sofort die Polizei alarmieren!«

Pause, in der alle Anwesenden stoisch dreinblicken.

Hufschmidt: »Wie hoch war der Erlös genau?«

Schnapp: »Fünfzehntausendeinhundertunddrei Euro achtzig.«

Hufschmidt: »Hübsche Summe.«

Eddie: »Wohltätigkeit ist nun mal mein Hobby. Und fünfzehn Riesen für 'nen flatschneuen Mustang ist 'n Schnäppchen.«

Feldkamp (zu Eckelstein): »Sie haben einen Mustang für fünfzehntausend Euro versteigert? Der kostet doch neu mindestens fünfzig…«

Eckelstein: »Rein rechnerisch mag diesmal unterm Strich nicht so viel hereingekommen sein, aber Sie dürfen den PR-Faktor nicht aus den Augen verlieren.«

Feldkamp (deutet): »Da! Blut! Einer der Täter muss sich bei der Tat verletzt haben.«

Eckelstein versteckt ruckartig seine verbundene Hand hinter seinem Rücken.

Feldkamp: »Eine Blut*spur* sogar! Sie führt direkt zum …«

Alle Beteiligten finden sich am Ufer der Lippe ein.

Feldkamp: »… Tatort.«

Hufschmidt: »Und hier endet sie auch, die Spur. Verdammt!«

Unkner: »Sie hing fest an irgendwas.«

Hufschmidt: »Was könnte bloß noch ein Motiv gewesen sein?«

Feldkamp: »Eifersucht wird immer gern genommen. Noch dazu bei einem Opfer mit einem, na ja, Ruf.«

Hufschmidt: »Was für ein ›na ja, Ruf‹?«

Feldkamp: »Nun, man nannte sie auch …«

Hufschmidt: »Jetzt zieren Sie sich nicht so. Raus damit!«

Feldkamp: »… die ›Matratze von Uentrop‹.«

Hufschmidt: »Die Matratze von Uentrop?«

Feldkamp: »Die Matratze von Uentrop.«

RED.: ›Einmal hätte völlig genügt.‹

Hufschmidt: »Und was genau soll das bedeuten?«

Unkner: »Vielleicht hilft Ihnen ja das hier weiter.«

Er reicht Feldkamp ein kleines, rotes Notizbuch.

Feldkamp: »Ein Notizbuch. Mit einer alphabetischen Namensliste und kleinen Kreuzchen hinter den Namen.«

Hufschmidt: »Wo haben Sie das her?«

Unkner: »Aus dem Imbiss. Versteckt in einer Schublade.«

Feldkamp: »Die Seiten unter ›U‹ scheint jemand rausgerissen zu haben. Ist Ihnen das auch aufgefallen, Herr Unkner?«

Unkner: »Nein. Tatsache? Rätselhaft.«

Feldkamp: »Und hier, unter ›M‹ ist eine ganze Seite ... sind zwei Seiten, drei ..., vierzehn, achtundzwanzig! Frau MacIntosh, wussten Sie, dass Ihr Mann in diesem Buch mit achtundzwanzig Seiten voller Kreuzchen verewigt ist?«

Mrs MacIntosh: »Yes. My husband and I agree that gardening is much less distressing a pastime than, say, parachuting.«

Hufschmidt: »Frau MacIntosh, sagen Sie uns bitte genau, wo Sie sich zur Tatzeit aufgehalten haben.«

Mrs MacIntosh: »Yes. What we like most about Germany is the fine sense of humour that the people here do possess.«

MacIntosh: »Mein Frau sagt aus, dass sie die ganze Nackt bei mir in Bett gewesen ist.«

Hufschmidt: »Können Sie das bestätigen?«

MacIntosh: »No.«

Hufschmidt: »Aha. Feldkamp, nehmen Sie das auf.«

Feldkamp: »Und ganz hinten sind die Einnahmen verbucht und was davon abgeführt wurde an einen gewissen Eddie –«

Eddie reißt das Buch an sich.

Eddie: »Das ist doch völlig absurd, dass man, nur weil man seine Hand über das Mädchen gehalten und ihr ein bisschen bei der Buchführung geholfen hat, dass man da gleich unter den Generalverdacht der Zuhälterei gerät.«

Hufschmidt: »Her mit dem Buch!«

Eddie rupft die hinteren Seiten raus und steckt sie sich in den Mund. Hufschmidt stürzt sich auf Eddie, der das Buch MacIntosh zuwirft. MacIntosh rupft Seiten heraus. Frau Bürstner greift zu und rupft ihrerseits Seiten heraus.

Frau Bürstner (zu ihrem Mann): »Und kuck mich nicht so an! Wenn du mit dir verheiratet wärest, würdest du dich auch in die Arme einer Frau flüchten!«

Sie reicht Hufschmidt das ausgedünnte Buch.

Hufschmidt: »Was ich nicht verstehe, ist, was diese Kreuzchen zu bedeuten haben. Fällt Ihnen was dazu ein, Feldkamp? Schließlich sind ja auch hinter Ihrem Namen –«

Feldkamp: »Ja, echt? Zeigen Sie mal her!«

Er nimmt das Buch, blättert, rupft ein paar Seiten heraus.

Hufschmidt: »Irgendwie bin ich mit dieser Tresorgeschichte noch nicht fertig. Irgendwo muss das Ding doch sein.«

Unkner: »Sie hing fest an irgendwas.«

Hufschmidt: »Herr Eckelstein, wer hat alles Zugang zum Untergeschoss des Ruderclubs?«

Eckelstein: »Nur Schatzmeister Schnapp und ich.«

Feldkamp: »Was ist eigentlich mit Ihrer Hand passiert?«

Eckelstein: »Ich hab mich beim Rasieren geschnitten.«

RED.: ›Wir dürfen die Alibifrage nicht vernachlässigen.‹

Hufschmidt: »Wo genau haben Sie sich zur Tatzeit aufgehalten, Eckelstein?«

Eckelstein: »Welche Tatzeit?«

Hufschmidt: »Jetzt kommen Sie mir nicht so! Sie wissen doch wohl am besten, von welcher Tatzeit ich spreche!«

Eckelstein: »Nein, keinen Schimmer.«

Özdemir: »Zwischen zwei und sechs Uhr siebzehn morgens.«

Alle blicken die Medizinerin verblüfft an.

Eckelstein: »Da habe ich mit Schatzmeister Schnapp im Vereinsheim noch einen Absacker genommen.«

Hufschmidt: »Von zwei bis ...« (zu Schnapp): »Stimmt das?«

Schnapp: »Da fragen Sie den Falschen. Ich bin mit dem Bus um null Uhr einunddreißig nach Hause gefahren.«

Hufschmidt (zu Eckelstein): »Sie verheimlichen uns etwas!«

Eckelstein: »Und wenn schon. Das ist mein gutes Recht.«

Hufschmidt (resigniert): »Auch wieder wahr. Wir werden uns jetzt diesen Imbiss mal genauer anschauen.«

Alle Beteiligten ziehen um in den Imbiss. Dort hängt eine Wand voller Fotos, die alle Maria und Eckelstein zeigen.

Özdemir: »Das Opfer hatte noch Sexualkontakt, vor Eintritt des Todes. Mit fünf verschiedenen Männern.«

MacIntosh, Bürstner, Eddie, Eckelstein, Schnapp blicken zur Decke, schürzen die Lippen. Nur Unkner nicht.

Özdemir: »Und mit einem danach.«

Unkner: »Ich wollte nur … sie hing fest an irgendwas …«

Hufschmidt: »Das schreit nach einer DNA-Fahndung. Özdemir, nehmen Sie Speichelproben von allen männlichen Erwachsenen in und um Hamm.«

Feldkamp: »Sagen Sie mal, Herr Eckelstein, sind das Sie hier auf all diesen Fotos?«

Eckelstein (ringt mit sich): »Ach, Sie kriegen's ja sowieso raus! Wir … wir wollten zusammen durchbrennen! Maria wollte weg von diesem Eddie …«

Eddie: »Unsinn! Die Nutte hatte es doch total gut bei mir.«

Eckelstein: »Und ich wollte weg von Schnapp …«

Schnapp: »Erst zahlst du deinen Deckel im Vereinsheim!«

Eckelstein: »Der Tombola-Erlös sollte unser Startkapital für ein neues Leben sein …«

Feldkamp: »Aber warum haben Sie den Tresor aus der Wand gebrochen? Ich meine, Sie hatten doch einen Schlüssel?«

Eckelstein: »Damit es wie ein Einbruch aussieht! Wir haben den Tresor dann zur Lippe getragen. Wir wollten mit dem Tretboot flüchten …«

RED.: ›Ich hab mich die ganze Zeit gefragt, wofür wir das brauchen. Ja, jetzt macht es Sinn.‹

Hufschmidt (trocken): »Mit dem Tretboot. Flüchten.«

Eckelstein: »Okay, wir hatten beide was getrunken …«

Hufschmidt: »Und dann sind Sie in Streit um die Beute geraten und Sie haben die Frau kaltblütig ertränkt.«

Feldkamp: »Totschlag im Affekt. Das ist kein Mord.«

Eckelstein: »Nein! Mir ist beim Verladen der Tresor aus den Fingern gerutscht und Maria wollte ihn auffangen ...«

Feldkamp: »Fahrlässige Tötung. Auch kein Mord.«

Unkner: »Ich sag doch, sie hing fest an irgendwas.«

Hufschmidt: »Und dann haben Sie seelenruhig zugesehen, wie Ihre Komplizin, festgeklemmt unter dem Tresor, ertrank.«

Feldkamp: »Unterlassene Hilfeleistung. Immer noch kein Mord.«

Eckelstein: »Nein! Erst wollte ich ihr ja helfen. Aber sie hing fest an irgendwas.«

Unkner: »Mein Reden.«

Eckelstein: »Doch dann ist mir ganz plötzlich klar geworden, in was für eine Lage mich diese Schlange gebracht, was für einen Keil sie zwischen mich und Schnapp getrieben hat, und da hab ich mir gesagt: Besser, sie ist tot.«

Hufschmidt: »Vorsätzliche unterlassene Hilfeleistung. Bin gespannt, was der Staatsanwalt dazu sagt.«

Staatsanwalt: »Mord. Kaltblütiger Mord.«

Alle starren ihn überrascht an.

RED.: ›Wo bleibt die Zuspitzung, wo die Krise?‹

AUT.: ›Kommt.‹

Staatsanwalt: »Dafür gibt es lebenslänglich, Eckelstein.«

Eckelstein: »Aber nur über meine Leiche!«

Er schnappt sich Feldkamp, reißt ihm die Dienstpistole aus dem Holster, hält sie ihm an die Schläfe. Hufschmidt zieht seine Waffe, richtet sie auf Eckelstein.

Eckelstein: »Freies Geleit und ein Hubschrauber oder ...!«

Hufschmidt: »Raus! Alle raus hier!«

Er sieht sich um. Alle Beteiligten drücken sich schon längst draußen am Schaufenster die Nasen platt.

Hufschmidt: »Eckelstein, Waffe fallen lassen!«

Eckelstein: »Na gut.«

Er lässt die Waffe fallen, aus der sich ein Schuss löst und Hufschmidt in die Schulter trifft. Hufschmidt bricht zusammen. Feldkamp stürzt sich entsetzt auf ihn.

Feldkamp: »Hufschmidt, Hufschmidt!«

Özdemir (von der Tür): »Glatter Schulterdurchschuss. Er wird's überleben.«

Feldkamp: »Aber Sie haben ihn ja noch nicht mal untersucht!«

Özdemir: »Es sind *immer* glatte Durchschüsse. Sehen Sie kein fern? Und ich werde kaum ganze zwei Minuten vor Feierabend noch das OP-Besteck auspacken.«

Hufschmidt (flüstert): »Was ist mit Eckelstein?«

Feldkamp: »Stimmt ja! Was ist eigentlich mit –«

Draußen rast Eckelstein jubelnd mit dem Mustang davon.

Eddie: »Na, der ist weg. Den sehn wir nicht wieder.«

Hufschmidt: »Verdammt.«

Hufschmidt verlässt das Krankenhaus mit dem Arm in einer Schlinge. Feldkamp wartet mit Blumen.

Feldkamp: »Fall abgeschlossen, Zeit für ein bisschen Besinnlichkeit, etwas Versöhnliches zum Abschluss.«

Hufschmidt: »Was reden Sie da?«

Feldkamp: »Wir könnten uns an einen Stehtisch stellen, zusammen etwas Ungesundes essen, zum Beispiel Currywurst –«

RED.: ›Currywurst ist gut. Wirkt immer sehr authentisch.‹

Hufschmidt: »Ich hasse Currywurst.«

Feldkamp: »… ein Bier dazu trinken …«

Hufschmidt: »Ich hasse Bier.«

Feldkamp: »Ich könnte was Philosophisches über Ihre lesb…«

Hufschmidt: »Fangen Sie schon wieder davon an!?«

Feldkamp: »Sie könnten mir die Hand reichen und etwas sagen wie: Übrigens, meine Freunde nennen mich ›Schmidtchen‹ …«

Hufschmidt: »Schmidtchen? *Schmidtchen?* Ich habe mein

Leben lang noch jeden in die Schnauze gehauen, der versucht hat, mich ›Schmidtchen‹ zu nennen.«

Feldkamp: »Aber wir haben zusammen eine Krise gemeistert!«

Hufschmidt: »Ge*meistert?* Sie haben sich die Dienstwaffe klauen lassen und ich bin dabei beinahe hopsgegangen.«

Feldkamp: »So was schweißt zusammen. Sie beherrschen nicht zufällig ein Instrument?«

Hufschmidt: »Ein *was?*«

Feldkamp: »Weil, es ist nur, man hat mir zu Schülerzeiten immer eine recht angenehme Singstimme nachgesagt. Wir könnten gemeinsam ein Lied anstimmen, so wie Stoever und –«

Hufschmidt: »Vergessen Sie's!«

Feldkamp: »Und wenn Sie kein Bier mögen, wie steht's mit Rotwein? So wie –«

Hufschmidt: »Sie wollen mir doch nicht allen Ernstes mit Bienzle kommen, oder? Mit *Bienzle?* Sind Sie noch ganz – da fällt mir ein: Was ist eigentlich aus dem Tresor geworden?«

RED.: ›Da fehlt tatsächlich noch die Auflösung.‹

Eddie und Unkner haben den Tresor ans Ufer gewuchtet.

Eddie: »Jetzt brauchen wir nur noch 'n Brenner.«

Unkner: »Gar nicht nötig. Ich hab den Schlüssel.«

Eddie (baff): »Wie das?«

Unkner: »Ich hab zu Schnapp gesagt: Der Tresor ist weg, was nutzt ihm da der Schlüssel? Da hat er ihn mir gegeben.«

Eddie (grinst): »Das, mein lieber Unkner, könnte der Beginn einer wunderbaren –«

RED.: ›Stopp, stopp, stopp! So geht das nicht. Hoppla! Dieser Schluss – der funktioniert ja überhaupt nicht. Es gibt drei Regeln, die sind unumstößlich: Vorne muss die Leiche liegen, dann wird zwanzig Mal nach Alibis gefragt und hinten schnackeln die Handschellen. Immer. Und dann raufen sie

sich zusammen, auch immer. Und, wo wir gerade dabei sind – dieses Setting, dieser Campingplatz in Uentrop – muss der sein? Könnten wir das Ganze nicht genauso gut in, sagen wir, einer Villa spielen lassen? Und die Leiche: Warum gerade eine Frau? Warum nehmen wir keinen Mann oder, anders gedacht: wieso nur einen? Nehmen wir fünf. Ja, das ist gut. Also schreiben Sie mir das um in eine Villa mit fünf männlichen Leichen, und – ah ja – Hufschmidts lesbische Tochter muss in den Fall verwickelt sein. Bis wann kann ich das haben?‹
AUT.: ›Tja.‹

ENDE

Jürgen Ehlers

Weekend mit Leichen: Holzwickede spezial

»Da seid ihr schon zu weit! Da müsst ihr jetzt nach links abbiegen.«

»Nach links? Das ist 'ne Autobahn hier!«

»Das, was da vor euch kommt, das ist das Autobahnkreuz Dortmund/Unna und da fahrt ihr jetzt nach links auf den Ruhrschnellweg.«

Natürlich ist ausgerechnet jetzt das Navi ausgefallen. Die ganze Fahrt von Neapel hat die Frau in der kleinen Box genervt und unsinnige Sachen angesagt wie: »183 Kilometer der Straße folgen!« Und jetzt, wo sie gebraucht wird, sagt sie gar nichts mehr.

»E331, habt ihr das?«

»Hier steht A44!«

»Seid ihr jetzt links abgebogen?«

»Rechts, Ernst-August!«

Der Fahrer macht eine scharfe Rechtskurve. Die Herren auf den Rücksitzen pendeln nach links. Gut, dass sie sie mit den Sicherheitsgurten festgezurrt haben.

»Und jetzt müsst ihr gleich wieder links …«

»Das ist doch wieder 'ne Autobahn! Gib mir mal das Handy!«

»Das geht nicht, du bist doch der Fahrer!«

Ernst-August antwortet nicht, hält nur die Hand auf.

»Hier, bitte!« Dieter ist sauer. Er kann doch nichts dafür, dass die Anweisungen aus Neapel so unklar sind.

»Was habt ihr gesagt?«

Der Boss hat weiter gequäkt, während Ernst-August das Gerät übergeben hat.

»Ihr müsst jetzt links, also rechts abbiegen und dann gleich auf der Querstraße …«

»Was?«

Dieter stößt seinen Nebenmann an. »Du, ich glaube, die wollen was von dir!«

Ein Wagen hat sich vor sie gesetzt, eine Anzeige leuchtet auf: *Polizei – Bitte folgen!*

»Ob der Boss das arrangiert hat?«, fragt Dieter. »Dass die Bullen uns da hinführen? Der hat doch überall seine Beziehungen!«

Nein, hat er nicht. Auf dem nächsten Parkplatz müssen sie rechts raus und anhalten. Und da kommen sie schon. Eine nette kleine Pistole wäre jetzt nützlich, denkt Dieter. Aber sie haben nur die Kalaschnikow unter dem Rücksitz; viel zu sperrig, und außerdem kommen sie da im Moment sowieso nicht ran. Ernst-August kurbelt das Fenster herunter. »Ja, bitte?«

»Puh«, sagt der Polizist. »Was haben Sie denn für einen Mief im Auto?« Er tritt einen Schritt zurück.

»Tut mir leid.«

»Wissen Sie, warum Sie angehalten worden sind?«

Ernst-August schüttelt den Kopf.

»Verstoß gegen § 23 Abs. 1a, § 49 StVO; § 24 StVG.«

»Aha.«

»Telefonieren mit dem Handy während der Fahrt. Das kostet vierzig Euro und gibt einen Punkt in Flensburg.«

»Das macht nichts«, sagt Dieter.

»Bitte?«

»Er meint, ihm macht das nichts; er ist ja nicht gefahren«, korrigiert Ernst-August. Dieter hat recht, natürlich macht es nichts; der Wagen ist geklaut und die Papiere sind falsch, aber das müssen sie ja nicht gleich der Polizei auf die Nase binden.

»Würden Sie uns jetzt bitte noch Ihr Warndreieck zeigen?«

»Gern.« Ernst-August steigt aus, klappt den Kofferraum auf. »Bitte!«

Da ist das Warndreieck. Und ein Werkzeugkasten. Ansonsten ist der Kofferraum leer.

Dieter starrt die Polizisten an: »Wieso sind Sie blau?«

»Bitte?«

»Sonst waren Sie doch grün!«

»Ach, das meinen Sie. Das ist ein Trageversuch für die neuen Polizeiuniformen.«

»Ah ja. Trageversuch. Das ist gut.« Sie hatten auch einen Trageversuch mit den schweigsamen Herren auf der Rückbank veranstaltet, um sicherzugehen, dass sie die am Ende auch bewegen konnten. »Das wird nachher immer einfacher«, hatte der Boss gesagt, »wenn die Leichenstarre erst einmal nachlässt.«

»Siehst du«, sagt Dieter, als die Polizisten wieder weg sind, »es war also doch richtig, die beiden Leichen nicht in den Kofferraum zu tun!«

Ja, es wird eben nicht nur Müll aus Neapel nach Deutschland transportiert. Aber dadurch ist der Boss wahrscheinlich erst auf die Idee gekommen.

Dieter fragt: »Warum mussten die beiden eigentlich weg?«

»Weil sie dem Boss gestunken haben«, sagt Ernst-August.

Dieter dreht sich um, schnuppert. »Puh, ja, das verstehe ich.«

Drei Tage sind sie schon mit den schweigsamen Herren unterwegs, und die waren schon nicht mehr ganz frisch, als sie sie bekommen haben.

Sebastian und Martin sitzen auf dem Fußboden im Foyer des Rathauses und spielen Rathausschach. Die Regeln haben sie sich selbst ausgedacht. Das Handy quäkt.

»Geh du mal ran«, sagt Sebastian. Er zieht den Läufer auf den Bodenfliesen um drei Felder vor.

»Rufbereitschaft Ordnungsamt Holzwickede«, sagt Martin. »Was kann ich für Sie tun?« Die Rufbereitschaft ist neu eingeführt. Deswegen müssen sie rundum am Wochenende im Rathaus Dienst schieben. Wegen der Bürgerfreundlichkeit.

»Polizei Unna. Alles ruhig bei euch?«

»Ja, wir haben alles im Griff«, sagt Martin.

»Passt auf, dass nicht wieder einer die Grableuchten klaut!«

»Nee, bei uns doch nicht!« Er schiebt seine Schachfigur zehn Felder nach links. Da das Schachbrettmuster auf dem Fußboden allein schon an der Schmalseite statt der normalen acht Felder 26 schwarze und weiße Fliesen hat, kommen sie mit den üblichen Spielfiguren nicht aus. Also haben sie sie mit Stempeln der Dienststelle ergänzt. *Ausgemustert* steht auf dem Stempel, den Martin gerade bewegt hat. Das ist der *Exterminator.* Der schlägt alles in einem Umkreis von fünf Feldern.

»So, pass auf! Jetzt unter der Bahn durch und dann rechts.«

Ernst-August biegt ab.

»Das andere Rechts«, sagt Dieter.

»Mist, hier kann ich nicht drehen.«

»Brauchst du auch nicht. Wenn du da vorn jetzt gleich in diese Nebenstraße einbiegst ...«

»Hamburger Allee«, liest Ernst-August vor. »Mensch, ein Hamburger wäre jetzt nicht schlecht!«

»Später. Erst die Arbeit!«

»Ich hab seit Stunden nichts gegessen!«

»Und jetzt gleich wieder links in die Opherdicker Straße.«

»Mensch, da ist ja die Polizei!«

»Die Wache ist geschlossen, jetzt am Wochenende.«

»Das glaub ich nicht.«

»Ist aber so. In dringenden Fällen soll man sich an das Ordnungsamt wenden.«

»Woher weißt du das?«

»Hat der Boss gesagt.«

»So, wenn ihr jetzt links fahrt, dann kommt auf der rechten Seite dieser Schacht, und da steckt ihr die beiden rein. Ganz einfach.«

Da ist das Ding. Dieter steigt aus, streckt sich, fängt an, die Erläuterungstafeln zu studieren. »Das ist ein Lüftungsschacht von der Zeche *Vereinigte Margarethe*«, sagt er. »Die ist schon 1926 ...«

»Das interessiert mich nicht, mit wem sich deine Margarethe 1926 vereinigt hat! Fass lieber mal mit an!« Ernst-August hat die Sicherheitsgurte gelöst und die beiden schweigsamen Herren aus dem Auto gezerrt.

»Da ist ein Gitter über dem Schacht!«

»Na und? Mach es weg! Wozu haben wir den Kuhfuß im Werkzeugkasten!« Ernst-August schnauft. Der Tote ist schwer.

»Das hat keinen Sinn!«, ruft Dieter. »Das Loch ist zu!«

»Tatsächlich!« Ernst-August ist herbeigeeilt, starrt fassungslos in den Rest des Lüftungsschachts. »Kein Wunder, dass der Bergbau eingeht, wenn irgendwelche Strolche die Luftlöcher verstopfen!«

»Und jetzt?«

»Wieder einladen natürlich!«

Ein kleiner Junge guckt interessiert zu: »Mama, was machen die Männer da?«

»Die spielen Indianer. Komm mit, wir müssen nach Hause, sonst schimpft Papa, wenn das Essen nicht rechtzeitig fertig ist.«

»Hier ist Unna noch mal. Unsere Kollegen sagen gerade, bei euch ist ein Wagen mit falschem Kennzeichen unterwegs. Kümmert ihr euch darum?«

»Ja klar.«

Martin beendet das Gespräch und sagt zu Sebastian: »Schickst du ein Fax an die Polizeiwache, dass die da morgen mal nach dem Auto suchen?«

Eine willkommene Pause, Martin setzt sich auf die Treppe. Er muss dringend nachdenken, wie er aus der Bedrängnis wieder herauskommen soll. Soll er sich den Springer zurückholen? Wenn er mit dem *Revisor* auf D28 vorzieht, wäre das kein Problem. Der *Revisor* macht den letzten Zug des Gegners rückgängig. Martin erhebt sich, greift nach dem Stempel *Sachlich richtig und festgestellt.* Irgendwo oben surrt das Faxgerät. Ob Sebastian wohl gleich noch weiß, wie die Figuren gestanden haben? Wahrscheinlich nicht. Martin lässt den *Revisor* stehen und holt sich den Springer einfach so zurück.

»Was hat der Boss gesagt?«

»Emscherquelle«, brummt Ernst-August. »Wo zum Teufel ist das denn jetzt wieder?« Das Navi gibt keine Antwort. Ernst-August haut mit der Faust drauf.

»Man schlägt keine Frauen«, sagt Dieter.

Ernst-August tippt die Nummer in das Handy.

»Woher weiß der Kerl in Neapel überhaupt, wo wir jetzt sind?«, fragt Dieter.

»GPS«, sagt Ernst-August. »So, das ist es!«

Vor ihnen liegt ein hübscher Hof in schwarz-weißem Fachwerk und mit hohem Spitzdach. Dieter rüttelt am Tor. »Zu!«, sagt er. »Soll ich mit dem Kuhfuß?«

Ernst-August schüttelt den Kopf. »Wer weiß, ob die Leute nicht vielleicht zu Hause sind!«

Außerdem ist da noch dieser große, schwarze Hund, der sie von der anderen Seite aus misstrauisch anstarrt. »Hier kann man außen rum gehen«, sagt er. Und dann: »Oh, hallo!«

»Was sagst du?«

»Da war ein Mädchen, in dem Tümpel. Ist jetzt weggelaufen.«

»Ein Mädchen? – Na, die hätte sich vielleicht gewundert, was sie da gleich für Gesellschaft kriegt! Fass mal mit an!«

Dieter studiert die Informationstafel. »Ja, das ist die Emscherquelle! – Ach, das ist ja toll! Da gibt es eine Fee, die heißt Emirizza, und wenn Gefahr droht, dann sagt sie Bescheid!«

»Fass mal mit an!«, ruft Ernst-August. Er hat die beiden schweigsamen Herren aus dem Auto gewuchtet. Etwas lädiert sehen sie inzwischen aus. Ein Bad in der Emscherquelle wird ihnen sicher guttun.

»Ob die das war, diese Emirizza?«

»Wer?«

»Das Mädchen in dem Teich.«

»Quatsch. Fass mal mit an!«

»Ihr müsst sie natürlich beschweren, dass sie nicht gleich wieder hochkommen!«, quakt der Chef aus dem Handy. »Wagenheber und Kuhfuß und solche Sachen. Oder Steine, wenn da welche sind! Oder notfalls die Kalaschnikow!«

»Wir kommen aber nicht dicht genug an den Teich ran«, sagt Dieter.

»Was?« Ernst-August lässt die Leiche fallen.

»Guck es dir an! So weit kann man keine Leiche schmeißen. Ich jedenfalls nicht!«

Dieter hat recht. Ernst-August macht sich daran, die beiden Herren wieder einzuladen.

»Hier ist noch mal Unna!«

»Ach, das stört jetzt aber wirklich!«, brummt Martin. Die weiße Dame bedroht seinen *Torkel.* Sebastian sagt: »Was gibt's denn?«

»Die neue Kriminalstatistik. Habt ihr die Zahlen schon?«

»Nee, noch nicht.«

»Schach«, sagt Sebastian.

»Was?«

»Mein Kollege meint: Schwach, dass die Zahlen jetzt erst kommen. Im letzten Jahr wart ihr deutlich früher dran!«

»Ist ja auch mehr passiert diesmal. Aber Holzwickede steht erneut blendend da! Kaum Diebstähle und kein einziger ungeklärter Todesfall!«

»Ja, da passen wir schon für auf«, sagt Martin.

»Und jetzt?« Dieter ist ratlos. Er drückt wahllos auf alle möglichen Tasten des Handys, aber nichts passiert. Der Boss antwortet nicht.

»Irgendwann ist auch beim besten Handy der Akku leer«, brummt Ernst-August. Sie sind wieder ins Zentrum von Holzwickede gefahren und nun ist der Kontakt zum Boss mitten im Satz abgebrochen.

»Ich finde, jetzt reicht's, jetzt lassen wir die Karre einfach hier stehen und nehmen uns ein Taxi zum Flughafen.«

»Das ist das Rathaus hier, da kannst du doch nicht einfach vor der Einfahrt …«

»Ach, das macht nichts. Am Wochenende raten die doch sowieso nichts.«

»Na, wenn du meinst …«

»Ist doch völlig egal, wo wir die Leichen lassen. Werden die beiden eben schneller gefunden – na und? Das Auto ist geklaut, die Kennzeichen falsch, Papiere haben sie nicht dabei, hier kennt sie keiner und ausplaudern können sie auch nichts mehr – was soll's?«

»Du, da drüben steht *Ratskeller*, da kriegen wir bestimmt was zu essen!«

»Au ja, das wird aber auch Zeit! Hol unsere Reisetasche aus dem Wagen und dann los.«

Martin und Sebastian sind mit der Partie Rathausschach fertig. Den *Torkel* haben sie gemeinsam ausgetrunken und ausgerechnet jetzt, wo sie nach Hause wollen, müssen sie diese Ordnungswidrigkeit entdecken! Da steht ein Auto quer vor der Ausfahrt.

»Ich fass es nicht!«

»Wir lassen das einfach so«, schlägt Martin vor. »Vielleicht ist es ja morgen weg.«

»Nee, so geht das nicht! Wir rufen den Abschleppwagen.«

Der Abschleppmann wirft einen Blick in den Wagen. »Die sind ja da, die sitzen bloß auf dem Rücksitz und pennen.«

»Ja, sturzbetrunken. Ich hab vorhin schon mal angeklopft. Die rühren sich nicht.«

»Nee, so was!«

Der Abschleppmann klopft an die Scheibe. Keine Reaktion.

»Die wollen wir hier nicht haben«, sagt Sebastian. »Nicht dass sie uns hier vor dem Rathaus irgendwo hinkotzen, wenn sie wieder wach werden. Außerdem haben wir Dienstschluss. Der Wagen muss hier weg.«

»Wie immer?«, fragt der Abschleppmann.

»Ja, wie immer. Stell den in Unna vor der Polizei ab, die werden sich da dann schon drum kümmern«, sagt Martin.

»Das hat ja blendend geklappt«, freut sich Ernst-August. Als sie vom Essen mit ihrer Tasche aus dem Ratskeller kommen, ist das Auto mit den schweigsamen Herren verschwunden.

»Wie geht es weiter?«, fragt Dieter.

»Morgen früh 6.20 Uhr mit der Air Berlin nach Rom. Vom Flughafen Dortmund-Wickede, ganz in der Nähe.«

»Und – wo kriegen wir solange ein Hotelzimmer her?«

»Gar nicht. Willst du dich etwa in Holzwickede noch irgendwo einloggen? Das ist mir zu heiß. Es ist doch Sommer. Wir setzen uns auf 'ne Bank und warten, dass es Morgen wird.«

Dieter kramt in der Reisetasche. »Wir haben ja auch noch die Pulle Wein, die uns der Boss mitgegeben hat!«

»Genau.« – Erst nach der Arbeit trinken, das hat er ihnen ausdrücklich eingeschärft.

Doch bevor sie den ersten Schluck nehmen können, werden sie schon gestört. »Entschuldigung, aber so geht das nicht! Sie können hier nicht in den Anlagen sitzen und sich betrinken!«

Dieter und Ernst-August sind nach langer und fruchtloser Diskussion mit den Ordnungshütern per Taxi zum Flughafen gefahren. Alles geschlossen natürlich, aber draußen gibt es Bänke. Und weit und breit niemand in Sicht, der sie vertreiben könnte. Dieter schraubt die Flasche auf und nimmt einen kräftigen Schluck.

»Der schmeckt aber komisch!«

»Der muss so schmecken. Das ist ein Barriquewein, im Eichenfass gelagert, ganz was Edles!«

»Eichenfass?« Dieter schnuppert. »Eisenbahnschwelle würde ich sagen!«

»Ach, du hast keine Ahnung!«

»He, lass noch was nach!« Egal wie der Wein schmeckt, ordentlich Alkohol hat er jedenfalls.

»Hast du das gelesen?«, fragt Sebastian.

»Ja. Das organisierte Verbrechen greift immer weiter um sich. Erst diese sechs Toten bei dem Mafia-Massaker in Duisburg und nun geht es hier bei uns auch los. Zwei Leichen in Unna und zwei drüben am Flugplatz.«

»Macht nichts«, sagt Sebastian. »Ist ja keiner dabei, den wir kennen. Und der Flugplatz heißt zwar Wickede, aber der gehört ja zu Dortmund. Wir haben vielleicht ein Glück! Pass mal auf, wenn das so weitergeht, haben wir auch im nächsten Jahr keine ungeklärten Todesfälle in Holzwickede!«

Christa Bernuth

Dunkle Straße, Kamen

Die Kirche der Heiligen Familie leerte sich allmählich unter triumphierendem Glockengeläut und der Priester begab sich in den Beichtstuhl. Er schloss die kleine Tür aus kunstvoll gedrechseltem Holz, zog den violetten Vorhang zu und setzte sich leise schnaufend. Es roch nach Staub, altem Stoff und etwas Undefinierbarem, vielleicht nach ihm selbst, seinem Körper, seinen Ausdünstungen. Ein unangenehmer Gedanke, so unangenehm wie dieser stickige, enge Ort, wo sich schon Generationen anderer Hirten mit den Sünden ihrer Schäfchen abgequält hatten. Die Kirche existierte seit über hundert Jahren. Und seit ein paar Wochen, seitdem sein Vorgänger in Pension gegangen war, war er nun an der Reihe, sich hier den geflüsterten, geraunten, manchmal auch aggressiv gezischten Bekenntnissen auszusetzen.

Kamen war seine Heimatstadt. Insofern schien diese Versetzung einer göttlichen Fügung zu gehorchen.

Zumindest wollte der Priester es so sehen.

Das Geläut der Glocken verstummte und schließlich betrat jemand den rechten Flügel des Beichtstuhls. Das Holz knarzte unter schweren Schritten, und als sich der Mann stöhnend gesetzt hatte – das Stöhnen war eindeutig männlich –, vernahm der Priester ein weiteres, seltsam irritierendes Geräusch. Es hörte sich an wie sehr tiefes, aufgeregtes Atmen, unrhythmisch und ein bisschen unnatürlich. Der Priester näherte sein rechtes Ohr dem Gitter, das ihn vom reuigen Sünder trennte, auf dass Letzterer unerkannt bliebe, und wartete auf dessen traditionelles »Im Namen des Vaters und des Sohnes und des Heiligen Geistes. Amen« – aber es kam nichts.

»Gott, der unser Herz erleuchtet, schenke dir wahre Erkenntnis deiner Sünden und Seiner Barmherzigkeit«, sagte der Priester schließlich. Als der andere immer noch schwieg und sich nur die befremdlichen Atemgeräusche verstärkten, fügte er mit seiner freundlichsten und vertrauenerweckendsten Stimme hinzu: »Was kann ich für dich tun, mein Sohn?«

Schweigen. Atmen. Dann: »Ich weiß nicht genau.«

Kein Raunen, kein Flüstern, ein Zischen.

Der Priester nahm sein Scheitelkäppchen ab und fuhr sich über den Kopf, ein zweckfreier Bewegungsablauf, den er dennoch täglich ein paar Dutzend Mal absolvierte, als wollte er sich ständig aufs Neue vergewissern, dass die paar kurz geschorenen Resthaare noch vorhanden waren. »Vielleicht erzählen Sie mir einfach, weshalb Sie hier sind«, sagte er, vom sakralen Du zum säkularen Sie übergehend, denn es war ihm inzwischen klar, dass sein unsichtbarer Nebenmann keine Ahnung von kirchlichen Ritualen hatte.

Schweigen. Atmen.

Dann: »Sie haben doch diese – äh – Schweigepflicht?«

»Das Beichtgeheimnis bleibt gewahrt. Darüber müssen Sie sich keine Sorgen machen.«

»Sie können nicht zur Polizei gehen?«

»Zur Polizei? Nein.« Der Priester schloss die Augen und ihm brach der Schweiß aus, obwohl es in der Kirche nach einem verregneten Frühling sehr kühl war. Er hatte sich immer vor einer Situation wie dieser gefürchtet – jeder Geistliche tat das vermutlich – und nun war es so weit.

Wieder hörte er den Atem des anderen, jetzt sehr nah an seinem Ohr.

»Das bleibt dann alles zwischen Ihnen und mir? Nur Sie und ich, sonst keiner?«

»Worum geht es denn?«, fragte der Priester. Das klang selbst in seinen eigenen Ohren recht ungeduldig, aber es stimmte ja, er wollte es schnell hinter sich bringen, er hoffte wider besseres Wissen, es handle sich um irgendetwas Banales, einen Diebstahl oder etwas Ähnliches, und nicht um …

»Mord.«

»Wie bitte?«

»Sie hat mich sehr gereizt«, wisperte die Stimme, plötzlich sehr, sehr leise, sodass der Priester sein Ohr noch näher ans Gitter halten musste, den Blick so strikt wie selten nach vorn gerichtet, um nur ja nichts Falsches zu sehen.

»Wer?«, fragte er und schluckte.

»Die Frau. Wir hatten uns verabredet. Sie wissen schon, dort, wo diese komischen Grabsteine gemacht werden ...«

»Sie meinen bei *Determann*? Neben den Bahngleisen?« Die Firma *Determann* war stadtbekannt für künstlerisch gestaltete Grabsteine und Skulpturen, die auf einem großen und liebevoll begrünten Areal besichtigt werden konnten.

»Nachts ist es da schön unheimlich, verstehen Sie?«

»Aha.«

»Ich mag das.«

Der Priester überlegte, ob es noch andere Beichtwillige gab, die im Gotteshaus beteten und warteten und nicht ahnten, in welcher Gefahr sie und ihr Hirte sich befanden. Schon um ihretwillen war es wichtig, dass er jetzt nicht die Fassung verlor. Er musste seine Angst in den Griff bekommen, vor allem aber das nervöse Zittern, das sich seiner Stimme stets bemächtigte, wenn er sich aufregte.

»Was ist denn eigentlich genau passiert?«, fragte er und versuchte, sonor und beruhigend zu klingen, denn vielleicht war der Mann einfach nur schwer gestört – zutiefst verwirrt von Wahnvorstellungen und Schuldgefühlen ohne realen Hintergrund.

»Sie war Bedienung in diesem Café am Alten Markt ... Ich hab sie dort nach Feierabend abgeholt, wir waren dann bei ihr ... Das ging ein paar Wochen gut. Dann nicht mehr.«

»Ich verstehe.« Vielleicht war der Mann auch kerngesund und log nur das Blaue vom Himmel herunter, um sich interessant zu machen. Der Priester hegte schon lange den Verdacht, dass sich eine bestimmte Sorte Menschen gern mit erfundenen Sünden brüstete. An diesen Strohhalm klammerte er sich jetzt.

Umsonst.

»Sie gab Widerworte«, zischte es von nebenan und das klang so bedrohlich, dass sich sämtliche Hoffnungen auf eine harmlose Erklärung zerschlugen.

»Was meinen Sie mit Widerworten?« Der Ausdruck weckte etwas, eine Erinnerung, vielmehr den Fetzen einer Erinnerung. Damals im Sommergraben, jener kleinen Kamener Bergarbeitersiedlung, in der er aufgewachsen war: Abendessen in der winzigen Stube neben der Küche. Ein früh ergrauter Vater, den die Schichten auf *Monopol* unter Tage so erschöpften, dass er bei den Mahlzeiten praktisch verstummte. Eine umso redseligere Mutter mit hagerem Gesicht und lodernden Augen, der die Hand immer wieder ausrutschte.

Weil sie *Widerworte* auf den Tod nicht ausstehen konnte.

»Die blöde Kuh. Sie hat alles verdorben«, flüsterte der Mann.

»Warum?«, fragte der Priester, obwohl er die Antwort gar nicht wissen wollte. Ein Gefühl des Aufbegehrens überkam ihn. Warum musste er sich so quälen lassen? Warum konnte er nicht einfach aufstehen und gehen und diesen Mann seinem Schicksal überlassen? Nun, schon allein deshalb nicht, weil er, so wie die Dinge lagen, wahrscheinlich nicht sehr weit kommen würde. Er stellte sich die Situation vor: Er mit flatternder Soutane durch das Kirchenschiff stolpernd, im Ohr die schweren Schritte, im Nacken den heißen Atem des Mörders …

»Sie wollte nicht mitspielen.«

»Mitspielen?« Er schüttelte die finster-komische Vision ab und wieder überkam ihn eine Erinnerung, nein eher ein Gefühl, ein brandiger Geruch, der sich zu einer Art innerer Film verdichtete: Kartoffelfeuer im Herbst, der Wind trug die Gerüche kilometerweit … Fußball auf feuchtem Gras … Klamme Finger, kalte Füße, Schweiß unter dem kratzigen Wollpullover, Schreie.

Gib den Ball ab, Idiot! Drück ihn rein! Jetzt!

»Wir sind über den Zaun geklettert. Zu den Grabsteinen. Es war ganz schön schwierig, die Maschen des Zauns sind sehr eng, man findet kaum Halt. Aber wir haben es geschafft.«

»Ja.« Er musste den Mann erzählen lassen, das war seine Aufgabe, auch wenn er die grässliche Wahrheit noch immer nicht wahrhaben wollte, seine blutgetränkten Ahnungen hartnäckig ins Reich der Fantasie verbannte.

»Der Mond hat geschienen, es war ganz hell. Ich konnte ihr Gesicht sehen. Sie hatte lauter Löcher im Gesicht, das waren die Schatten, und dann wollte sie sich nicht an das Kreuz fesseln lassen.«

»Welches Kreuz?«

»Der Grabstein, er steht da irgendwo am Zaun. Er sieht aus wie ein Kreuz. Man kann es sich einbilden. Sie wollte sich nicht dran fesseln lassen.«

»Wieso wollten Sie sie fesseln?« Es war etwas an der Sprache, an der Betonung der Worte …

»Scheiße, wieso denn nicht? Ein Spaß, ja? Bloß ein Spaß. Aber die Schlampe hat sich gesträubt wie ein Esel.« Das Zischen wurde stimmhafter, das s in ›gesträubt‹ und ›Esel‹ hörte sich plötzlich an wie ein englisches th. Hatte der Mann von Anfang an gelispelt? Nein, ganz sicher nicht.

»Was passierte dann?«, fragte der Priester, wieder bemüht ruhig und vernünftig.

»Ich hab sie … gewürgt.«

»Gewürgt??«

»… und sie wollte schreien, und das ging ja gar nicht, da kommen ja immer mal wieder Leute vorbei, und dann musste ich ihr den Mund zuhalten, und plötzlich …«

»Was?«, flüsterte der Priester, seine Kehle fühlte sich so trocken an, als würde er nie wieder ein lautes Wort sprechen können. »Was haben Sie getan?«

»Du weißt es doch.« *Du weithst es doch.*

Oh, mein Gott. Vater unser, der Du bist im Himmel.

»Damals an den Bahngleisen. Tu doch nicht so.«

Geheiligt werde Dein Name.

»Wir beide, du und ich an den Bahngleisen …«

Dein Reich komme.

»Sie hieß Marta … Oder Margit …«

Dein Wille geschehe. (Sie hatte Martina geheißen, und …)

»Wir wollten sie beide, aber sie hat geschrien, die blöde Kuh, geschrien wie am Spieß, und dann kam der alte Determann angerannt, weißt du noch, wie er über die Bahngleise gestolpert ist, mit seinem Stock in der Hand, und wie er gerufen hat: ›Hallo, was ist denn da los?‹«

Wie im Himmel, so auf Erden.

Martina hatte nach einem billigen Duftwässerchen gerochen und sie hatte Gänsehaut auf ihren nackten Armen gehabt und erst laut geschrien und dann nur noch gewimmert. Um Gnade gewimmert. Aber irgendwie war es dafür zu spät gewesen. Selbst Mitleid mit dieser armseligen Kreatur hatte beide nicht mehr stoppen können. Sie waren zwei gierige und vollkommen unerfahrene Jungen gewesen, beherrscht von einem Gedanken: Es musste jetzt passieren. Das, was sie sich in den billigen Heftchen vom Bahnhofskiosk angesehen, angelesen hatten. Das, was schmutzig war, namenlos und entsetzlich aufregend: Das wollten sie jetzt tun, mit irgendwem. Und Martina war gerade greifbar gewesen, ein liebes, dummes Mädchen, das niemand richtig mochte und das sich schon allein deshalb willig zu den Bahngleisen hatte mitnehmen lassen.

»Du weißt doch noch, was wir gemacht haben, du weißt es doch« – *weithst es doch* – »was, Egon Kramer? *Pfarrer* Egon Kramer? Na?!«

Vierzig Jahre auf den Tag genau. Eine lange Zeit. So lange, dass es genau genommen nicht mehr wahr sein konnte. Denn der Priester Egon Kramer war doch ein vollkommen anderer Mensch als der unsichere, von schwerer Akne geplagte sechzehnjährige Junge, an den er sich kaum noch erinnern konnte.

»Warum bist du hier?«, fragte der Priester mit heiserer Stimme, während sich die Tür zu seinen Erinnerungen immer weiter öffnete, sodass er unwillkürlich an den heiligen Antonius von Padua denken musste, dessen liebenswert bescheidene Statue nah beim Eingang der Kirche stand und der als Schutzherr der

Bergleute verehrt wurde. Aber wer sich etwas besser auskannte, wusste, dass der heilige Antonius auch für diejenigen da war, die Hilfe dabei brauchten, Verlorenes wiederzufinden. So wie der Priester die verlorenen vierzig Jahre seit dem 22. Mai 1968 gerne wiedergefunden und anders gelebt hätte. Denn nun war ihm klar, wie vertan sie allesamt waren, schon deshalb, weil ihn ja keineswegs nur echter Glaube auf seinem dornigen Weg in den Schoß der Kirche geleitet hatte. Sondern es doch immer vor allem darum gegangen war, sich von einer immensen Schuld reinzuwaschen.

Jahrelang hatte er angenommen, auf diese Weise seine Rückstände vor Gott dem Herrn abarbeiten zu können. Und irgendwann im Laufe der Zeit, die doch angeblich alle Wunden heilte, war es ihm tatsächlich so vorgekommen, als würde Gott Milde walten lassen bezüglich seines reuigen Sohns. Immer dann, zum Beispiel, wenn er wieder am Bett eines Todkranken saß, den Schmerzgequälten tröstete, ihm, bis zum Rand gefüllt mit göttlicher Liebe, beistand, auf dass der Sterbende nicht allein blieb mit seiner kreatürlichen Angst vor dem schwarzen Nichts nach dem Ende der physischen Existenz.

Und der Priester hatte die Gelegenheit immer im Sinne seiner Kirche genutzt, gerade bei Schäfchen, die sich durchaus nicht bekehren lassen wollten. Eine Zeit lang hatte er sogar Listen geführt, lange Aufstellungen mit den Namen und den nunmehr vergebenen Sünden jener Ungläubigen, die er in ihrer allerletzten Stunde doch noch Gott hatte zuführen können. Und ja: Er hatte daran geglaubt, auf diese Weise seine Schuld Schicht für Schicht abtragen zu können, so lange, bis sie irgendwann bis auf den letzten Rest getilgt sein würde.

Aber er hatte die Zinsen nicht bedacht. Sie waren in vierzig Jahren in astronomische Höhen gewachsen und überstiegen die ursprüngliche Summe um ein Vielfaches.

»Helmut Bagusat«, flüsterte der Priester. Helmut Bagusat hieß der Mann, den er nicht sehen konnte. Damals sein bester, weil einziger Freund. Heute seine Nemesis.

»Zu Ihren Diensten«, sagte Helmut Bagusat, ironisch und in beinahe normaler Lautstärke, als wollte er demonstrieren, dass die Zeit des Theaterspielens vorbei war.

Zu Ihren Dienthten. Das war früher so eine Art Leitspruch von ihnen gewesen, wie ein Erkennungssatz, der ihre Freundschaft besiegelte. Jetzt hörte man das Lispeln richtig deutlich heraus und dem Priester lief es kalt den Rücken herunter, während er sich wieder über den Kopf fuhr, jene Stelle, die früher ein dichter Haarschopf geziert hatte, den er nun wieder zu spüren glaubte, drahtig, kraftvoll und fettig von der stinkenden Pomade, mit der früher Jungsfrisuren malträtiert wurden. Überhaupt war plötzlich alles wieder da, alles ganz, ganz nah: das Mädchen, ihr hässliches Gesicht mit der unreinen Haut, ihre dicken, weinerlich verzogenen Lippen, ihr Geruch nach Angst, ihr Keuchen, ihr Jammern *(... bitte, bitte, ich muss nach Hause, die Mama schlägt mich tot ...)*. Wieder legte Egon Kramer, der Junge, die Hände um ihren glitschig verschwitzten Hals, nicht um sie zu töten (nein, ganz bestimmt nicht!), sondern damit sie aufhörte, diese Geräusche zu machen. Damit sie wenigstens so lange ruhig blieb, bis sie das getan hatten, was sie tun mussten. Wieder spürte er, wie Helmut Bagusat ihn zurückriss, dann Martinas Kopf packte und ihn so lange an das Gleis schlug, bis ihr Körper erschlaffte. Wieder fragte er sich, warum er nichts unternommen hatte, Helmut nicht in den Arm gefallen war, es einfach so hatte geschehen lassen.

»Was willst du?«, fragte er und hörte den anderen schon kichern, bevor er zu Ende gesprochen hatte.

»Ich will, dass du leidest.«

»Was?«

»Ich hatte ein Scheißleben. Dieser Zwang zu töten, er hat mich nie losgelassen, nie. Und jetzt bist du dran. Jeder weitere Mord geht jetzt auf dich.«

»Was meinst du damit, um Gottes willen?«

»Was denkst du denn?«

Ein entsetzlicher Verdacht stieg im Priester auf, nein kein

Verdacht, längst eine Gewissheit: Helmut Bagusat war ein Mörder und blieb ein Mörder, er konnte gar nicht anders, vermutlich überkam ihn die Lust an der schlimmsten aller Todsünden in regelmäßigen Abständen. Er würde also weiter töten und jetzt, nach seinem Geständnis, ihn zum Mitschuldigen machen. Ihn, den Priester, der nicht reden konnte, ohne das heilige Beichtgeheimnis zu verletzen, ihn, der nicht reden konnte, ohne sein eigenes, sorgsam aufgebautes Leben zu zerstören. Wegen einer schrecklichen Dummheit vor vierzig Jahren, für die man damals Zigeuner oder Wanderarbeiter verantwortlich gemacht hatte, nachdem alle Ermittlungen im Sande verlaufen waren.

»Das kannst du nicht tun«, sagte er, aber er spürte, wie alle Muskeln in ihm erschlafften.

Wieder lachte der andere. »Ich kann alles tun, was ich will.«

Der Priester hörte den anderen aufstehen. Hörte, wie er den Beichtstuhl verließ. Blieb sitzen, während sich der andere entfernte.

Und dachte an sein Leben. Nicht aufregend, aber kommod. Ohne große Höhepunkte, aber mit vielen kleinen, freundlichen Details angefüllt, die ihm jetzt unendlich wertvoll erschienen, auch wenn sie ihm in der Summe kein großes Glück beschert hatten.

Er erhob sich ächzend.

Und seltsam: Plötzlich ging es ihm ein wenig besser. Die Schleier der Verzweiflung lüfteten sich, während er durch das leere Kirchenschiff nach draußen eilte, dem gravitätischem Hall seiner Schritte auf dem glatten Steinboden lauschend.

Denn man konnte es natürlich auch so sehen: Offenbar war die Leiche der Frau weder bei *Determann* noch sonst wo gefunden worden, sonst hätte er längst davon gehört. Vielleicht – möglich war es doch! – würde man sie nie finden. Vielleicht gab es sie nicht einmal. Vielleicht war Helmut Bagusat einfach nur ein Angeber, ein seelisch kranker Versager, der nichts zuwege gebracht hatte, schon gar keinen weiteren Mord, und der lediglich seinen sadistischen Spaß daran hatte, jenem Menschen, der es weiter gebracht hatte als er, die Seelenruhe zu rauben.

Nun gut: Bagusat hatte sich lange Zeit damit gelassen. Vierzig Jahre. Aber das mochte einen Grund haben. Vielleicht gab es einen Auslöser. Vielleicht hatte es einen Todesfall in seiner Familie gegeben, vielleicht hatte er seinen Arbeitsplatz verloren oder seine Frau.

Langsam ging Pfarrer Egon Kramer durch die Dunkle Straße – eine seltsame Adresse für eine Kirche, aber zu seiner Stimmung passte sie hervorragend – nach Hause. Heim in den Sommergraben, wo er so lange wohnen wollte, bis das Pfarrhaus fertig renoviert sein würde. Das kleine Reihenhaus hatte er von seinen Eltern geerbt. Es sah immer noch so aus wie im Mai 1968, als seine Kindheit zu Ende gegangen war.

Er würde auch das Haus renovieren lassen. Falls die Leiche der Frau nicht gefunden würde, würde er das als Zeichen des Himmels nehmen, dass ihm verziehen worden war.

Auf dem Weg kam er an einem Kiosk vorbei. Eine Schlagzeile schien ihn förmlich anzuschreien. *Kamener Kellnerin seit Tagen vermisst! Die Polizei bittet um Mithilfe!*

Henrike Heiland

Leaving Lüdenscheid, oder: Opa muss weg

Also das war so: Der Opa hatte plötzlich Internet. Mit fünfundsechzig. Nee klar! Und was machte er als Erstes? Suchte sich eine Thai. Schrieb auf einmal Tag und Nacht E-Mails und chattete und schickte Fotos und Zeug hin und her.

Ich erzählte Papa davon, als wir gerade aus so einer neuen Kneipe in der Altstadt gekommen waren und über den Graf-Engelbert-Platz gingen. Der ist ja, wenn es dunkel wird, immer so schön beleuchtet: fast blaues Licht, das wie Mondlicht sein soll, und dann die Laternen auf alt gemacht und mit ganz warmem Gelb und rundherum einzelne Gebäudeteile bunt, wo die Farben auch mal wechseln. Ich dachte damals jedes Mal, wenn ich da langging, so was will ich später auch machen, und deshalb sagte ich zu Papa: »Vielleicht lässt mich der Opa bei sich am Haus auch mal so was ausprobieren. Bloß blöd, dass der gerade vor lauter Internet für nichts mehr 'nen Kopf hat.«

So hörte Papa zum ersten Mal vom Opa und dem Internet, und klar, er war alles andere als begeistert. Weil: Wenn der Opa sich so eine Mai Ling aussem Katalog rüberholen würde, dann könnten wir sein Haus vergessen. Und zwar komplett.

Der Plan mit dem Haus war nämlich, dass der Opa sich irgendwann mal eine schicke Seniorenwohnung im Zentrum nehmen sollte und wir dann in sein Haus ziehen. War ja sowieso viel zu groß für ihn, seit die Oma gestorben war.

Das mit dem Haus muss ich vielleicht mal erklären. Es steht in der Parkstraße, gleich beim Stadtpark. Einfamilienhaus, Dachgeschoss ausgebaut, Garage, voll unterkellert, Rasen drum herum mit Bäumen und Sträuchern und einer Buchsbaumhecke. Zweihundertfünfzigtausend, unter Freunden. Das *Hotel Mercure* ist in der Nähe, wo die Geschäftsleute absteigen. Zum Beispiel Kunden von meinem Chef, also der, dem die Firma gehört, wo ich Ausbildung mache. Elektroniker. *Wir verkaufen Licht, nicht*

Leuchten – haben Sie bestimmt schon mal was von gesehen. Weltweit machen wir Licht, sogar bis nach Schottland und Dubai, und auch in Berlin das alles. Doch, haben Sie garantiert schon mal was von gesehen, im Fernsehen oder so.

Jedenfalls, drei Wochen nach dem Internet fing der Opa auch noch damit an, dass hinterm Haus ein Teich hinsollte. Für Goldfische. Das war ein schlechtes Zeichen, weil auf einmal überhaupt keine Rede mehr war von der Seniorenwohnung. Papa fand das einen Skandal, wie der Opa sich plötzlich aufführte. Mit der Thai und mit dem Teich.

Ich sagte also zu Papa: Noch länger in dieser dunklen, engen Mietsbude in der Schlachthausstraße halte ich nicht aus. Und Papa nickte nur.

Die Schlachthausstraße liegt ein bisschen näher dran an der Stadt wie die Parkstraße, nur eben auf der anderen Seite. Kann man ganz locker laufen, wenn man mal abends mit den Kumpel in der Altstadt was trinken war. Ich hing ja ganz gern in der Altstadt ab. Manchmal saßen wir nachts im Rosengarten rum, der gar kein Garten ist, und Rosen gibt's da auch nicht. Es ist eigentlich nur ein großer Platz vorm *Brauhaus Schillerbad.* Im Sommer stellen die Stühle raus. Und sie haben im *Schillerbad* auch *Premiere,* da kann man beim Biertrinken die Spiele angucken. Oder auf dem Rathausplatz, da hingen wir dann manchmal noch so richtig spät ab, wenn wir gut drauf waren, und machten Faxen, wenn das Licht wechselte, weil wir wussten, dass da eine Webcam von der Stadt war und uns aufzeichnete, und vielleicht sah uns ja einer zu.

»Der geht da nie raus«, sagte Papa auf einmal und klang ganz düster. »Und wenn der noch mal heiratet …«

Alles klar. Wir brauchten einen Plan B.

»Also?«, fragte ich.

»Na!«, sagte Papa.

Wir schwiegen einen Moment und dann, ich schwöre es, sagten wir gleichzeitig: »Opa muss weg.«

»Wie geht das eigentlich mit diesem Internet?«, fragte Papa.

Ich hatte natürlich auch Internet zu Hause, und so sind wir dann schnell auf Gift gekommen. Weil: In einem Artikel stand, dass in Deutschland viele Morde unentdeckt bleiben, weil die Ärzte ziemlich schlampig bei der Feststellung von der Todesursache sind.

»Also Gift, ganz klar!«, sagte auch Papa. »Keine Wunden, und bei dem Alten macht sowieso keiner eine Autopsie. Und außerdem: Wenn's rauskommt, denken alle, es war eine Frau, weil Frauen immer mit Gift morden.«

Ich fragte ihn, welche Frau die Polizei verdächtigen sollte, weil da ja wohl nur die Mama infrage kam, aber Papa zuckte nur die Schultern: »Nicht unser Problem, Junge, wir müssen erst mal gucken, welches Gift da so am besten ist.«

Insulin eigentlich, aber das muss man spritzen. Arsen, Ricin, Strychnin, das war alles nicht so ganz das Richtige, also sind wir dann bei Digitalis hängen geblieben, obwohl im Internet stand: *Eignet sich nur bedingt zum Mord* (doch, echt, stand da!), *wird in acht von zehn Fällen erkannt.*

»Egal«, meinte Papa, »sind wir eben bei den zwei anderen Fällen.«

Papa wollte sich um alles kümmern: Privatrezept aus der Praxis von Dr. Hühnerscheid klauen, was nicht so ein Problem war, weil Dr. Hühnerscheid die Rezepte immer blanko und unterschrieben vorne an der Rezeption rumliegen hat. Im Internet suchte ich Papa dann raus, wie er das Rezept ausfüllen musste.

Als ich dann noch las, dass die meisten Rezeptbetrügereien in Hamburg und Berlin, aber auch im Pott abgingen, war klar: Papa fährt nach Bochum, da geht das sicher über die Bühne. Eine Woche später hatten wir das Digitalis.

Bloß: Wir hatten uns aus Versehen Tabletten verschrieben und nicht Tropfen. Das war blöd, aber auch kein wirkliches Drama. »Plan B!«, sagte Papa. Klein stampfen.

Ich hab das dann gemacht, und keine Ahnung, was da passiert ist – jedenfalls war am Abend die Hälfte von dem Pulver weg, und der Mama ging es so mies, dass sie sich übergeben musste und wie tot ins Bett fiel.

Der Papa meinte, das würde schon wieder werden, und hat sich *Armageddon* auf DVD reingezogen. Nee klar – der hatte keinen Bock auf Stress mit der Mama. Weil: Die beiden hatten eigentlich in letzter Zeit immer Stress. Und am nächsten Morgen war die Mama ja auch wieder in Ordnung.

Ich fing also an, am Vormittag die Berufsschule blauzumachen und beim Opa vorbeizugehen. War eh viel zu schönes Wetter, zehn Grad schon in aller Frühee und es war noch nicht mal richtig hell. Wie warm es war, konnte ich am Funkturm sehen, der hat nämlich am Schaft drei Lichtpunktskalen, die in Zweigradschritten die Temperatur anzeigen. Das schöne Wetter musste man ausnutzen, so oft, wie das sonst bei uns regnete. Doch echt, das ist immer so: Überall scheint die Sonne, aber hier pisst es. Lüdenscheid – das Regenloch des Landes! Vielleicht, weil es so zwischen den Bergen liegt, und dann haben wir in der Stadt selbst auch noch einen Höhenunterschied von dreihundert Metern. Das muss man sich mal reinziehen.

Ob ich ihm mit dem Teich helfen könnte?, fragte ich den Opa, als ich bei ihm war.

Er war erst ganz komisch und wollte wissen, ob sie mich bei der Arbeit rausgeschmissen hätten.

Ich sagte ihm, nee, es wäre nur so, dass ich mich in Wirklichkeit auch für Gartenbau interessierte, aber wir in der Schlachthausstraße nun mal keinen Garten hätten. Und dass ich eigentlich auch gern Landschaftsgärtner geworden wäre statt Elektroniker.

Der Opa schwieg einen Moment und sagte dann: »Junge, du wärst mir eine große Hilfe.«

In dieser Woche führte ich so eine Art Ritual ein: Der Opa und ich tranken immer erst einen Kaffee zusammen, und dann ging ich raus in den Garten und buddelte die Grube für den Teich.

Einmal fragte ich Papa, was passieren würde, wenn der Opa merkte, dass da was in seinem Kaffee war?

»Mama hat's auch nicht gemerkt«, sagte Papa und ich dachte: Ach so.

Er sagte, ich solle dem Opa das Pulver morgen in die Tasse rühren, ganz unauffällig.

Am nächsten Tag setzten wir uns also ins Auto und fuhren zusammen zum Opa. Papa quatschte ihn voll, alles Mögliche über Goldfische und Seerosen und Wasweißich, und ich machte uns eine Tasse Kaffee – die für den Opa natürlich zuletzt, damit ich nichts durcheinanderbrachte. Als ich die Tasse für den Opa hingestellt hatte, wollte Papa plötzlich unbedingt zum Teich, also zur Grube, und ich sagte ihm: »Komm, ich zeig's dir.«

Der Opa blieb in der Küche bei seinem Kaffee.

»Wir müssen hier draußen bleiben, wo uns die Nachbarn sehen können!«, sagte Papa leise. »Dann können wir gleich auf überrascht machen und um Hilfe rufen, wenn wir ihn finden.«

»Aber hier hinten sehen uns keine Nachbarn«, sagte ich und dachte daran, wie der Opa jetzt um Luft ringen und sich die Hand auf die Brust pressen würde.

»Okay!«, sagte ich dann. »Plan B: Wir müssen vors Haus.« Papa wollte aber erst noch eine rauchen.

Also standen wir hinterm Haus, Papa rauchte, die Zigarette zitterte in seiner Hand, wenn er sie aus dem Mund nahm, und dann gingen wir nach vorne und taten so, als interessierten wir uns für die Buchsbaumhecke zum Nachbargrundstück.

Zehn Minuten waren vorbei, aber zur Sicherheit wollten wir uns so ungefähr eine halbe Stunde hier draußen herumdrücken. Für die Zeit danach hatten wir eine genaue Vorstellung: Ich würde abspülen und frischen Kaffee machen, den sie dann ruhig untersuchen konnten (ganz schön schlau, was?), und Papa würde Dr. Hühnerscheid anrufen. Er war der Hausarzt vom Opa und wir dachten, er veranlasst dann alles Weitere. Wir hatten also für alles einen Plan.

Nur nicht dafür, dass der Opa auf einmal quietschfidel aus

der Haustür kam und rief: »Ich muss noch mal zum Vereinsheim!« Dann sprang er in seinen Mercedes. Papa und ich, wir guckten uns blöde an. Niemand, nicht mal der Opa, kann nach so einer Menge Digitalis noch so lustig durch die Gegend laufen.

»Vielleicht kippt er im Auto um«, murmelte Papa, aber da sagte der Opa: »Ach, geht doch mal rein, da ist der Erwin, der wartet kurz, bis ich wiederkomme.«

Das mit dem Erwin muss ich vielleicht noch erklären: Der Erwin war der Vizebürgermeister von Lüdenscheid und ein guter Kumpel vom Opa. Die beiden klebten schon seit Jahrzehnten zusammen wie Pech und Schwefel, Schützenverein und so weiter. Außerdem organisierten sie das Stadtfest mit, das ist das allergrößte Event hier, ehrlich, und wenn man ihnen glauben durfte, hatten sie es sogar erfunden, damals vor über dreißig Jahren.

»Der Erwin?«, rief Papa, und ich schwöre, er hat gestottert.

Der Opa winkte uns zu sich ans Autofenster: »Der Erwin hat doch was mit der Doris, und gestern Nacht haben sie im Vereinsheim, ihr wisst schon. Da hat er sein Jackett liegen lassen, und jetzt traut er sich nicht, selbst hinzufahren. Offiziell war er nämlich gestern ganz woanders. Also fahr ich hin und sag, es ist meins. Alles klar?«

Dann fuhr er los, und wir standen da mit offenen Mündern und verstanden erst mal gar nichts mehr. Ganz besonders nicht, dass der Erwin mit der Doris (das ist die Frau vom Supermarktleiter Lübke), also wie die beiden – nein.

»Scheiße!«, sagte Papa auf einmal. »Wenn jetzt der Erwin den Kaffee …?«

Wir fanden den Erwin in der Küche tot auf dem Boden, und mir war klar, dass wir wieder einen Plan B brauchten. Also fing ich schon mal an, die Tassen zu spülen. Papa stand vor dem Erwin und starrte auf ihn runter.

»Ruf doch den Dr. Hühnerscheid«, sagte ich.

Aber Papa schüttelte den Kopf: »Das geht nicht, nicht beim Vizebürgermeister, da machen die garantiert 'ne Obduktion, und dann sind wir einer von den acht Fällen, die sie entdecken.«

»Ja und jetzt?«, fragte ich und trocknete die Tassen ab.

Papa sagte: »Los, pack mit an, Junge!«

»Ja wie jetzt? Und wohin?«

»In den Teich, Junge, in den Teich!«, zischte Papa.

Eine halbe Stunde später hatten wir den Erwin mehr oder weniger vollständig verscharrt. Natürlich war die Grube nun nicht mehr so tief wie vorher.

»Ist ja nur vorübergehend!«, sagte Papa. »Da fällt uns noch was ein. Wir müssen nur aufpassen, dass der Opa …«

Aber da kam der Opa auch schon wieder zurück, mit dem Jackett vom Erwin, und wollte wissen, wo sein Kumpel war.

Wir faselten was von wegen, ihm wär eingefallen, dass er noch schnell wohin musste.

»Ach, dann hat der heute die Besprechung wegen der Lichtrouten«, murmelte Opa. »Die wissen ja nicht, ob sie die noch finanziert kriegen. Tja, dann ist er halt schon weg.«

Wir zuckten nur die Schultern. Einfach dumm stellen, wenn uns einer fragt, hatte Papa schließlich zu mir gesagt, sollen doch die von der Polizei sehen, wo sie suchen. Wo kein Motiv ist, wird auch nicht nach einer Leiche gegraben.

Für den Opa brauchten wir aber jetzt auch einen neuen Plan B. Ich surfte ein bisschen rum und fand dann: Haushaltsunfälle! Zu Hause passierten die meisten Unglücke, und nicht wenige endeten tödlich. Besonders so Geschichten mit Strom und Wasser. Und mit Strom kannte ich mich ja zum Glück aus. Da ließ sich doch bestimmt was machen. So von wegen Kabel vom Gefrierschrank im Keller liegt blank, Waschmaschinenschlauch ist undicht, Wasserlache steht unter Strom.

»Super Plan!«, sagte Papa und ließ mich machen.

Also war ich wieder jeden Morgen beim Opa zum Teichbuddeln (und um aufzupassen, dass dem Erwin nichts passierte, weil uns für ihn so schnell nichts anderes eingefallen war).

Zwischendurch ging ich immer mal wieder runter in den Keller, um mir was zu trinken zu holen. Sagte ich dem Opa. In

Wirklichkeit bereitete ich alles mit der Waschmaschine und dem Kabel vom Gefrierschrank vor. Wenn man weiß, was zu tun ist, geht das ruck, zuck.

Der Wäschekorb mit schmutzigen Sachen war schon randvoll, also dachte ich: Warum nicht jetzt?, und rief nach oben: »Soll ich dir die Waschmaschine anstellen?« Und er rief zurück: »Junge, was machst du denn im Waschkeller?« Ich sagte: »Nur so!«, und er sagte: »Na klar, Junge, du denkst aber auch an alles, hätt ich dir gar nicht zugetraut so was, bist ein guter Junge.«

Wenn der gewusst hätte!

Ich machte die Waschmaschine voll, stellte das Ding an und schickte Papa eine SMS. Alles lief super diesmal. Hätten wir mal gleich draufkommen sollen.

Ich ging wieder raus in den Garten und buddelte an der Grube für den Teich rum. War ein bisschen schwierig, weil ich immer um die Stelle rumbuddeln musste, wo der Erwin lag.

»Komisch, dass der Erwin sich noch nicht gemeldet hat!«, sagte der Opa plötzlich direkt hinter mir. Mann, hab ich mich erschrocken!

»Ach, der wird schon noch«, sagte ich und klopfte mit der Schaufel die Erde über dem Erwin ein bisschen fester.

»Zu Hause ist er auch nicht!«, meinte der Opa. »Seine Frau hat angerufen und gefragt, ob ich was weiß.«

»Vielleicht ist er mit der Doris durchgebrannt?«, meinte ich. Ich war total nervös, weil ich gerade denken musste: Verdammt, hoffentlich hat der Erwin kein Handy dabeigehabt, sonst klingelt's gleich in der Grube, weil ihn wer anruft.

»Was issen mit seinem Handy?«, fragte ich deshalb ganz vorsichtig.

»Hat er zu Hause liegen gelassen«, meinte der Opa und kratzte sich am Kopf: »Hoffentlich geht seine Frau nicht ran, wenn die Doris ihn anruft.«

»Die sind bestimmt zusammen durchgebrannt!«, sagte ich wieder, jetzt viel entspannter, aber der Opa seufzte: »Nee, die Doris hat mich auch schon angerufen, weil sie ihn sucht.«

»Ähm«, sagte ich, weil: Mehr fiel mir dazu auch nicht ein.

Und dann meinte der Opa, dass er es ganz toll fände, wie ich mich um seinen Teich kümmerte, und was er für einen guten Enkel habe, einen besseren könne er sich nicht wünschen, außer vielleicht, dass ich Abitur gemacht hätte. Damit ging er dann wieder rein ins Haus.

Ich klotzte also weiter richtig ran und hatte voll gute Laune, weil ich dachte: Prima, diesmal klappt es, und ich hab es ganz alleine geschafft, und das mit dem Erwin regeln wir auch noch.

Mittags ging ich in die Kantine. In Wirklichkeit ist das natürlich das *McDonald's,* aber in der Firma tun wir immer so, als wäre das unsere Kantine, weil das direkt nebenan ist. Außerdem haben wir das Licht in dem Laden installiert – der einzige *McDonald's* auf der ganzen Welt, der ein anderes Licht hat als alle anderen. Das ist schon ein sehr cooles Ding, find ich, das mit dem Licht in Lüdenscheid.

Aber als ich da so mit meinem Cheeseburger saß, tat es mir irgendwie doch ein bisschen leid, dass der Opa heute sterben würde. Gerade jetzt, wo er mir gesagt hatte, dass ich ein guter Junge sei. Eigentlich war er gar kein so schlechter Kerl, wie Papa immer sagte.

Ich ließ meinen Cheeseburger liegen und ging raus, nicht direkt zur Firma rüber, sondern erst mal runter an die Heedfelder Straße. Ich rannte einfach über das Feld bis zum Wald, weil ich irgendwie allein sein musste. Ich hörte die Autos von der Sauerlandlinie, das ist immer ein festes Geräusch im Hintergrund, als Lüdenscheider gewöhnt man sich schnell dran. Es beruhigte mich sogar, und als ich eine halbe Stunde zu spät in die Firma kam, dachte ich, dass schon alles in Ordnung kommen würde, wenn es nach Plan ging.

Kurz vor Feierabend kam dann der Geschäftsführer persönlich zu mir runter ins Lager, wo ich die Kleinteile sortierte, die wir den Kunden immer in Rechnung stellen, und sagte: »Junge, fahr mal schnell zu deinem Opa. Und die nächsten zwei Tage haste frei.«

Ich sah ihn ganz groß an, obwohl ich genau wusste, was los war.

»Ein Unglück!«, sagte er nur. »Fahr mal, ich hab dir ein Taxi geholt, das zahl ich dir, Junge.«

Das Taxi stand schon vor der Tür. Erst durch die ziemlich triste Gegend um die Firma herum, dann rein in die Stadt, die Häuser standen immer dichter, und die Straße wurde immer voller. Dann rechts in die Winkhauser Straße rein, die mündet hinter dem Frankenplatz in die Parkstraße, wo sich alles ändert: Erst noch die großen Mietshäuser, dann die netten ruhigen Einfamilienhäuser wie das vom Opa.

Da wohn ich jetzt bald!, dachte ich, und ehrlich, ich fand die Vorstellung auf einmal gar nicht mehr so klasse, weil: Ich war so was von traurig wegen dem Opa.

Vorm Haus standen ein Krankenwagen, ein Leichenwagen, das Auto vom Dr. Hühnerscheid und ein Streifenwagen. Da wurde ich doch ein bisschen nervös. Mit Polizei hatte ich nicht gerechnet.

Und dann dachte ich, ich bekomme einen Infarkt, als der Opa mir entgegengerannt kam. Ich muss ganz bleich geworden sein, und er sah das auch und sagte: »Junge, es tut mir so leid, komm erst mal rein, die Polizei ist gekommen, setz dich hierhin, dein Papa ist auch da.«

Drinnen kamen die Polizisten aus dem Keller, Papa war hinter ihnen. Dr. Hühnerscheid unterhielt sich mit den Sanitätern, die verzogen sich dann auch bald wieder.

Ich starrte nur alle an, wie sie sich leise unterhielten und mich immer wieder anschauten und gleich wegschauten und dem Papa traurig die Hand schüttelten, der dauernd sagte: »Der arme Junge, sehen Sie, wie weiß der im Gesicht ist, der klappt uns noch zusammen.«

Dr. Hühnerscheid wollte mir dann was zur Beruhigung geben, und ich sagte: »Ich weiß doch nicht mal, was passiert ist.«

Papa zu Dr. Hühnerscheid: »Da haben Sie's! Wie durcheinander er ist!« Und zu mir: »Junge, alles wird gut!«

Dr. Hühnerscheid setzte sich zu mir an den Küchentisch und füllte ein Formular aus, und ich konnte erkennen, dass es ein Totenschein war. Und er schrieb den Namen von der Mama rein. Im selben Moment konnte ich sehen, wie die vom Bestatter einen Sarg aus dem Keller raustrugen.

»Die haben dir das gar nicht gesagt, in der Firma?«, fragte der Opa leise und legte mir einen Arm um die Schultern.

»Nee!«, sagte ich. »Mama? Wieso das denn?«

»Der Wasserschlauch von der Waschmaschine war lose«, sagte Dr. Hühnerscheid, »und von der Gefriertruhe war ein Kabel nicht mehr astrein isoliert.«

Ich dachte nur: Scheiße, ich hab Mama umgebracht. Dafür stecken sie dich jetzt in den Knast.

Und da sagte der Opa: »Du denkst, du hast die Mama umgebracht, wegen der Waschmaschine.«

Ich nickte, obwohl ich gar nicht nicken wollte. Keine Ahnung, wann ich vorher das letzte Mal geheult hab, aber da konnte ich echt nicht anders als heulen, wegen Mama und auch ein bisschen, weil ich Angst vor der Polizei hatte. Die kamen gerade in die Küche.

»Das ist der Junge?«, fragte der eine, Hempe hieß der, glaub ich. »Junge, tut mir echt leid für dich.«

Ja mir auch!, dachte ich. Nun mach schon, lies mir meine Rechte vor oder was jetzt kommt.

»Ausgerechnet die Mama!«, sagte der Hempe. »In deinem Alter rechnet man noch nicht mit so was. Aber Haushaltsunfälle passieren dauernd, Junge. Ich würde sagen, wir lassen euch jetzt mal alle alleine.«

Papa brachte sie raus, und ich dachte mir: Was hab ich denn da für ein verdammtes Glück gehabt!? Dass die das nicht kapiert haben!?

Aber davon wurde Mama auch nicht wieder lebendig. Ich heulte jetzt so richtig los, heulte und heulte und bekam um mich herum nichts mehr mit.

Der Opa legte mich aufs Sofa. Da duselte ich rum, bis der Papa sich gegen Mitternacht zu mir setzte und flüsterte: »Ich dachte, das ist unauffälliger, wenn ich Mama hier vorbeischicke, dann ist noch wer im Haus, wenn er seinen Unfall hat. Wirkt authentischer, weißte …«

Nee klar. Das war der Moment, in dem ich kapierte, dass der Papa seinen eigenen Plan B gehabt hatte. Dass er nämlich vorgehabt hatte, nicht nur den Opa, sondern auch Mama umzubringen. Und mich hatte er dafür eingespannt.

Papa merkte, dass ich ganz komisch wurde, und sagte: »Junge, keine Sorge, wir sind raus aus der Sache! Den Erwin findet nie einer, und das mit Mama ist ganz offiziell ein Unfall. Jetzt muss nur noch der Opa weg, dann haben wir freie Bahn, wir zwei!«

Ich sagte: »Hast sicher auch schon einen Plan, wie?«

Papa nickte: »Du, der Plan ist so was von banal, noch banaler als deiner mit dem Strom und dem Wasser. Ich schick ihn in den Keller, Fläschchen Wein holen auf die Aufregung, wir schubsen ihn die Kellertreppe runter und sagen, er ist gefallen. Weil er noch ganz schwach war vom Schock wegen Mama, alles klar?«

»Klar«, hörte ich mich sagen. »Super Plan.«

Er grinste mich an und klopfte mir auf die Schulter. Dann stand er auf: »Du, ich mach das jetzt. Warum warten?«

Also ums kurz zu machen: Ich hab ihm die große Vase aus dem Flur auf den Kopf gehauen, bevor er den Opa runterschubsen konnte.

Der Opa hat erst gar nicht kapiert, was da hinter ihm passiert ist. Aber dann habe ich ihm alles erzählt. Dass Papa die Mama auf dem Gewissen hatte, und den Erwin auch, und dass er jetzt ihn hatte schubsen wollen. Meine Rolle hab ich, ehrlich gesagt, ein bisschen, ich drück das mal so aus, runtergespielt. Der Opa sah mich an, als ich fertig war, und stellte gar keine Fragen, sah mich einfach nur an und meinte dann: »Was machen wir denn jetzt mit dem Kerl?«

Ich sagte: »Teich?«

So landete dann Papa gleich neben dem Erwin im Teich, aus dem nie ein Teich wurde, sondern ein Rosenbeet, weil wir die ganze Erde wieder in die Grube reingeschaufelt haben. Die Rosen wachsen ganz prächtig, jedenfalls auf einer Seite. Auf der anderen nicht so toll, das ist die Seite, auf der der Erwin liegt. Der Opa meint immer: »Vielleicht vertragen die das Digitalis nicht so gut«, und dann lachen wir beide und sind aber sofort danach ein bisschen ruhig, um an die beiden zu denken, und natürlich auch an Mama.

Ach ja: Vom Erwin denkt jeder, er sei getürmt, man hat nämlich rausgefunden, dass er in den letzten Jahren ganz ordentlich in die Kasse vom Schützenverein gegriffen hat. Das hat der Opa als sein alter Spezi natürlich gewusst und dem Vorstand was gesteckt.

Jetzt bin ich also den Sommer über immer in Lüdenscheid. Sechs Monate Lüdenscheid und die anderen sechs Phuket, wo der Opa eine Beteiligung an einem Hotel hat. Nichts Großes, dafür sehr gemütlich. Weil: Die Par Nii, mit der er sich im Internet immer geschrieben hat, ist in Wirklichkeit gar keine aus einem Katalog, sondern arbeitet als Sekretärin für den Partner vom Opa. Als Europäer kann man so was nicht alleine, sagt der Opa, da braucht man Partner vor Ort.

Ich bin so eine Art persönlicher Assistent von ihm. Ich durfte auch für das Hotel das Licht planen, was ich echt voll aufregend fand, und ich hab mir total die Mühe gegeben. Ist, glaub ich, auch ganz gut geworden.

Und ich muss sagen, so ganz ohne Papa und Mama und nur ein halbes Jahr in Lüdenscheid – das hab ich mir schlimmer vorgestellt. Weil: Wir sind zum Stadtfest jeden September in Lüdenscheid, muss ja. Und außerdem hab ich eine Freundin in Phuket, aber das erzähl ich jetzt nicht auch noch.

Leo P. Ard

Sühnen in Lünen

Hier ruht mein lieber Sohn
Uwe Grabowski
14.2.1952–18.1.1998
Gott segne ihn.

Uwe Grabowski legte eine weiße Lilie auf den Grabstein. Es war das erste Mal, dass er seine letzte Ruhestätte besuchte. Er verharrte einen Moment. Fast stieg so etwas wie Rührung in ihm auf. Seine Mutter hatte nicht gespart, der Stein war wirklich sehr schön.

Er grinste. Wo Uwe Grabowski draufstand, war kein Uwe Grabowski drin. Er schaute sich sicherheitshalber um, er wollte auf keinen Fall vor anderen Friedhofsbesuchern pietätlos erscheinen.

Aber noch war nicht viel los auf dem kommunalen Friedhof an der Cappenberger Straße in Altlünen. Nur ein paar Rentner waren unterwegs, um die verblichene Verwandtschaft mit der Gießkanne zu besuchen.

Grabowski schaute auf seine Rolex. Es war kurz nach zehn. Die Beerdigung seiner Mutter war für vierzehn Uhr angesetzt. Er würde die Zeit nutzen, um sich in seiner Heimatstadt umzusehen. Vor zehn Jahren hatte er Lünen fluchtartig verlassen müssen. Damals, im Januar 1998, weil ihm die Polizei auf den Fersen war.

Über den breiten Weg zwischen den Gräberreihen rollte ein kleiner Bagger heran. Grabowski ahnte, dass das Ziel des hageren Friedhofsangestellten das Grab war, vor dem er stand. In der Familiengrube musste Platz für seine Mutter geschaffen werden. Grabowski klappte den Kragen seines Ledermantels hoch und ging Richtung Ausgang. Als er fast auf gleicher Höhe mit dem Bagger war, trat er zur Seite. Dabei versanken seine handgenähten Schuhe im feuchten, lehmigen Boden. Grabowski fluchte und betrachtete die Sauerei.

Der Baggerfahrer schaute kurz zu ihm hin und fuhr weiter.

Detlef Schröder war erst seit fünf Monaten bei der Friedhofsverwaltung angestellt. Sein Bewährungshelfer hatte ihm die Stelle beschafft, nachdem er auf zweihundert Bewerbungen nicht eine Antwort erhalten hatte. Für einen 51-Jährigen, der wegen Mordes im Gefängnis gesessen hatte, gab es in der freien Wirtschaft keine Verwendung.

Nach anfänglicher Skepsis machte Schröder der Job auf dem Friedhof inzwischen sogar Spaß. Er war den ganzen Tag an der frischen Luft, konnte sich seine Arbeit weitgehend selbst einteilen und die körperlichen Anstrengungen hielten sich in Grenzen.

Schröder kramte den Auftragszettel aus der Tasche seines Parkas und verglich die angegebene Grabreihe und Parzelle mit seinem Standort. Eigentlich überflüssig, er wusste genau, wo sich die Gruft befand, die für die Beisetzung am Nachmittag geöffnet werden musste.

Als dann sein Blick auf den Gedenkstein und den Namen *Uwe Grabowski* fiel, lief ihm ein kalter Schauer über den Rücken. Denn Uwe Grabowski war schuld daran, dass Schröder zehn Jahre in Werl hinter Gittern gesessen hatte.

Grabowski startete den BMW, den er vor dem Eingang des Friedhofs, vis-à-vis der Auslage von *Multiflora – Ihr Partner für Floristik, Grabpflege und Gestaltung*, abgestellt hatte. Er steuerte den Leihwagen Richtung Zentrum, vorbei an schicken Villen und Einfamilienhäusern. Wer in Lünen zu Wohlstand gekommen war, wohnte hier, am Rande des Cappenberger Waldes.

Damals kannte er sie alle. Nicht dass er dazugehört hätte. Er war bloß der Briefträger gewesen. Zu seinem Zustellbezirk gehörte auch der Struckmannsberg und so hatte Grabowski bei Wind und Wetter den Chefärzten, Direktoren und ihren Frauen Briefe und Werbekataloge in die Hände gedrückt – sofern ihn die verzogenen Schoßhunde und aufgebrachten Kläffer überhaupt auf das Grundstück gelassen hatten.

Grabowski erinnerte sich noch genau an den eisigen Januartag, als Frau Dr. Möbius ihm nichts ahnend die Tür geöffnet und er ihr eine Walther PPK an die Schläfe gedrückt hatte. An diesem Tag trug er nicht sein Briefträgeroutfit, sondern einen grünen Overall, den er in einem Berufsbekleidungsgeschäft in Dortmund erstanden hatte. Vor seinem Gesicht klebte eine Helmut-Kohl-Maske. Die Knarre hatte er einem Zuhälter in Hamburg abgekauft. Ein ganzes Jahr hatte die Vorbereitung für den Coup gedauert.

Mit vorgehaltener Pistole zwang er die Möbius in den Kofferraum eines alten Ford Taunus, den Schröder ein paar Stunden zuvor in Datteln gestohlen hatte. Zwanzig Minuten später lag die Frau des Vorstandsvorsitzenden gefesselt und geknebelt in Grabowskis Schrebergartenhäuschen in der Nähe des Bahndamms und konnte stündlich den Geräuschen des vorbeifahrenden ICEs nach Hamburg lauschen.

Die Schaufel des Minibaggers fraß sich neben Grabowskis Grabstein in die Erde. Mechanisch betätigte Schröder die Hebel im Cockpit. Hätte er damals nicht auf seinen Kumpan gehört, hätte er vielleicht heute Frau, Kinder und ein Reihenhäuschen im Mispelbohm. Aber Grabowski hatte ihn verrückt gemacht mit seinem ewigen Gelaber von einem aufregenden, luxuriösen Leben unter Palmen: DomRep, Jamaika, Bahamas. Dabei hatte Schröder genau gewusst, dass Grabowski zu jener Sorte von Träumern gehörte, die davon überzeugt waren, dass Staubsaugerverkauf an Haustüren die sensationell neue Geschäftsidee des Jahrtausends ist, und sich bereits vor dem ersten Deal einen Katalog mit Villen an der Cote d'Azur schicken ließen.

Trotzdem hatte er sich überreden lassen. Grabowskis Geschäftsidee, Frau Dr. Möbius zu entführen und von ihrem Mann ein wenig Lösegeld zu erpressen, hatte auch Schröder selbst als Erfolg versprechend eingeschätzt. Grabowskis Plan hatte vorgesehen, Frau Möbius nach der Geldübergabe freizulassen und sie würden weiterhin völlig unauffällig ihrer Arbeit nachgehen, bis Gras über die Sache gewachsen war. Irgendwann würde man von einem Urlaub in der Karibik nicht mehr zurückkehren.

Anfänglich schien der Plan aufzugehen. Alles lief wie am Schnürchen. Nach vierundzwanzig Stunden hinterlegte Rainer Möbius das Geld in einem Koffer an einer nicht einsehbaren Stelle am Zaun der Zeche Victoria an der Zwolle-Allee. Gott sei Dank war er auch ihrer Anweisung gefolgt, die Bullen aus allem rauszuhalten. Dann aber musste Schröder für einen erkrankten Kollegen die Mittagsschicht übernehmen und so war es Grabowski zugefallen, die Frau aus ihrem Versteck zu holen. Sie sollte in der Nähe des Cappenberger Sees ausgesetzt werden, lautete die Absprache.

Doch dann war alles ganz anders gekommen.

Grabowski parkte den BMW gegenüber dem Heinz-Hilpert-Theater, löste einen Parkschein und begab sich auf Spurensuche nach seiner Jugendzeit.

Ran an den Speck!, verkündete ein Plakat in einem Schaufenster an der Franz-Gorrmann-Straße. Kein Wahlaufruf der SPD, die im gleichen Haus saß, sondern Werbung für das *Studio für Liposektion und Fettabsaugung.* Grabowski bog in die Lange Straße ein. Hartz-IV-Empfänger, Frührentner in blauen Anoraks aus Ballonseide und ältere Damen unter grauer Einheitsdauerwelle schleppten in Plastiktüten ihre Schnäppchen nach Hause. In seinem feinen Zwirn fühlte sich Grabowski im Lüner Zentrum so deplatziert wie ein Klosterschüler auf einem Tuntenball. Das am häufigsten benutzte Fahrzeug war der Rollator. Nur ein paar Migrantinnen schoben hier Kinderwagen.

Grabowski setzte sich ins *Café Extrablatt* am Willy-Brandt-Platz und bestellte einen Espresso. Der Altkanzler würde im Grabe rotieren, wenn er sehen könnte, welche Scheußlichkeit seinen Namen trug. Das *Hertie*-Kaufhaus am Rand erinnerte an ein Parkhaus mit Schießscharten. Ein Schild mit einem Fahrrad und dem Hinweis *Dortmund 15 km* wies in die weite Welt.

Es ist richtig gewesen, dieser Stadt den Rücken zu kehren, dachte Grabowski. Allerdings hatte er seinen damaligen Abgang wesentlich unspektakulärer geplant. Dass es nicht so gekommen war, war die Schuld der Frau Möbius gewesen.

Er hatte nachmittags die Gartenlaube betreten, um die Frau freizulassen, als sie sich plötzlich auf ihn warf und mit Faustschlägen eindeckte. Weiß der Teufel, wie es ihr gelungen war, die Fesseln abzustreifen. Bei der Attacke war ihm die Kohl-Maske vom Gesicht gerutscht und die Möbius hatte ihn fassungslos angestarrt. »Sie?« – Ihm war schlagartig klar geworden, dass er nun ein Problem hatte. Ein Problem, für das es nur eine Lösung gab.

Grabowski fuhr zusammen, als ihm eine hübsche Kellnerin den Espresso auf den Tisch stellte. Er sah der jungen Frau nach, verscheuchte die hässlichen Gedanken an das Desaster von damals und vertiefte sich in die aktuelle Ausgabe des Anzeigenblättchens, das überall im Café herumlag.

Schröder umkreiste die rechteckige Grube und kontrollierte mit dem Zentimetermaß die Tiefe. Fast auf den Zentimeter genau nach Norm. Nicht weit von ihm entfernt folgte eine vielköpfige Trauergemeinde einem Pfarrer und dem Angestellten eines Bestattungsinstituts, der eine Urne trug. Das Bild erinnerte ihn an die Beisetzung von Frau Möbius. Etliche Schaulustige waren damals gekommen, um der Beisetzung beizuwohnen, Grabowski und er hatten sich unter die Neugierigen gemischt. Mehr als leichtsinnig, wie sich später herausstellte, denn die ermittelnden Polizisten machten während der Bestattung Fotos von den Anwesenden.

Der Mord an Frau Möbius hatte weit über das Ruhrgebiet hinaus für Schlagzeilen gesorgt. Die Kripo kam mit einer Sonderkommission aus Dortmund, richtete sich im Rathaus ein.

Polizisten klapperten den ganzen Struckmannsberg ab und verteilten in der Innenstadt Flugblätter, um Zeugen zu finden. Für sachdienliche Hinweise, die zur Ergreifung der Täter führten, wurde eine Belohnung in Höhe von 10.000 DM ausgesetzt. Eine Dummheit von Grabowski brachte die Ermittler dann wenige Tage nach der Beisetzung auf ihre Spur. Grabowski hatte sich nicht beherrschen können und sich vom Lösegeld bedient, um Spielschulden zu begleichen. Dem Empfänger war es spanisch vorgekommen, dass der stets klamme Grabowski plötzlich 5.000 Mark aus dem Ärmel schütteln konnte. Der Mann hatte die Idee, die Summe mit einem Hinweis an die Polizei verdreifachen zu können. Ihm, Schröder, war erst nach Tagen aufgefallen, dass er keinen Schritt vor die Tür tun konnte, ohne dass sich gut trainierte Typen an seine Fersen hefteten. Die Ermittler hatten also einen Verdacht gehabt, aber keine Beweise.

Uwe Grabowski blätterte im *Lüner Anzeiger.* Direkt neben einer Gerichtsreportage über einen Prozess, in dem es um erzwungenen Analverkehr ging, pries ein *Deutscher Ärzte Service* mit einer prall ausgestatteten Schönheit einen *Traumbusen für 2.999,– Euro* an. Mit dem Spruch *Lünen ist die Härte* wurde das alljährliche Kinofest in der *Cineworld* angekündigt. Die Titelgeschichte, der Umzug der Polizeiwache von der Kurt-Schumacher-Straße an die Merschstraße, sollte offenbar das Sicherheitsgefühl der Bürger stärken: *Doch auch wenn die Polizei umzieht, böse Buben haben nichts zu lachen.*

Grabowski schmunzelte. Nach allen Regeln der Kunst hatte er damals dafür gesorgt, dass der Polizei das Lachen vergangen war. Schon Wochen vor dem großen Coup hatte er in Dortmund, Essen und Bochum gezielt Ausschau gehalten, auf Bahnhofsvorplätzen, in billigen Kneipe und vor Trinkhallen, an all jenen Stätten eben, an denen sich gewöhnlich Penner tummelten. Er war auf der Suche nach einem Mann um die vierzig, hochgewachsen, blond und mit einem möglichst makellosen Gebiss. Denn er wusste aus zahlreichen Fernsehkrimis, dass bei der Identifizierung einer unbekannten Leiche das Gebiss eine große Rolle spielte, und sein eigenes war makellos. Kurzum: Er suchte einen Mann, der ihm zum Verwechseln ähnlich war.

Das mit dem makellosen Gebiss erwies sich als unüberwindbare Hürde, weil Obdachlose aus nachvollziehbaren Gründen selten einen Zahnarzt konsultierten.

Doch zwei Wochen nach der Beerdigung von Frau Möbius hatte er unerwartet Erfolg. Er gönnte sich gerade am Dortmunder Hauptbahnhof eine Bratwurst, um sich für den Heimweg zu stärken, als ihn ein blonder Rucksacktourist in gebrochenem Deutsch um einen Reisekostenzuschuss anhaute.

Der Mann war Däne und auf der Durchreise nach Portugal, wo er ein neues Leben anfangen wollte. Und er hatte verdammt große Ähnlichkeit mit Grabowski, der ihn sofort zu einem Bier einlud.

Grabowski hatte kommentarlos den Schilderungen gelauscht, die Björn vortrug, während es in seinem Kopf arbeitete. Björn hatte kein Nachtquartier, aber ein makelloses Gebiss.

In den Morgenstunden des nächsten Tages ging bei der Rettungsleitstelle Lünen über die 112 ein Notruf ein. Hinter Brechten war ein Wagen mit hoher Geschwindigkeit von der Straße abgekommen und gegen einen Baum geprallt. Als Rettungsfahrzeug und Feuerwehr den Unfallort erreichten, brannte der Passat lichterloh. Man barg eine verkohlte Leiche und die Reste einer Tasche, in der sich noch Fetzen von Hundertmarkscheinen befanden. Im Kofferraum stellte man die Überreste von zwei Koffern mit Kleidungsstücken sicher. Als Halter des Fahrzeuges wurde Uwe Grabowski ermittelt, ein Briefträger, den die Polizei verdächtigte, an der Entführung und Ermordung von Sabine Möbius beteiligt gewesen zu sein. Die Geldscheine in dem ausgebrannten Wagen ließen darauf schließen, dass der Verdacht nicht unbegründet war. Nach der Obduktion kam die Polizei zu dem Schluss, dass es sich bei dem Toten *mit an Sicherheit grenzender Wahrscheinlichkeit* um Uwe Grabowski handelte. Die Ermittler gingen davon aus, dass Grabowski sich mit dem Lösegeld absetzen wollte und auf der regennassen Straße einen verhängnisvollen Fahrfehler begangen hatte.

Schröder saß auf seinem Bagger und packte eine Tupperdose aus. Sein Mittagessen bestand aus einem gekochten Ei, einer Frikadelle und einem Brot mit Scheiblettenkäse. Heute Abend würde er sich in seiner bescheidenen Zweizimmerwohnung die Spaghetti mit Tomatensoße vom gestrigen Abend aufwärmen und sich das Feierabendbier schmecken lassen. Die letzte Mahlzeit eines jeden Tages zelebrierte er regelrecht, deckte den Tisch und legte sich sogar eine Serviette zurecht. Das hatte er sich während der zehn Jahre im Gefängnis geschworen einzuführen: Esskultur. Der Abend würde dann dahinplätschern und mit dem Sandmännchen aller Singles ausklingen. Einmal hatte es Schröder bis in die Warteschleife von *Domian* geschafft, aber der Moderator entschied sich dann doch für einen Mann, der sich aus sechzig Kilo Hackfleisch eine Geliebte zurechtgeknetet hatte. Gegen so etwas konnten Schröders Knastgeschichten nicht anstinken.

Nach dem spektakulären Autounfall in Brechten war die Polizei natürlich sofort bei ihm aufgetaucht. Es war bekannt, dass er mit dem Toten eng befreundet gewesen war. Als man dann noch Grabowskis Schrebergartenhaus durchsuchte und dort Haare von Frau Möbius und Schröders Fingerabdrücke sicherstellte, riet ihm sein Anwalt, ein Geständnis abzulegen. Das Gericht glaubte nicht, dass er mit dem Mord an Sabine Möbius nichts zu tun hatte. Die Richter unterstellten ihm, die Schuld auf den toten Grabowski abwälzen zu wollen, und verurteilten ihn zu fünfzehn Jahren. Dank guter Führung war er nach zehn Jahren vorzeitig auf Bewährung entlassen worden.

Als Detlef Schröder in die Frikadelle biss, fiel sein Blick auf die weiße Lilie, die der Wind vom Grabstein geweht hatte. Er legte den Vorläufer eines Hamburgers zurück in die Tupperdose und stieg vom Bagger. Wer um alles in der Welt bettete eine Blume auf den Gedenkstein eines Mörders? Etwa der Mann mit dem schicken Ledermantel und den dreckigen Schuhen, den er kurz gesehen hatte?

Wenn er sich korrekt erinnerte, hatte Grabowski keine Verwandten in Deutschland. Nur seine Mutter und die war ja jetzt tot. Die Grabowskis waren Ende der Vierzigerjahre aus Polen gekommen, Vater Grabowski hatte bis zu seinem Tod als Kumpel auf Victoria 3 gearbeitet. Schröder nahm die Lilie auf. Vielleicht konnte sich im *Multiflora* jemand an den Käufer der Blume erinnern? Schröder zog den Zündschlüssel ab und stiefelte Richtung Friedhofseingang.

Grabowski machte sich auf den Rückweg zu seinem Wagen. Eine Schülerin, die sich offenbar ein bisschen Taschengeld verdiente, drückte ihm den Flyer eines Reisebüros in die Hand: *Eine Woche türkische Riviera – 299 Euro.*

Grabowski entsorgte den Werbezettel im nächsten Papierkorb. Er hatte sein Ticket nach Antalya bereits in der Tasche, ein Rückflugticket. Er lebte jetzt seit neun Jahren am Golf von Antalya. Noch in Südfrankreich hatte er sich einen stattlichen Bart wachsen lassen. In Marseille besorgte er sich neue Papiere und war dann mit dem Zug über Istanbul nach Göynük, einen beliebten Ferienort gefahren. Dort hatte er ein luxuriöses Apartment mit Blick auf das Meer gemietet und sich eine Motorjacht und ein weißes Maserati Cabrio gekauft.

Wenn er damit die Palmenallee entlangfuhr, fielen ihm die Mädels wie reifes Obst auf die roten Ledersitze. Er konnte sie alle haben, vergnügungssüchtige Friseurinnen aus Köln-Kalk, abenteuerlustige Kosmetikvertreterinnen aus Frankfurt und vornehm tuende Bürokauffrauen aus Winsen an der Luhe. Uwe, oder wie er jetzt hieß: René Lavour, im Glück. Er trank Champagner wie andere Leute Wasser, schaufelte Kaviar in sich hinein, der ihm eigentlich nicht schmeckte, und hängte Brillanten an Frauen, die so dumm waren, dass es sogar ihm auffiel.

Doch dann war plötzlich alles vorbei: Er verlor beim Pokern in einer einzigen Nacht das Jahresgehalt eines deutschen Oberstudienrates und eine seiner Begleiterinnen, er kannte nicht mal ihren Namen, setzte seinen Maserati gegen die Hafenmauer. Das Erwachen am nächsten Morgen war hart und brachte die nüchterne Erkenntnis: René Lavour war pleite.

Der Verkauf seiner Jacht reichte, um die aufgelaufenen Liegegebühren zu zahlen und ihm noch einige Monate einen bescheidenen Lebensstandard zu sichern. Er musste sich etwas einfallen lassen.

In dieser für ihn trüben Zeit erreichte ihn die Nachricht vom Tod seiner Mutter. Denn Uwe Grabowski hatte nicht alle Brücken nach Lünen abgebrochen. Aus einer sentimentalen Regung heraus las er regelmäßig im Internet die WAZ Lünen und so auch die Meldung vom Unfalltod der 71-jährigen Elfriede G., der Mutter von Uwe G., dem mutmaßlichen Kidnapper und Mörder von Sabine Möbius.

Mit seiner Mutter hatte ihn nicht viel verbunden. Nach dem Tod des Vaters hatte er das elterliche Reihenhaus verlassen und sich mit Schröder in der Steinstraße eine Dachwohnung geteilt. Die Miete verdienten sich die beiden 18-Jährigen als Hilfsarbeiter auf dem Bau. Am Monatsende waren Klimmzüge am Brotkasten angesagt. Die Mutter hatte Grabowski nur besucht, wenn sie Geburtstag hatte oder verhungerte Mäuse vor dem Kühlschrank lagen.

Jetzt war sie tot und er, ihr Sohn Uwe, könnte das Reihenhaus erben. Wenn Uwe Grabowski nicht auch schon tot wäre.

Grabowski hatte eine Nacht lang überlegt, ob er das Risiko eingehen sollte. Am nächsten Morgen stand für ihn fest: Er hatte keine Wahl, dafür einen Plan.

Grabowski schaute auf die Uhr. Es wurde Zeit.

Schröder hatte sich von der Verkäuferin des Blumenladens eine Beschreibung des Mannes geben lassen, der am Vormittag eine weiße Lilie gekauft hatte: Mitte bis Ende fünfzig, hochgewachsen, blond mit grauen Strähnen, gepflegtes Äußeres, teure Klamotten, BMW-Fahrer. Schröder fiel niemand ein, auf den die

Beschreibung zutraf. Umso mehr war seine Neugierde geweckt. Vielleicht würde der Unbekannte zur Beerdigung der Elfriede Grabowski kommen.

Zur Trauerfeier in der Kapelle hatte sich ein knappes Dutzend Trauernde eingefunden. Die meisten kannte Schröder – sie kamen aus dem Seniorenheim, in dem die rüstige Frau Grabowski einen ›Trauerkreis‹ eingerichtet hatte. Den Mann im Ledermantel sah er nicht. Schröder schenkte sich die Trauerrede des Pfarrers und ging hinaus. Die Wege im hinteren Teil des Friedhofs mussten vom Laub befreit werden.

Grabowski stand hinter einem dichten Gebüsch und beobachtete aus rund fünfzig Meter Entfernung, wie die vier Träger den Sarg in die Tiefe senkten.

Regen setzte ein und vertrieb die Trauernden rasch von der Grube. Grabowski versicherte sich, dass er allein war, dann näherte er sich mit schnellen Schritten der Grabstelle. Er bückte sich und nahm die Lilie auf, die er am Morgen auf seinem eigenen Gedenkstein geparkt hatte.

Er trat an das Loch und warf die Blume auf den schlichten Sarg.

»Du kommst zu spät.«

Grabowski drehte sich um. Vor ihm stand ein Mann. Abgewetzte Jeans, Parka und Pudelmütze: Schröder! Jetzt nur keinen Fehler machen.

»Hallo, Schröder. Gut siehst du aus.« Grabowski lächelte wieder, diesmal ein Lächeln, das Bedauern ausdrücken sollte. »Sag nichts. Ich hätte sie besuchen sollen, als sie noch lebte. Aber das war mir leider nicht möglich.«

»Stimmt, du warst ja tot, verbrannt mit zwei Millionen, von denen eine mir gehörte.«

»Deshalb bin ich gekommen, um mit dir darüber zu reden.«

In Grabowskis Stimme schwang dieser Ton der Vertraulichkeit, den Schröder nur zu gut kannte.

Schröder musterte seinen ehemaligen Kumpel. In seinem Blick lag Verachtung, aber auch eine Prise Mitleid. Mit seiner smarten Bräune und seinem schicken Ledermantel wirkte Grabowski noch überheblicher als früher. »Lass mich raten: Du bist pleite. Hast alles durchgebracht.«

Grabowski schwieg.

»Dein Tod hat deiner Mutter das Herz gebrochen. Sie hat mich sogar mal im Knast besucht. Nur weil ich dein bester Freund war.«

Grabowski strahlte. »Die gute Seele. Das macht alles noch viel einfacher.«

Schröder sah ihn verständnislos an. Grabowski zog ein Kuvert aus seiner Brusttasche und hielt es Schröder hin. »Mutters Testament. Sie hat dir ihr Haus vermacht. Weil du doch mein bester Freund warst!«

Schröder begriff nicht. »Ihr Testament?«

Grabowski lachte. »Ich hab ihre Schrift schon immer gut nachmachen können. Und so genau wird das keiner prüfen, wenn du damit zum Nachlassgericht gehst, weil es ja keinen anderen Kandidaten für das Erbe gibt. Du sagst, dass sie dir das Testament zur Aufbewahrung gegeben hat. Alles klar?«

Schröder sagte nichts.

Grabowski schlug ihm begeistert auf die Schulter. »Ich wusste doch, dass du verstehst. Pass auf, wir machen das so: Du verkloppst die Hütte und wir teilen fifty-fifty.« Grabowski war dabei, sich in Begeisterung zu reden. »Dann hauen wir ab. Du musst mal raus hier, in den Süden, in die Sonne. Ich sag nur: Türkei. Ich kenn mich aus da unten.«

Schröder musterte seinen Exkomplizen. So kannte er Grabowski, selbstverliebt, ohne jeden Skrupel und ohne einen Funken Scham.

»Ich habe mit deiner Mutter kurz vor ihrem Tod gesprochen. Sie wollte ihr Haus dem Seniorenheim vererben. Mit dem Geld sollen neue Betten angeschafft werden. Und wenn noch etwas übrig bleibt, ein Flachbildfernseher für den Aufenthaltsraum.«

Grabowski lachte lauthals. »Flachbildfernseher?! Die Alten können doch sowieso nicht mehr richtig gucken.« Er boxte Schröder spielerisch vor die Brust. »Mit der Kohle legen wir beide ganz was anderes flach!«

Schröder spürte, wie die Wut in ihm hochkroch. Eine unbändige Wut. Er ballte die Faust.

Sein Schlag kam hart und völlig unerwartet. Erschrocken taumelte Grabowski einen Schritt zurück. Er spürte, wie er den Boden unter den Füßen verlor. Die Arme ruderten hilflos, fanden keinen Halt.

Schröder hörte einen dumpfen Aufprall. Danach einen tiefen Seufzer. Er beugte sich vor und schaute in die Tiefe. Grabowski lag auf dem Sarg seiner Mutter, den Kopf seltsam verdreht. Aus seinem Mund sickerte Blut. Seine Augen starrten in den wolkenverhangenen Himmel. Schröder war klar: Grabowski hatte sich das Genick gebrochen.

Schröder bückte sich und hob das Kuvert auf. Er drehte es nachdenklich zwischen den Fingern und warf es in die Grube. Dann schwang er sich auf seinen Bagger, ließ den Motor an und schaufelte Erde in die Grabstelle.

Wo Uwe Grabowski draufstand, war jetzt auch Uwe Grabowski drin.

Theo Pointner

Mendener Vergebung

Er biss die Zähne zusammen und stützte sich mit den Unterarmen auf die Kirchenbank, bis sein Gewicht nicht mehr so quälend auf seinen Knien lastete.

Die Klänge der Orgel erfüllten die Weiten der St. Vincenz-Kirche. Hans-Hermann Ochtrup lauschte der langsam verklingenden Musik, bekreuzigte sich und ließ sich zurück auf die Kirchenbank sinken.

Seine Knie schmerzten höllisch, er war froh, dass er endlich sitzen und sich ein wenig erholen konnte. Gleichzeitig spürte er jedoch, wie seine Nervosität immer größer wurde.

Es war so weit. Der Pastor ließ seinen Blick über die voll besetzten Kirchenbänke wandern, griff sich einen der Körbe mit den Losen und trat vom Altar zur ersten Bank. Dort reichte er den Korb an den ersten Gläubigen. Der gab ihn schnell an seinen Nebenmann weiter.

Hans-Hermann war schon einmal Zeuge des Rituals gewesen, aus reiner Neugier war er als junger Mann zur Andacht gegangen und hatte zugesehen, wie die Sünder der Stadt hofften, einer der Kreuzträger bei der Mendener Kreuztracht zu werden. Darauf hofften, dadurch Vergebung zu erlangen. Nie hätte er geglaubt, dass er selbst einmal hier sitzen würde, um mit klopfendem Herzen auf den Korb mit den Losen zu warten. Und darum beten würde, dass er dabei wäre.

Und doch war es so.

Während der Korb von einer Bank zur anderen ging, verharrten die Gläubigen in stiller Andacht. Nur hin und wieder war ein Räuspern oder ein Husten zu hören.

Endlich, gleich war er dran. Aus den Augenwinkeln verfolgte Hans-Hermann, wie der Korb in seine Reihe gereicht wurde. Ganz am Anfang der Kirchenbank fischte ein Mann um die zwanzig ein Los aus dem Korb und reichte das Flechtwerk dann weiter.

Hans-Hermann sah alles wie durch einen Schleier. Mechanisch griff er zu und zog sein Los. Verstohlen las er die Zahl. Es war die 43.

Der Korb wanderte weiter, wurde am Ende der Reihen auf die andere Seite des Kirchengestühls gereicht und gelangte wieder nach vorn zum Altar. Der Pastor nahm ihn entgegen und nickte einem Mann in der ersten Reihe zu. Der erhob sich, stellte sich neben den Altar und zückte ein dünnes Buch aus seiner Tasche. Die beiden Männer nickten sich zu, dann griff der Pastor in einen zweiten Korb, der bereitgestanden hatte, und zog daraus einen kleinen Zettel.

»Die 43 …«

Hans-Hermann fuhr zusammen, als hätte man ihm ein Stilett in den Magen gerammt. Er war dabei. Sofort als Ersten hatte ihn der Pastor ausgelost.

Als er mit einem leichten Schwindelgefühl aufstand, um nach vorn zum Altar zu gehen, richteten sich alle Blicke auf ihn. Er spürte, wie sich eine leichte Röte in seinem Gesicht breitmachte, aber es war mehr die Aufregung, als dass es ihm unangenehm war, dem Pastor gegenüberzutreten.

Hans-Hermann zeigte dem Kreuzmeister sein Los. Er kannte den Mann vom Sehen, noch von damals, als er ein- oder zweimal im Monat nach der Kirche zum Frühschoppen gegangen war. Mehr als Belanglosigkeiten hatten sie jedoch nie miteinander ausgetauscht.

Der Kreuzmeister notierte sich etwas in seinem Buch und beugte sich vor, um Hans-Hermann ins Ohr zu flüstern: »Karfreitag, sieben Uhr früh.«

Hans-Hermann nickte, verließ den Altarraum und ging direkt zum Ausgang. Seine Schritte wurden mit jedem Meter leichter. Es musste ein Zeichen sein, dass er als erster Kreuzträger gezogen worden war. Dass er auf Vergebung hoffen durfte.

Sobald er die Tür öffnete, stieg ihm der durchdringende, Übelkeit erregende Geruch in die Nase. Die anderthalb, zwei Stunden, die er sich außerhalb der Wohnung aufgehalten hatte, hatten seine Nase durchgepustet, so war es jedes Mal, wenn er Charlotte allein zurückließ. In ein paar Minuten würde er sich wieder an die Ausdünstungen gewöhnt haben, die seine Frau in ihrem Krankenbett verströmte. Er ließ sich immer etwas Zeit, bis er Charlotte begrüßte, und atmete, solange sie es nicht sah, flach durch den Mund.

Hans-Hermann hängte seine dicke Winterjacke auf einen Bügel, stellte die Schuhe auf den kleinen Flickenteppich unter der Garderobe und schlüpfte in die warmen, gemütlichen Pantoffeln. Er warf einen Blick in den Spiegel und probte den unerschütterten, optimistischen Gesichtsausdruck, den er sich im Laufe der letzten Jahre für Charlotte angewöhnt hatte.

»Da bist du ja wieder«, stellte sie fest, als er in den zu einem Krankenzimmer umfunktionierten Wohnraum trat.

Hans-Hermann verspürte einen heftigen Stich, wie immer, wenn er seine Frau so betrachtete. Die Haut runzlig und eingefallen, die Haare grau und strähnig. Charlotte war erst Anfang fünfzig, doch sie sah aus wie eine Greisin. Die etwa dreißig Kilo, die sie seit Anfang letzten Jahres an Gewicht verloren hatte, verstärkten den Eindruck. Doch am schlimmsten war der gelbliche Farbton, den ihre Haut angenommen hatte, und der Maschinenpark neben ihrem Bett hätte ebenso gut auf der Intensivstation eines Krankenhauses stehen können.

Charlotte litt an einer autoimmunen Hepatitis, einem chronisch verlaufenden Entzündungsprozess der Leber, bei dem die Abwehrreaktion des Körpers gegen die eigenen Leberzellen erfolgte. Es hatte ganz harmlos angefangen, vor einem Jahr. Sie hatte über Müdigkeit, Übelkeit, Schwindel und Magenbeschwerden geklagt. Hans-Hermann hatte sie gleich gemahnt, zum Arzt zu gehen. Doch sie hatte die Symptome als eine Nebensächlichkeit abgetan – bis sie überall Hautzeichen bekam, ihr Bauch sich aufblähte und sich Ödeme an den Beinen bildeten. Und schließlich noch diese Gelbsucht dazukam.

Als sie dann endlich bei einem Arzt vorsprach, überwies der

sie sofort ins Krankenhaus. Und dort bekam sie die Diagnose. Durch ihr langes Warten war ihr Körper so angegriffen, dass sich bereits eine Leberzirrhose entwickelt hatte.

Warum sie diese Krankheit bekommen hatte, konnte ihr niemand sagen, organisch gab es keine Erklärung dafür. Eine Untersuchung reihte sich an die andere, man verordnete ihr bergeweise Tabletten, Cortisonpräparate und andere Medikamente, die sich letztlich aber als wirkungslos erwiesen. Charlotte verfiel mehr und mehr, die Krankheit verzehrte ihren Körper mit atemberaubender Geschwindigkeit. Und dann kam schließlich der Moment, als die Ärzte sagten, dass nur noch eine Lebertransplantation ihr Leben retten könne. Damit begann die Warterei auf ein Organ.

Hans-Hermann hockte sich neben Charlotte auf die Matratze, füllte das Wasserglas und half ihr, einen kleinen Schluck zu trinken. Zärtlich streichelte er ihr über die Stirn.

»Und?«, fragte sie, trotz ihrer Schwäche mit einem drängenden Unterton.

Hans-Hermann schluckte. »Ich bin dabei. Sie haben mich gleich als Allerersten gezogen.«

Über Charlottes Gesicht glitt ein schwaches Lächeln.

»Stimmt das auch? Oder willst du mich nur aufmuntern?«

Er sah an ihr vorbei. »Nein, es ist die Wahrheit. Ich hatte die 43, und die Nummer wurde sofort gezogen. Ich kann dir sagen, das war vielleicht ein Gefühl, als ich durch die voll besetzte Kirche zum Kreuzmeister gegangen bin. Am Karfreitag um sieben bin ich dran.«

Charlotte richtete sich in ihrem Bett, so gut es ging, auf. »Der Herrgott lässt die Seinen nicht im Stich. Warte ab, wenn du das Kreuz getragen hast, wird alles gut. Dann werde ich wieder gesund.«

Hans-Hermann biss sich so fest auf die Lippen, dass er den Geschmack von Blut im Mund hatte.

Die Hoffnung, die er beim Verlassen der Kirche noch verspürt hatte, war wie weggeblasen. Wenn es doch wirklich so einfach wäre. Seit mehr als sechs Monaten warteten sie nun auf den Anruf auf dem Handy, das sie extra für das Transplantationszentrum gekauft hatten, warteten auf die Nachricht, dass bei *Eurotransplant* eine passende Leber gemeldet worden sei. Als Klingelton hatte Hans-Hermann Beethovens Neunte, die *Ode an die Freude,* ausgewählt. Doch das Handy war stumm geblieben, abgesehen von dem wöchentlichen Probeanruf, den er von seinem ›normalen‹ Mobiltelefon tätigte, um die Funktionstüchtigkeit gewährleistet zu wissen.

»Hast du Schmerzen?«, fragte er sanft.

»Nicht mehr als sonst.«

Hans-Hermann befeuchtete einen Waschlappen und tupfte seiner Frau über die Stirn.

»Keine sechs Wochen mehr«, flüsterte sie. »Dann ist Karfreitag. Dann wird wieder alles so wie früher.«

Ihr Mann legte den Waschlappen zurück in die Schüssel, die immer in Reichweite des Bettes stand, und griff nach ihrer Hand.

Das schwere Holzkreuz drückte erbarmungslos in seine Schulter, der Wind peitschte den Schneeregen gegen die braune Kutte, die er über seine Straßenkleidung gezogen hatte. Die Perücke mit den langen, braunen Haaren nahm ihm fast komplett die Sicht, einige Spitzen der Dornenkrone hatten sich durch die wallende Mähne bis auf seinen Kopf gebohrt.

Hinter ihm folgten vielleicht siebzig oder achtzig Gläubige, die selbst die frühe Uhrzeit, die Kälte, der Schneeregen und die heftigen Windböen nicht davon hatten abhalten können, den Weg der Mendener Kreuztracht anzutreten.

Seit im Jahre 1685 die Errichtung der Kapelle auf dem Rodenberg mit der ersten Prozession gefeiert worden war, war die Mendener Kreuztracht eine Traditon, an der die Gläubigen selbst unter den widrigsten Bedingungen festhielten. Als die Nationalsozialisten während des Tausendjährigen Reiches den religiösen Akt verboten, fanden die Mendener eine Möglichkeit, den Machthabern ein Schnippchen zu schlagen. Das Kreuz war kurzerhand in eine Matratze eingenäht und so von Kirche zu Kirche getragen worden.

Die erste Prozession startete am Gründonnerstag um einundzwanzig Uhr, danach begann jeweils stündlich eine weitere, seinen Abschluss fand der Brauch am Karsamstagmorgen um sechs Uhr. Am Karfreitag gab es eine Hauptprozession, die circa zwei Stunden dauerte, weil sich mehrere tausend Gläubige daran beteiligten. Wenn man aus Menden kam und nicht an einer der Prozessionen teilnehmen konnte – nun, dann war es halt kein richtiges Osterfest.

Hans-Hermanns Gedanken beschäftigten sich allerdings weniger mit der Geschichte der Kreuztracht als mit der Frage von Schuld und Vergebung. Der Frage, ob Schuld schon durch den Gedanken oder erst die Handlung entstand. Und um die Sünde, der Charlotte, so wie sie selbst behauptete, ihre Krankheit verdankte.

Er hatte seine Frau vor fast fünfunddreißig Jahren auf dem Schützenfest in Lürbke kennengelernt, hatte sich auf der Stelle in ihr strahlendes Lächeln verliebt und keine Ruhe gegeben, bis Charlotte endlich mit ihm tanzte. Und als er sie auf dem Tanzboden des Festzeltes in den Armen hielt, kam er sich vor, als hätte er das Tor zum Paradies gefunden.

Ein gutes Jahr später hatten sie geheiratet. In ihrer Ehe hatte es viele Höhen und kaum Tiefen gegeben, sie waren glücklich gewesen, hatten einander jeden Wunsch von den Augen abgelesen. Nur eines war nicht in Erfüllung gegangen. So sehr sie es sich auch gewünscht hatten, Charlotte war nicht schwanger geworden.

Und dann, als sie schon fast nicht mehr damit gerechnet hatten, vor knapp zehn Jahren, kurz nach Charlottes dreiundvierzigstem Geburtstag, hatte sie ihn völlig aufgeregt im Büro angerufen – es bestand kein Zweifel, ihre Gebete waren endlich erhört worden, sie war schwanger, im zweiten Monat, es war fast wie ein Wunder nach der langen Zeit, während der sie vergeblich gehofft hatten.

Durch die herabhängenden Haare der Perücke erkannte Hans-Hermann, dass es erneut an der Zeit war, innezuhalten. Auf der Prozessionsstrecke gab es insgesamt sieben sogenannte *Fußfälle*, Zwischenstationen, an denen Szenen aus dem Leidensweg Christi dargestellt wurden. An jeder dieser mit Blumen geschmückten Stationen verharrte der jeweilige Kreuzträger zu einem Gebet in Demut.

Mit einem lautlosen Stöhnen setzte Hans-Hermann das Kreuz ab und beugte das Knie. Sein Herz schlug ihm bis zum Hals, einerseits vor Anstrengung, denn der Weg war auf den letzten Metern sehr steil gewesen, andererseits auch, weil er nur schwerlich das Schluchzen zurückhalten konnte, das in ihm aufstieg.

Nur kurze Zeit nach dem Anruf, mit dem Charlotte ihm offenbart hatte, dass er Vater werden würde, hatte dann die Katastrophe ihren Anfang genommen. Die Fruchtwasseruntersuchung, die zur Untersuchungsroutine bei einer Spätgebärenden wie Charlotte gehörte, brachte das schlimmstmögliche Ergebnis. Das Kind würde mit schwersten geistigen und körperlichen Behinderungen auf die Welt kommen, nein, leider, ein Irrtum sei unmöglich.

Für Charlotte und Hans-Hermann war eine Welt zusammengestürzt. Warum? Warum geschah das ihnen? Warum hatten sie fast ein halbes Leben darauf warten müssen, bis sie hatten hoffen dürfen, Eltern zu werden, nur um dann zu erfahren, dass ihr Kind krank sein würde? Warum tat ER ihnen das an?

Sie hatten lange gebraucht, bis sie eine Entscheidung trafen, letzten Endes gaben die Empfehlungen der Ärzte den Ausschlag: Das Kind würde wahrscheinlich gar nicht lebensfähig sein, die Gefahr für die Mutter während der weiteren Schwangerschaft und vor allem bei der Geburt sei unverhältnismäßig hoch. Obwohl es ihrer beider Überzeugung zutiefst widersprach, stimmten sie der Abtreibung zu.

Der Schneeregen war in dichtes Schneetreiben übergegangen, der Wind presste das durchnässte Baumwollgewand an Hans-Hermanns Körper. Obwohl er unter der Kutte noch einen dicken Pullover und eine alte Hose trug, war ihm fürchterlich kalt. Gleichzeitig schwitzte er, die ungewohnte Anstrengung setzte ihm arg zu. Zum Glück war die Kreuzkapelle bereits in Sicht, die letzte Wegstrecke führte durch eine der besten Mendener Wohngegenden, es folgte auf einer kurzen Steigung das anstrengendste Teilstück. Der Weg zurück zur Vincenz-Kirche ging dann fast ausschließlich bergab.

Nach der Abtreibung war Charlotte nicht mehr dieselbe gewesen, sie zog sich in sich zurück, drohte, depressiv zu werden. Nur langsam kehrte sie wieder zurück ins Leben. Und auch wenn sie bei Weitem nicht mehr so fröhlich und übersprudelnd war wie die Frau, in die sich Hans-Hermann verliebt hatte, so waren sie doch irgendwann wieder an einem Punkt angelangt, ab dem sie ein einigermaßen ›normales‹ Leben führen konnten.

Bis Charlotte krank wurde.

In ihren Augen war es die Folge der Sünde, die sie begangen hatte und für die sie nun Buße tun musste. Gott hatte gewollt, dass sie genau dieses Kind bekommen sollten, und sie hatten sich gegen den Willen des Herrn gestellt. Nun hatte ER die passende Strafe für sie bereit, eine Krankheit, bei der ihr Körper gegen sich selbst kämpfte.

Hans-Hermann war entsetzt gewesen, solche Gedanken grenzten für ihn fast schon an Blasphemie. Sie waren beide gläubig, hatten an den Wochenenden nur selten einen Gottesdienst versäumt, aber er wäre nie auf die Idee gekommen, dass Charlottes Krankheit eine Strafe des Herrn sein könnte. Sie ließ sich jedoch nicht von der Idee abbringen; je weiter ihre Krankheit fortschritt und je mehr Medikamente sie nehmen musste, umso fester wurde ihre Überzeugung und desto mehr wuchs ihre Entschlossenheit: Sie würde ihr Los auf sich nehmen, würde ertragen, was der Herr ihr aufbürdete. Wenn es ihm gefiel, würde sie auch wieder gesund werden – und wenn nicht …

Unvermittelt schossen Hans-Hermann Tränen in die Augen. Die Kapelle lag bereits weit hinter ihm, er war längst auf dem Weg zurück in die Innenstadt. Die ganze Zeit schon war es ihm vorgekommen, als würden ihn alle Eindrücke nur durch einen dichten Schleier erreichen. Natürlich war es Selbstschutz, er wollte sich seiner Entscheidung nicht stellen, nein, jetzt noch nicht, das hatte Zeit bis nach der Prozession.

Als man Charlotte sagte, dass sie nur noch durch eine Transplantation zu retten sei und sie andernfalls binnen eines Jahres sterben würde, hatte sie verzweifelt nach etwas gesucht, was ihr Hoffnung und Zuversicht gab. Und dann war ihr die Kreuztracht eingefallen. Sie selbst war schon zu schwach, um das Kreuz über den Berg zu tragen, aber wenn Hans-Hermann diesen Beweis der Buße für sie übernahm … Immerhin war es auch sein Kind, es war ihre gemeinsame Entscheidung für eine Abtreibung gewesen. Wenn ihr Mann als Kreuzträger ausgelost würde, wäre das ein Zeichen, dass ER bereit war, ihre Buße entgegenzunehmen. Dann würde ER auch dafür sorgen, dass ihr Leiden ein Ende fand.

Die Prozession neigte sich dem Ende zu, Hans-Hermann stolperte unter der Last des Holzes auf den Kirchplatz. Er musste nur noch die letzten dreißig, vierzig Meter durchhalten, das Kreuz an der Wand der Kirche abstellen, ein letztes Mal in Andacht niederknien, dann hatte er es geschafft.

Sein Blick war immer noch von Tränen verschleiert, sein Magen krampfte sich in immer kürzeren Intervallen zusammen. Obwohl er am Morgen nur eine Tasse Kaffee getrunken hatte, fühlte er sich wie aufgebläht und kämpfte gegen die würgende Übelkeit, die in ihm hochstieg.

Mit letzter Kraft kniete er nieder, er spürte die Anstrengung schon nicht mehr, die schmerzende Schulter, die nassen Kleider.

Ich erbitte Deine Vergebung, o mein Gott, und erflehe Deine Verzeihung …

Er neigte den Kopf und sprach ein inniges Vaterunser, bat danach in stammelnden Worten noch einmal um Vergebung und drückte sich schließlich vom Pflaster hoch.

Nun gab es nur noch eins zu tun.

Als er die Tür aufschloss und die Diele betrat, umfing ihn gleich wieder der Geruch.

Hans-Hermann atmete flach durch den Mund. Es war so wie unzählige Male zuvor, wenn er nach Hause gekommen war, aber doch war es heute völlig anders. Und es würde nie mehr so werden, wie es einmal war.

Er streifte die Schuhe ab, hängte die Jacke an die Garderobe und schlüpfte in die Pantoffeln. Es war ungemütlich kühl in der Wohnung; bevor er das Wohnzimmer betrat, ging er in die Küche und stellte den Heizungsthermostat höher. Er hörte, wie die Flamme im Gasbrenner ansprang. In zehn Minuten würde es wieder angenehm sein.

Hans-Hermann schluckte die Tränen hinunter. Unschlüssig verlagerte er sein Gewicht von einem Bein auf das andere. Es gab keinen Grund, es länger hinauszuzögern. Die Entscheidung war gefallen.

Langsam durchquerte er die Diele und ging ins Wohnzimmer. Charlottes Krankenbett stand links an der Wand, dort, wo früher die dreisitzige Couch gestanden hatte. Von dort hatte sie den besten Blick auf den Fernseher, mit etwas anderem konnte sie sich die Zeit nicht mehr vertreiben, zum Lesen war sie zu schwach.

Ihr Gesicht sah entspannt aus, zum ersten Mal seit langer Zeit. Ihre Mundwinkel waren nicht zusammengezogen wie sonst, eine Folge der Schmerzwellen, die sie trotz der starken Analgetika ständig heimsuchten und die sie in der Regel klaglos hinnahm.

Charlottes Hände waren über ihrem ausgemergelten Körper gefaltet, ihre Augen geschlossen. Ihre Haut schimmerte nicht ganz so gelb wie noch heute Morgen.

Er spürte, dass ihm jetzt doch Tränen über das Gesicht rannen. Gleich nachdem Charlotte ihn gebeten hatte, statt ihrer an der Kreuztracht teilzunehmen, hatte der Gedanke in seinem Kopf Gestalt angenommen.

Hans-Hermann hatte es nicht mehr ertragen, sie jeden Tag schlimmer leiden zu sehen, mitzuerleben, wie der Verfall immer rascher vonstatten ging. Der Arzt hatte ihn nach einem seiner Hausbesuche zur Seite genommen und gemeint, er solle sich auf das Schlimmste gefasst machen. Lange würde es nicht mehr dauern und das Ende würde schlimm werden, sehr schlimm. Ob Hans-Hermann sie nicht doch in ein Pflegeheim geben wolle, wo man ihr die letzten Tage sicher so angenehm wie möglich machen würde.

Entschieden hatte er abgelehnt, das käme überhaupt nicht infrage, er würde sich um Charlotte kümmern, und wenn es denn sein sollte, dass sie sterben müsste, dann solle sie das zu Hause tun. Der Arzt hatte verständnisvoll genickt, ihm die Hand auf die Schulter gelegt und dieses Thema nie mehr zur Sprache gebracht.

Es war tatsächlich schlimm geworden. Charlottes Schmerzen waren immer unerträglicher geworden, es war ihr nicht mehr gelungen, die Selbstbeherrschung zu wahren, immer öfter hatte sie stöhnend und schluchzend im Bett gelegen. Ihre einzige Hoffnung war die Kreuztracht gewesen, sie hatte sich daran geklammert wie ein Ertrinkender an einen Strohhalm.

In der Woche vor Karfreitag war Hans-Hermanns Entschluss dann unumstößlich geworden. Sie hatte genug gelitten. Er hatte zu Gott gebetet, ihn gleichzeitig um Kraft für das gebeten, was er zu tun hatte, und auch um Vergebung dafür. Hatte die Entscheidung in SEINE Hand gelegt: Wenn er als Kreuzträger ausgelost würde, wäre das ein Zeichen, dass ER bereit war, ihm zu vergeben.

Er ging in die Küche und bereitete den Tee und die Medikamente für Charlotte vor, nur dass er diesmal eine ungleich höhere Menge von Tropfen abzählte. Auf einem Tablett trug er die Tasse und die Medizin ins Wohnzimmer, wo sie ihm jetzt mit wachen Augen entgegensah.

Charlottes Anblick bestätigte ihm erneut, dass er das Richtige tat. In ihren Augen schien zwar fast so etwas wie ein Funken Hoffnung zu schimmern, aber das konnte nicht sein. Auch ihr musste klar sein, dass es keine Rettung mehr für sie gab.

Er setzte sich zu ihr auf die Bettkante und half ihr mit dem Tee. Sie hatte nicht mehr die Kraft, etwas zu sagen, sah ihn nur an und drückte, so fest es ihr möglich war, seine Hand.

Nach einigen Minuten wirkte die Medizin, ihre Augenlider begannen zu flattern und fielen schließlich zu.

Auf diesen Moment hatte Hans-Hermann gewartet. Mit einem verzweifelten Laut nahm er eines der Kopfkissen, bat Charlotte schluchzend um Verzeihung und brachte es zu Ende.

Ich erbitte Deine Vergebung, o mein Gott, und erflehe Deine Verzeihung …

Er hatte Gott nie Vorwürfe gemacht, nicht wegen des kranken Kindes, das Charlotte im Leib getragen hatte, und auch nicht wegen ihrer Krankheit.

Gott würde ihm den Mord an seiner Frau vergeben, er hatte ihm die Buße der Kreuztracht auferlegt und Hans-Hermann hatte sie angenommen.

Ein letztes Mal liebkoste er zum Abschied ihre kalten Hände, streichelte über ihre Wange und gab ihr einen zärtlichen Kuss auf die Stirn. Dann erhob er sich schluchzend und ging in die Diele. Es wurde Zeit.

Wen sollte er zuerst anrufen? Den Notarzt? Nein, doch die Polizei. Die würde sich um alles Weitere kümmern, würde alle notwendigen Schritte einleiten.

Hans-Hermann hatte nicht die Absicht, sich davonzustehlen, er würde die Verantwortung für seine Tat übernehmen. Sobald er der Polizei den Mord gemeldet hatte, würde er ein paar Sachen zusammenpacken und darauf warten, dass man ihn abholte. Er war sich nicht sicher, wie die Beamten mit ihm umgehen würden, ob sie Verständnis für seine Tat zeigen oder ob sie ihn wie einen Schwerverbrecher behandeln würden. Nun, nicht mehr lange und er würde es wissen.

Er nahm das schnurlose Telefon aus der Basisstation und tippte zweimal die Eins und dann die Null. Doch in dem Moment, in dem er den Ruf freigeben wollte, zerriss ein Geräusch die Stille in der Wohnung.

Hans-Hermann fühlte sich, als ob ihm jemand ein Messer in den Leib gerammt hätte. Das Telefon fiel ihm aus der Hand, während er wie in Trance ins Wohnzimmer stolperte. Als er Gewissheit besaß, keiner Sinnestäuschung erlegen zu sein, sackten ihm die Beine weg.

Und wieder erklang aus dem Handy auf Charlottes Nachttisch die elektronisch verfremdete Version von Beethovens Neunter Symphonie.

Michael Theurillat

Sturm über Schwerte

Als Henner die Augen aufschlug, sah er in einen weißen Himmel. Keine Wolken und keine Engel nirgendwo. Ein farbloses Nichts schwebte über ihm wie ein leeres Blatt Papier. Kein Anfang und kein Ende.

Anna, schoss es ihm durch den Kopf. Wo war sie?

Henner bewegte den Kopf, aber es kam nichts Neues ins Bild.

Er hob die Arme.

Aber die Arme bewegten sich nicht.

»Er ist aufgewacht«, sagte eine Stimme.

Henner wollte aufstehen.

»Er bewegt die Augen«, sagte die Stimme.

Ein weiches, blasses Gesicht schob sich in sein Blickfeld. Es war nicht Anna. Eine andere Frau. Henner hatte sie noch nie gesehen.

»Herr Barthe … können Sie mich hören?«

»Ja«, sagte er.

Blaue, wässerige Augen sahen ihn schweigend an.

»Wo ist Anna?«, fragte Henner.

Augenlider hoben und senkten sich. Dann raste ein Mund auf ihn zu: »Können – Sie – mich – hören?!« Große Zähne buchstabierten jedes einzelne Wort.

Henner wich zurück, aber alles blieb, wie es war. »Ich höre Sie, bitte … ja. Verdammt noch mal, sagen Sie mir …«

Der Mund verkleinerte sich, wurde wieder Teil des Gesichtes. Henner sah die hellen Härchen auf der Oberlippe, an Wangen und Schläfen. Eine Schwedin, dachte er. Anfang fünfzig vielleicht. Ein Lächeln, nur kurz. Dann wurde es dunkel.

»Vielleicht probieren Sie es«, sagte die Stimme aus dem Nichts.

»Ich weiß nicht, ob er Sie hören kann …«

Dann kam Jennys hübsches Gesicht. Ihre kleine Nase; die Fältchen, die ihren Mund umkräuselten; die weißen Zähne, die sie sich hatte bleichen lassen ... Und alles spielte sich nochmals so ab wie vorhin: Fragen, die – obwohl Henner sie geradezu herausschrie – so offen blieben wie die Rosenblüte, bevor sie verwelkte.

Männer und Frauen kamen in weißen Kitteln. Sie trugen farbige Kugelschreiber in aufgesetzten Brusttaschen. Einige von ihnen hatten Stethoskope um den Hals. Wenn sie Henner mal auf diese, mal auf jene Seite wendeten, aufhoben oder drehten, veränderte sich sein Blickfeld um eine neue, kleine Perspektive.

In seinem Bett fuhr man ihn durch Gänge, schob ihn in röhrenartige Gebilde oder unter gleißendes Lampenlicht.

Die Art, wie man mit ihm umging, manchmal auch sprach, machte Henner wenig Hoffnung. Krankenschwestern, Pfleger, Ärzte – sie glaubten unter sich zu sein. So als wäre er gar nicht da.

Henner sammelte jeden einzelnen Eindruck. Es waren Puzzlesteine zu seiner neuen Identität. Und als er das Bild zusammen hatte, sah er darin den Warteraum zur Hölle.

Die Ungewissheit, wie es um Anna stand – falls sie überhaupt noch lebte –, ließ Henner verzweifeln. Auch Jenny und seine Tochter Christiane (die Einzigen, die man zu ihm ließ) erwähnten Anna mit keinem Wort. Dass sein Verstand funktionierte, war nicht hilfreich. Es nützt einem nichts, wenn man denken kann, und niemand merkt es. Henner hätte alles hergegeben, um sprechen zu können. Seine Füße, Beine und Arme. Alles hätte er eingetauscht für diese eine Frage, für ein einziges Wort: »Anna?«

Henner hatte Anna während seines Studiums in Münster kennengelernt. Sie war ihm sofort aufgefallen. Mit einem dicken Buch über Fotografie saß sie im Schlossgarten unter einer alten Rosskastanie, den Rücken an den rauen Stamm gelehnt, die

Füße im Gras in der Sonne. Damals hatte er noch nicht den Mut gehabt, sie anzusprechen, obwohl er sich bereits nach den ersten Blicken sehr zu ihr hingezogen fühlte. Wie es der Zufall wollte, trafen sie sich drei Tage später in der Bibliothek wieder. Henner stotterte etwas von »Wir können ja mal Kaffee trinken ...« und Anna sagte »Ja«, bevor er den Satz beendet hatte.

Es wurde ein schöner Sommer, den sie gemeinsam verbrachten, und im Herbst kannte Henner alle Kastanienbäume der Stadt.

Mit dem ersten Schnee ging Anna fort. Ein bekannter Fotograf in Paris bot ihr überraschend eine Praktikumsstelle an. Henner konnte sie nicht halten, aber die Versprechen, die sie sich gaben, klangen gut. »Sechs Monate, mehr werden es nicht«, hatte Anna gesagt. Es wurden zwanzig Jahre daraus; ein halbes Leben, das Henner mit einer anderen Frau verbracht hatte, mit Jenny.

Nach Tagen – oder waren es Wochen? –, die Henner inzwischen in der Klinik verbrachte hatte, war er wild entschlossen, sich umzubringen. Für einen stummen Tetraplegiker wie ihn war Selbstmord so Erfolg versprechend wie Hürdenlauf. Trotzdem, Henner gefiel der Gedanke. Er machte telepathische Versuche: Einer malaysischen Krankenschwester versprach er hunderttausend Euro, damit sie ihn mit den Schläuchen, die ihn am Leben hielten, erdrosselte. Vergebens.

Zwei Mal hielt Henner den Atem an, bis ihm schwarz wurde. Ganz durchhalten konnte er es nicht. Die Pfleger, die ins Zimmer stürmten, schüttelten ihn, fluchten und kontrollierten die Geräte, an denen er angeschlossen war. Kein schlechter Anfang, fand Henner.

Seit er wusste, dass er gelähmt war, dass sich unterhalb seines Kinns nichts mehr tat (ein zertrümmerter Kehlkopf eingeschlossen), war ihm klar geworden, dass er niemals würde fragen können, was mit Anna geschehen war.

Und wieder startete in seinem Kopf der Film, der die Ereignisse jenes Abends wiedergab, seine letzten Stunden als Mensch, bevor er zum Krüppel wurde. In stundenlanger Arbeit des Erinnerns hatte Henner die Bilder zusammengeflickt. Nur am Ende des Streifens fehlte ein Stück: Anna fehlte. Wo war sie?

Trotz des kalten Wetters hatte Henner sich nach der Arbeit einen Umweg gegönnt, um in Ruhe nachzudenken. Anna oder Jenny? Eine der beiden Frauen war zu viel. Henner wusste nur nicht welche. Er hatte es damals schon nicht gewusst, vor über zwanzig Jahren.

Es half alles nichts. Die guten Ratschläge, die er sich selbst erteilte, brachten ihn nicht weiter, und darüber reden wollte er mit niemandem. Henner war klar, dass neue Besen besser kehrten, andererseits ließen sich die einundzwanzig Jahre mit Jenny, davon achtzehn gute, nicht einfach wegputzen wie Staub von einem Kellerbrett.

Im Moment bestand der Reiz in der Summe von beiden. Er würde warten, dachte er.

Er schlenderte durch die Innenstadt, schaute sich die Auslagen der Geschäfte an und kaufte bei *Bücher Bachmann* einen kleinen Gedichtband von Rilke. Auch wenn er sich darin keine Lösung des Problems versprach – so doch wenigstens Verständnis dafür.

Der Marktplatz, der im Sommer von Leuten überquoll, war beinahe leer. Die Pflastersteine waren nass und glänzten, dazwischen kroch Moos, noch nicht ganz grün. Er bog in den Norbert-Kaufhold-Weg ein, schlenderte entlang des Alten Friedhofs St. Viktor, vorbei am trotzigen Kirchturm, der seinen spitzigen Hut schief in den bleigrauen Himmel streckte. Die Wettervorhersage hatte Sturm prophezeit. Vielleicht würde daraus noch was werden, dachte er.

Als Henner vor seinem Haus angekommen war, blieb er einen Moment stehen. Er erinnerte sich, wie der alte Fachwerkbau früher ausgesehen hatte: eine heruntergekommene Bude mit faustdickem Moos an der Wetterseite und wurmstichigen

Balken, zwischen denen der Mörtel gebröselt hatte wie alter Sauerteig.

Es war Jennys Idee gewesen, alles selbst zu renovieren. Ihr Projekt. Weil sie handwerklich begabt war, hatte sie darin eine neue Aufgabe gesehen. »Ich muss ja etwas tun«, hatte sie gemeint. »Christiane braucht mich jetzt noch, aber wer weiß, wie schnell sich das ändern kann ...«

Es kam anders. Renoviert hatten es schließlich die Handwerker und bezahlt wurde das Ganze durch einen Kredit von der Bank. Auch so gab es noch genügend Arbeit und Dreck, hatte Henner damals gefunden.

Als das Häuschen fertig war, blieben die Leute stehen, wenn sie sonntags zur Kirche gingen. Es gab bewundernde Blicke. Und wenn das Tourismusbüro Führungen organisierte, stand das Haus Modell für Schwertes historische Fachwerkbaukunst. Aber so hübsch und fertig, wie es dastand, hatte es seinen Zweck verfehlt. Henner begriff, was er vermasselt hatte: Der Weg sollte das Ziel sein. Mehr nicht. Er wurde das Gefühl nicht los, dass Fugen und Kitt nun ganz woanders fehlten, dass Jenny und er das Fundament ihrer Ehe gegen ein dichtes Dach und schmuckes Fachwerk eingetauscht hatten.

»Du kommst spät«, sagte Jenny. Sie lag auf der Couch und feilte sich die Fingernägel. Ihre Beine waren angewinkelt, ein großes Kissen stützte ihren Rücken.

»Ich bin noch durchs Städtchen gegangen ... ein wenig spazieren. Hatte den ganzen Tag nur gesessen. Und du?«

»Ach nichts. Das Übliche halt.«

Henner lief in die Küche, suchte im Kühlschrank den Cabernet Blanc, den er für heute kalt gestellt hatte. Die Flasche war weg. Einen Moment überlegte er, ob er etwas sagen sollte. Noch vor einem Jahr hätte er darüber gar nicht nachgedacht.

Führte die Fremdheit, die sich zwischen Jenny und ihm breitgemacht hatte, dazu, dass er keine Fragen mehr stellte? Oder war es nur sein schlechtes Gewissen, das ihn hemmte?

Henner nahm sich ein Glas, ging zum alten Bauernschrank, der als Bar diente, und goss sich einen Whisky ein. Wenn Jenny heimlich trank, so müsste es mir aufgefallen sein, dachte er. Sein Blick streifte die Wodka-, Gin- und anderen Schnapsflaschen. Er hatte keine Ahnung, wie voll oder leer sie zuletzt gewesen waren.

»Hast du etwas gekauft?«, fragte sie.

»Wieso fragst du?«

»Ich dachte nur. Du kaufst meistens irgendwas.«

»Ach ja?« Er sah zur Couch. Wenn er sie nun küsste, würde er den Alkohol riechen. Aber sie küssten sich schon eine Weile nicht mehr.

»Also nichts?«

Er setzte sich auf den Stuhl bei der Leselampe, den er damals gemeinsam mit Anna auf dem Flohmarkt erstanden hatte. »Ein kleines Büchlein von Rilke ... ein Gedichtband.«

»Für mich?«, fragte Jenny erstaunt.

»Für uns, wenn du willst ...«

»Machst du mir auch einen Drink?« Jenny richtete sich auf. »Du hast gar nicht gefragt ... Einen Wodka-Martini bitte, und etwas Eis.«

»Vielleicht solltest du wieder arbeiten«, sagte Henner. Er gab seiner Frau den Drink und setzte sich zu ihr.

Sie nippte schweigend an ihrem Glas.

Es waren die falschen Worte gewesen, Henner wusste es. Aber gab es für jemanden, der sich seit über einem Jahr hängen ließ, überhaupt die richtigen Worte? So konnte es nicht weitergehen.

»Ich weiß nicht, wie ich es sagen soll ...«, begann er von Neuem. Er versuchte, den Satz mit Händen weiterzuführen.

»Dann lass es doch einfach.« Jenny zog die Beine an und spielte weiter mit der Nagelfeile.

Henner sah ihre weißen Hände.

Als er Jenny kennengelernt hatte, waren ihre Finger schwarz gewesen. Voll Schmiere und Öl. In der Werkstatt vom alten Karrer, in Münster. Er hatte seinen Käfer dorthin zur Reparatur gebracht, weil es günstig war. *Karrer und Söhne* hieß der Laden, ein kleiner Familienbetrieb. Und als einmal die Tochter in der Werkstatt aushalf, mit Blaumann und blonder Mähne, und ihm klarmachen wollte, wie bitterböse es um seine Karre stand, da war er hin und weg gewesen. Zur Hochzeit gab es den alten Käfer in neuem Kleid. Von Grund auf restauriert und neu lackiert: rubinrot. Und hintendrauf stand in weißen Lettern: *Just married.* Als er einmal die Schlüssel vergessen hatte, hatte Jenny das Fahrzeug kurzgeschlossen. Henner kannte das nur aus dem Film, er liebte sie für ihre unkomplizierte Art, Dinge anzupacken.

Jenny blies den Staub von der Nagelfeile.

Henner seufzte: »Christiane ist jetzt schon seit über einem Jahr ausgezogen …« Er stützte die Arme auf die Oberschenkel, sah zwischen seinen Beinen hindurch auf den Teppich. Dann hob er den Blick und meinte: »Du bist jetzt dreiundvierzig … Da findet sich bestimmt etwas, glaub mir. Der Mensch braucht eine Aufgabe.«

»Es war deine Idee, Christiane nach Freiburg zu schicken.«

»Das tut doch überhaupt nichts zur Sache.« Henner sog hörbar Luft durch die Nase. »Freiburg hat eine gute Uni … das Studentenleben ist toll. Ihr gefällt's dort … hast du doch selbst gesagt.«

»Na und?«

»Ich mein ja nur. Christiane ist eine moderne, junge Frau. Sie macht ihren eigenen Weg.«

»Was soll das wieder heißen?«

»Nichts.« Henner seufzte.

»Bist du jetzt fertig?«

»Mit was bitte? Hergott noch mal mit was?!« Henner stand auf. »Am Anfang ging es ja noch. Da bist du mit Christiane nach Freiburg, in die Möbelläden und auf den Trödelmarkt. Hast ihr die ganze Wohnung eingerichtet … die Wäsche gemacht.« Henner fuhr sich mit der Hand durchs Haar. »Womöglich hast du ihr noch die Notizen von der Uni in einen Ordner geklebt und die Sätze in ihren Büchern gelb angestrichen.«

»Das ist nicht fair.«

»Sie hat dich rausgeworfen, Jenny. Kapier das endlich. Sie will ihr eigenes Leben führen. Christiane ist eine erwachsene Frau.«

»Christiane hat mich nicht rausgeworfen.«

»Doch!« Henner spürte, wie das Blut in seinen Schläfen hämmerte. »Aber darum geht es gar nicht«, sagte er. »Christiane und du … das ist eure Sache. Ich will mich da nicht einmischen.«

»Na also.«

»Es geht um mich … um uns! Was sich seither abspielt …« Henner ruderte mit den Armen. »Dass du jede Woche die Möbel umstellst … meine Krawatten ausmistest und mir neue Hosen kaufst – Hosen, die ich in meinem ganzen Leben nie anziehen werde. Nie! Und rote Socken!«

»Andere Männer wären froh …«

»Ich nicht!« Henner entfernte sich ein paar Schritte. »Und damit wir uns nicht falsch verstehen … ICH bin keine neue Aufgabe, du musst dich woanders umsehen.«

Eine Weile schwiegen beide.

Henner nahm die Zeitung, ging zum Esstisch und setzte sich.

»Du gehst heute zum Skat, nicht wahr?«

Es war nicht der vorwurfsvolle Unterton, der Henner störte – denn dagegen war er bereits immun –, nein, es war etwas anderes. In der Frage lag eine scheinbare Beiläufigkeit, die ihn aufhorchen ließ. »Ja«, sagte er zögernd. Dann faltete er die Zeitung zusammen, legte sie auf den Tisch und sah hinüber zur Couch. »Dienstag ist Skat. Das war schon immer so, oder?«

»Natürlich.«

»Eben.«

Henner überlegte, ob er die Zeitung wieder aufnehmen und weiterlesen oder ob er etwas sagen sollte.

Warum fragte sie gerade heute, ob er Skat spielte? War es möglich, dass Jenny wusste, dass er sie betrog? Er hatte alles perfekt eingefädelt. Charlie übernahm seinen Platz in der Skatrunde und für den Fall, dass Jenny in der *Waage* anrief: Man würde ihr ausrichten, dass er noch einmal ins Büro gemusst hatte.

Seine Freunde waren ihm mehr als nur einen Gefallen schuldig. Wolfgang hätte den Umbau vom alten *Kaufhaus Küster* ohne ihn nie bekommen und bei Klaus war die Bank eingesprungen, als er wegen Zahlungsschwierigkeiten in der Klemme saß. Dass sie für ihn logen, war ein Tauschgeschäft. Wirklich nicht zu viel verlangt.

Jenny stand auf. Langsam ging sie hinüber zur Küche.

Henner sah ihr nach: Ihre schlanken Beine und der Po, nach denen sich die Männer umdrehten, wenn sie im Sommer kurz trug. Wenigstens hatte sie sich äußerlich nicht gehen lassen.

Einen Moment schien es ihm, als wollte sie etwas sagen. Er merkte es an ihren Schritten. Ein leichtes Zögern. Nur der Hauch eines Ansatzes. Nach einundzwanzig Jahren erkannte er sie: auch die Ansätze. Aber es kam nichts.

In der Küche ging ein Türchen auf und zu. Etwas später der dumpfe Klang eines Kochtopfs, der auf den Keramikherd gestellt wurde. Dann schlug St. Viktor.

Obwohl Henner wusste, wie spät es war, zählte er die Glockenschläge. »Sechs«, sagte er.

»Ich koch uns was«, rief Jenny.

Henner stellte sich vor, wie die Klöppel der Glocken noch eine Weile nachschwangen, ohne dass sie das harte Metall berührten.

»Hast du Hunger?«, fragte sie.

»Was kochst du?«

»Etwas Leichtes, habe ich gedacht.«

»Das ist gut«, sagte er. Sein Blick fiel auf die Zeitung, auf den Artikel, den er zu lesen angefangen hatte: *Barack Obama liegt vor Hillary Clinton im demokratischen Wahlkampf.* Schwarz gegen Weiß. Mann gegen Frau. Aber eigentlich drehte sich alles in seinem Kopf nur um Anna.

Anna mochte lange Zugfahrten. Sie saß mit dem Blick in Fahrtrichtung und hielt ihren Kopf ans kühle Fenster. Regentropfen trafen die Scheibe und der Fahrtwind zog sie zu langen Fäden.

Weite, braune Wiesen rasten an ihr vorbei; ausgemergelte Birkenwäldchen standen an Gräben mit dunklem Wasser. Es schien, als hätte der Winter die Farben gestohlen und als brächte der Frühling sie nur zögerlich wieder zurück.

Anna wusste immer noch nicht, weshalb sie sich damals hatte drankriegen lassen, nach ihrer Rückkehr aus Paris, Henners Hochzeit mit Jenny zu fotografieren. War es ihr Stolz gewesen, sich vor Henners Augen als gute Fotografin zu präsentieren? Oder hatte sie es deshalb getan, weil ein Funken Hoffnung ihr Zweifel daran ließ, dass Henner mit dieser Frau wirklich glücklich werden würde?

Auch wenn sie die Knipserei am Hochzeitstag tapfer hinter sich gebracht hatte, die Arbeit in der Dunkelkammer war zu viel gewesen.

Sie beschloss kurzum, Deutschland wieder zu verlassen, und ging zurück nach Paris.

Die ›Bilder‹, die sie Henner vor ihrer Abreise geschickt hatte, waren unbelichtet. Vierhundertzwölf blütenweiße Halbkartons hatte sie abgezählt, für jeden Tag ihrer gemeinsamen Liebe einen. Auf den Begleitbrief hatte sie den Satz aus Saint-Exupérys *Der kleine Prinz* notiert: *Man sieht nur mit dem Herzen gut.* Auf der Rückseite des Briefbogens war das Bild ihres gemeinsamen Kastanienbaumes in Münster abgedruckt. Und in Klammern darunter: *Erinnerungen auf Ilford Fotopapier, satiniert, dreizehn mal achtzehn.*

Heute musste Anna darüber lachen. Und vielleicht hätten sie nie mehr etwas voneinander gehört, wenn sie nicht den Auftrag bekommen hätte, für die Stadtsparkasse, bei der Henner beschäftigt war, eine Imagebroschüre zu erstellen.

»Weißt du noch, wer ich bin?« Anna hatte diesen Satz immer wieder ausprobiert wie ein ungeübter Koch sein Gericht abschmeckt. Zweifelnd. Im Bad, in der Küche und auf dem Fahrrad. Im Wald und auf dem Zebrastreifen. Fremde Blicke waren an ihr hängen geblieben; hie und da hatte es ein Kopfschütteln gegeben. Und als sie sich selbst nicht mehr hören konnte, rief sie an und berichtete, dass sie den Auftrag seiner Bank übernommen hätte und ihn gerne wiedersehen würde. Auf den Tag genau vor einem Jahr.

Seither trafen sie sich, in immer kürzeren Abständen.

Henner sah zu, wie Jenny den Spargel auf die Teller lud. Es war der erste in diesem Jahr. Und wie immer gab es dazu eine Sauce hollandaise, ein paar dünn geschnittene Streifen Parmaschinken und gedünstete Frühjahrskartoffeln. Er traute seinen Augen nicht, als Jenny die Flasche Cabernet Blanc, die er gesucht hatte, aus der untersten Schublade des Gefrierfachs zog.

»Ich dachte, du magst ihn, wenn er richtig kalt ist«, sagte sie mit versöhnlichem Lächeln.

Henner entkorkte die Flasche. Über seine peinliche Vermutung schwieg er sich aus. Vielleicht sah er Gespenster und übertrieb mit seinem vorauseilenden Aktivismus.

Das Abendessen wurde harmonisch. Jenny wollte wissen, wie es in der Bank lief, und zu Henners großem Erstaunen hatte sie nicht vergessen, dass nächste Woche eine Bilanzpressekonferenz anstand.

»Vielleicht bist du deshalb etwas gereizt«, meinte sie. »Ich kann das gut verstehen … der ganze Druck.«

»Schon möglich«, sagte er. »Vielleicht gehe ich nach dem Skat noch ins Büro … die neusten Zahlen, du weißt schon.«

»Mach nur.« Jenny lächelte verständnisvoll. »Ich werde nicht auf dich warten.«

Sie sprachen über das Wetter und darüber, ob die Osterglocken im Vorgarten den Sturm schadlos überstehen mochten. Die Kindersammlung von Angelina Jolie und Brad Pitt war ebenso Thema wie der Stau auf der Hörder Straße.

Kurz vor acht stand Henner mit dem Regenmantel im Flur. Er wunderte sich, dass Jenny ihm bis zur Haustüre folgte. »Es wird sicher spät«, sagte er.

»Nimm einen Regenschirm … am besten den gelben.« Jenny hatte ihn schon in der Hand. »Es stürmt.«

»Ich werd schon nicht unter die Räder kommen«, sagte Henner, dann verließ er das Haus.

Die Orte, an denen sich Henner und Anna bisher getroffen hatten, waren Verstecke gewesen. Hotels im Schwarzwald, in Zürich oder München. Einmal sogar Paris. Es waren Destinationen, die Henner mit seiner Arbeit verbinden konnte, die für eine solche *amour fou* einen neutralen Boden boten.

Henner war zehn Minuten zu früh am Bahnhof. Er ging durch die Unterführung, stieg die Treppen hoch zu den Gleisen. Erwartungsvoll blickte er in die Richtung, aus der der Zug kommen musste.

Breitbeinig trotzte er einer Windböe, die über den Bahnsteig fegte. Regen schlug in sein Gesicht. Während er wartete, wurde ihm klar, dass Anna zum ersten Mal zu ihm reiste. Dorthin, wo er zu Hause, sie aber fremd war. Das Einzige, was er Anna bisher aus Schwerte geschickt hatte, war das Bild der alten Rosskastanie gewesen. Man würde sie beide sehen, das stand fest. Schwerte war keine Großstadt, in der man unterging. Es gab weit mehr Leute, die *ihn* kannten als umgekehrt. Die Presse half da gehörig mit.

Natürlich war er sich dessen bewusst gewesen, längst bevor er Anna eingeladen hatte. Im Gegensatz zu dem Haus, in dem er wohnte, stand seine Ehe nicht unter Denkmalschutz. Er hatte einmal gelesen, dass ein *coming-out* befreien, einen geradezu beflügeln würde. Aber war jetzt der richtige Zeitpunkt dafür?

Mit der Ankunft von Anna schwanden seine Zweifel. Alles war wieder da. Die Vertrautheit mit ihr – und die Lust, alles noch einmal neu anzupacken.

Wie Kinder flogen sie einander zu. Und als sie sich aus ihrer Umarmung lösten, hatten Wind und Regen Annas sandfarbenen Wildledermantel dunkel eingefärbt.

»Wie immer die passende Kleidung«, lachte Henner. Er nahm ihre Reisetasche, dann machten sie sich auf den Weg zum Hotel.

Der *Reichshof*, ein seit Generationen liebevoll geführtes Haus, lag einen Steinwurf vom Bahnhof entfernt. Eine alte Holztreppe führte in den ersten Stock zur Rezeption.

»Hier wohnst du«, schnaufte Henner, als sie oben angelangt waren. »Ein Reichshof für eine Königin.«

»Elender Schwindler!« Anna lachte, legte den Mantel ab und fuhr mit beiden Händen durch ihr halblanges, dunkles Haar.

Eine blonde Frau mittleren Alters kam auf Henner zu. Nach einer kurzen, freundschaftlichen Umarmung sagte sie: »Ich dachte schon, ihr schafft es nicht mehr.« Dann reichte sie Anna die Hand: »Ich bin übrigens Julia, herzlich willkommen.«

»Ihr gehört das Hotel«, erklärte Henner. »Seit Generationen.«

»Meiner Familie«, korrigierte Julia. »Seit 1931 – steht hier alles drin.« Sie überreichte Anna ein kleines Heftchen und den Zimmerschlüssel. Zu Henner meinte sie: »Die Vierzehn, am Gang unten rechts.«

Es vergingen keine fünf Minuten und Anna war umgezogen. Sie trug jetzt einen dicken, grauen Rollkragenpullover, darüber einen schwarzen Anorak. Aus ihrer Reisetasche kramte sie eine große Stablampe, zwei Objektive und ein Stativ. Hastig packte sie alles in einen kleinen Rucksack. Dann nahm sie ihre Nikon D3. »Fertig!«, grinste sie.

»Du spinnst«, sagte Henner. Er saß auf der Bettkante und hatte sie die ganze Zeit über schweigend beobachtet. Die Grazie, mit der sie sich bewegte, und der helle Teint, der noch porzellanener schien, seit sie die dunkle Jacke trug.

»Die alte Rosskastanie, von der du mir als Antwort auf meinen Brief einen Abzug geschickt hast …«, sagte sie. »Du hast es mir versprochen.«

»Aber doch nicht jetzt!« Henner schüttelte den Kopf. »Anna, es stürmt. Es wird dir deinen ganzen Fotokram um die Ohren …«

»Komm!« Sie reichte ihm die Hand, zog ihn vom Bett. »Das andere muss warten.«

Sie kämpften sich vom Hotel bis zur Hagener Straße. Der gelbe Schirm, mit dem sich Henner gegen die peitschenden Sturmböen zu wehren versucht hatte, hing in Fetzen.

»Das schaffen wir nie!«, rief er und blieb stehen.

»Wirf das Ding weg!«, schrie Anna. Sie stellte den Rucksack auf den Boden, nahm Fotoapparat und Stablampe und entfernte sich ein paar Schritte. »Schau mich an!«, brüllte sie. Die dunklen Haare klebten ihr im Gesicht.

»Anna, lass das! Du holst dir den Tod.«

Sie hob den Fotoapparat, zeigte mit der Lampe auf ihn. »Klasse!«, rief sie. »Beweg dich … komm auf mich zu.«

Der Lichtstrahl, den Anna auf ihn richtete, blendete ihn. Henner konnte den Wagen nicht sehen, der sich langsam näherte.

»Ich liebe diesen Sturm«, rief Anna. »Tolle Bilder … komm endlich, beweg dich!« Sie stand mitten auf der Fahrbahn. Ihr bleiches Gesicht schimmerte im spärlichen Licht der Straßenbeleuchtung.

Henner hörte das Aufheulen eines Motors. Instinktiv sprang er aus dem Lichtkegel von Annas Taschenlampe und nahm wahr, wie ein dunkler Schatten direkt auf Anna zuschoss.

»Weg!«, schrie Henner in den peitschenden Regen. Dann rannte er los, seine Arme ausgestreckt: »Anna!«

»Fünf Minuten, mehr nicht«, sagte eine resolute Frauenstimme.

Henner überlegte, ob er die Augen öffnen sollte. Seit Tagen hielt er sie geschlossen, in der Hoffnung, dass man ihn für klinisch tot erklären und lebendig begraben würde.

Seine Neugier siegte.

Er sah in ein rundes, freundliches Gesicht mit knorriger Nase. Männlich, Anfang fünfzig.

»Wiegand, Elmar Wiegand …«, sagte ein breiter Mund. »Verkehrskommissariat Schwerte.« Ein Räuspern kam: »Die Schwester hat gemeint, es würde nichts bringen … Sie können nicht sprechen, hat man mir gesagt.«

Husten, gehen und jemanden ohrfeigen kann ich auch nicht, dachte Henner. Nicht einmal sterben. Nur der Verstand funktioniert.

»Hmm«, machte der Mund. Buschige, grauschwarze Augenbrauen hoben sich.

»Tja«, sagte der Mann und: »Ähm …« Und plötzlich fing er an zu blinzeln, mit schweren, fleischigen Lidern. »Können Sie das?«, fragte er. »Können Sie blinzeln?«

Auf und zu. Henner tat es.

»Hervorragend!«, rief Wiegand. »Hervorragend! Machen Sie es gleich noch mal!«

Es klappte wirklich. Es war der einfachste Code der Welt: Ja = ein Mal blinzeln. Nein = zwei Mal blinzeln.

Der Erfolg hängt allerdings davon ab, wie geschickt Wiegand die Fragen stellt, dachte Henner.

»Es gibt ein paar Unklarheiten, was den Unfall betrifft«, begann der Polizist. »Ein paar Fragen … ich werde sie so stellen, dass Sie mit Blinzeln, ich meine, ähm … also mit Ja oder Nein antworten können.«

Es war kein Unfall! Henner wusste nicht, wie er das dem Polizisten zublinzeln sollte. Er hatte gehört, wie der Motor aufdrehte … den Wagen gesehen, wie er auf Anna zugerast war. Kein Unfall, verdammt!

»Ich weiß nicht, was man Ihnen schon erzählt hat«, fuhr Wiegand fort. »Jedenfalls hatte die Frau, mit der Sie zusammen waren … Sie waren doch mit ihr, oder?«

Henner blinzelte Ja.

»Eine gewisse …« Wiegands Gesicht verschwand für einen Moment aus Henners Blickwinkel. »Anna Lichtenberg … Sie kennen die Frau?«

Henner blinzelte Ja.

»Also … sie muss sofort tot gewesen sein. Ich nehme an, man hat Ihnen das schon gesagt.«

Henner schloss die Augen.

»Herr Wiegand, Ihre Zeit ist um«, sagte die Schwester in befehlsgewohntem Ton. Und ohne viel Federlesens spedierte sie den Polizisten aus der Intensivstation.

»Ich komme wieder«, rief Wiegand noch, dann war es still.

Als der Polizist am nächsten Tag kam, hatte sich Henner jede erdenkliche Frage bereits ausgedacht und sie vorsorglich mit einem Ja oder Nein durchgeblinzelt.

Doch es war für die Katz gewesen, wie sich schnell herausstellte. Die Fragen, die der Polizist hatte, waren Henner nicht eingefallen.

»Kannten Sie Frau Lichtenberg?« – Ja.

»Sie waren also gemeinsam unterwegs?« – Ja.

»Hatten Frau Lichtenberg oder Sie Alkohol getrunken?« – Nein.

»Und Sie sind trotz des heftigen Sturms ... ich meine, wir hatten mit Sirenenalarm und einer Radiodurchsage die Bevölkerung gebeten, in ihren Häusern zu bleiben.« – Ja.

»Es ist eben so ...« Wiegand räusperte sich. »Wir haben überhaupt keine Zeugen. Wir kennen nicht einmal den genauen Zeitpunkt des Unfalls.«

Eine Viertelstunde verging, bis sie sich in dieser Frage einig waren. »Neun Uhr also ... ich meine, plus/minus.« – Ja.

»Und zu diesem Zeitpunkt befand sich Frau Lichtenberg auf der Straße?« – Ja.

»Und Sie ebenfalls?« – Nein.

»Aber der Wagen hat Sie doch genauso erwischt?« – Ja.

Und so weiter ... Es war zum Verzweifeln.

»Das wäre dann alles«, meinte Wiegand mit einem Seufzer zum Schluss. Er faltete den Zettel, auf dem er sich die Fragen notiert hatte. »Hat mich übrigens gewundert, dass nirgends ein Fotoapparat gefunden wurde. Immerhin hat Frau Lichtenberg für *Magnum Photos* gearbeitet ... da sind doch nur die besten Fotografen, oder?«

Henner blinzelte Ja.

»Eben«, sagte Wiegand. »Dafür haben wir heute Morgen einen Wagen entdeckt, im Geisecker Bahnwald. Es sieht so aus, als handele es sich dabei um das Tatauto.«

Henner hörte das Rascheln von Papier.

»Ein roter VW Polo ... gehört einer gewissen Helene Kuster. Sagt Ihnen der Name etwas?«

Zum Teufel mit Ihnen. – Nein!, blinzelte Henner.

»Das überrascht mich nicht«, sagte Wiegand. »Das Auto wurde gestohlen gemeldet. Typisch. Wir hatten solche Fälle in Dortmund. Jugendliche, die Autos knacken und sie dann zu Schrott fahren. Also wenn das jetzt auch in Schwerte anfängt ... Eine Sauerei ist das.« Wiegand seufzte. »Normalerweise finden wir Fingerabdrücke, Haare, irgendwas. Aber in dem Fall sieht's schlecht aus. Jemand hat die Karre angezündet. Nichts zu machen.«

Die Karre angezündet ... Karre – *Karrer und Söhne*. Plötzlich kam Henner sein alter Käfer in den Sinn. Der verlorene Schlüssel und wie leicht Jenny den Wagen geknackt und kurzgeschlossen hatte.

»Ich lass Sie dann mal«, sagte Wiegand. »Hat gut geklappt mit den Fragen. Jetzt wissen wir, wie's passiert ist.«

Henner blinzelte: zwei Mal. Dann noch mal, und noch mal.

»Geht richtig gut mit dem Blinzeln«, sagte der Polizist. »Und vielen Dank noch.«

Henner starrte zur Decke. Er hörte, wie Wiegands Schritte sich langsam entfernten, wie das Klacken der Schuhe leiser wurde und draußen im Gang irgendwann ganz verstummte. War es möglich ... Jenny?

Die Welt ist ein kleiner Scheißhaufen, wenn man nur Ja oder Nein sagen kann, dachte er.

Ein halbes Jahr später wurde Henner aus dem Marienkrankenhaus entlassen. Es war ein sonniger Montag im Oktober. Jenny kam pünktlich um halb elf.

»Ich hab eine Überraschung ... du wirst Augen machen.« Sie war guter Laune, trug helle Turnschuhe und einen weißen Leinenanzug. Man hätte sie leicht für eine der Pflegerinnen halten können, als sie Henner in seinem Rollstuhl durch die Gänge in Richtung Ausgang schob. Nur das Namensschild auf ihrer Brusttasche fehlte.

Draußen vor der Pforte machten sie halt. Vor ihnen stand ein rubinroter Lieferwagen.

»Wie findest du ihn?« Jenny beugte sich vor, damit sie sein Gesicht sehen konnte. »Ein Peugeot Bipper ... lustiger Name, findest du nicht auch?« Dann schob sie den Rollstuhl an dem Wagen vorbei, damit Henner ihn sich ansehen konnte. »Es war meine Idee ... nicht schlecht, oder? So kann ich dich überallhin mitnehmen.«

Henner blinzelte. Auf der Hinterseite des Wagens stand in weißen Lettern: *Still married.*

Jenny öffnete die Doppeltür, drückte einen Knopf: »Eigenkonstruktion«, sagte sie stolz. Eine Rampe fuhr langsam heraus und senkte sich beinahe geräuschlos bis auf den Boden. »Der Antrieb erfolgt über eine Zahnstange und eine Kette«, referierte sie. »Das Ganze ist verbunden mit einem Hydraulikmotor mit nachgeschaltetem Schneckengetriebe.«

Auf der Heimfahrt erfuhr Henner weitere Details über die ausgeklügelte Konstruktion. Er saß in seinem Rollstuhl im Laderaum, fachmännisch mit Gurten festgezurrt.

»Hinten mach ich dir noch ein Fenster rein«, rief Jenny. »Dafür hat die Zeit nicht mehr gereicht.«

Sie fuhren durch die Innenstadt, direkt in die Fußgängerzone. Gegenüber der *Metzgerei Lewe* hielten sie an. »Ich hab eine Sonderbewilligung für Behindertentransport. Invalidenausweis haben wir auch.« Sie grinste.

Jenny schob ihn mit dem Rollstuhl durch die Hüsingstraße, vorbei an Hausfrauen, Kindern und – was am schlimmsten war: Geschäftsleuten! Ab und zu stellte sie ihn vor eines der Schaufenster und kommentierte die Auslagen. »Du darfst dich jetzt nicht hängen lassen, Henner«, sagte sie. »Du musst unter die Leute.«

Er sah die Augen der Passanten: der kurze Blick, der ihm galt, und der längere, den man Jenny schenkte. Eine attraktive Frau und ein Krüppel.

Zu Hause sah er als Erstes, dass die zwei Treppenstufen, die von der Straße in ihren Vorgarten führten, durch eine Rampe ersetzt worden waren. Auch zur Haustür hoch gab es keine Stufen mehr.

»Ist jetzt alles rollstuhlgängig«, sagte Jenny.

Im Wohnzimmer war alles so, wie er es in Erinnerung hatte. Die Couch, der Esstisch und die offene Küche. Der alte Schrank, der als Bar diente, und die große Leselampe. Nur sein Stuhl fehlte – und das Bild!

Fassungslos starrte Henner an die Wand. An Stelle der dicken *Nana* von Niki de Saint Phalle – er hatte sie Jenny zum zehnten Hochzeitstag geschenkt – hing etwas ganz anderes dort: Er selbst, Henner! In Lebensgröße.

Jenny bemerkte seine Reaktion und schob ihn näher ran.

Es war eine Fotografie: Sie zeigte einen Mann Anfang fünfzig. Ein Lichtkegel erleuchtete sein nasses Gesicht, ließ es aus der blauschwarzen Umgebung heraustreten, so als flöge es direkt auf den Betrachter zu.

»Eine wunderschöne Aufnahme«, sagte Jenny. »Die wilde Entschlossenheit in den Augen … will sagen: Jetzt oder nie! Macht einem richtig Mut, finde ich.«

Die Hausglocke ging.

»Ich geh mal kurz«, sagte Jenny.

Henner wurde schwindlig, alles begann sich zu drehen. Er schloss die Augen. Mit seinem ganzen Gewicht stemmte er sich gegen den aufkommenden Sturm. Eine Stimme rief: »Beweg dich … komm auf mich zu!« Anna. Der Fotoapparat verdeckte ihr hübsches Gesicht. Und immer wieder schrie sie diesen einen Satz durch den peitschenden Regen: »Beweg dich!«

Der kalte Schweiß, der sich auf seiner Stirn gebildet hatte, lief an seinen Wangen herab. Henner blinzelte.

Durch das offene Küchenfenster hörte er, wie die Nachbarin zu Jenny meinte: »Da muten Sie sich aber recht was zu, Frau Barthe. Ihr Mann ... und dann noch das Haus.«

»Ach wissen Sie, Frau Fuhrmann«, sagte Jenny. »Der Mensch wächst mit seinen Aufgaben.«

Sabina Naber

Blutrache – eine Soester Märchenstunde

Hauptkommissar i. A. Kapinsky kippte den Arbeitsstuhl leicht nach hinten und schlug die Broschüre auf, die ihm diese dralle Deutschprofessorin geschenkt hatte. Um ehrlich zu sein, hatte er nur wegen ihrer Kurven das Büchlein angenommen. So konnte er sie bei der Rückgabe desselben unauffällig wiedersehen. Manchmal brauchte er einfach eine – zumindest optische – Abwechslung zu seiner Frau. Auch wenn er sie noch so sehr liebte. Ehrlich liebte. Sonst würde er es nicht schon seit fünf Jahren im Exil aushalten. Als Österreicher in Deutschland. I. A. Im Austausch. Und seit drei Monaten in Soest. Eben.

Soest in der Sage. Nun gut, wenn er sich wirklich einleben wollte – und das sollte er wollen, nachdem eine neuerliche Versetzung im Rahmen des Polizeiaustauschs frühestens in fünf Jahren möglich war –, dann musste er sich auch mit Märchentexten auseinandersetzen. Sagentexten. Egal.

Kapinsky las gerade das Vorwort über Soest und die Nibelungensage, als der junge Kollege, dessen Name ihm spontan nicht einfiel, weil er noch kürzer als Kapinsky selbst auf der Polizeistation Soest Dienst hatte, die Tür einen Spalt breit öffnete. Er murmelte etwas von »dringend«, einer »Frau im Vorzimmer« und »einen Mord melden«.

Mit so einem schüchternen Auftreten würde es der Bursche nicht weit bringen. Doch Kapinsky verkniff sich eine Nachfrage oder den Hinweis, dass es für etwaige Anzeigen, die meist Selbstanzeigen von Irren waren, einen Journaldienst gebe, denn das Sagenbuch hüpfte ihm quasi aus der Hand. Er nickte gnädig.

Herein kam eine Frau, deren Alter zwischen dreißig und fünfzig liegen konnte. Weder die Kleidung – Jeans mit gelber Bluse und abgetragenen schwarzen Mokassins plus abgewetzter schwarzer Tasche, das Outfit war nicht jugendlich, nicht altweiberisch, sondern einfach nur so, als wäre es nicht jenes der Frau – noch das Make-up – es war nicht vorhanden, genauso wenig wie etwas, was man als Frisur bezeichnen könnte – boten einen Anhaltspunkt. Falten waren vorhanden, aber nicht tief. Das einzig Markante waren ihre tiefgrünen Augen.

Kapinsky deutete ihr, Platz zu nehmen, ließ seine übliche joviale Leier »Man werde sich um alles kümmern« los, unterdessen mit sich wettend, ob das zu meldende Mordopfer der auf Kur weilende Nachbar oder der sich aus dem Staub gemacht habende Ehemann war.

Die Frau sah von ihrer Tasche auf, die sie wie ein Geschenk kurz vor der Überreichung hielt. »Neben diversen Diebstählen, Sachbeschädigungen und dergleichen, die Sie nicht aufgeklärt haben, wie ich annehme, gibt es doch drei seltsame Fälle, die nach wie vor Rätsel aufgeben. Nicht wahr?«

Kapinsky wusste sofort, auf welche Fälle die Frau anspielte, auch wenn sie sich allesamt kurz vor seinem Dienstantritt in Soest ereignet hatten. Er war nun doch ein bisschen gespannt, denn es war seltsam, dass diese Frau diese Fälle im Paket erwähnte, hatten sie doch nichts gemein außer ihrer Rätselhaftigkeit. Kapinsky nickte.

Die Frau nickte ebenfalls und kramte in ihrer Tasche. »Ich kann Ihnen die Lösung zu allen drei Fällen sagen. Ich habe es hier aufgeschrieben, damit tu ich mich leichter, ich werde es Ihnen vorlesen ...«

»Warum?«

»Weil meine Handschrift unleserlich ist.«

»Nein, warum Sie die Fälle aufklären können.«

Die Frau zog einen zusammengefalteten Zettel aus der Tasche. »Weil ich die Geschichte kenne.«

Sie entfaltete das Papier und Kapinsky erkannte, dass es mehrere Bögen waren. Er lehnte sich wieder zurück. Eine Irre mit extremem Mitteilungsbedürfnis. Wunderbar. Wenigstens besser als eine Abhandlung über Soest und das Nibelungenlied. Und solange kein Einsatz kam, konnte er sich dem harmlosen Vergnügen, dem Märchen dieser Frau zu lauschen, entspannt hingeben.

Die Frau stellte die Tasche ab und setzte sich aufrecht hin. Die Zettel hielt sie mit leicht gebeugten Armen von sich gestreckt. Weitsichtig. Sicher weitsichtig. Und doch bekam die Situation durch diese Haltung etwas Feierliches.

Kapinsky verschränkte die Arme. »Also dann, erzählen Sie mir einmal, wer den Mord an Dietrich Breeker begangen hat.«

Die Frau schüttelte den Kopf, ohne vom Papier aufzusehen. »Nein, ich beginne mit der Sache im Dom, denn da beginnt die Geschichte.«

Kapinsky gab sich geschlagen, man sollte Irren ihren Willen lassen. Auch wenn die Sache im Dom aus polizeilicher Sicht bei Weitem nicht so brisant und spannend wie der Mord war. Aus polizeilicher Sicht. Aus Soester Sicht vielleicht nicht. Oder auch nicht so spannend wie der Unfall, der wahrscheinlich ein Doppelselbstmord, in Kapinskys Bauch sogar Doppelmord war. Doch er kannte diese Rätsel ja nur aus den Akten, als Neuer durfte er nichts sagen.

Die Frau begann zu lesen.

Jede Ecke des Patroklidoms war hell erleuchtet. Die Soester staunten über Ansichten, derer sie noch nie ansichtig geworden waren, da ja nun eine Kirche für gewöhnlich im Halbdunkeln liegt. Über eine Ansicht staunten sie aber nicht nur, über die erregten sie sich. Es war das Gesicht des jüngsten der Heiligen Drei Könige im Seitenaltar. Für gewöhnlich war es weiß, wie auch die Gesichter der beiden anderen Weisen des Morgenlandes weiß waren. Ein Umstand, auf den die Soester Fremdenführer mit Vorliebe hinwiesen, weil sie ihn für außergewöhnlich hielten. Manche von ihnen erklärten den Sachverhalt mit dem Hinweis darauf, dass man damals im dreizehnten Jahrhundert eben noch keine Schwarzen gekannt hätte. Was natürlich nicht stimmte. Und die Erklärung war auch eine ganz andere, sie hatte mit Lebensalter und Konti-

nenten zu tun. Das allerdings interessierte die übliche Touristenmasse nicht, weshalb man wahrscheinlich bei dieser einprägsamen Erklärung blieb. Nun aber …

»Okay, es geht also tatsächlich um diese Schmiererei im Patroklidom. Aber ist Ihre Einleitung nicht ein bissel weitschweifig? Können Sie nicht einfach sagen, wer's war?«

Die Frau biss sich auf die Lippen und fuhr zu lesen fort.

Nun aber war das Gesicht des jüngsten Weisen schwarz gefärbt, wobei die Schattierung passend zum üblichen Lichteinfall ausgeführt war. Das hatte einer der Polizisten festgestellt, als ihm die verschiedenen Schwarztöne im Gesicht von Caspar aufgefallen waren und er den Polizeischeinwerfer noch einmal kurz abgedreht hatte.

»Das war der Bors. Der besucht sogar einen Zeichenkurs in der Volkshochschule.«

Jetzt sah die Frau ihn an. »Wenn Sie mich noch einmal unterbrechen, dann gehe ich wieder. Und Ihre Statistik bleibt so schlecht, wie sie ist.«

»Sie ist gut.« Kapinsky schnellte nach vorn und ärgerte sich im selben Moment über seine Replik. Die Vehemenz der Frau stellte sie beide auf dieselbe Stufe. Oder zumindest ließ er das zu. Das war gar nicht gut. »Sie sind hier als Zeugin. Ich kann Ihnen jederzeit jede Frage stellen, die ich möchte.« Ganz schwach, schon wieder eine Verteidigung. »Wenn Sie etwas zu sagen haben, Frau …« Er hatte sich noch nicht einmal ihre Personalien geben lassen. Gut, er hatte sie auch für eine Märchenerzählerin gehalten. – Mein Gott, jetzt sprach er von seiner Einschätzung dieser Frau schon in der Vergangenheit. Sie *war* eine Märchenerzählerin. Punkt. Und von so einer brauchte er auch keine Personalien. Kapinsky lehnte sich wieder zurück.

Die Frau beobachtete jede seiner Bewegungen. Irr. Ja. Sie schaute auf den Zettel. »Wir waren bei diesem Polizisten.«

Der erste Gedanke dieses Polizisten war: Das war ein Künstler. Der zweite Gedanke des einen Soesters oder der anderen Soesterin nach Lausbubenstreich war: Das war einer dieser dreckigen Asylanten. Eine vollbusige Mittvierzigerin sprach es als Erste aus. Man wisse ja, wie die seien, alles würden sie sich krallen. Zuerst bekämen sie die Wohnungen nachgeschmissen, dann würden sie sich die Jobs aneignen. Zuerst die Türken, diese ewig lauten Knoblauchfresser, dann die Russlanddeutschen, diese Seuche, und jetzt die Neger, diese Drogenhändler. Die seien ja am schlimmsten, nicht nur, dass sie immer auf anständige weiße Frauen gierten, nein, jetzt mussten sie auch noch Kunstwerke verschandeln, weil sie es nicht ertrugen, dass sie einmal ausgespart waren. Also dort wären, wo sie hingehörten.

Kapinsky holte Luft, die Frau sah ihn blitzschnell an, Kapinsky ließ die Luft durch die Nase herausströmen. Dabei hätte er sich jetzt gern als guter Neo-Soester zu erkennen gegeben und der Dame erklärt, dass ihr Bild von rassistischen Soestern überhaupt nicht der Wirklichkeit entsprach. Und dass man sich über die randalierenden, halb kriminellen jugendlichen Aussiedler aufregte, die jedes Wochenende die Innenstadt unsicher machten, war nur allzu verständlich. Noch dazu, wo jetzt auch schon einheimische Jugendliche bei den Prügeleien mitmischten. Doch erstens interessierte diese Frau seine Meinung nicht, das spürte er, zweitens war er inzwischen einfach neugierig – so eine seltsame Geschichte erlebte man nicht alle Tage – und drittens stellte sich bei ihm das Gefühl eines Kindes beim Anhören der Gute-Nacht-Geschichte ein.

Die Frau lächelte, als würde sie seine Gedanken lesen und sich seiner plötzlich sehr sicher sein.

Der Mittvierzigerin stellte sich ein alter, kleiner Mann entgegen, der sein Runzelgesicht fast in ihren wogenden Busen versenkte. Genau das Gegenteil sei es, irgendwer habe gottlob

nun endlich Schluss gemacht mit der Ausgrenzung. Diese Hybris der weißen Rasse! Im Grunde müsste der dritte der drei Weisen als Asiate dargestellt werden.
Ein Studienrat für Kunsterziehung mischte sich ein und versuchte in Endlosschleifen, die kunsthistorischen Tatsachen ins Gespräch einzubringen. Doch das interessierte niemanden.
Es ging um die Symbolik des Verwüstungsaktes. Und jeder echter Soester fühlte sich zum Interpreten der Tat aufgerufen. Immer hitziger pendelte man zwischen Erklärungen, die bei näherer Betrachtung ihre Stichhaltigkeit verloren, hin und her, gleich dem Echo der Stimmen zwischen den Säulen des Domes.
Nur einer stand da und wusste, warum Caspar übermalt worden war.

Kapinsky schreckte auf. Die Frau wiederholte den letzten Satz in sein Gesicht. »Nur einer stand da und wusste, warum Caspar übermalt worden war.«

Aus Liebe. Aus verbotener Liebe. Er hieß Roman, dieser Liebende, knapp achtzehn Jahre alt, Besitzer einer Nase, die an Dürers Bildnis von Kaiser Maximilian erinnerte. Und die Person, für die sein Herz schlug, war ein ganz normales Mädchen in seinem Alter. Juliana, von ihm July genannt, gesegnet mit einem herzförmigen Gesicht gleich der Sixtinischen Madonna von Raffael. Sie hatte nur einen Fehler: Sie war eine Russlanddeutsche. Und Roman war ein ›Poalbürger‹, Spross eines Mannes, der schon mehr als drei Generationen innerhalb des Walls lebte, eines Mannes, der allen anderen voran die Ausweisung von allen Russlanddeutschen verlangte. Von all jenen, die nicht perfekt Deutsch sprachen und die kein perfektes Leben führten. Roman hatte nie verstanden, warum sein Erzeuger es nur auf die Russlanddeutschen und nicht auch auf andere Fremde abgesehen hatte. Doch das tat im Grunde nichts zur Sache, denn Tatsache war, dass dieser sein Erzeuger ihm das Leben zur Hölle machen würde, wenn er von Romans Liebe zu July wüsste. So dachte Roman. Deshalb trafen die beiden Liebenden einander nur heimlich. Im Dunkel der Nacht oder in der Weite der Börde. Roman gab sich die größte Mühe, July von seinen tiefen Gefühlen zu überzeugen. Er sprayte Bilder und Gedichte für sie an alle möglichen Wände, hatte sich dabei auch schon von der Polizei verhaften lassen …

Kapinskys Hand griff automatisch zum Telefonhörer. Er zwang sie, sich zurückzuziehen. Schließlich konnte er auch noch später die Akten der stadtbekannten Sprayer ausheben lassen.

Die Frau drückte die Bugfalte des Packen Papiers durch. »Sie würden ohnehin keine Übereinstimmung finden. Ich habe ihn anders genannt. Zu gegebener Zeit erfahren Sie seinen richtigen Namen.«

Sie schwiegen. Bis Kapinsky wieder auf den Gedankenzug dieser Frau aufgesprungen war. »Warum haben Sie ihn nicht gleich Romeo genannt?«

»Das wäre zu platt gewesen.«

Logisch. Kapinsky beobachtete, wie die Frau ihre Lippen mit ihrer Zungenspitze befeuchtete. Er sah weg.

Sie las weiter.

… hatte sich dabei auch schon von der Polizei verhaften lassen, um seinen Geschenken den richtigen Rahmen zu geben. Doch dieses sein Risiko, deshalb nicht an der Kunstakademie zugelassen zu werden, hatte ihr nicht genügt. Zueinander stehen. Das wollte sie.

Er tat es. Aus seiner Sicht. Er kaufte für sie die Kunstbücher, die sie sich nicht leisten konnte, er trainierte mit ihr Deutsch, damit sie den Numerus clausus für das Studium schaffte. Er liebte sie. Doch sie wollte zueinander stehen.

Und so hatte Roman, der Liebende, Caspar angemalt. Weil July gemeint hatte, ihr gefalle die Erklärung, dass die drei

Weisen aus dem Morgenland die drei damals bekannten Kontinente darstellten und nicht die Lebensalter des Menschen. Und nun stand er in der hell erleuchteten Kirche und suchte zwischen all den geifernden und staunenden Menschen einen lilafarbenen Haarschopf. Und ein Lächeln, das ihm erzählen würde, dass July seine Botschaft verstanden hatte.
Er fand das Lächeln im Halbschatten einer Säule, weil ihm das von Kerzen erhellte Lila den Weg wies. Und der Liebende sah, dass die Liebende die linke Hand auf ihre Brust gelegt hatte. Dann sah er, wie sie diese Hand zu ihm öffnete. Es war, als würde Romans Herz in das Herz von July einrasten und im selben Moment eine chemische Reaktion zwischen diesen Herzen eine Trennung für immer unmöglich machen.

Die Frau schwieg. Sie starrte so regungslos wie ein Roboter, den man abgeschaltet hatte, auf das Papier. Irr. Eindeutig irr. Kapinsky rief um Wasser. Die Frau trank und las weiter vor, als wäre nichts gewesen.

Alles auf dem Wall war schwarz. Und so fielen die beiden schwarz gekleideten Gestalten, die sich vom Pilgrim-Haus und vom Ulrichertor aus einander näherten, trotz der nackten Bäume nicht auf – wem auch, war es doch tief in der Nacht knapp vor der ersten Ahnung des Morgens, eine Zeit, in der auch die willensstärksten Nachtschwärmer wenn schon nicht in ihren eigenen, dann zumindest in irgendwelchen Betten schliefen. Bei einer Ausbuchtung des Walls, dort, wo ehemals ein Wachtturm gestanden hatte, fielen sie einander in die Arme. Sie ließen sich neben einer Eiche ins nasse Gras fallen und machten Liebe. So innig und heftig, dass der Gummi riss und die Liebe Früchte trug. Als würden sie diese ihre Verschmelzung erahnen, ritzten sie, noch immer ineinander verschlungen, ein R und ein J in einem Herzen in die Rinde des Baums.

»Okay, wir werden beim Strafmaß berücksichtigen, dass dieser Bursch Vater wird. Oder ist. Aber wie heißt er jetzt?«

Die Frau ignorierte Kapinsky, stieß einen kleinen, jämmerlichen Ton aus. Und tauschte mit fahrigen Bewegungen die Zettel untereinander aus.

»Und woher wissen Sie das überhaupt alles? Wenn es denn überhaupt stimmt. Vielleicht bin ich ja nur die Testperson für Ihre Pilcher-Ambitionen.«

Die Frau strich einen der Zettel glatt und lächelte die Zeilen darauf an.

Das Zimmer leuchtete in diesem Rot der Abendsonne, das kurz vor der Dämmerung noch einmal den Glanz des Tages heraufbeschwört.

»Sie haben's aber mit den Farben. Ein bissel kitschig, oder?« Kapinsky grinste.

Die Frau versteifte sich.

Kapinsky ebenfalls. »Sie gehen mir langsam auf die Nerven. Wenn Sie wirklich etwas über den Breeker-Mord wissen, dann reden Sie endlich. Wie heißen Sie überhaupt?«

Die Frau stand auf und lächelte nun ihrerseits Kapinsky an. »Ich bin irre und Sie haben sich die Zeit stehlen lassen.« Sie ging zur Tür.

Kapinsky sprang auf, packte sie am Arm, was bei der Frau ein Kichern auslöste, und drückte sie auf den Besucherstuhl. Er beugte sich über ihr Gesicht, setzte zu reden an, schloss dann aber den Mund. Nickte. Ging sehr langsam um seinen Schreibtisch herum. Wenn wirklich etwas dran war an der Geschichte, er diese Frau hinausschmiss und sie sie danach jemand anderem erzählte, dann war das fatal. Wenn nichts dahintersteckte, dann wäre es nur verlorene Zeit und, falls jemand davon erfuhr, seine Plakette für Mitmenschlichkeit.

Er setzte sich.

Das Zimmer leuchtete in diesem Rot der Abendsonne, das kurz vor der Dämmerung noch einmal den Glanz des Tages heraufbeschwört. Der Liebende sah in jedem Schatten, die die Blätter vor dem Fenster an die Wand malten, die Gestalt seiner Geliebten. Morgen Abend schon würden sie für immer vereint sein. In Dortmund, in Berlin, in San Francisco, auf der ganzen Welt außerhalb von Soest.

Der Liebende, Roman genannt, musste nur noch auf seinen Vater warten. Seinen Vater davon überzeugen, dass er eine Auszeit von der Schule brauchte, um sich für die Kunstakademie vorzubereiten. Der junge Mann wusste, dass es eine Auseinandersetzung geben würde, doch diese Auseinandersetzung würde nach dem üblichen Ritus ablaufen – Zynismus des Vaters, dass sein Sohn nicht die Frucht seiner Lenden sein könne, da dieser zu weibisch und zu undiszipliniert sei, dann geschriene Vorwürfe des Sohnes, dass sich der Vater ohnehin nie für ihn interessiert habe, daraus folgend Schreie des Vaters, dass er nie mit dieser Frau, Gisela genannt, Kinder hätte zeugen dürfen, schließlich das Zudonnern der Tür seines Zimmers vom Sohn. Danach würde der Vater seine Börse zücken, wie er es auch immer nach Duellen mit Gisela, als es sie noch gegeben hatte, getan hatte, und Roman Geld geben. Und damit würde Roman am Ziel seiner Wünsche sein. Denn er musste nicht nur seine Zugfahrkarte bezahlen, sondern auch jene seiner Geliebten und Mutter seines Kindes.

Und so wartete Roman auf die Rückkehr seines Erzeugers, der sich an Zwiebelbier gütlich tat, während er mit seinen Paol-Freunden die alljährliche Prozedur des Wippe-Stoßens beim Bürgerschützenfest am nächsten Tag besprach.

»Moment, ist dieser Roman der Sohn vom Breeker, der sich kurz vor dem Fest – alles klar. Ich bin schon still. Ich stell nur mehr konstruktive Fragen.«

Was hätte Kapinsky jetzt für ein Zwiebelbier gegeben! Oder für eine Zigarette. Er streichelte mit seinem Blick das Tischfeuerzeug in Form des Empire State Building, das er aus reiner Sentimentalität noch immer auf dem Schreibtisch stehen hatte.

Doch Gott hatte dem jungen Liebenden die Verunstaltung des Bildnisses …

»Na, bittschön net. Bitte nicht, meine ich. Nicht jetzt auch noch den Bibelton.«

Die Augen der Frau verengten sich. »Jetzt gehen Sie mir langsam auf die Nerven. Ich hätte mir jemand anders suchen sollen. Ich dachte mir, Sie als Österreicher hätten Sinn für diese Art der Erzählung.« Sie sackte zusammen. »Ich kann nicht anders. Ich muss aber. Sie werden es verstehen.«

Kapinsky wusste, dass das ein billiges Honig-um-den-Bart-Schmieren war. Er seufzte. »Also, Gott war sauer, weil das Bürscherl den Caspar angepinselt hat.«

… des Bildnisses nicht verziehen und so klopfte es vor der Zeit am Tor des Hauses. Der junge Liebende sah sich, im Geiste schon bei seiner Geliebten, einer fremden Frau gegenüber. An deren tiefgrünen Augen erkannte er, was nicht sein konnte. Vor ihm stand seine tote Mutter. Sie erklärte ihm, sie habe gespürt, dass ihr Sohn sie brauche, deshalb sei sie zurückgekehrt.

Das Abendrot verwandelte sich in Dämmerung, die Dämmerung in blaue Nacht, die blaue Nacht in schwarze Nacht, die schwarze Nacht in jenes tiefe Nichts, das den Übergang zur Morgendämmerung ankündigt.

Bis zur blauen Nacht benötigte der nun zum jungen Mann gereifte Sohn der Mutter, um mit der neuen Wahrheit umgehen zu können. Eine Krankheit hatte sie von ihm fortgerissen. Die ganze schwarze Nacht benötigte der junge Mann, um seiner Mutter die Geschichte seiner Liebe zu erzählen, die sich in einem Wort erschöpfte: Wir. Die heilige Dreifaltigkeit von Vater, Mutter, Kind.

Kapinsky merkte es erst am Blick der Frau, dass ihm der Seufzer, den er schon die ganze Zeit verspürte, tatsächlich entschlüpft war. Wobei es weniger ein Seufzer als ein echt leidendes Stöhnen gewesen war. »Sehr spannend. Wirklich.« Er durfte es ja nicht sagen, als Polizist, als Mann der Gesellschaft, aber dieses religiöse Gebrabbel ging ihm generell auf die Socken, nicht nur bei dieser Irren da vor ihm. Durchhalten war die Devise.

Und diese Dreifaltigkeit fand im Nichts vor der Morgendämmerung seine dunkle Entsprechung. Der Vater des jungen Mannes kam nach Hause. Sah seine Frau. Er musste sie nicht an den tiefgrünen Augen erkennen, er …

Kapinsky schlug mit beiden Handflächen auf den Tisch. »Jetzt ist alles klar! Wieso hab ich das nicht schon vorhin geschnallt? Sie sind die Mutter! Es sind Ihre Augen!«

Die Frau starrte auf die Zettel. Ihr Brustkorb hob und senkte sich. Immer heftiger. Hoffentlich fiel sie ihm nicht in Ohnmacht. Kapinsky fühlte förmlich, wie sein Hirn die Puzzlesteinchen zusammensetzte. Die Andeutung vom Fest vorher. Breeker war Witwer gewesen. Breeker hatte tatsächlich das Bürgerschützenfest vorbereitet. Sein Sohn war …

… er war ein Teil von ihr, auch wenn er das nicht wahrhaben wollte. Die dunkle Dreifaltigkeit. Verbunden durch Hass. Hass zwischen den Eltern, der jetzt auf den Sohn übergriff. Denn der Sohn hörte, dass der Vater damals große Schuld auf sich geladen hatte. Damals, vor siebzehn Jahren. Er hatte die Aussiedler, und somit auch die Eltern der Geliebten des Sohnes, um ihr Geld betrogen. Und er hatte den Aussiedlern ihre Ehre genommen, denn er hatte sich seine Fürsprache bezüglich diverser Vergünstigungen bei den Stadtvätern und Stadtmüttern mit dem Liebesdienst der Aussiedlerinnen bezahlen lassen. Er war ein Hurenbock der

Russlanddeutschen gewesen. Das hatte seine schwangere Mutter krank werden lassen. Sie gebar ihr Kind und stillte es nicht. Sie ging.

Doch nichts anderes als Rosamunde Pilcher. Er musste unbedingt seiner Frau die Geschichte erzählen, sie würde in Tränen ausbrechen. Und er musste diese Frau da vor sich stoppen.

Sie sah auf, ihre Augen waren weit aufgerissen.

Und der Sohn ging. Zu seiner Geliebten. Er erzählte ihr von seinem Schmerz und auch von seiner Freude, seine Mutter wiedergefunden zu haben. Und er blieb bei ihr. Das erste Mal. Sein plötzlich aufgeflammtes Bedürfnis nach einer Familie, nach Eltern, ließ ihn bei July über die Zeit bleiben. Und so geschah es, dass auch Julys Mutter die ganze Geschichte erfuhr. Sie erfuhr vom Kind der Kinder – July hatte bislang die vier Monate alte Frucht der Liebe gut verborgen gehalten –, sie erfuhr vom Vater des Sohnes. Und der Sohn des Vaters erfuhr vom Vater seiner Geliebten. Was nicht sein darf, darf nicht sein.

»Es reicht, Frau Breeker. Sie wollen mir doch jetzt nicht erzählen, dass Ihr Mann der Vater von July ist und dass Roman und July Inzest betrieben haben. Was haben Sie denn für eine Krankheit? Wahnvorstellungen? Sie spinnen. Und mir reicht es jetzt.«

Die Frau sprang auf und stützte sich vor Kapinsky auf den Tisch. »Und die Kinder der Sünde liebten sich einen ganzen Morgen und einen ganzen Tag, gingen auf das höchste Haus der Stadt. Sie sprangen in das Rot des Abends, das sich mit dem Rot ihres Blutes vermischte.«

»Sie haben sich mit den Eisenstangen des Garagenfundaments vermischt. Und mit einer Säure, die irgendwer über sie drübergeschüttet hat. Was die Leichen unkenntlich gemacht hat. Das war nichts Romantisches. Sondern wahrscheinlich Mord. Das glaube ich, auch wenn es alle anderen hier nicht glauben. Nicht glauben wollen.«

Sie starrten einander an.

Kapinsky setzte sich, holte sein Diktiergerät aus der Schublade und schaltete es sein. »Haben Sie Ihren Sohn und dessen Freundin mit der Säure überschüttet? Oder war es die Mutter von July? Nein, Elena. So heißt sie. Elena Smirnov. Wir vermuten, dass sie die weibliche Leiche ist. Sie ist genau seit damals abgängig. Elena. So wie Roman eigentlich Wolfgang heißt. Wolfgang Breeker. Wer war es? Und warum?«

Die Frau setzte sich. Sie tauschte wieder die Zettel untereinander aus, doch diesmal ruhig, beinahe nachlässig.

Die Mutter des Sohnes berichtete der Mutter der Tochter. Jedes Wort, das die Liebenden zum Abschied gesprochen hatten, denn die Mutter des Sohnes hatte, als Vertreterin des Schattenreiches, die Kinder auf ihrem letzten Weg begleitet. Und die Mütter gingen zum Fest der Schande. Sie erklommen die Spitze von St. Patrokli und sahen herab auf jene, denen Schande nicht mehr bedeutete als eine gelbe Wippe und ein schmutziger Teich. Dann richteten sie.

»Woher hatten Sie das Präzisionsgewehr? Hatte es Frau Smirnov? Oder – nein, Ihr Mann war doch Jäger! Sie haben ihn mit seinem eigenen Gewehr erschossen? Nein, ich kann mich nicht erinnern, dass in den Akten etwas über so ein Gewehr in seinem Waffenschrank stand. Es war ein selten gebräuchliches Kaliber. Aber ich werde das gleich nachprüfen lassen.«

Das Telefon läutete. Kapinsky brauchte ein paar Wimpernschläge, um wieder in der Realität seines Büros anzukommen. Er nahm ab.

Mit jedem Wort des jungen Polizisten, dessen Name ihm spontan nicht einfallen wollte, wurde er blasser. »Verstehe. – Aus der Irrenanstalt ausgerissen. Ja, dann lassen Sie doch die Leute von Eickelborn herein.«

Die Frau nahm blitzschnell das Empire State Building von seinem Schreibtisch und zündete ihre Zettel an, die auch sofort aufloderten. Sie musste sie mit etwas getränkt haben. Mit einer eleganten Bewegung ließ sie das brennende Bündel auf den Parkettboden fallen. Kapinsky stellte sich noch die amtlichen Schreiben vor, die dieser Akt der Zerstörung nach sich ziehen würde, als die Frau bereits sein Aufnahmegerät gegriffen hatte und es in ihr Wasserglas gleiten ließ. Das Glas stellte sie zwischen ihre Beine. Dabei grinste sie ihn an.

»Danke fürs Zuhören. Ich habe das echt gebraucht.«

»Wieso haben Sie es mir erzählt und nicht Ihren Wärtern?«

»Die haben mir nie geglaubt. Ich war ja auch immer in der Anstalt. Offiziell.«

Kapinskys Blick fiel auf *Soest in der Sage.* Vielleicht sollte er nach seiner Amtszeit ein Märchenbuch herausgeben.

Yrsa Sigurðardóttir

Great Oaks from Little Acorns Grow, oder: Die Bluteiche von Oelde

Deutsch von Almuth Heuner

»Mir ist klar, warum Ihnen der Gestank in die Nase gestiegen ist«, sagte Oberkommissar Holger Evers und trat von dem alten, gemauerten Brunnen zurück. In siebzehn Jahren Polizeidienst in Oelde war ihm so etwas noch nie untergekommen, und obwohl der Fund noch bestätigt werden musste, sagte ihm der faulige Geruch schon genug. Er zeigte mit seiner schwarzen Stablampe auf den Brunnen. »Wissen Sie, wie hoch das Wasser darin steht?«

Seine Frage galt der Frau, die die Polizei gerufen hatte, eine Angestellte des Museums für Westfälische Literatur, das in einem von Grund auf sanierten Bauernhof außerhalb der Stadt untergebracht war. Die Bezeichnung Bauernhof passte dabei angesichts des herrschaftlichen Wohnhauses nicht ganz, doch die dazugehörigen, ebenfalls großzügigen Nebengebäude erinnerten noch an die ursprünglich landwirtschaftliche Nutzung.

Evers war besonders angetan von dem kleinen Wassergraben, der die ganze Anlage umgab, und hatte sich beim Überqueren der Holzbrücke gefragt, was wohl der damalige Zweck des Grabens gewesen sein könnte. Einen Überfall oder feindliche Truppen hätte er kaum abgehalten – genauso wenig, wie er jetzt verhindert hatte, dass jemand dieses Fundstück im Brunnen deponierte.

Die Frau runzelte die Stirn und schüttelte den Kopf. Am Telefon vorhin war sie atemlos gewesen, doch inzwischen hatte sie die Fassung wiedergewonnen. »Über den Brunnen weiß ich gar nichts.« Sie schauderte leicht, bevor sie hinzufügte: »Letztes Jahr ist er vollständig restauriert worden, und da schwamm kein

Arm darin herum.« Sie sah zum Brunnen. »Den Maurern wäre es bestimmt aufgefallen.«

»Da bin ich sicher«, entgegnete Evers. Er wollte der Frau nichts Näheres sagen, für den Fall, dass sie doch irgendwie in die Sache verwickelt war. Es war jedoch klar, dass der menschliche Arm, der auf der Wasseroberfläche trieb, noch nicht lange dort schwamm. Auch wenn Evers kein Experte für Verwesung war, wusste er, dass der Geruch sich nicht ewig hielt, und an dem sichtbaren Stückchen Arm war das Fleisch noch unversehrt. »Vermissen Sie jemanden vom Museum?«

Es dauerte einige Sekunden, bis seine Frage zu ihr durchdrang.

»Wir sind hier nur zu viert, einschließlich des Hausmeisters.« Wieder wanderte ihr Blick zum Brunnen, und sie verzog das Gesicht. »Und keinem von uns fehlt ein Arm, falls Sie sich das gefragt haben.«

Der Kommissar lächelte wieder. »Ich glaube nicht, dass die Person, der dieser Arm einmal gehörte, noch herumläuft.«

Auf dem Weg zum Museum hatte er das Marienhospital angerufen und nachgefragt, ob in den letzten Tagen jemand wegen eines abgerissenen Armes behandelt worden war oder ob amputierte Gliedmaßen verschwunden seien. Der Arzt, mit dem er sprach, versicherte ihm, dass beides nicht der Fall sei. Und da es unmöglich war, dass jemand einen Arm verloren hatte und ohne medizinische Versorgung überlebte, musste angenommen werden, dass der Besitzer des Arms tot war. Danach hatte Evers die Bestatter in der Umgebung abtelefoniert, die vehement darauf bestanden, dass in letzter Zeit alle Toten mit jeweils beiden Armen begraben worden seien.

Trotzdem brauchte man mehr als nur den Fund eines Körperteils, um einen Mord zu vermuten. Evers war jedoch davon überzeugt, dass die weitere Untersuchung des Brunnens den Rest der Leiche zutage fördern würde, beschwert mit einem schweren Stein oder etwas Ähnlichem.

»Sie sprachen doch von den Leuten, die gelegentlich im Gästehaus wohnen – was ist mit denen?« Er deutete mit dem Kinn auf das ehemalige Stallgebäude, das erst kürzlich bewohnbar gemacht worden war. »Fehlt von denen jemand?«

Die Frau zuckte die Schultern. »Soweit ich mich erinnere, sind die Gruppen, die kürzlich hier waren, alle vollzählig wieder abgereist. Und ich weiß genau, dass von der jetzigen alle Teilnehmer da sind. Sie sind nur zu dritt, alles Bibliothekare.« Sie zeigte auf ein Gebäude, das früher vielleicht eine Scheune gewesen war und nun Büros beherbergte. »Einer von ihnen kam heute Morgen in mein Büro und beklagte sich über den Gestank draußen, und alle drei waren dabei, als ich versuchte herauszufinden, woher der kam.« Mit der Fußspitze deutete sie auf eine Pfütze Erbrochenes wenige Meter neben dem Brunnen. »Das war eine der beiden Frauen. Sie warf einen Blick in den Brunnen, nachdem ich die Abdeckung entfernt hatte. Die anderen taten es ihr nach, obwohl durch meine Reaktion schon klar war, dass etwas Ekliges darin war.« Sie lächelte gequält. »Ich bin sicher, dass es ihnen jetzt leidtut.«

Evers nickte bedächtig. Er brauchte die Aussagen dieser Bibliothekare, aber das musste noch warten, bis sein junger Kollege, Kommissar Herter, die Plane aus dem Dienstwagen geholt hatte.

Nach mehreren vergeblichen Versuchen gelang es ihnen schließlich, mit der Plane den Arm aus dem Brunnen zu fischen und sich davon zu überzeugen, dass keine weiteren Körperteile unter der dunklen Wasseroberfläche ruhten.

»Er scheint von einem Mann zu stammen.« Herter starrte auf den Arm, der in einem Ärmel steckte. Die Hand mit den gekrümmten Fingern war schmierig hellgrau. Um den Arm bildete sich schnell eine Wasserlache, breitete sich über die Plane aus und rann auf die Betonfliesen entlang des Gästehauses. Die Museumsangestellte war in ihr Büro zurückgegangen, sichtlich erleichtert, den Ort des Geschehens verlassen zu können.

»Wird überhaupt jemand offiziell vermisst?«, fragte Herter seinen Vorgesetzten.

»Ein Bauer aus der Gegend, Ludwig Hennsler«, antwortete Evers. Bevor er die Wache verlassen hatte, war er die Meldungen durchgegangen und hatte dabei entdeckt, dass der Mann vor sechs Tagen von seiner Frau als vermisst gemeldet worden war. Er hatte den Bericht nur überflogen und glaubte, sich zu erinnern, dass man den Mann zuletzt in einer dunkelbraunen Jacke gesehen hatte. Der Stoff, auf den er jetzt starrte, war so durchweicht, dass man unmöglich sagen konnte, ob er braun, blau oder schwarz war. Der Vermisste war kein unbeschriebenes Blatt, es gab ein paar alte Anzeigen, überwiegend wegen Trunkenheit, Schlägereien und häuslicher Gewalt.

Mit einem Stift schob Evers den Ärmel höher und enthüllte damit eine Tätowierung, die vorher nur teilweise sichtbar gewesen war. Eine Schlange wand sich um den Unterarm, ihre ausgestreckte Zunge reichte bis auf den Handrücken. Evers zog den Stift zurück, und der Ärmel rutschte wieder hinunter. In der Vermisstenmeldung war keine Tätowierung erwähnt worden.

»Wir sollten lieber nachfragen, ob der Mann nicht inzwischen wieder aufgetaucht ist, bevor wir voreilige Schlüsse ziehen«, meinte Evers und erhob sich, den Blick unverwandt auf den Arm gerichtet.

Er rief die Dienststelle an, ließ sich die Nummer geben und wählte. Die Frau am anderen Ende der Leitung stellte sich als Ines Hennsler vor. Sie bestätigte, dass ihr Mann noch nicht wieder da sei. Evers fragte sich, warum ihre Stimme nicht mehr Gefühle zeigte. Vielleicht hatte sie die Hoffnung schon aufgegeben oder ihren Kummer mit Tabletten betäubt.

»Ich habe Ihren Anruf schon seit einiger Zeit erwartet«, sagte sie unbewegt. »Haben Sie ihn gefunden?«

»Dazu kann ich noch nichts sagen«, antwortete Evers. »Ich prüfe nur etwas nach. Ich weiß, dass Sie eine Beschreibung abgegeben haben, und wollte wissen, ob Ihnen noch etwas eingefallen ist.«

»Ich habe der Polizei alles erzählt, was ich weiß«, sagte die Frau. »Ich habe auch schon alle angerufen, die ihn kennen, aber niemand hat ihn gesehen oder von ihm gehört. Je eher Sie ihn finden, desto besser wäre das für mich.« Sie räusperte sich. »Hoffentlich lebend.«

»Natürlich«, antwortete Evers. »Sagen Sie mir doch noch einmal, wann Sie Ihren Mann zuletzt gesehen haben und wohin er da wollte.« Die Vermisstenmeldung war für seinen Geschmack nicht ganz vollständig gewesen; das lag wohl an der Vorgeschichte des Vermissten und dessen häufigen Sauftouren, die im Kommentar erwähnt wurden. Offenbar hatte der protokollierende Kollege im Revierdienst angenommen, dass es sich nur um eine weitere Episode dieser Art handelte.

»Das war letzte Woche Donnerstag«, antwortete die Frau. »Er ging nachmittags hinaus, um das Scheunendach zu reparieren, und danach wollte er mit unserem Nachbarn und dem Förster das Fällen von ein paar Bäumen besprechen. Seitdem habe ich ihn nicht mehr gesehen.« Sie zögerte. »Bevor er losgefahren ist, haben wir uns gestritten, deshalb habe ich mir nichts dabei gedacht, als er abends nicht wiederkam. Er ist schon früher weggeblieben, wenn wir Streit hatten, hat sich betrunken und randaliert. Lieber in der Kneipe als zu Hause, finde ich. Aber so lange wie jetzt war er noch nie weg.«

»Wissen Sie, ob er sich wirklich mit dem Nachbarn getroffen hat?«, fragte Evers. »Haben Sie mit dem gesprochen?«

»Nein. Ich bin zwar bei ihm vorbeigegangen, aber entweder war er nicht zu Hause oder er wollte mir nicht aufmachen. Ich habe auch angerufen, aber er hat nicht abgenommen oder zurückgerufen, obwohl ich sogar zweimal eine Nachricht hinterlassen habe.« Schnell fügte sie hinzu: »Aber darauf gebe ich nicht viel. Wir können uns nicht leiden, und es ist nicht ungewöhnlich, dass er mich vor den Kopf stößt. Er und mein Mann haben schon seit Jahren diesen dämlichen Streit, an dessen Anlass sich keiner mehr erinnert.«

»Verstehe«, sagte Evers und argwöhnte, dass dieser Streit irgendwie eskaliert war. »Was ist mit dem Förster? Haben Sie den erreicht?«

Das Schweigen am anderen Ende ließ ihn vermuten, dass die Frau überrascht war. »Daran habe ich gar nicht gedacht.«

»Schon gut«, sagte Evers und ließ sich Name und Nummer des Försters geben. »Und noch ein Letztes: Hat Ihr Mann irgendwelche Tätowierungen, die Sie bei der Beschreibung vielleicht nicht erwähnt haben?« Sorgfältig vermied er die Vergangenheitsformen, wenn er von dem Vermissten sprach.

»Nein.« Die Frau klang erstaunt. »Ludwig hat keine Tätowierung. Warum fragen Sie?«

Evers wich der Frage aus und beendete das Gespräch, nachdem er auch den Namen des Nachbarn in Erfahrung gebracht hatte: Helmut Krug. Er fragte sich, ob dieser Mann tätowiert war, und kratzte sich am Kopf, während er das Häuflein auf der Plane aus schmalen Augen betrachtete.

Der Arm schien direkt an der Schulter abgetrennt worden zu sein, und die beiden kurzen Knochen, die über den ausgefransten Rand des Ärmels hinausragten, legten nahe, dass das Abtrennen nicht bei lebendigem Leibe erfolgt war.

»Ich glaube, wir sagen besser in Münster Bescheid«, entschied er.

Ihre kleine Dienststelle in Oelde bearbeitete keine Mordfälle, und obwohl keine weiteren Körperteile im Brunnen gewesen waren, lagen sie doch bestimmt irgendwo. Ermittler und Spurensicherung würden vom Polizeipräsidium Münster kommen und auch ein Staatsanwalt, um die Untersuchung zu leiten. Evers sprach bei seinem Anruf im Präsidium sachlich und gab sich alle Mühe, möglichst korrekte Angaben zu machen. Er wollte den Kollegen keinen Anlass geben, auf ihn und seine Leute herabzusehen; der Graben zwischen den beiden Dienststellen brauchte nicht größer zu werden. Er klappte sein Handy zu und steckte es ein.

»Jetzt warten wir«, sagte er zu Herter. »Haben wir Absperrband dabei?«

Seine Rolle als örtlicher Kommissar bestand jetzt nur noch darin, den Tatort zu sichern und alles zu unternehmen, was dringend erforderlich war und nicht noch die zwei, drei Stunden warten konnte, die das voll ausgerüstete Team aus Münster brauchen würde, um herzukommen.

»Ja, es ist im Wagen«, antwortete der Jüngere.

»Dann hol's mal«, sagte Evers. Das verschaffte ihm etwas Zeit, den nächsten Schritt zu überdenken.

Korrekterweise hätte er jetzt bei dem Arm bleiben müssen, bis die Münsteraner kamen. Doch wenn er das den Kollegen vom Streifendienst überließ, hatten er und Herter ein bisschen Bewegungsspielraum.

»Der optimale Baum hat einen geraden, dicken Stamm und wenige oder gar keine Äste außer denen in der Krone.« Der Förster ging weiter in den Wald hinein und klopfte hin und wieder an einen Stamm. Evers und Herter folgten ihm und ärgerten sich, dass sie nicht an ihre Gummistiefel gedacht hatten. Es war ungewöhnlich warm für Februar, und der Boden war feucht und klebte an den Schuhsohlen wie Kitt.

»Die meisten Bauern hier nehmen meine Dienste beim Schlagen in Anspruch«, fuhr der Förster fort. »Ich entscheide, welche Bäume sich am besten eignen, messe Umfang und Höhe und ordne sie in Qualitätskategorien ein, je nach astfreier Stammhöhe. Danach richtet sich der Verkaufspreis.«

Er deutete in eine schier endlose Armee kahler Bäume hinein. In der Ferne konnte man einen klapprigen Zaun erkennen. »Die Grundstücksgrenze ist dort vorne.«

Evers hob die Augenbrauen. Ihm war nicht klar, warum der Förster es für nötig hielt, seine kleine Show abzuziehen.

»Fällen Sie die Bäume für die Bauern auch, oder machen die das selbst?«, fragte er und dachte an das Werkzeug, mit dem der Arm abgetrennt worden war. Wahrscheinlich wurden die Bäume mit einer Motorsäge gefällt, die durch Fleisch und Knochen wie durch Butter schneiden würde.

»Nein«, sagte der Förster, ohne sich umzudrehen. »Ich markiere die Bäume mit Sprühfarbe, damit die Waldarbeiter Bescheid wissen, und organisiere den Verkauf an die Sägewerke. Für Privatleute erledige ich das allerdings eher weniger, denn nur fünfundsechzig Prozent des Grund und Bodens um Oelde sind in Privatbesitz, so wie bei diesen beiden Bauern, Krug und Hennsler. Der Rest gehört der Kommune.«

»Und was hat das alles mit diesen beiden Bauern zu tun?«, wollte Evers wissen. Er war etwas außer Atem. Dieser Förster war ungewöhnlich fit, und der Kommisar hatte Mühe, Schritt zu halten.

»Wie ein Baum sich entwickelt, hängt überwiegend von seiner unmittelbaren Umgebung ab«, erklärte der Förster. »Er braucht zwar Sonne, aber wenn die auf den Stamm trifft, regt sie dort das Astwachstum an. Also setzt man die Bäume in Reihen, mit ganz bestimmten Abständen zwischen den Stämmen. So erzielt man die besten Resultate beim Beschatten. Die Bauern pflanzen zwischen den Bäumen, die sie nutzen wollen, andere, schneller wachsende Arten, die dann die Stämme beschatten.«

»Sehr interessant«, sagte Evers und fragte sich, ob dieser Fachidiot begriffen hatte, warum sie hier waren. Denn eigentlich hatte er den Förster gefragt, ob er Hennsler und seinen Nachbarn kenne und etwas über ihre Dauerfehde wisse. Er hatte auch vorgehabt, ihn danach zu fragen, ob einer der beiden eine Tätowierung am Arm habe, aber seit sie am Treffpunkt aus dem Wagen gestiegen waren, hatte er kaum ein Wort einwerfen können. Der Förster hatte bis jetzt nur bestätigt, Hennsler und Krug an dem fraglichen Donnerstag getroffen zu haben, und erklärt, dass sie beide noch äußerst lebendig gewesen seien, als er sich wieder von ihnen getrennt habe. Zwar mit Schaum vorm Mund und wild aufeinander einredend, aber lebendig.

»Immer mal wieder wächst ein außerordentlich wertvoller Baum heran«, referierte der Förster weiter. »Der Stamm ist hoch, schön dick und frei von Ästen. Solche Stämme passen in keine Kategorie, auch preislich nicht, wenn sie zur Auktion kommen.«

»Auktion?«, wiederholte Herter, der sich bislang gar nicht am Gespräch beteiligt hatte, und fügte schüchtern hinzu: »Wer kauft denn solche Bäume?«

»Sägewerke«, antwortete der Förster. »Sie schneiden das Holz zu Furnieren für Möbel und Platten. Solche Bäume sind viel wertvoller als das normale Holz, weil sie selten sind; sie brauchen länger als ein Menschenleben, bis sie die richtige Größe haben. Mit so einem wirklich guten Baum kann man richtig Geld verdienen.«

Er blieb unvermittelt stehen, und Evers entging nur knapp einem Zusammenstoß.

»Sehen Sie sich den da an«, sagte der Förster und zeigte auf einen Baum jenseits des Zaunes.

Selbst Evers, der Bäume lieber mochte, wenn sie viele Äste hatten und ein bisschen krumm und schief waren, musste zugeben, dass die hohe Eiche vor ihnen einzigartig und beeindruckend war. Der massive Stamm ragte kerzengerade empor und war astfrei bis in die Krone hoch über ihnen.

»Wegen diesem Baum haben die sich gestritten«, fuhr der Förster fort. »Verstehen Sie mich nicht falsch, die beiden haben sich seit dem Sandkasten über alles und nichts gestritten, aber bei dem Baum da war es ihnen wirklich ernst.«

»Das müssen Sie uns erklären«, meinte Evers.

»Sehen Sie, die Eiche steht auf Ludwig Hennslers Grund. Er ist unheimlich stolz auf sie, völlig zu Recht. Sollte es hier irgendwo einen besseren Baum geben, dann habe ich ihn noch nicht gefunden. Hennslers Problem ist, dass der Baum, der von Süden her Schatten auf die Eiche wirft, hier auf dieser Seite des Zaunes steht.« Er deutete auf einen hohen, aber krummen Baum, der so dicht am Zaun stand, dass er sich dagegenzulehnen schien. »Also auf der Seite, die seinem Nachbarn Krug gehört. Und der wollte den Baum fällen. Nur um Hennsler zu ärgern. Krug hätte den Baum schon längst schlagen lassen können, aber es machte ihm einfach zu viel Spaß, Hennsler mit der Drohung zu quälen.«

»War der Streit denn heftig genug, dass sie vielleicht noch gewalttätig geworden sind?«, fragte Evers.

Der Förster grunzte. »Das sind doch beide erbärmliche Typen. Ich wohne in der Nähe und kenne sie auch privat ein bisschen. Ich weiß, dass Krugs Frau ihn verlassen hat, nachdem ihr liebevoller Mann ihr den letzten heilen Knochen im Leib gebrochen hatte. Und warum Hennslers Frau noch bei ihrem Mann bleibt, verstehe ich überhaupt nicht. Er behandelt sie keinen Deut besser.«

»Hat einer der beiden eine Tätowierung am Unterarm, die bis zum Handgelenk reicht?«

»Ja«, sagte der Förster und sah Evers in die Augen. »Krug hat so eine. Eine Schlange oder so.«

Evers nickte bedächtig. Das richtige Wort wäre *hatte* gewesen. Krug hatte eine Tätowierung am Arm. Aber wo war der Rest von ihm? Evers sah sich um.

»Können Sie mir zeigen, wo Sie sich getroffen und wo genau Sie sie verlassen haben?«, fragte er und machte sich einen Augenblick lang Sorgen darüber, dass die Spurensicherung ihm an die Gurgel gehen würde, weil er einen möglichen Tatort betrat.

»Da drüben!« Der Förster zeigte auf eine Stelle, an der der Zaun zerstört war.

Evers ging langsam in diese Richtung, blieb aber sofort stehen, als er einen großen Fleck auf dem dunklen Boden erspähte, der möglicherweise eingetrocknetes Blut war. Fliegen schwirrten herum. In der Mitte erkannte er helle Splitter, die von Knochen stammen konnten.

»Prima«, sagte er und drehte sich um. »Gehen wir.«

Das Team aus Münster fand die fehlenden sterblichen Überreste von Helmut Krug recht schnell, oder vielmehr: Die Leichenhunde fanden sie. Der Bauer war nicht weit vom Hauptgebäude entfernt vergraben worden, auf dem leeren, matschigen Gelände am Wassergraben hinter dem Gästehaus des Museums. Die zerstückelte Leiche war – bis auf den Arm – auf drei schwarze

Müllsäcke verteilt. Die Hunde hatten nicht lange gebraucht, um das flache Grab zu finden. Nur ein paar Meter weiter, im hinteren Teil der naturbelassenen Obstwiese, auf der Blutweiderich, Brennnesseln und wilde Kräuter schulterhoch wucherten, stand – inmitten des Wegemäanders versteckt zwischen hohen Gräsern – ein dunkler Kombi, zugelassen auf Ludwig Henssler. Hierher verirrte sich kaum ein Spaziergänger. Neben dem Wagen lag ein Mann mit dem Gesicht zu Boden und einem klaffenden blutigen Loch dort, wo sein Hinterkopf hätte sein sollen.

Der Fall war dann innerhalb der nächsten Stunden schnell gelöst, weniger durch die Ermittlungsarbeit des Münsteraner Teams, sondern eher durch das, was man neben der aufgegrabenen Stelle fand: eine alte Schaufel, scheinbar achtlos weggeworfen; an dem Schaufelblatt klebte noch die Erde. Und auf der Ladefläche des Kombis eine kleine Motorsäge mit Blut und Fleischresten an den Sägezähnen.

Nach ausgiebigem Fotografieren drehte der Rechtsmediziner die Leiche neben dem Kombi auf den Rücken und entdeckte dabei, dass der Tote auf einer Schrotflinte lag, deren Mündung offenbar im Mund des Mannes gesteckt hatte.

Der Rechtsmediziner ging ziemlich sicher von einem Selbstmord aus: Der Mann hatte gekniet, die Flinte im Mund, und als er den Abzug betätigte, erschlafften die Muskeln, und er fiel vornüber in den Matsch. Die Identifizierung des Selbstmörders als Ludwig Hennsler war reine Formsache.

Wahrscheinlich hatte er die Müllsäcke mit den Leichenteilen hergeschafft und hier vergraben, weil der Ort so abgelegen war, trotz der Nähe zum Museum; das unscheinbare Fleckchen wurde sicherlich selten betreten. Dieser Umstand hatte ja auch dazu beigetragen, dass keiner auf den einsam abgestellten Kombi aufmerksam geworden war.

Was wirklich im Einzelnen geschehen war, darüber konnte letztlich nur spekuliert werden, wenn auch den Ermittlern der Ablauf im Wesentlichen klar schien: Ludwig Hennsler hatte seinen Nachbarn Krug an ihrer gemeinsamen Grundstücksgrenze im Wald getötet und zerteilt. Der große Blutfleck, den Evers entdeckt hatte, stammte von dem Ermordeten. Dann hatte der Mörder die Leiche weggeschafft und bei Haus Nottbeck entsorgt. Als ihm dabei die Ungeheuerlichkeit seiner Tat bewusst wurde, überwältigte ihn offenbar die Reue, und er richtete seine Flinte gegen sich selbst. Mord mit anschließendem Selbstmord war keine ungewöhnliche Kombination. Außer Hennslers Spuren wurden keine weiteren im Umfeld des Grabes gefunden, und ein Abgleich der Fingerabdrücke ergab, dass der Selbstmörder sowohl Schaufel als auch Flinte benutzt hatte.

Die Rechtsmedizin bestimmte auch die Todesursache bei dem zerstückelten Opfer aus den Müllsäcken: Eine klaffende Leibwunde stammte von derselben Flinte, die von dem Selbstmörder benutzt worden war.

Warum Hennsler allerdings einen Arm seines Opfers in den Brunnen des Literaturmuseums geworfen hatte, würde wohl ewig ein Rätsel bleiben. Die nächstliegende Erklärung war, dass er ursprünglich die ganze Leiche in den Brunnen hatte werfen wollen, sich dann aber anders entschied, als er den Arm auf dem Wasser schwimmen sah.

Oberkommissar Evers verließ den Hof der Hennslers und blickte zurück auf das unscheinbare Häuschen, das so dringend neu gestrichen werden musste. Er fragte sich, wer das erledigen würde, jetzt, da Ludwig Hennsler nicht mehr lebte. Dass die Witwe dazu in der Lage war, konnte er sich nicht vorstellen. Sie würde das Anwesen wahrscheinlich verkaufen, wenn sie erst einmal begriffen hatte, was ihr Mann wirklich getan hatte. Evers war damit beauftragt worden, sie über das Schicksal ihres Mannes zu unterrichten. Er war zwar nur widerwillig der Überbringer solcher Nachrichten, wobei er angesichts des fremden Leids stets kühl und gelassen zu bleiben hatte, doch es war üblich, dass Angehörige von Unfall- oder Verbrechensopfern von Beamten der örtlichen Dienststelle informiert wurden.

Die Frau hatte verzweifelt versucht, Haltung zu bewahren,

obwohl es nur zu offensichtlich war, wie schlecht es ihr ging. Sie war niedergeschlagen, ein Mensch, der schon lange die Hoffnung aufgegeben hatte. Eine Realistin. Sobald Evers ihr die kurze Mitteilung gemacht hatte, spürte er mehr als deutlich, wie sehr sie sich wünschte, dass er sie mit ihrem Kummer allein ließ. Sogar schlechte und gemeine Menschen wurden von ihren Lieben betrauert. Daher glaubte Evers nicht, dass jetzt der passende Zeitpunkt war, sie nach dem verblassenden Bluterguss unter ihrem Auge zu fragen, wahrscheinlich eine Erinnerung an ihren Ehemann.

Er war also gegangen, sobald es ihm höflich und angemessen schien. Ihre wenigen Fragen hatte er, so gut es ging, beantwortet; mit der Zeit würde sie noch weitere haben, das wusste er. Deshalb reichte er ihr seine Karte und sagte, dass sie ihn jederzeit anrufen könne. Als er ihr die Hand zum Abschied gab, war sie zusammengezuckt, eine einzelne Träne war über ihre Wange gelaufen, und das war für ihn der Beweis ihrer Trauer, wie wenig Grund es auch dafür gab. Kummer und das Gefühl von Verlust nahmen manchmal seltsame Gestalt an und ließen sich nichts befehlen.

Als er die Tür seines Wagens zuschlug und losfuhr, sah er die Witwe am Fenster stehen und ihm hinterhersehen. Er stellte sich vor, wie nun die Tränen ungehindert flossen, auf ihrem gewundenen Weg über den Bluterguss zum Kinn hinab. Noch ein Mensch, der von einem scheußlichen Verbrechen verletzt worden war.

Die Witwe Ines Hennsler beobachtete, wie das Polizeiauto davonfuhr. Sie trat vom Fenster zurück und lächelte. Sie war frei. Die Polizei hatte es ihr abgekauft, mit allem Drum und Dran. Alle ihre Bedenken in den letzten Tagen waren unbegründet gewesen – sie hatte ja noch nicht einmal etwas sagen müssen, nur dasitzen und zuhören. Ihr war schnell klar geworden, dass dieser Polizist ihre Nervosität für Kummer und Schmerz hielt, deshalb hatte sie dem Mann noch nicht einmal etwas vorspielen müssen, wie sie im Vorfeld befürchtet hatte. Dabei geholfen hatte natürlich auch, dass ihr Handgelenk immer noch wehtat; der Schmerz, den die schwere Verstauchung verursachte, pulsierte und pochte unter dem provisorischen Stützverband. Sogar eine unwillkürliche Träne hatte sie geweint, als der Polizist ihre Hand ergriffen hatte, sodass es ausgesehen haben musste, als sei sie traurig.

Das Handgelenk hatte sie sich an dem Tag verstaucht, an dem Ludwig sich mit Krug getroffen hatte und über und über mit Blut bespritzt zurückgekommen war. Er hatte sie geschlagen, weil sie ihm nicht hatte helfen wollen, Krugs Leiche zu beseitigen. Den er soeben erschossen hatte, aus Wut nach einem weiteren Streit wegen der Eiche an der Grundstücksgrenze. Dem letzten Streit, den die beiden armseligen Männer gehabt hatten.

Ines war gestürzt und hatte im Aufprall den stechenden Schmerz gespürt, der vom Gelenk bis in die Schulter schoss und ihr fast den Arm lähmte. Und er war noch schlimmer geworden, als Ludwig sie zum Wagen gezerrt und hineingestoßen hatte, und später, als er sie weggeschubst hatte, weil ihr übel wurde, als sie die Gliedmaßen halten musste, während er unter seiner Eiche die Leiche für den Transport zersägte. Da war sie beinahe ohnmächtig geworden.

Sie erinnerte sich daran, dass sie seine Arbeitshandschuhe aus dem Wagen geholt und übergestreift hatte, um die Leiche berühren zu können. Ab dem Zeitpunkt geschah alles so schnell, dass ihr kaum bewusst wurde, wie sie die kleine Motorsäge und einen Müllsack mit Leichenteilen nach dem anderen durch den Wald zum Wagen trug. Ludwig wollte die Leiche beim Museum vergraben, weil der Boden dort weich und säurehaltig war. Auf dem Weg zum Haus Nottbeck schmerzte das Handgelenk, daran erinnerte sie sich.

Sie konnte ihm wegen der Schmerzen nicht beim Graben helfen, deshalb fauchte er sie an, dass sie den Besen aus dem Wagen holen solle, um hinterher ihre Spuren zu verwischen. Da entdeckte sie die Flinte auf dem Rücksitz. Sie erinnerte sich nicht, ob sie über das, was sie dann tat, nachgedacht oder dabei gezögert hatte. Es geschah einfach.

Die Schmerzen hörten auf, als wollten sie ihr die Aufgabe erleichtern. Sie nahm die Flinte und ging zurück und wusste, ohne nachzudenken, was sie tun würde.

Ludwig war mit dem Graben noch nicht fertig und sah nicht zu ihr hin, während er die Säcke in das Loch warf und sie mit Erde bedeckte. Er schwitzte wie ein Schwein, und sein säuerlicher Körpergeruch stieß sie ab. Als Ludwig endlich das Grab zugeschüttet hatte und die Schaufel fallen ließ, richtete sie die Flinte auf ihn.

»Auf die Knie«, sagte sie ohne jegliches Gefühl, und er gehorchte. Dann schob sie ihm die Mündung in den Mund, ohne dass sie auf Widerstand stieß. Ludwig war nicht nur dumm, sondern auch eitel, und wahrscheinlich befürchtete er, dass ein Zahn abbrechen würde, wenn er sich bewegte. Aus seinem wütenden Blick las sie, dass er ohnehin nicht glaubte, dass sie es tun würde. Er glaubte, sie würde die Waffe fallen lassen und anfangen zu weinen, er glaubte, sie würden nach Hause fahren, und dann würde er ihr die Seele aus dem Leib prügeln.

Stattdessen drückte sie ab, und sein Hinterkopf explodierte. Er fiel vornüber, die Mündung noch zwischen den Zähnen. Sie nahm dann in aller Ruhe den Besen und verwischte ihre Spuren, während sie rückwärts zum Wagen ging.

Erst dort verlor sie die Fassung – ein Arm lag noch in einer Ecke der Ladefläche. Er hatte in keine Tüte mehr gepasst und der dumme, dumme Ludwig hatte ihn vergessen.

Sofort kehrten die Schmerzen mit Wucht zurück. Mit ihrem verletzten Handgelenk konnte sie auf keinen Fall ein neues Loch graben. Aber sie musste den Arm loswerden. Länger als eine Stunde saß sie wie betäubt im Wagen. Schließlich fiel ihr der Brunnen ein, den sie erst unlängst bei einem Besuch im Museum gesehen hatte.

Ohne weitere Vorsichtsmaßnahmen hob sie den Arm aus

dem Wagen und schleifte ihn in den Hof des Museums. Mühsam schob sie die Brunnenabdeckung beiseite und ließ den Arm in die Tiefe fallen. Irgendwie gelang es ihr, die Abdeckung wieder zurechtzurücken. Und dann hatte sie fast zwei Stunden für den Heimweg gebraucht, zu Fuß, über die Felder.

Jetzt schüttelte Ines Hennsler energisch den Kopf. Sie sollte über all das nicht nachdenken, jetzt nicht und nie mehr. Warum die Energie auf die Vergangenheit verschwenden, wenn die Zukunft ihr verlockend winkte und ihr ein Leben versprach, das nicht von harten Schlägen und erniedrigenden Worten bestimmt wurde. Sie hatte die letzte Seite des Kapitels, das von Unglück und Traurigkeit handelte, umgewendet, und nun sollte sie dieses Kapitel hinter sich lassen. Statt darüber zu brüten, was nicht mehr ungeschehen gemacht werden konnte, würde sie sich auf das Positive konzentrieren. Sie hatte dem Staat die Kosten eines teuren Gerichtsverfahrens erspart und auch den jahrelangen Unterhalt für ihren Mann. Sie hatte das Richtige getan, daran musste sie fest glauben. Im Gegensatz zu der Eiche brauchte sie niemanden an ihrer Seite, um sich bestmöglich zu entfalten. Sie brauchte Platz um sich herum, und den hatte sie sich nun verschafft.

Michael Morley

Virtually Lost – Leben und Sterben in Unna

Deutsch von Jürgen Bürger

Was wissen Sie wirklich über die Generation 2.0?

CHATROOM FÜR TEENAGER

✐ Hi. Ich bin Reiner. 17 und voll kaputt. Irgendwer da?
† *Ja.*
✐ Wer bist du?
† *Ich bin Carla. 16. Warum bist du voll kaputt? – C*
✐ Grade umgezogen von Koeln nach Unna. Kennst du Unna? – R
† *Nie gehört. In Deutschland? C*
✐ Yep. Fahr auf der A1 ans Ende der Scheisswelt, schmeiss deinen Verstand weg und fahr noch 2 km weiter. Die Gegend heisst Hellweg. – R
† ☺ ☺ *Witziger Name. Hellweg direkt neben Hellfire? Was ist da so schlimm? – C*
✐ Ooch, nix … wenn du 40 bist. Ein riesiges Spinnennetz, mit jeder Menge Geschichten drin. Hier ist der <link> für die googlemaps. Am Nordring, zwischen Bahnhof und Katharinenhospital, da bin ich. Alles klar? Alte Brauereien, alte Kirchen, alte Leute. Jeder ein Fremdenfuehrer. Wuerrrrrrg! – R
† ☺ ☺ *Ha! Ha! Ich weiß genau, was du meinst – ich studiere Geschichte. Laaaaaaaaaaangweilig! Seit wann lebst du da? – C*
✐ Seit 6 Monaten. In Koeln hatte mein Stiefvater was mit einer Kollegin. Also sind wir hierher gezogen. Noch mal *ganz von vorne anfangen* – so nennt meine Mam das. Ich sag dazu *alles geht vor die Hunde*. Sie bruellen sich nur noch an und heulen rum. Haben sie in Koeln auch schon so gemacht. Keiner interessiert sich einen Furz für mich. Wenn hier nicht bald was abgeht, schneid ich mir die Pulsadern auf. – R
† *Über so was macht man keine Witze. Du weißt ja gar nicht, wovon du redest! Ich denke echt darüber nach, mich umzubringen. Hab dafür 'ne*

eigene Site ins Netz gestellt. Schick mir 'ne Mail, wenn du Bock hast. carla@carlasdeath.com. Bye. C

✐ Du verarschst mich doch, oder? Carla? Bist du noch da?

***

www.carlasdeath.com

Willkommen auf Carlas Death. Ich heiße Carla und ich habe beschlossen, mir das Leben zu nehmen. Schon bald. Meine Freunde wissen, warum. Du kannst auch mein Freund werden. Und du kannst Mitglied werden in meiner Selbstmordkette. Hier kommen jetzt ein paar Dinge, die ich über Selbstmord gelernt habe:

• In Deutschland bringen sich mehr junge Leute um (im Alter zwischen 15 und 34) als in Großbritannien oder den USA.

• Etwa jeder Vierte kennt jemanden, der Selbstmord begangen hat.

Nicht vergessen: Selbstmord ist die aufrichtigste Form von Selbstkritik.

ZWEI TAGE SPÄTER

✐ Carla? Ich seh dein Pic in der Online-Liste. Ich bin's. Reiner. Wir haben neulich gechattet.

† *Hi du!* ☺ ☺ *– C*

✐ Hey, Carla ... war das nur Scheiss, dass du dich umbringen willst? Oder hast du das in echt gemeint? Ich hab viel ueber dich nachgedacht ... ich bin auch manchmal voll angenervt. Mein Alter hat mich deswegen schon zu so Psychotikern geschickt. Ich glaube, die sind durchgeknallter als ich. – R

† *Hi Reiner – ja, ich mein's ernst. Wenn dich alles nur noch runterzieht, worüber du nachdenkst, wenn dich jeder hängen lässt, dann bleibt dir nur noch Selbstmord. Traurigkeit ist eine Krankheit, die ich mir schon vor langer Zeit gefangen hab. Hab nie ein Mittel dagegen gefunden. Schätze, ist dann wohl tödlich. Ach, übrigens, du meinst *Psychiater*. – C*

✐ Verstehe. Ich geh praktisch gar nicht mehr raus, nur noch wenn ich zu dem Seelenklempner muss. Ich hasse das da draussen. Alles. Stehst du auf Weihnachten? – R

† *Ich hasse Weihnachten. Ich hasse diese ganze Scheiße – Weihnachten, Ostern, Muttertag, Vatertag. Ist doch alles eine einzige Abzocke. – C*

✐ Yep. Hier in Unna haben sie alles mit Weihnachtskram vollgeknallt, die ganze Bahnhofstraße rauf und runter, mit Kinderkarussells und Kram, und in der Holzbude vor der Sparkasse geben sich Erwachsene mit Gluehwein voll die Kante. Scheiss Hyppokroeten. Wenn man mit Kindern was unternimmt, dann sollte man sich um sie kuemmern, statt sich volllaufen zu lassen. Demnaechst verkaufen sie noch XTC mit Nikolaeusen drauf. – R

† *Du meinst *Hypokriten*, Heuchler. Deine Rechtschreibung ist voll scheiße. Neulich ist mein Freund gestorben. Hat sich umgebracht. Wir sagen: Er hat den Bus genommen. Hast du Lust, mich zu seiner Beerdigung zu begleiten? – C*

✐ Ich versteh nicht ... ☹ ☹ – R

† *Geh in fünf Minuten auf www.virtuallydead.com. Es ist für einen Freund von mir. Er war der Fünfte in der Kette. Sander ist der Sechste. Ich bin Nummer sieben. Es ist eine nicht öffentliche Site. Unter USER NAME musst du REINER1 eingeben und dann als Passwort 1Carlafriend2. Sag mir, was du gesehen hast (damit ich weiß, dass du da gewesen bist) und was du davon hältst. Vielleicht verrate ich dir dann ein Geheimnis. – C*

*PS: Du meinst *Psychiater*. Ich geh auch zu einem.*

✐ Hi C – ok. Welche Kette? Was meinst du? *kratz am kopf* – R

† *Selbstmordkette, Dummerchen! Wir sehen uns dort. Und vergiss nicht, einen Stein zu signieren. – C*

DREI STUNDEN SPÄTER

✐ Hi Carla – voll krass, die Site. Ich hab für Sander einen Stein auf die Mauer gelegt. Auf den Pics sah er ziemlich gluecklich aus. ☺ ☺ Warum hat er den Bus genommen? ☹ ☹ Warum sind ueberall auf der Site so Flammen? \\\\\\!//// – R

† *Freut mich, dass sie dir gefallen hat. Ich hab mit dem Webmaster am Design gearbeitet. Die Flammen sind da, weil Sander das Haus seiner*

Exfreundin angezündet hat, bevor er den Bus genommen hat. In unserer Selbstmordkette sind wir uns einig, dass es okay ist, auch das Leben derjenigen zu nehmen, die uns unglücklich gemacht haben. Was Sander betrifft, hast du völlig recht, das Bild wurde gemacht, als er noch glücklich ☺ ☺ war. Er war vier Jahre mit dieser Anneliese zusammen – XX☺ ☺XX – sie hatte ein Kind von ihm und dann hat sie wegen einem reichen alten Sack mit ihm Schluss gemacht. – C

✐ So was ist voll scheisse!!! Du hast gesagt, du wuerdest mir ein Geheimnis erzaehlen. Welches denn? – R

† *Noch nicht. Ich vertrau dir noch nicht. Du könntest ja auch ein 56-jähriger Perverser sein, der nur auf Sex aus ist. – BFN – C*

DREI TAGE SPÄTER

Mail an Carla

Hi Carla – willst du meinen Besuch beim Seelenklempner sehen? Ich hab's mit meinem Sony-Video-Handy aufgenommen (hab ich zu Weihnachten von den Alten gekriegt. War 'ne Bestechung, um mir den Umzug nach Unna zu versueßen.) Ich hab dem Seelenklempner von dir erzaehlt. Das Video hab ich auf www.reinersroom.com hochgeladen. Der Doc heißt Martin Hoff. Ein absolutes Arschloch. Muss so um die hundert sein, hat eine unglaubliche Wampe und aus der Nase und den Ohren wachsen ihm graue Haare. Seine Praxis liegt hinter einer Kirche aus dem 13. Jahrhundert und sein Zimmer ist kleiner als ein Rattenarsch und stinkt doppelt so uebel. Der Sound von dem Sony ist eher bescheiden, deshalb das Skript. Hat was von einem Drehbuch, oder? R. X.

MH *(sitzt in einem Ledersessel, der Furzgeräusche von sich gibt, sobald er sich bewegt):* So, Reiner, wie geht's dir heute?
ICH: Blendend.
MH: Blendend? Geht's dir wirklich blendend oder fällt es dir nur schwer zu beschreiben, wie du dich fühlst?
ICH: *kriegt von mir ein Das-geht-mir-ja-so-was-von-am-Arsch-vorbei-Achselzucken*

MH (seufzt): Du kannst ganz offen mit mir sprechen, Reiner. Ich will dir helfen. Deine Mutter hat mir ein bisschen was von den Familienproblemen erzählt … *(Er strahlt mich mit so einem Zahnpastareklamelächeln an.)* Erzähl doch mal, wie du dich fühlst.

ICH *(geb ihm mein bestes Zahnpastareklamelächeln zurück):* Am liebsten würde ich Ihnen Ihr Scheißhirn wegpusten. Ich stelle mir vor, den Lauf der Sportpistole meines Vaters in Ihr haariges Ohr zu drücken und die Wand rot und grau anzustreichen, quasi mit Ihrem Blut und Ihrem matschigen alten Hirn. Ist Ihnen das ehrlich genug?

MH *(kaut wie blöd auf seiner Lippe rum):* Du bist zornig, Reiner. Das ist völlig normal. Kennst du die Ursache deines Zorns?

ICH *(frage mich, ob dieser Typ echt ist und wie viele Schüsse ich brauche, um ihn zu töten):* Die ganze Scheißwelt macht mich sauer. Keine Sau interessiert sich auch nur einen Furz für einen anderen außer sich selbst, und wir Kids werden hin und her getitscht von Erwachsenen. *Paaaf!* – gerade bin ich noch in Köln. Und *Paaaf!* – bin ich im verschissenen Unna. Meine Freundin Carla hat völlig recht. Traurigkeit ist eine tödliche Krankheit. Selbstmord ist eine gute Idee.

(Du hättest sein Gesicht sehen sollen!!)

MH: Carla? Wer ist Carla? Und warum hat sie das gesagt?

ICH: Sie versteht mich eben.

MH *(tut echt betroffen)*: Gut. Wenn sie dich versteht, sollte sie dir auch sagen, dass Selbstmord *keine* Lösung ist. Du weißt, dass du unter einer Depression leidest. Wir haben schon mal darüber gesprochen. Dagegen bekommst du ja die Medikamente.

(Ich sehe aus dem Fenster, weil er mich unendlich anödet. BTW – seine Pillen spül ich meist im Klo runter.)

Reiner, ich glaube, du hegst einen tief verwurzelten Zorn gegen deine Eltern und vielleicht sogar gegen dich selbst.

Hast du dir Schmerz zugefügt? Hast du dir mit irgendetwas Verletzungen beigebracht? *(Er glotzt auf meine Arme – ob ich womöglich an meinen Pulsadern rumgeschnippelt hab.)*
ICH: Natürlich nicht. Sie halten sich für wahnsinnig clever, was? Aber Sie raffen nichts, trotz der ganzen Diplome da an der Wand. *(Er kriegt so ein dreckiges Lachen von mir, von dem Krawattenträger wie er Pickel kriegen.)* Sie sitzen hoffnungslos fest in einer Zeit lange vor meiner. Wissen Sie was? Es wäre super, wenn Sie helfen *könnten*. Voll klasse wäre das. Aber Sie wissen absolut gar nichts über Leute wie mich und Carla.
MH *(drückt einen dieser Seufzer ab, die Lehrer und Eltern so perfekt drauf haben):* Dann erzähl mir was über dich. Erzähl mir, was du hier in Unna mit deiner Zeit anstellst.
ICH *(seufze genauso fett wie er):* Ich stehe auf, mache den Computer an, checke meine Mails und schau bei *YouTube* nach, was gerade cool ist. Ich esse was. Schau in dem einen oder anderen Chat vorbei, dann bei *myspace* und *bebo*, schau vielleicht noch mal kurz bei *monster* rein. Nach dem Mittagessen guck ich beim *schuelerVZ* rein und hänge bei *second life als* virtueller Tourist ab. Danach noch mal kurz zu *Clipfish* oder für ein Pornos zu *Gonzo*. Vielleicht lad ich auch ein bisschen was Gutes für die Ohren von *Lime Wire* runter, anschließend überfliege ich ein paar Blogs und frag mich, ob ich nicht auch mal selber eins anfangen sollte. Sie können mir noch folgen?
MH *(spielt den Gekränkten, weil er genau weiß, dass er ein Dinosaurier ist):* Ja, natürlich. Deine sozialen Netzwerke … Hast du Carly in einem Chat …
ICH: Sie heißt Carl-a, nicht Carl-y! Haben Sie ein *myspace*-Profil? Schon mal auf *StayFriends* gewesen?
(Er sieht voll überfragt aus!)
Dachte ich's mir. Aber ich mach jede Wette, Sie wissen alles über diesen alten Scheißer Philipp Nicolai, nach dem in

Unna ja fast alles benannt ist. Was war der eigentlich? Der größte Stecher des 16. Jahrhunderts?

(Er bekommt einen roten Kopf und holt tief Luft, aber eh er richtig loslegen kann, sag ich:)

Nein, ich weiß verdammt noch mal selbst, wer das war, weil man nicht in Unna leben kann, ohne von seinen ganzen Scheißheldentaten zu erfahren. Das ist genau der Punkt: Ich weiß *alles* über Ihre alte Welt – alles über die Brauereien, die hier im zwanzigsten Jahrhundert kaputtgegangen sind, über die kilometerlangen Kellergänge unter der Stadt und eure ausgelutschten Kohlebergwerke, deren rußiges Blut euch die toten Venen verstopft. Aber was wissen Sie über meine Welt? Die *neue* Welt? Einen Scheißdreck. Absolut null.

MH *(wirkt geschockt):* Aber, Reiner, das ist doch nicht gesund. Du sprichst von *meiner* Welt, aber du verbringst doch gar keine Zeit darin. Du lebt in diesem … diesem *Cyberspace,* du hast buchstäblich jeden Kontakt zur Wirklichkeit verloren. Und das ist schon mal die Hälfte deiner Probleme. Wenn du dich in der realen Welt Problemen stellen musst, sind deine virtuellen Fertigkeiten völlig nutzlos.

ICH *(stehe auf und gehe zur Tür):* Sie machen's ja schon wieder. Sie und die ganzen anderen verknöcherten Typen sagen dauernd, Dinge seien *ungesund*, wenn ihr sie nicht versteht. Den Scheiß hier hätte ich mir auch von meiner Mam oder meinem Alten anhören können. Haben Sie denn gar nichts gelernt von meinen unsterblichen Brüdern, die ihre Welt gesäubert und sich dann selbst das Leben genommen haben? An der Northern Illinois University und der Columbine High in den Staaten oder am Gutenberg-Gymnasium in Erfurt?

MH *(sagt nichts, aber die Kinnlade ist ihm runtergefallen)*

ICH: Also: Sie haben überhaupt keine Ahnung. Ich verschwinde.

(Ich knalle die Tür hinter mir zu. Ich lasse sie nicht einfach so ins Schloss fallen, sondern knalle sie so richtig fett zu. Ich mach's so, dass er die maximale Krätze kriegt, während es mir ein Lächeln auf die Lippen zaubert.)

AN DIESEM ABEND

Mail an Reiner

Reiner, du bist mein Held! Hab mir deinen Upload angesehen. Cool! Ich hab's ein paar Freunden in unserer Kette gezeigt und die fanden's auch total abgefahren. Diese Seelenklempner sind voll pervers. Die kommen immer mit ihrer Scheißgehirnwäsche. Du hättest ihn abknallen sollen. Damit hättest du uns allen einen großen Gefallen getan. Wenn ich das nächste Mal zu meinem Shrink gehe, werde ich ihm exakt das sagen, was du gesagt hast. Mein Freund Henner – er ist Webmaster von virtuallydead, ein absoluter Freak (bin ihm nie persönlich begegnet, aber ich glaube, er ist so genial wie freaky) – jedenfalls, Henner bastelt gerade an einer neuen Site: The Hate Room. Ich hab ihm deinen Upload gezeigt und er meinte, ich könnte dir den Link geben: www.HateRoom.com. Schau's dir mal an. Ich glaube, du wirst begeistert sein. Du kannst da reingehen und Avatare von dir und den Leuten anlegen, die du umlegen willst. Dann kannst du mit einem Tool jeden Hintergrund erzeugen, den du dir vorstellen kannst. Cooooool ☺ ☺

Ich glaube, ich werde mit meiner Familie aufs Empire State Building gehen und dafür sorgen, dass sie sich weit übers Geländer beugen. Dann schneide ich ihnen die Köpfe ab und sehe zu, wie die kleinen Schädelchen runterpurzeln. Wie krass wäre das denn, hmh?

Wir reden später weiter, mein Held! Hugs and Kisses, C

AM FOLGENDEN TAG

Mail an Carla

Hi Carla. Gestern Abend hatte ich massiven Zoff mit meinen Alten, deswegen hab ich auch nicht frueher antworten koennen. Mein Alter ist gegangen (wieder mal). Als waer's so was wie 'ne Ueberraschung. Er war einverstanden, in Unna noch mal *von vorne anzufangen*, nur wegen ihm mussten wir alle hierherziehen, aber jetzt meint er auf einmal, dass er nicht leben kann ohne diese Schlampe in Koeln, also zieht er wieder dorthin zurueck. *Er* zieht zurueck! Wie verschissen ist das denn? *Er* wird mit *ihr* in Koeln leben und ich haenge mit meiner Mam in Unna fest. Sie hat einen Job in einer Tapas-Bar am Ostring, mit dem sie sich kaum allein durchbringen kann, geschweige denn uns beide. Das alles ist doch eine absolut verkorkste Oberkacke.

BTW – Danke für deine Mail. Ich glaube, du bist der einzige Mensch auf der Welt, mit dem ich offen reden kann. Nach dem Krach mit meinen Alten (er kommt uebermorgen noch mal vorbei, um seinen Kram abzuholen) bin ich gestern Abend durch die Stadt gelatscht (ich musste aus dem Haus, sonst waere ich durchgedreht). Jedenfalls hab ich da jede Menge Haeuser mit bunten Neonroehren gesehen. Also nicht einfach so, wie das bei Kirchen gemacht wird (davon gibt's hier gleich zwei Prachtexemplare!), sondern mehr so wie bei alten Tuermen und Denkmaelern und so.

Und diese Beleuchtung – die war, hey, wow!: geil. Ich haette nie gedacht, dass die in so einem verschissenen alten Kaff so was fertigbringen. Heute Morgen habe ich meine Mam danach gefragt (als sie endlich mal 'ne Pause einlegte bei ihrem Geheule und mich auch nicht mehr anbruellte) und sie murmelte irgendwas, dass sie hier in Unna die groesste Lichtkunstausstellung der Welt haben. Hey! Scheisse, Mann. Vielleicht in New York oder Barcelona! Aber doch nicht in unserem oberoeden Unna! Offensichtlich laden hier ein paar millionenschwere Irre solche Lichtfreaks aus der ganzen Welt ein, was zu installieren – ich hab's dann gegoogelt –, und weisst du was: Die haben den ganzen Scheiss quasi im Unterleib einer alten Brauerei verbuddelt. Ich meine, hey, wozu die viele Kohle für eine Ausstellung ausgeben, die so hell und strahlend leuchtet, dass man sie locker aus dem Weltraum sehen koennte, nur um die ganze Scheisse dann unterirdisch zu verstecken? Irre! Jedenfalls will ich mir das morgen mal genauer ansehen. Ich werde dir ein paar Pics schicken. BTW – hab mir die Site von deinem Freund angesehen (diese Sache mit dem *Hate Room*). GR8! Gib mir Bescheid, wenn er fertig ist – ich werde dann mit meinem Seelenklempner da reingehen und ihn umbringen, indem ich ihm die Seiten seines Notizbuchs einzeln in sein beschissenes altes Maul stopfe! Love and kisses – R XXX

Mail an Reiner
Hi Reiner. Mir geht's heute nicht so gut. Schreib mir morgen.
Carla

AM NÄCHSTEN TAG

Mail an Carla
☺☺☺☺☺☺
Hi Carla, ich habe dir ein paar Smileys geschickt, vielleicht muntern sie dich ein bisschen auf. Bei mir laeufts beschissen. Meine Mutter heult nur noch. Ich hoffe, dir geht's wieder besser. Ich war inzwischen in dieser Ausstellung. Die haben da unten in dem Lichtkunstzentrum ein paar Sachen, die sind voll krass. So ein Franzose, Christian Boltanski, der hat aus so Marionetten von Hexen und Teufeln so was wie Mobiles gebastelt, die er dann mit Licht anstrahlt. Die Schatten, die über die Wand des alten Kellers tanzen, sind voll unheimlich. Manchmal hab ich genau solche Geschichten in meinem Kopf, Geschichten ueber Angst – Geschichten über Tod. Hey, wie waer's, wenn du mal nach Unna kommst? Dann zeige ich dir alles. Ich wuerde dich wirklich wahnsinnig gern kennenlernen und dir diese voll aaab-gedrehte Ausstellung zeigen. – Love R XXX

AM NÄCHSTEN MORGEN

Mail an Reiner
Reiner, du kennst mich nicht. Ich heiße Henner. Ich bin ein Freund von Carla.
Carla hat sich gestern Abend umgebracht. Vorher hat sie uns anderen

in ihrer Kette einen Abschiedsbrief geschickt und darum gebeten, dass sich einer mit dir in Verbindung setzt. Ich hänge hier einen persönlichen Brief an, den sie dir geschrieben hat, bevor sie dann den Bus nahm. Mail mir, wenn du chatten willst – wir wissen genau, wie du dich jetzt fühlst. Carlas Gedenkmauer auf *virtuallydead.com* wird gerade eingerichtet – sie ist eine Unsterbliche, eine Visionärin, die niemals vergessen werden wird. Du kannst dich glücklich schätzen, dass du zu ihren Freunden zähltest. – H.

Der Anhang

Reiner – es war schön, dich kennengelernt und dich als Freund gehabt zu haben. Meine Zeit ist jetzt gekommen. Wenn man's genau nimmt, wenn du das hier liest, wird meine Zeit bereits gekommen und vergangen sein. (LOL – schon lustig, wie wir über solche Dinge Witze machen können, oder? Unsere Psychiater werden nie kapieren, dass wir im einen Moment lachen können und im nächsten nur noch sterben wollen.)

Die letzten paar Tage hab ich gespürt, wie die Einsamkeit und Schwärze in mir immer größer wurde, immer stärker. Jetzt ertrinke ich in der Dunkelheit, und ich halt's einfach nicht mehr aus. Ich bin die Heulerei und die Schmerzen so satt. Ich hab keine Lust mehr zu versuchen, dass die Menschen mich verstehen. Ich habe das Gefühl, als wären meine Freunde im Netz die Einzigen, die auch nur einen Funken Ahnung haben. Ich habe versucht, mich zu Tode zu hungern, wie's ein paar meiner unsterblichen Freunde bereits getan haben. Aber ich schäme mich zuzugeben, dass ich weder ihre Kraft noch ihren Mut besitze. Ich bin schwach und esse weiter. Nicht viel, aber doch genug, um am Leben zu bleiben. Ich schäme mich ja *so sehr* für meine Schwäche. Mir kommt alles so schrecklich sinnlos vor. Ich könnte noch jahrelang so weitermachen – dünn bleiben und hässlich statt unglaublich fett und hässlich. Aber was soll's? Ich hab genug. Ich habe dir doch gesagt, ich würde dir ein Geheimnis anvertrauen, okay, hier ist es. Geh zu *www.BlazeOfGlory10.eu,* und dann wird alles ganz klar. Dort wirst du auch mein letztes Video finden. Die Unsterblichen in meiner Selbstmordkette geloben, dass sie vor ihrem Tod noch denjenigen Gutes tun, die zurückbleiben, indem sie diejenigen töten, die uns unglücklich

gemacht haben. Du wirst sehen, dass mein Video den Mord an meinem Onkel Steven zeigt. Man sieht, wie ich seinen Penis in die Hand nehme, wozu er mich vor zehn Jahren gezwungen hatte, als ich noch ein kleines Mädchen war und nicht wusste, wie ich mich wehren konnte. Und du wirst sehen, wie ich seinen Schwanz abschneide und ihn dann verbluten lasse. Du solltest bald auf die Site gehen, denn die Polizei reagiert bei solchen Sachen ziemlich schnell und lässt sie sperren. Ich hoffe, ich treffe dich im Leben nach dem Tode, und dann können wir für immer Freunde sein.
Mein letzter Kuss – X – love, Carla.

AM NÄCHSTEN TAG

Mail an Henner
Hi Henner – danke für deine Mail. Wie hat Carla sich umgebracht? Es tut mir unglaublich leid, dass sie's getan hat, aber ich verstehe, warum sie es getan hat. Ich fuehle mich manchmal genauso beschissen wie sie. Wie kann ich in die Selbstmordkette aufgenommen werden? BFN – Reiner

Mail an Reiner
Reiner – nachdem die unsterbliche Carla ihren teuflischen Onkel umgebracht hatte, nahm sie seine Autoschlüssel. Dann hat sie in ein Abschleppseil eine Schlinge geknotet und sie sich um den Hals gelegt. Das andere Ende hat sie an einer Straßenlaterne festgemacht. Dann stieg sie ins Auto und gab Gas. Es hat ihr den Kopf runtergerissen. Wenn man über Selbstmord nachdenkt – wie du's ja von dir behauptest – dann ist das eine der besten Methoden. Es geht schnell und ist höchstwahrscheinlich schmerzlos. Es gibt noch zahllose andere Möglichkeiten – ich werde dir ein paar Links schicken. – H

Mail an Henner
Danke, Henner – ich habe eine Mail angehaengt, die ich an Carla geschrieben habe, wuerdest du sie bitte in ihre Gedenkmauer einset-

zen, damit andere sie lesen können? Was ist mit der Selbstmordkette? Darf ich mitmachen?

Reiners Nachricht
Carla, du warst meine Seelenfreundin. Ich werde dich unendlich vermissen. Ich sehne mich so danach, bei dir zu sein. Ich moechte die Ewigkeit in deinen Armen verbringen, dich kennenlernen, dich lieben lernen. Mit all meiner unsterblichen Liebe, jetzt und fuer alle Zeit. – Reiner XXX

Mail an Reiner
Reiner – du bist jetzt Nummer acht in der Kette. Nummer neun wird am kommenden Wochenende den Bus nehmen. Falls du einer der Unsterblichen werden möchtest und deine eigene Gedenkmauer haben willst, musst du einen Beitrag zu *BlazeOfGlory* leisten.
Meine Mobilnummer findest du dort (unter Webmaster – sie ist nicht zurückverfolgbar). Ruf mich an und ich sorge dafür, dass ein Suicide-Buddy auf deiner letzten großen Bühne auftauchen wird, um deinen letzten Augenblick zu filmen.
Mit Respekt – H

AM NÄCHSTEN TAG

Mail an Reiner
Hallo Reiner – Ich hoffe, es macht dir nichts, wenn ich an deine E-Mail-Adresse schreibe. Deine Mutter hat sie mir gegeben. Nach unserer letzten Unterhaltung fand ich, es wäre eine gute Möglichkeit, Kontakt zu Dir aufzunehmen. Ich würde mich wirklich sehr freuen, wenn Du mich noch einmal aufsuchen würdest, denn ich mache mir ernsthaft Sorgen um Deine Gesundheit. Ich bin überzeugt, gemeinsam werden wir Wege finden, damit Du Dich wieder besser fühlst. Manche der Dinge, die Du mir während Deines letzten Besuchs gesagt hast, entsprachen der Wahrheit. Sie trafen mehr ins Schwarze, als ich zu dem Zeitpunkt zugeben wollte. Die Welt verändert sich, Reiner, und alte Säcke wie ich

müssen sich das einfach viel klarer vor Augen halten. Ich habe heute erfahren, dass junge Menschen wie Du (ich glaube, man nennt Euch inzwischen summarisch die Generation 2.0) über die Hälfte Eurer Zeit vor dem einen oder anderen Bildschirm verbringen (oder sogar gleichzeitig vor mehreren). Ich habe gelernt, dass es da draußen im Internet neuntausend Abschiedsbriefe gibt, und ich bete zu Gott, dass Deine Mutter recht behält und Deine Freundin Carla nichts damit zu tun hat. Die Welt des Cyberspace ist mir tatsächlich sehr fremd. Aber ich weiß, dass ich Dir in der realen Welt helfen kann. Ich habe meinen Terminkalender ausgemistet und Dir für morgen Abend Platz frei geschaufelt. Bitte, komm.
Deine Mutter weiß, dass ich diese Mail schreibe, und sie weiß auch, dass ich Dir diesen Termin vorschlage. Sie macht sich ebenfalls große Sorgen um Dich, Reiner. Sie liebt Dich und sie möchte, dass ich Dir helfe. Bitte mail zurück und sag mir, ob Du den Termin wahrnehmen wirst. Falls Du lieber per Mail mit mir kommunizieren möchtest, bin ich auch gern bereit zu versuchen, Dir über dieses Medium zu helfen.
Mit den herzlichsten Grüßen und den besten Wünschen – Martin Hoff

AM NÄCHSTEN TAG

Mail an Martin Hoff
Dr. Hoff – Sie kennen mich nicht, aber ich kenne Sie.
Inzwischen werden Sie wahrscheinlich erfahren haben, dass Reiner gestern Abend seinen Stiefvater umgebracht hat, als dieser am Nordring das Haus der Familie verließ. Sein Suicide-Buddy hat mir grade das Video seiner heldenhaften Tat geschickt. Sie können es auf *www.BlazeOfGlory11.com* sehen, allerdings würde ich sofort hingehen, ehe die Polizei die Site wieder vom Netz nimmt. Dieses Video macht Geschichte. Es ist in den letzten drei Stunden 758.000-mal angesehen worden und auf *YouTube* hatte es 110.000 Abrufe, bevor sie es vom Netz nahmen. Reiner hat uns gebeten, eine Niederschrift seines Geständnisses anzufertigen und sie Ihnen zu schicken, damit Sie seine Worte in Ruhe studieren können. Er glaubt, Sie müssten noch eine

Menge lernen. Er hat darum gebeten, dass es das Layout eines Drehbuchs bekommt und es der unsterblichen Carla gewidmet sein soll. – Henner

Reiners Anhang

Reiner steht im Wohnzimmer, die Waffe seines Stiefvaters in der rechten Hand, sein Stiefvater liegt vor ihm und auf dem Boden ist viel Blut. In der anderen Hand hält Reiner sein Video-Handy, mit dem er sich mit ausgestrecktem Arm selbst filmt und ständig zwischen seinem eigenen Gesicht und Dingen, über die er spricht, hin- und herschwenkt.

Meine Mutter ist ausgegangen, ich weiß nicht, wo sie ist, wurde aus dem eigenen Haus vertrieben, weil sie meinem fremdgehenden Stiefvater nicht gegenübertreten konnte, als der seinen Kram abholen wollte. Tja, das wird sie jetzt ja nun auch nie mehr müssen. Hey! Danke für die lustigen Pillen, Dr. Hoff. Ich hab jetzt so viele von den Dingern eingepfiffen, dass sie mich mutig gemacht haben. Mutig und unerschrocken wie Carla.

Reiner schwenkt auf die Leiche seines Stiefvaters.

Soll ich ihm die Augen zudrücken, wie sie's immer in den Western tun? Vielleicht sollte ich diesem fremdgehenden Bastard eine Zwei-Euro-Münze auf die Lider legen. Nein, scheiß drauf. Soll er doch unter die Decke starren, auf die Risse im Putz, die er nie überpinselt hat, und auf die dicken Spinnweben, die meine Mam nicht weggemacht hat, weil sie viel zu niedergeschlagen war.

Er schwenkt zurück auf sich.

Sie möchten wissen, was ich im Moment empfinde, Doktor? *Nichts.* Absolut *gar nichts.* Es war nicht mal so aufregend, wie auf meiner PS3 *Der Pate* zu spielen.

Reiner lacht und beginnt zu schwanken, wahrscheinlich weil allmählich die Wirkung des Medikaments einsetzt.

Schießen ist Tod per Fernbedienung. Absolut perfekt für meine Generation. Gehen wir jetzt. Mir reicht's hier. Ich will nicht neben dieser stinkenden Leiche sterben. Mir schwebt da eine bessere Stelle vor.

Die Kamera wackelt stark, als Reiner das Haus verlässt. Die Automatik des Kameraobjektivs stellt sich auf die Schwärze der Nacht und das verwaschene Gelb der Straßenbeleuchtung ein. Man hört Reiners Atem. Es ist kalt draußen und in seiner Stimme liegt ein Zittern, während er schnell die Straße hinuntergeht. Ein Pärchen, beide etwa Mitte zwanzig, nähert sich. Reiner ist unsicher auf den Beinen, schwankt und rempelt versehentlich die Frau an.

Mann: He, Arschloch! Pass gefälligst auf! Entschuldige dich bei der Dame, und zwar zack, zack, bevor ich dir –

Reiner hebt sowohl die Waffe als auch das Video-Handy. Die Waffe bellt einmal kurz und vor dem Kameraobjektiv explodiert es in Rot, Weiß und Blau. Der Mann geht zu Boden. Die Frau schreit und wirft sich über ihn. Reiner geht weiter.

Cool! *Jetzt* spüre ich was.

Reiner kichert und dreht das Objektiv auf sein Gesicht. Er klingt inzwischen stark angetrunken und torkelt.

Dr. Hoff – Dr. Hoff – mir ist gerade was klar geworden. Ich bin gerade eben zu allem geworden, was ich immer gehasst habe. Ich bin gerade *Geschichte* geworden!

Er lacht lauter, fast schon hysterisch, dann stolpert er und lässt die Kamera fallen. Er braucht fast zwanzig Sekunden, um sie wieder aufzuheben.

Sieh an, die Lindenbrauerei. Ein bisschen alte Geschichte und ein bisschen neue Geschichte. Drauf und dran zu kollkollidieren – wie zwei Supernovas, die am Himmel aufeinanderprallen.

Eine Männerstimme aus dem Hintergrund, sanft und leise, Anfang zwanzig:

Reiner, nicht umdrehen. Ich komme von Blaze, ich bin hier, um dir zu helfen –

Reiner dreht sich um.

Mach das aus! Sofort!

Sorry, tut mir leid, du hast mich überrascht.

Das Video-Handy wird ausgeschaltet.

INSERT:

Die folgende Aufnahme wurde von einem BlazeOfGlory-Selbstmordhelfer aufgezeichnet.

Reiner tritt zurück und zerstört mit einem Schuss das Türschloss. Eine Alarmanlage schrillt los. Er trottet durch den Empfangsbereich, steuert auf eine Tür zu seiner Linken zu und lässt einen weiteren Schuss krachen.

Mann, das ist ja hier wie in *Splinter Cell,* nur gottverdammt viel besser!

Er tastet suchend über die Wand.

Schalter. Scheiße, wo sind hier die Lichtschalter?«

Schließlich findet er sie. Licht flammt auf. Er stapft weiter, tritt hinaus auf eine Treppenkonstruktion aus Glas und Metall, die von der Decke des hohen Raumes im Zickzack nach unten führt. Am Boden buchstabieren Dutzende blauer Neonröhren eine Botschaft.

Ich liebe das hier. Ich liebe diesen verfickten Ort. Ein Raum, der *spricht!* Hätten wir jetzt nur eine Welt, die auch noch *zuhörte!*

Reiner blickt auf die blauen Leuchtröhren hinab und geht weiter.

Das ist eine Botschaft von Heinrich Heine und sie lautet: ›Der Mensch braucht / nur seine Gedanken / auszusprechen, und / es gestaltet sich die / Welt.‹

Denken Sie mal drüber nach, Dr. Hoff. Denken Sie darüber nach und auch über alles andere, was ich Ihnen gesagt habe. Denken Sie darüber nach, warum Menschen wie ich Dinge tun wie das jetzt!

Reiner presst die Mündung der Waffe an seine Schläfe. Seine Augen sind glasig von dem Medikament, er blinzelt in die Kamera.

Und jetzt zeige ich Ihnen, was *ich* denke, was *ich* über Sie und Ihre Welt *denke.*

Reiner drückt ab. Der Schuss zerreißt die Stille. Er stürzt von der Treppe. Die Kamera fängt einen Wirbel aus Schwarz und Blau ein, als Reiner auf die blauen Neonröhren stürzt. Beim Aufschlag macht sein Körper ein widerlich klatschendes Geräusch. Es ist dunkel und wir hören seine letzten Worte.

Ich liebe dich, Mam!

Ich liebe dich, Carla – wir sehen uns bald.

Sandra Lüpkes

Das Gewissen von Werl

Es passiert so viel Schlimmes in Werl, das glaubt man nicht. Erschütternd ist das. Und viele gehen einfach weiter, wenn wieder etwas geschehen ist, wie mit Scheuklappen immer weiter geradeaus, als wäre hier die heile Welt und als gäbe es nichts Wichtigeres, als pünktlich zur Arbeit zu erscheinen oder im Fernsehen Schalke gegen BVB zu gucken.

Aber ich, der Andi Kortmann aus Werl-Büderich, ich bremse ihren Schritt. Ich zwinge sie, hinzuschauen und mitzufühlen. Das kann doch nicht sein, dass jeder sich selbst der Nächste ist und Mitgefühl nur noch ein Fremdwort. Das macht mich schon wieder ganz traurig.

Und jetzt geht es um Linda. Sie soll weg, hier aus Werl, aus der Hellweg-Region, aus ganz Deutschland. Weil sie angeblich zu anspruchsvoll ist. Den Bonzen ist es schnurz, dass sie die Beliebteste überhaupt ist. Sogar meine Mutter sagt immer, keine sei besser als Linda. Einfach unvergleichlich geschmackvoll. Da könne man die Vorzüge ihrer modernen Nachfolgerinnen Rafaela und Bernadette noch so oft anpreisen und Linda als altbacken und fade darstellen – wenn man über all die Jahre so etwas wie ein Vertrauensverhältnis aufgebaut hat, dann hält man sich auch die Treue.

Linda ist mehr als eine Kartoffel: Sie ist ein Lebensgefühl.

Heute Morgen habe ich gegrübelt, nicht so lang, denn die ersten Worte, die einem in den Sinn kommen, sind doch immer noch die mit dem meisten Gefühl drin. Ich hab also am Frühstückstisch gesessen und meine Mutter las vor, dass die jetzt die Linda endgültig abschaffen wollen wegen irgendeines Saatgutverkehrsgesetzes, aber eigentlich ginge es doch nur wieder ums Geld. Ich bin dann gleich in mein Zimmer hoch, habe den blauen Edding 800 rausgeholt und LINDA SOLL IN ALLER MUNDE BLEIBEN auf ein zurechtgeschnittenes Stück Pappe geschrieben. Das war ein langer Satz, länger als damals, wo Schalke so knapp die Schale verpasst hat und ich meine Betroffenheit mit nur zwei Worten zum Ausdruck bringen konnte: SCHADE SCHALKE. Eigentlich bin ich ja für Dortmund, aber bei uns in Büderich tagt immer der Schalke-Fanclub, und die taten mir einfach so leid, wie sie frustriert der Großleinwand den Rücken kehrten.

Das Plakat rolle ich vorsichtig zusammen und stecke es aufrecht in meinen Rucksack, sodass das Ende oben herausragt. Die Kerzen in den roten Plastikbechern hab ich mal im Zweihunderterpack bestellt, damit immer genügend vorrätig sind, wenn wieder mal was passiert ist in Werl. Für Linda stecke ich fünf ein. Und dann setze ich mich auf mein Fahrrad und fahre zum Schrattenhauer-Hof am Büdericher Hellweg. Denn da wohnt Franz-Josef Schrattenhauer, der ist Bauer und entwickelt Kartoffelsorten, also hat er vielleicht auch irgendwas mit den Saatgutvorschriften zu tun. Ich weiß gar nicht genau, ob er für oder gegen Linda ist, aber das ist egal: Man nennt ihn den Werler Kartoffelkönig, und da hab ich das Gefühl, bei ihm ist meine stille Mahnung gut aufgehoben.

Einer hat mal zu mir gesagt, ich sei das Gewissen der Stadt. Ein paar andere halten mich, den Andi Kortmann, für einen Pappkameraden. Aber mir ist es nicht so wichtig, was andere denken, denn ich muss das einfach machen, das ist meine Aufgabe im Leben. Seit damals das mit der Susanne Finke passiert ist, weiß ich, wie schlimm die Welt sein kann.

Ich kannte Susanne Finke, sie war fünf Jahre jünger als ich, die kleine Schwester eines Jungen, mit dem ich im Schützenverein Rosenkavalier und in St. Kunibert Messdiener gewesen bin. Und sie war erst elf, als man sie erdrosselt im Stadtwald gefunden hat, notdürftig zugedeckt mit schmutziger Erde und Ästen. Fast zwanzig Jahre ist das jetzt her. Die Familie tat mir so leid. Zeugen gab es nicht und um DNA-Spuren hat sich zu der Zeit noch niemand gekümmert. Das gelbe BMX-Rad, mit dem Susanne im Stadtwald unterwegs war, ist niemals wieder aufgetaucht und auch von ihrer hellblauen Strickjacke und dem Rock mit den kunterbunten Blümchen fehlt bis heute jede Spur.

Damals fühlte ich mich so schrecklich, ich wollte halt irgendwas tun, und so hab ich im Wald am Fundort ein paar Kerzen aufgestellt und ein großes Plakat mit Edding geschrieben: WERL WIRD DEINEN MÖRDER FINDEN! Nach und nach haben andere Menschen dann Stofftiere und Blumen ringsherum gelegt, aber mein Schild war irgendwie das Zentrum der Gedenkstätte. Ein paar Journalisten knipsten Fotos davon und am nächsten Tag war WERL WIRD DEINEN MÖRDER FINDEN! auf Seite eins der *Westfalenpost.* Selbst fünf Monate später im ARD-Jahresrückblick wurde das Foto noch mal gezeigt und der berühmte Moderator war auch ganz betroffen darüber, dass der Mörder wohl ungestraft davonkommen würde.

Vielleicht klingt das komisch, aber bei all der Schrecklichkeit war ich dann doch ein bisschen stolz auf mich und mein Plakat. Jeder in Werl wusste, dass ich es geschrieben hatte. So bin ich zu meiner Aufgabe gekommen und bis heute dabeigeblieben.

Arbeit hab ich ja leider keine mehr, seit der Metallbaubetrieb in Büderich zugemacht hat, wo ich im Lager tätig war. Mir war das sehr unangenehm, denn meine alte Firma hat ganz viel Schrott auf dem Grundstück zurückgelassen, und den musste die Stadt Werl nun teuer entsorgen, dabei haben die das Geld so dringend in Kindergärten und Schulen investieren wollen. Ich habe mich gefühlt, als hätte ich da ein bisschen Mitschuld dran. Hab mich gar nicht getraut, ein Plakat zu schreiben.

Heute ist es windig in Büderich; besonders wenn man den Hügel hinauffährt, spürt man den Frühjahrssturm. Die knorrigen Bäume am Straßenrand wiegen sich ganz schön hin und her. Ich freue mich über die Bäume, wirklich, denn wenn ich an das Jammerbild denke, als die am Kapuzinerring die alten Bäume abgeholzt haben … WERL VERMISST SEINE BÄUME hab ich geschrieben. Ich kann da jetzt immer noch nicht vorbeifahren, ohne dass mir ein kalter Schauer über den Rücken läuft.

Der Hof vom Kartoffelkönig steht am Büdericher Hellweg,

der ist neben der Bundesstraße so etwas wie die südliche Grenze des Vorortes und liegt weiter oben als der Dorfkern. Gegenwind und bergauf, aber ich trete in die Pedale. Einen Führerschein habe ich nicht. Es gibt so viele schlimme Verkehrsunfälle. Im Umkreis von zwanzig Kilometern stehen siebzehn Kreuze am Straßenrand. Da stelle ich überall regelmäßig neue Grablichter auf, auch wenn ich nur zwei von den Opfern persönlich kannte. Aber so vergeht einem schon die Lust am Autofahren. Von der Bahn halte ich mich übrigens auch fern. In Unna ist was passiert, da hat der Luftstrom vom ICE bei der Bahnhofsdurchfahrt jemanden mitgerissen. Von Unna nach Werl sind es zwanzig Kilometer. Ich bin trotzdem hin. GESCHWINDIGKEIT = TOD war immerhin in der *Aktuellen Stunde* im WDR kurz im Bild.

Endlich bin ich da. Unterwegs habe ich mir Gedanken gemacht, wie ich bei dem Wind mein Plakat festkriege. Der Schrattenhauer-Hof ist von einer mannshohen Mauer umgeben, die von Eisenspitzen gekrönt ist, damit niemand drüberklettern kann. Man sagt, der Kartoffelkönig sei kein geselliger Mensch. Ein Junggeselle mit krummem Rücken und knurriger Stimme, erzählt man sich. Manche fürchten sich regelrecht vor ihm. Und seit dem Brand der Ministerscheune ist er sowieso bei allen im Ort unten durch. Da ist vis-à-vis zum Schrattenhauer-Hof die Scheune vom Minister abgebrannt, und nicht nur die Feuerwehr, sondern auch das ganze Dorf war im Einsatz, um die armen Tiere zu retten. Obwohl es schon hieß, die Scheune bricht gleich zusammen, sind ein paar ganz Tapfere noch zu den quiekenden Ferkeln rein. Ganz viel Zusammenhalt und Mut war da zu spüren, ich hätte die ganze Zeit vor Rührung weinen können. Ich war so sprachlos, dass mein Edding später auf dem Plakat nur ein einfaches WARUM? zustande brachte. Als der Minister vorbeikam, hat er mir auf die Schulter geklopft und mir für die Anteilnahme gedankt. Wir waren wie eine große Familie.

Nur Franz-Josef Schrattenhauer ist bei dem Brand auf seinem Grundstück geblieben, obwohl es nur einen Steinwurf von der Katastrophe entfernt liegt. Das haben ihm alle übel genommen.

Ich lehne mein Fahrrad gegen ein Verkehrsschild und packe meinen Rucksack aus. Vielleicht geht es, wenn ich das Plakat links und rechts mit zwei größeren Ästen verstärke und die dann in den Rasen vor der Mauer stecke. Paketkleber habe ich ja immer dabei und beim Minister liegen ein paar Zweigbündel vor dem Tor. Der Gärtner kommt zur Straße, wahrscheinlich stutzen die gerade ihre Büsche. Als er mich sieht, ruft er mit erhobenem Arm ein Hallo in meine Richtung. Ob wieder was passiert sei, will er wissen.

Ich erzähle ihm von Linda, aber er versteht mich kaum. Kommt nicht aus der Gegend, sondern irgendwo aus Osteuropa. Bestimmt hat er eine schwere Zeit dort durchgemacht, bevor er beim Minister Arbeit und ein Dach über dem Kopf fand. Er denkt, Linda sei ein Mädchen, und kriegt einen Schreck, weil er meint, es sei wieder jemand ermordet worden. Ich kann ihn beruhigen und er gibt mir zwei kerzengerade Weidenzweige.

Ich klebe die Stäbe links und rechts ans Papier, nach unten hin stehen sie einen halben Meter über, damit kann ich sie dann ins Gras stecken. Hoffentlich regnet es nicht, dann wäre es aus mit meinem Plakat. Das wäre blöd.

Frau Kasimir kommt mit ihrem Bulli vorbei, bleibt kurz stehen, fährt zurück. Sie ist Vorsitzende im katholischen Frauenverein und wir kennen uns von der Demo, als ein Zuhälter aus Dortmund das alte Haus an der B1 bei Holtum gekauft hat: KEINE SÜNDE VOR UNSERER HAUSTÜR. Frau Kasimir hat mir damals viel über das Schicksal der Prostituierten erzählt. Zwar lästerten manche, sie sei nur dagegen, weil ihr eigener Ehemann sonst in diesem Etablissement der beste Kunde werden würde, aber das ist böses Geschwätz. Frau Kasimir hat sich echt gut informiert über die Zustände: Die leichten Mädchen sind ja noch nicht einmal vernünftig krankenversichert! Ich war echt fertig deswegen. Und mein Mitgefühl als Mann habe ihr gutgetan, hat Frau Kasimir gesagt. Deswegen hält sie immer kurz an, wenn sie mich sieht.

Sie liest mein Plakat und nickt ernst. Die Linda solle ruhig mal bei ihr vorbeikommen, sagt sie. Für Frauen in Not habe sie immer ein offenes Ohr. Dann fährt sie weiter. Ich glaube, ihr Bulli hat keinen Katalysator. Das ist nicht in Ordnung.

Leider ist die Grasnarbe an dem Ort, für den ich mich nun entschieden habe, ziemlich fest. Die dünnen Weidenzweige drohen zu brechen, als ich mein Plakat in den Boden rammen will. Es hat aber auch keinen Sinn, es gegen die Mauer zu lehnen, die nächste Windböe würde das gute Stück mit sich reißen. Wenn ich einen Spaten hätte, dann wäre die Sache geritzt. Ich halte Ausschau nach dem Ministergärtner, aber der ist inzwischen mit dem Traktor weit hinten auf dem Land unterwegs. Und einfach so auf das Grundstück eines Politikers traue ich mich nicht, auch wenn der sicher einen ziemlich guten Spaten hat.

Ein paar Schritte an der Mauer entlang entdecke ich neben einem Busch eine klapprige Holztür, die nur angelehnt ist. Diese Nachlässigkeit ist untypisch für Franz-Josef Schrattenhauer, aber vielleicht ist das ja mein Glück. Vorsichtig schiebe ich sie einen Spalt auf und spähe auf das Kartoffelkönig-Grundstück. Der Innenhof ist aufgeräumt, der ungepflasterte Boden wirkt wie geleckt, ich kann keine Kartoffel und keinen Strohhalm herumliegen sehen. Vor der Remise steht der gigantische Vollernter, mit dem Schrattenhauer im Sommer über die Felder rattert. Unter dem Scheunendach sind Rollsternhacke und Dammfräse ordentlich verstaut. Das Wohnhaus aus gepflegtem Fachwerk ist schmucklos. Ich mag es ja gern, wenn die Bauern so bunte Windspiele in ihre Blumenkästen stecken oder liebevolle Blumenkränze als Willkommensgruß an der Eingangstür hängen haben. Aber hier gibt es so etwas nicht, das war zu erwarten. Schließlich ist Schrattenhauer ein Eigenbrötler, der nicht gern Besuch bekommt, warum also sollte er seinen Hof einladend gestalten?

Ich will schon wieder zurück auf die Straße, da bemerke ich nur ein paar Schritte entfernt an der Innenseite der Mauer neben Hacken, Schaufeln und Rechen auch einen blitzblanken Spaten. Den könnte ich gebrauchen, der sieht so aus, als habe er auf mich gewartet. Und weil ich ja wirklich nichts Schlimmes vorhabe und ihn auch ganz bestimmt gleich wieder zurückstelle, erlaube ich mir, durch die Holztür zu schleichen. Wahrscheinlich ist sowieso keiner da. Im Carport steht kein Auto und hinter den Fenstern ist es dunkel. Trotzdem klopft mein Herz so schnell, dass ich an unseren Nachbarn denken muss, der schon mit zweiundvierzig an einem Herzinfarkt gestorben ist und neben seiner Witwe drei kleine Kinder hinterließ, eines davon hat Neurodermitis. WERL LAESST EUCH NICHT ALLEIN – die Witwe hat das Plakat ins Altpapier geschmissen und mich gebeten, die Kerzen von ihrer Küchenfensterbank zu räumen, weil es sie störte. Sie hat wohl ein ganz kaltes Herz, diese Frau, schon elf Monate später hat sie den Briefträger geheiratet und ist aus Büderich weggezogen.

Der Spaten liegt gut in der Hand, damit wird es gehen. Doch als ich mich umdrehe, schaue ich in zwei dunkelbraune Augen, die mich böse anstarren, keine zehn Meter entfernt. Das Knurren muss ich überhört haben. Die gewaltigen Reißzähne liegen unter den hochgezogenen Lefzen frei. Das bedeutet offensive Angriffslust, weiß ich vom Tierschutzbund, bei dem ich mal wegen einer misshandelten …

Au Backe, der Hofhund ist nicht angeleint und kommt auf mich zugerannt. Ein Kampfhund, ein Staffordshire Terrier, so einer wie damals in Hilbeck, der den kleinen Jungen so schrecklich … Nein, keine Zeit, die schlimme Geschichte kann ich später erzählen. Jetzt muss ich wirklich zusehen, dass ich vor diesem Tier Reißaus nehme. Ich hab ja den Spaten noch in der Hand, aber Mensch, ich kann doch kein Tier schlagen!

Dummerweise schneidet mir der Hund den Weg zur Holztür ab, also muss ich woanders hin, und zwar schneller, als ich jemals in meinem Leben gerannt bin. Ich spüre seinen Raubtieratem an meiner Wade und höre sein Bellen, laut und böse – wahrscheinlich hat der Hund noch nie einen Menschen erlebt, der sich liebevoll um ihn gekümmert hat, immer nur Prügel und Schimpfe, möchte ich wetten, sonst wird doch ein Tier nicht einfach so aggressiv.

Neben dem Wohnhaus steht ein heruntergekommenes Wirtschaftsgebäude. Gott sei Dank ist die Schiebetür offen, ich kann mich in letzter Sekunde hindurchzwängen, aber ein bisschen von meiner Stoffhose kriegt die Kampfmaschine dann doch zu packen und ich brauche meine ganze Kraft, um mich loszureißen. Die gute Hose, Mutter wird schimpfen. Die Tür geht elend schwer, ich schmeiße mich dagegen, aber sie hakt in der Schiene und jeder Zentimeter, den die Lücke kleiner wird, dauert eine gefühlte Ewigkeit. Die Hundeschnauze sitzt im Spalt, der Fetzen meines Hosenbeins hängt am Eckzahn, Sabber tropft aus dem Maul, da kann ich gar nicht hingucken.

Stickige Luft herrscht hier drinnen und das bisschen Licht, das durch die schmale Türöffnung ins Innere dringt, zeigt ein Durcheinander, das gar nicht zu dem penibel aufgeräumten Innenhof passt. Ich sehe vollgestopfte, schwarze Tüten und einen alten Schlitten, eine verbogene Wäschespinne und rostige Sensen. Und ein gelbes BMX-Rad.

»Hektor, was ist los, du Höllenköter?«, höre ich eine Stimme über den Hof schmettern. Mir wird augenblicklich schlecht vor Angst. Nur noch eine Handbreit steht die Tür auf, aber ich kann sehen, der Schrattenhauer kommt auf mich zu. Seine graubraune Hose schlottert ihm um die Beine und in seinem Gesicht ist nicht die kleinste Spur Freundlichkeit zu erkennen. Ein Mann zum Fürchten, wirklich.

Der Hund läuft nun aufgeregt zum Herrchen und wieder zurück zum Schuppen, sein Bellen ist unterbrochen von einem hysterischen Kieksen, weil der Kläffer total aufgeregt ist, weil er wahrscheinlich glaubt, einen Einbrecher geschnappt zu haben. Jetzt erwartet das geschundene Tier ein Lob und ein Leckerli.

Und was erwartet mich? Flüchten kann ich nicht. Selbst

wenn der Schuppen einen Hinterausgang hätte, würde ich ihn niemals erreichen, es sei denn, ich könnte einen Fünf-Meter-Sprung über den Sperrmüllhaufen machen. Ich bin ausgeliefert. Am Ende.

»Was machst du denn hier?«, dröhnt der Kartoffelkönig, der so stark ist, dass er die verrottete Tür mit dem kleinen Finger aufzuschieben scheint. Ich bin geblendet von dem Licht oder vor Angst, jedenfalls hebe ich schützend meinen Arm über die Augen, als er mich von oben bis unten mustert. Den Spaten verstecke ich hinter meinem Rücken.

»Bist du nicht diese Pappnase? Dieser Andi Kortmann?«

»Guten Tag, Herr Schrattenhauer«, sagt meine zittrige Stimme.

In seinen Gummistiefeln macht er einen Siebenmeilenschritt auf mich zu. »Was in drei Teufels Namen hast du Obertrottel auf meinem Grundstück verloren?«

»Ich ... brauche einen Spaten.« Besser immer bei der Wahrheit bleiben, sag ich mir im Stillen. Ich bin unsicher genug; wenn ich mich jetzt noch in Lügen verstricke, dann ...

»Und warum suchst du den ausgerechnet hier?«

»Ich wollte ein Schild aufstellen.«

»Bei mir?« Ihm scheint diese Idee überhaupt nicht zu gefallen, denn er tippt sich an die Stirn.

»Wegen der Linda. Die soll doch ...«

»Und was hab ich damit zu schaffen?«

»Sie sind doch der Kartoffelkönig, sagt man in Werl.«

»Schwachsinn.« Er schnaubt wie ein Stier. »Aber ich weiß, was du bist. So ein arbeitsloses Müttersöhnchen, oder nicht? Katastrophentourist, soweit ich gehört habe. Kannst du nicht mal was Anständiges machen?«

»Das ist sehr anständig!«, verteidige ich mich und meine Stimme gewinnt wieder an Stärke. »Ich mache die Menschen hier aufmerksam auf all das Schlimme ...«

»Papperlapapp!«, unterbricht er mich sehr unfreundlich. »Du gehst den Menschen auf den Sack. Mehr nicht.«

Ich habe keine Ahnung, wie dieser Unmensch das behaupten kann, wo er doch überhaupt keine Sozialkontakte hat, aber mir fällt kein passender Satz ein. Und ich will ihn nicht unnötig reizen.

»Überall deine Scheißplakate. Hast du Idiot nicht sogar bei der Mumie im Forum der Völker 'ne Kerze aufgestellt? Und dann ist der Feuermelder im Museum losgegangen.«

Woher kennt er diese Geschichte? Das muss ihm jemand erzählt haben. Damals hat man sich über mich lustig gemacht. Das hat mich ganz schön verletzt. Und immer wieder muss ich mich dafür rechtfertigen. »Das Mädchen in dem Sarkophag war auch ein Mensch, der mal fröhlich gewesen ist und was gefühlt hat …«

»Vor mehr als zweitausend Jahren, du Depp!«

Ich lasse die Schultern hängen. Mann, ist der gemein.

»Ich bin aber trotzdem von ihrem Schicksal betroffen. Sie war erst vierzehn, als sie gestorben ist. Nur zwei Jahre älter als die Susanne Finke …«

Auf einmal wirkt er nicht mehr so Angst einflößend, scheint tatsächlich zu schrumpfen, selbst der Köter hält endlich seine Schnauze. »Wie kommst du denn jetzt auf Susanne Finke?«, fragt er – wie ich finde – kleinlaut.

Ich zeige auf das Fahrrad. »Zwei Wochen hat die Polizei damals danach gesucht.«

»Das habe ich vor Jahren mal bei der Kartoffelernte auf meinem Acker gefunden.«

Ich umklammere hinter dem Rücken den Griff des Spatens.

Er holt tief Luft, seine Hand hebt sich langsam. »Willst du damit sagen, du denkst, dass ich …?«

Nur die Ruhe, nicht aufregen!

Er kommt näher und ich finde, es sieht ziemlich bedrohlich aus. »Du elende kleine Kröte, du …« Der Schritt, den er jetzt macht, ist ein Schritt zu viel. Also hole ich aus.

Die silberne Spatenfläche hinterlässt eine schnurgerade Delle auf seiner Stirn. Das Geräusch, das entsteht, als er auf ein paar leere Eimer knallt, ist ganz furchtbar. Und der Hund haut ab, ich glaube, der hat Angst vor mir. Wahrscheinlich ist er schon mal von seinem bösen Herrchen mit einem Spaten geschlagen worden, deswegen macht er sich nun vom Acker. Ist schon schlimm, zu was die Menschen so in der Lage sind.

Ich werfe den Spaten neben den Schrattenhauer. Tote tun mir immer ganz besonders leid. Was werde ich auf mein Plakat schreiben? Mir fällt nichts ein.

Dann höre ich Schritte und schaue auf, der Minister kommt über den Hof. Kommt wohl gerade vom Landtag, jedenfalls trägt er Anzug und Krawatte. Er sagt, der Hund sei ihm aufgefallen, und nun wolle er doch mal gucken, was denn hier los sei.

Ich muss weinen, als ich die ganze Geschichte erzähle, von dem Hund und dem Fahrrad, und dass der Schrattenhauer die Sache mit der Susanne zugegeben hat, mit allen Details, bevor er auf mich los ist, und dass ich in Notwehr gehandelt habe. Der Minister ist total verständnisvoll und wählt mit seinem Handy die Notrufnummer. Dann lobt er mich, weil ich ja den Mörder von dem Mädchen gefunden habe, das wäre eine echte Heldentat. Dann hätte ich wohl mein Plakat-Versprechen WERL WIRD DEINEN MÖRDER FINDEN! nie vergessen und nach so langer Zeit endlich eingelöst. Dabei klopft er mir auf die Schulter und ich habe das Gefühl, dass wir beide ganz dicke miteinander sind.

Die Sanitäter kommen schnell und sie wollen mir was zur Beruhigung geben, aber ich lehne ab. Geht schon wieder, sag ich ihnen. Zur Polizei muss ich erst später, verabrede ich. Die Beamten sehen das ein, später ist noch früh genug. Ich solle mich erst einmal ausruhen, nach dem, was ich durchgemacht hätte. Der Minister sagt zum Kommissar, da brauche man sich keine Sorgen machen, auf den Andi Kortmann sei Verlass, der komme pünktlich ins Revier.

Ich stelle noch schnell mein LINDA-Plakat auf, dann radle ich nach Hause. Mama nimmt meine Hose, meckert nur ein bisschen wegen dem Loch, schmeißt alle Klamotten in die Waschmaschine und sucht schon mal einen passenden Flicken im Nähkörbchen.

Ich gehe also in Unterhose nach oben in mein Zimmer.

Das passt gut. Ich muss mich nach all der Aufregung ein bisschen entspannen. Und das kann ich am besten, wenn ich dabei die hellblaue Strickjacke und den Rock mit den kunterbunten Blümchen trage.

Frank Göhre

In Werne hoch zu Pferde

Zum ersten Mal war der Prof ihr am Heiligabend begegnet. Bis zu dem Tag hatte er sie nur auf einigen wenigen Fotos gesehen, als Acht- oder Neunjährige mit Zahnspange und einem albernen Kleid am mageren Körper. Sie war die Tochter aus erster Ehe seiner Gattin, der Madame. Ein Fehltritt, hieß es in ihrer Familie, einer alteingesessenen westfälischen Sippe.

An diesem Heiligabend aber stand eine hoch aufgeschossene Blondine vor ihm in der Tür. Bekleidet war sie mit in halbhohen Stiefeln steckenden Jeans und einer knapp sitzenden Lederjacke über einem Pulli, der ihre Titten betonte. Und sie hatte fantastische Titten, Teufel auch! Der Prof war hin und weg.

»Janette«, sagte sie und reichte ihm die Hand. »Hat Ma mich nicht angekündigt?«

Der Prof schluckte. »Ma?«, sagte er. Er riss sich zusammen. »Nein. Madame ist schon früh zum Reiterhof raus. Hat sie wohl vergessen.«

»Vergessen, klar.« Janette nickte wissend und erklärte, dass sie einige Tage bleiben werde, eventuell bis Neujahr. »Ich möchte mit Ma endlich ein vernünftiges Verhältnis«, sagte sie.

Der Prof sagte nichts dazu. Er bat das Mädel herein. Janette stellte ihren prall gefüllten Seesack im Flur ab und sah sich in dem riesigen Wohn- und Essraum mit offenem Durchgang zum Wintergarten um.

»Wow! Ihr habt sogar ’nen Baum! Hast du den geschmückt? Ist ja irre, was es alles an Weihnachtsschmuck gibt!«

»Ich hab so was im Laden. Vielleicht hat’s deine Mutter ja mal erwähnt. Ich kauf und verkauf Krimskrams, manchmal auch echt Antikes.«

»Hat sie nicht. Nur, dass du in ’ner total eigenen Welt lebst, aber ansonsten ganz okay bist.«

»Ganz okay?«

»Na ja, ihr habt vermutlich keinen saumäßig großen Stress. – Sei froh. Ich hab gerade meinen Lover abschießen müssen, so einen Elbchausseearsch!« Sie warf sich auf die Ledercouch und legte die Beine hoch. »Aber ich bleib in Hamburg, klar, ist schon klasse da. Allein die Nähe zur See! Meere sind einfach supergeil!« Sie zog eine arg zerknautschte Zigarettenpackung aus der Brusttasche ihrer Jacke. Es waren Filterlose.

Der Prof pflanzte sich ihr gegenüber in den Sessel und sah zu, wie sie rauchte und Tabakkrümel von ihren Lippen leckte. Kurz darauf schneite Madame rein, in Stiefeln und Reitdress. Sie roch nach Stall und Pferdemist. Die Freude, ihre Tochter zu sehen, hielt sich in Grenzen.

»Hat er dir dein Zimmer gezeigt?«, fragte sie und hielt dem Prof die Wange hin. Er küsste sie flüchtig. Irgendwie war es ihm unangenehm. »Du kannst dich schon mal umziehen«, wies Madame ihre Tochter an. »Wir sind zum Kaffee bei Onkel Fred. Wir gehen dann mit den Kindern zur Christmette. Hast du ein Geschenk für sie? Der Kleine kriegt von uns so einen iPod. Mein Gott, wenn ich daran denke, mit wie wenig du damals glücklich warst.«

Der Prof wechselte hinter ihrem Rücken einen Blick mit Janette. Die Tochter schien schon genervt zu sein.

Es wurde nicht besser. Nicht für sie. Es war wie jedes Jahr. Der Prof kannte das Ritual, dieses unsägliche Familienprogramm. Nach Kirschsahne, Spritzgebäck und viel zu starkem Kaffee in der Altstadtpenthousewohnung seines Schwagers hockten sie allesamt wie Hackenpisser auf der Kirchenbank: *Denn euch ist heute der Heiland geboren.* Madame und ihre Mischpoke taten derart andächtig und ergriffen, dass Janette ständig die Augen verdrehte. Der Prof lächelte vergnügt in sich hinein. Das Mädel gefiel ihm mehr und mehr.

Nach dem Segen des Priesters hieß es dann: »Bescherung!« Eine Auspackorgie unter Geschrei und Geheul der verrotzten Blagen, dazu den traditionellen Kartoffelsalat mit Würstchen, Schnaps und Bier und bei steigendem Alkoholpegel die irrsinnig komischen oder ach so lehrreichen Familiengeschichten: Wie der Großpapa, seinerzeit noch mit seiner eigenen Hände Arbeit, Schnapsflasche für Schnapsflasche ausgespült und abgefüllt habe. Wie er mit dem Verkauf des Hochprozentigen nicht nur den Menschen frohe und zur Zeugung weiterer Nachkommen animierende Stunden bereitet, sondern damit auch den Grundstein für das eigentliche Erblühen der liebens- und lebenswerten Stadt Werne gelegt habe. Noch heute zehre man von dem, was er geschaffen habe, amen – zur Mitte, zur Titte, zum Sack, zack, zack! O du fröhliche, o du selige. Gnadenbringende Weihnachtszeit!

Endlich wieder zu Hause torkelte Madame knallvoll die Stufen nach oben ins Schlafgemach und riss dabei beinahe die ellenhohe Bronzeplastik vom Geländerpfosten, ein sich aufbäumendes Pferd mit einer den Arm emporreckenden Reiterin. Speziell für sie modelliert, ein scheußliches Teil. Der Prof schüttelte den Kopf. Er gönnte sich noch einen Cognac. Janette leistete ihm Gesellschaft. Sie lästerten über die dumpfe Sippschaft und ihre Sauigeleien, und dann – ja, dann passierte es. Einfach so, ohne Worte.

Sie wiederholten es gleich am nächsten Tag.

Sie trieben es auch an dem darauf folgenden Tag und dem dann folgenden. Sie trieben es, sobald Madame zu Gripshöfer abgebraust war, auf dem Reiterhof ihren Braunen sattelte und in die Kohuesholzwälder ritt, nur einige hundert Meter entfernt an ihrem Haus vorbeitrabte.

»Wie ist sie eigentlich im Bett?«, fragte Janette am Morgen des Silvestertages. Sie lagen unter dem Tannenbaum, die Silber- und Goldkugeln und die zig mit Glitzersternchen jonglierenden Micky-Maus-Figürchen über sich. Der Prof zupfte herabgefallenes Lametta aus ihrem Haar und küsste sie zärtlich auf die Stirn.

»Aktuell?«, fragte er zurück.

»Sag jetzt nicht, ihr habt noch diese Nacht …?«

»Wir haben schon seit Monaten nicht mehr.«

»Oha«, sagte Janette. »Und wie kommst du damit klar?«

»Ich hab ein paar Kontakte.«

»Kontakte? Nutten?«

»Keine Nutten.« Er löste sich von ihr und angelte sich einen Schokostreuselring vom Baum. »Wenn du's nicht ausplapperst, sag ich's dir.«

»Mit wem sollte ich hier schon quatschen?«

»Mit deiner Mutter zum Beispiel. Du wolltest dich doch mit ihr aussprechen.«

»Klar«, sagte sie. »Und ich fang damit an, dass ich mit dir penne und dich überhaupt supergeil finde.«

»So nun gerade nicht. Außerdem – supergeil? Wie meinst du das?«

»Ja, wie wohl? Hör mal, ich hab mich noch nie besser gefühlt. Ich kann mir gut vorstellen, dass das mit uns so bleibt.«

»Schön wär's«, sagte er. »Aber …«

»Nichts aber.« Sie setzte sich auf. »Hamburg ist nicht weit.«

»Meinst du das ernst?« Er sah sie zweifelnd an, sah ihr in die Augen. Sie nickte bekräftigend.

»Wir können uns auch sonst wo treffen. Das lässt sich doch locker arrangieren. Ich will nur über alles bei dir Bescheid wissen, das brauch ich. Vertrauen, verstehst du? Sonst läuft das nicht.«

Er zögerte noch. Eine andauernde Affäre mit ihr, das war ebenso verrückt wie verlockend. Sie war jung, sie sah blendend aus und sie war nicht fest liiert, zurzeit jedenfalls nicht. Was also riskierte er?

»Na gut«, sagte er schließlich. »Aber es bleibt unter uns.« Er atmete tief durch. »Es hat mit meinem Laden zu tun. Ich krieg da gelegentlich was angeboten – Schmuck, Besteck, Münzen. Heiße Ware, Diebesgut. Einer der Typen hat bei so 'nem Bruch mal Mist gebaut. Ich hab ihm ein Alibi gegeben. Jetzt hat er die Aufsicht in einem dieser Swingerclubs. In Dortmund. Da geh ich manchmal hin.«

Sie lächelte. »Wenn's weiter nichts ist«, sagte sie. Sie strich ihr Haar zurück und hockte sich über ihn, spreizte die Schenkel. »Geschenkt«, sagte sie und hob ihren Hintern. Der Prof schloss die Augen.

Am Nachmittag hatte die Kleine dann ein längeres Gespräch mit ihrer Mutter. Der Prof saß bei offener Tür oben in seinem Arbeitszimmer, blätterte in Auktionskatalogen und schnappte hin und wieder was auf. Offenbar ging es um Janettes Studium und um ihre Zukunft in beruflicher und privater Hinsicht. Er verstand, dass Janette meinte, ihre Mutter sei ihr »was schuldig«. Der Prof war schon versucht, sich in den Flur zu schleichen, um alles mitzukriegen, als er ein heftiges Aufschluchzen vernahm. Es vermengte sich mit Janettes weinerlicher Kleinmädchenstimme. Wenig später herrschte absolute Stille. Schließlich hörte er eine Tür klappen und sah Mutter und Tochter Arm in Arm den Weg zum Wald nehmen, sichtlich liebevoll vertraut. Irritiert blickte der Prof ihnen nach.

Sie blieben lange weg, und als sie zurückkamen, war es schon dunkel. In der Ferne zischten die ersten Leuchtraketen über der Stadt in den Himmel. Für einen Moment glaubte der Prof zwei Schwestern vor sich zu haben. Seine Madame wirkte total verjüngt, strahlte ihn an und plapperte, wie sehr sie sich freue, dass er Janette endlich die Angst genommen habe, sich ihr gegenüber einmal alles von der Seele zu reden.

»Du bist ein Schatz«, sagte sie.

»Das ist er wirklich«, bestätigte Janette. »Du machst dir keine Vorstellung, wie er mich die ganze Zeit bearbeitet hat.«

Dem Prof verschlug es die Sprache. Was zum Teufel hatte das zu bedeuten?

Die beiden verschwanden gemeinsam im Bad, um sich für die Silvesterfeier auf dem Reiterhof herauszuputzen. Er hörte sie plappern, er hörte sie kichern, er hörte sie lauthals lachen, und nach einer Ewigkeit erschienen sie wieder: Madame in ihrem trägerlosen Cocktailkleid, Netzstrümpfen und High Heels, Janette in einer schwarzen Lederkorsage und einem blutroten Glockenrock.

»Geil«, kommentierte er. Er wandte sich an seine Gattin. »Die Mutter wie die Tochter, wenn ich das mal so sagen darf.«

»Darfst du«, sagte Madame. Janette griente nur.

Die behagliche Gaststube mit der riesigen Fensterfront zur Reithalle hin war mit bunten Luftballons und Girlanden geschmückt. Es gab ein Buffet, solide Kost in tönernen Töpfen und Schüsseln, mit gelb-roten Stadtwappenfähnchen dekoriert. Gut fünfzig Personen waren gekommen, Hobby- und Turnierreiter mit ihrem Anhang, allesamt festlich herausgeputzt. Die Jüngeren wiegten sich bereits nach irgendwelchem Discoscheiß in den Hüften. Madame umarmte und herzte sich durch die Menge, stellte praktisch jedem ihre reizende Tochter vor, während der Prof nur ein paar Hände schüttelte und sich ein großes Pils zapfen ließ. Als er beim zweiten Bier nach Janette Ausschau hielt, war sie verschwunden. Er stöberte sie draußen vor den Stallungen auf, einen Mantel über die nackten Schultern geworfen, nachdenklich rauchend.

»Was soll der Scheiß?«, fauchte er sie an. »Dieses Tutzitutzi!«

Sie nahm noch einen tiefen Zug. »Ma bereut«, sagte sie dann. »Sie bereut, dass sie sich jahrelang einen Dreck um mich gekümmert hat. Dass ich ihr völlig egal war. Papas Mädchen halt.«

»Ja, ja«, unterbrach er sie. »Und?«

»Mann, nun werd nicht gleich fickrig. Du hast ja keine Ahnung, was das für mich bedeutet.« Sie schnippte die Kippe weg. Von der Stadt her waren jetzt dicht aufeinanderfolgende Kracher zu hören. Eine Rakete schoss hoch in den Himmel, zerstob in unzählige Sternchen. »Sie will's wieder gutmachen«, sagte Janette mehr für sich. »Aber das braucht noch Zeit. Ich brauche dafür Zeit, mindestens ein Jahr.«

Der Prof schüttelte verständnislos den Kopf. Janette legte ihre Arme um ihn, schmiegte sich an ihn und ließ ihn ihren Körper spüren.

»Liebst du mich wirklich? Würdest du alles für mich tun?« Sie wartete seine Antwort nicht ab, stellte sich auf die Zehenspitzen und küsste ihn leidenschaftlich.

Mickinn saß bei seiner ersten Tasse Kaffee, als er den Wagen vorfahren hörte. Kurz darauf kam der Prof durch den Garten zu ihm in die Küche. Er sah übernächtigt aus und atmete schwer. Mit einem knappen Nicken nahm er Platz, griff sich eine der auf dem Tisch liegenden Selbstgedrehten und rauchte sie an.

»Und?«, fragte er dann. »Hast du dich entschieden?«

Mickinn stand auf und schloss Tür und Fenster. Am Fenster blickte er hinaus auf das erbärmliche Stück Rasen, die angrenzende, nur grob verputzte Mauer und das dürre Gebüsch. Eine graue Kulisse, Ruhrgebietstristesse. Für einen Moment blitzte der kleine Fischerort am Atlantik vor ihm auf, die Bucht und das blaue Stelzenhaus. Er glaubte, das Meer zu schmecken und die hoch an einem weiten Himmel stehende Sonne auf der Haut zu spüren. Er rieb sich flüchtig über das Gesicht, über das Kinn. Er hatte sich noch nicht rasiert.

»Warum?«, fragte er. Er wandte sich wieder dem Prof zu. »Warum willst du sie loswerden? Warum soll sie sterben? Die Antwort schuldest du mir noch.«

Der Prof schnaubte. »Warum? Warum?«, echote er. »Sind dir fünfzig Mille zu wenig? Willst du mehr?«

»Ich will wissen, woran ich bin.«

»Bei mir? Bei ihr?« Der Prof klopfte heftig die Asche von der Kippe. »Sie ist ein Miststück, eine eingebildete Zicke! Hoch zu Ross, ja, Scheiße!«, fluchte er.

Mickinn sah ihn an.

»Sie hockt auf ihren Anteilen an diesem Backwarenkack und sieht kalt lächelnd zu, wie ich mit meinem Laden abschmiere! Ich will ihre Kohle, okay? Ich will ihr gesamtes Vermögen! Bis auf den letzten Cent! Und das, bevor sie noch alles in ihre verdammte Reiterei steckt oder es sonst wem in den Rachen schmeißt!«

Mickinn nickte nachdenklich. Der Prof nahm es als Zustimmung. Er schnaubte noch einmal, zog seine Brieftasche hervor und entnahm ihr einen dicken Umschlag.

»Fotos, Wegskizzen und eine Anzahlung«, sagte er. »Quartier dich im *Hotel Am Kloster* ein. Ich werde die kommende Woche über unterwegs sein, aber warte nicht zu lange. Wenn ich zurück bin, will ich die Alte jedenfalls nicht mehr an den Hacken haben.« Er drückte die Zigarette aus und stemmte sich hoch. »Lass es wie einen Reitunfall aussehen«, sagte er noch, bevor er die Küche verließ und zu seinem Landrover zurückstapfte.

Mickinn setzte sich wieder an den Kieferntisch. Er trank seinen Kaffee und starrte auf den Umschlag. Er öffnete ihn nicht. Eine halbe Stunde verging, eine Dreiviertelstunde. Schließlich griff er nach seinem Handy und rief den Wirt im französischen Piriac Sur Mer an. Er sprach nur kurz mit ihm. Danach aber stieg er die Treppe hoch in seine Kammer und begann, Wäsche zum Wechseln, Toilettenzeug und festes Schuhwerk zu packen. Was er sonst noch benötigte, hatte er im Kofferraum seines Wagens.

Am nächsten Tag fuhr er gegen Mittag los. Es war Sonntag und auf den Straßen war nicht sonderlich viel Verkehr. Mickinn fuhr einige Kilometer auf dem Ruhrschnellweg, fädelte sich am Kreuz Dortmund/Unna auf die A1 in Richtung Bremen/Hannover ein und nahm nach knapp zwanzig Kilometern die Ausfahrt Hamm-Bockum. Als er Werne erreichte, bezog sich der Himmel und es begann zu regnen.

In der Lobby des *Hotel am Kloster* alberten ein paar junge Frauen herum. Sie trugen Brautkleider und tuschelten hinter seinem Rücken, während er eincheckte. Der agile Empfangschef erklärte, dass auf der Restaurantetage eine Hochzeitsmesse stattfinde.

»Ich hoffe, Sie empfinden es nicht als allzu störend«, sagte er. Er warf einen Blick auf das Anmeldeformular und winkte eine Kollegin heran. »Lassen Sie Herrn Mickinn eine Flasche Champagner aufs Zimmer bringen.« Mickinn lächelte ein dünnes Lächeln und begab sich mit seiner Reisetasche zum Fahrstuhl. Er machte sich nichts aus Champagner. Er liebte herben Weißwein, gut gekühlt und im Freien sitzend getrunken.

Nachdem er in dem Fünfundachtzig-Euro-Komfortzimmer Bett und Bad inspiziert hatte, brach er auf, um die Stadt zu durchstreifen. Sie schien ihm übersichtlich zu sein, geordnet. Man konnte sich eigentlich nicht verlaufen. Das gefiel ihm, obwohl es bei seinem Auftrag keine große Rolle spielte. Der Regen hatte nachgelassen. Es nieselte jetzt nur noch. Aus einem Hotelrestaurant am Markt stolperten zwei Männer in langen, dunklen Mänteln. Mickinn schnappte auf, dass es in dem Lokal wie tote Ratte gestunken habe.

»Oder waren wir alten Fürze das?«, fragte der eine lachend. Mickinn überquerte den Platz und schlenderte durch die kleinen Gassen, vorbei an hübsch renovierten Fachwerkhäusern und liebevoll dekorierten Schaufenstern. Er entdeckte auch den *Was ihr wollt*-Trödelladen des Profs, ein nicht gerade einladender Anblick, und kam schließlich zu einem offensichtlich stark frequentierten Imbiss. Er trat ein. Es roch nach Pizza, nach Gyros und nach Bratfett. Der stämmige Typ hinter der Theke musste schwer ackern, aber er schien den Andrang gewohnt zu sein. An einem der Tische brabbelte ein heruntergekommener Alter vor sich hin. Mickinn gab seine Bestellung auf und setzte sich an den Nebentisch. Der Alte beugte sich zu ihm.

»Schnell essen, dann raus«, flüsterte er. »Kein Wartesaal, sonst wird der Grieche böse. Papa George ist kein Wartesaal, will er nicht. Außer für junge Mädchen!« Er lachte meckernd zu einer Halbwüchsigen mit Pferdeschwanz hin. Es war ein hübsches Mädchen mit einem etwas zu breiten Hintern. Mickinn zuckte nur die Achseln, doch er musste nun an Pferde denken, an Reiterinnen hoch zu Ross. Ausdruckslos sah er hinaus auf die Straße. Der Tag erschien ihm äußerst trüb und wieder dachte er an Sonne und Meer. Das war ihm Trost.

Als er ins Hotel zurückkehrte, dämmerte es bereits. Im Foyer hatte sich vor dem Aufzug eine Schlange gebildet, etliche sonntäglich gekleidete Paare, aber auch mehrere Jugendliche, die ungeduldig herumzappelten. Mickinn nahm die Treppe. Vor der Restaurantetage hockte eine junge Frau mitten auf den

Stufen. Sie trug ein schlicht geschnittenes, eng anliegendes Hochzeitskleid mit tiefem Dekolleté und rauchte.

»Sorry«, sagte sie, sprang auf und machte ihm Platz. Er nickte dankend. »Wollen Sie zur Show?«

Er blieb stehen und sah sie an. Sie konnte nicht älter als Anfang zwanzig sein, hatte ein fein geschnittenes Gesicht und helle, wache Augen.

Sehr wache, sehr neugierige Augen.

»Welche Show?«, fragte er.

Sie lachte. »Hat man Ihnen kein Programm in die Hand gedrückt? Gleich staksen hier die geilsten Bräute von Werne über den Laufsteg, fünf mit mir, ganz in Weiß und alle reinen Herzens.« Sie machte eine wegwerfende Geste. »Okay, ich seh schon, Sie stehen da nicht drauf.«

»Nicht unbedingt«, bestätigte er.

»Ich auch nicht«, sagte sie. »Ich wollt, der Scheiß wär schon vorbei.« Sie nahm einen tiefen Zug von ihrer Zigarette und musterte ihn unverhohlen. »Sie sind nicht von hier«, stellte sie fest.

»Auf Geschäftsreise.« Er registrierte, dass ihr Blick auf seine Hände gerichtet war. Er strich über sein kurz geschorenes Haar, kratzte sich am Hinterkopf. »Warum tun Sie's dann?«, fragte er. »Diesen Scheiß?«

»Ehrlich?«

»Was sonst?«, sagte Mickinn.

»Okay.« Sie ließ sich einen Moment Zeit. »Ich hoffe darauf, den Abend nicht allein verbringen zu müssen.«

Mickinn lächelte amüsiert.

»Das werden Sie bestimmt nicht«, sagte er. »Unten drängelt sich eine ganze Meute.« Er nickte zum Abschied. Ohne Eile stieg er die Stufen zu seiner Etage hinauf. Er wusste, dass sie ihm nachsah.

Auf seinem Zimmer duschte er ausgiebig und verbot sich dabei den Gedanken an ein möglicherweise völlig unkompliziertes erotisches Abenteuer. Es gelang ihm, obwohl er seit Wochen mit keiner Frau geschlafen hatte. Nur flüchtig abgetrocknet und mit um die Hüften geschlungenem Handtuch mixte er einen Wodka Tonic, drehte sich eine Kippe, rauchte und trank und studierte zum ersten Mal die Wegeskizzen des Profs von Werne und Umgebung. Er prägte sich alles genauestens ein. Nach einem letzten Wodka pur aus der Minibar schlüpfte er unter die kühle Bettdecke, starrte zur Decke hoch und malte sich aus, wie er schon bald seine Tage in dem kleinen französischen Fischerort verbringen würde. Irgendwann schlief er ein.

In den nächsten Tagen machte er lange Spaziergänge, lief von der *Reithalle Gripshöfer* aus durch Felder und Wälder bis zum Kohuesholz. Er ging die Reitwege ab, nahm Zeiten. Mittags kehrte er in einem der umliegenden Wirtshäuser ein, aß eine Kleinigkeit und rauchte zwei oder auch drei seiner Selbstgedrehten. Wenn er am späten Nachmittag zu seinem Wagen in der Nähe des Reiterhofs zurückkehrte, war er erschöpft und auf eine gesunde Art müde. Einmal ging er dann noch im Ort ins Solebad, machte zwei Saunagänge und schwamm ein paar Runden. Danach schaffte er es gerade noch, sich eine Pizza von Papa George mit auf sein Zimmer zu nehmen. Er aß ein Viertel und schlief dann fest durch.

An einem Nachmittag sah er in der Stadt die junge Frau von der Treppe wieder, in Jeans und einer schwarzen Lederjacke. Sie kam aus einer Bank und sprach in ihr Handy. Sie schien ihn nicht zu bemerken, unterstrich ihr Telefonat mit energischen Gesten. Für einen Moment bedauerte er nun doch, sich nicht mit ihr eingelassen zu haben. Sie hatte einen geschmeidigen, ungemein erotischen Gang.

An diesem Abend gönnte Mickinn sich ein Menü in der *Villa Suplie* an der Stockumer Straße. Es war vorzüglich. Eine etwas füllige Blondine am Nachbartisch lächelte einige Male zu ihm herüber. Sie war in Begleitung eines von seiner Tätigkeit als Gutachter für Bergschäden schwafelnden Mannes. Als Mickinn nach dem Dessert im Kaminzimmer einen Espresso nahm, kam sie zu ihm und steckte ihm kommentarlos eine Karte zu. Es standen nur ein paar Worte darauf: *Sauna Do – Iris. Ruf an.* Darunter eine Mobilnetznummer.

Mickinn durchzuckte es. Er erinnerte sich jetzt schwach und weitergedacht führte das zu keinem guten Schluss.

Sie sah, wie das herangaloppierende Pferd über das hochschnellende und straff gezogene Seil stürzte. Sie sah, wie es ihre Mutter aus dem Sattel hob und sie mit dem Kopf auf einen Baumstamm prallte. Die Reiterkappe nutzte ihr nichts. Ihr Kopf knickte weg. Wie tot sank sie zu Boden. Aber dann zuckten doch noch ihre Glieder und sie versuchte, sich aufzurichten. Mit einem Satz war der Mann mit dem kurz geschorenen Haar bei ihr. Er legte seine kräftigen Arme wie eine Zange um ihren Hals.

Janette richtete den Camcorder auf die Szene. Sie hörte ein Knacken. Es konnte kein lautes Geräusch gewesen sein, aber in ihrem Kopf hallte es wie ein trockener, harter Trommelschlag wider. Aus, vorbei. Der Gaul war wieder auf die Beine gekommen, schnaubte und wieherte kläglich. Der Mann mit dem kurz geschorenen Haar ließ von dem nun schlaffen Körper ihrer Mutter ab und gab dem Pferd einen Klaps. Es galoppierte davon.

Janette filmte aus ihrem Versteck heraus weiter. Sie filmte, wie der Mann das Seil über dem Reitweg abknotete und sorgfältig aufrollte. Er trat noch einmal zu ihrer Mutter, sah auf sie herab und zuckte wie entschuldigend die Schultern. Dann ging er. Janette hielt die Kamera weiter auf ihn gerichtet. Erst als er nicht mehr zu sehen war, schaltete sie aus. Sie wartete noch, bis sie sich ganz sicher war, dass er sie nicht hören würde. Leichtfüßig lief sie über die Felder zum Haus ihrer Mutter zurück. Das Pferd kannte seinen Weg zum Reitstall. In maximal einer halben Stunde würde es dort Alarm geben. Man würde ihre Mutter suchen, man würde sie finden. Und dann würde die Polizei bei ihr auftauchen.

Janette betrat das Haus durch den Wintergarten. Sie säuberte ihre Schuhe, zog sich vollständig aus und stopfte die Klamotten in die Waschmaschine. Unter der Dusche seifte sie sich mehrere Male kräftig ein, wusch ihr Haar und putzte sich auch noch einmal die Zähne. Eigentlich war es absolut überflüssig, aber man konnte nie wissen. An ihre Mutter dachte sie nicht mehr, wollte nicht mehr an sie denken. Nicht jetzt.

Es war kurz nach zwölf, als es an der Haustür klingelte. Sie öffnete und rieb sich scheinbar verschlafen die Augen. Vor ihr standen zwei Männer in langen, dunklen Mänteln. Sie sahen wie Zwillinge aus, doch einer von ihnen war unrasiert, hatte einen Dreitagebart.

»Entschuldigen Sie«, sagte er. »Es fällt uns nicht leicht.«

»Man gewöhnt sich nie daran«, sagte der andere. »Selbst wir alten Fürze nicht.«

Der Unrasierte warf ihm einen missbilligenden Blick zu.

»Ich bitte nochmals um Entschuldigung. – Küppers, Kripo Werne. Mein Kollege Schnitt.«

»Schnitt wie Schnitter, der Sensenmann.«

»Dürfen wir eintreten?«

Janette gab sich irritiert. Sie hatte sich nur Slip und Shirt angezogen und tat jetzt so, als sei ihr das peinlich. Doch sie bat die Herren herein und musste den ganzen Sermon von dem so tragischen Unfall über sich ergehen lassen. Sie schlug die Hände vors Gesicht.

Sie schluchzte.

Und brach in sich zusammen.

Man fragte sie, ob man einen Arzt rufen solle. Man fragte nach dem Mann ihrer Mutter und nach weiteren Angehörigen. Mit tränenerstickter Stimme sagte sie, dass ihr Stiefvater auf Geschäftsreise sei und sie nur für ein paar Tage zu Besuch.

Die Fragerei zog und zog sich hin. Schließlich erklärte sie, keine Kraft mehr zu haben, und bat, allein gelassen zu werden. Die beiden Mantelträger wiesen noch auf die erforderliche Identifizierung eines Familienmitglieds hin, bevor sie sich fürs Erste verabschiedeten.

»Fürs Erste?«, fragte der Prof, als er kam. Janette hatte ihn gleich nach dem Abgang der Kripobeamten angerufen. »Fürs Erste, was soll das heißen? Haben sie irgendeinen Scheißverdacht?«

Es war mitten in der Nacht und Janette stand mit ihm in der Küche. Der Prof säbelte dünne Scheiben von der Salami ab, fraß und trank Bier aus der Flasche. Er hatte im Verlauf des Jahres etliche Kilo zugenommen, war kurzatmig geworden und schwitzte schnell. Sein Schweiß stank. Er stank.

»Keine Ahnung«, sagte sie. »Aber ich denke, da kommt nichts weiter nach. Du hast doch gesagt, dein Typ arbeitet sauber.«

»Wenn nicht, kann er die Kohle vergessen. Hast du das Geld schon abgehoben?«

»Hab ich«, sagte sie. »Vergiss du nur nicht, dass es von dem Konto stammt, das Ma mir eingerichtet hat.«

»Dein Konto, mein Konto! Nach der Testamentseröffnung werfen wir ohnehin alles zusammen und ...« Er schmatzte und umfasste ihre Taille, strich über ihren Hintern und hob sie hoch. Sie stemmte sich von ihm ab, brachte ein Lachen zustande.

»He, da hab ich jetzt keinen Bock drauf!«

»Ich hab dich vermisst. Meine Fresse, ich wollt, wir wären schon an irgendeinem deiner Meere und ich könnte ...«

»Du kannst wenigstens ein bisschen Pietät zeigen«, unterbrach sie ihn. »Ma ist noch nicht mal unter der Erde.« Sie strampelte sich los und strich ihr Haar aus dem Gesicht. Arschloch! »Wann kommt übrigens dein Mann zum Kassieren?«

Er sagte es ihr. Es sollte gleich Anfang nächster Woche sein, am Montagabend. Verhalten seufzte sie. Bis dahin waren es noch ein paar lange Tage.

Der Mann war auf die Minute pünktlich. Er hob irritiert die Augenbrauen, als sie ihm öffnete. »He!«, sagte er. »Die junge Braut?«

Janette machte eine wegwerfende Geste. »Der Wunsch meiner Mutter«, sagte sie. »Sie hat diesen Hochzeitsscheiß im Hotel gesponsert. Was tut man nicht alles als brave Tochter.«

»Tochter?« Das kam tonlos. Er folgte ihr in den großen Wohnraum. Die Lampen waren gedimmt, aus den Boxen erklang gedämpft eine Klaviersonate.

»Du hast gute Arbeit geleistet«, sagte sie und mixte zwei Wodka Tonic. »Das ist doch dein Getränk? Hat man mir jedenfalls im Hotel gesagt – Mickinn. Nur Mickinn, ja?«

Er war schnell.

»Der Prof«, sagte er. »Du steckst mit dem Prof unter einer Decke. Wo ist er?«

»Gleich«, sagte sie. Sie reichte ihm das Glas.

Mickinn nahm es nicht an.

Achselzuckend stellte sie es auf dem Tisch ab und schob ihm einen dicken Umschlag zu. »Aber das nimmst du doch? Dein Honorar. Ich hab noch was draufgelegt. Bei dem Millionenerbe meiner Alten kommt's mir auf ein paar Tausend mehr nicht an.«

»Dir? Was ist das für ein Spiel?«

»Kein Spiel.« Sie nickte jetzt zu der im Dunkel liegenden Treppe. »Das ist blutiger Ernst. Überzeug dich.«

Mickinn zögerte, ging aber dann doch hin. Sie hörte ihn tief durchatmen.

»Dein Prof …«, setzte sie an. Er wirbelte herum und war mit einem Satz bei ihr.

»Scheiße! Geht das auf dich?! Hast du ihm mit diesem Scheißteil den Schädel zertrümmert?«

»Mit Ma in Kleinformat.« Sie nickte bestätigend. »Ma hoch zu Pferde – das wird sich wohl als Letztes bei ihm eingeprägt haben.« Sie schnaubte abfällig. »Eingeprägt! – Er hat sich verrechnet. In allem. Er hat tatsächlich geglaubt, er würde ihr ganzes Vermögen einsacken können und mich noch als Zugabe obendrauf kriegen!«

»Scheiße!«, fluchte Mickinn wieder. »Damit hab ich nichts zu tun!« Er schnappte sich den Umschlag.

Sie stellte sich ihm in den Weg. »Du kannst nicht abhauen«, sagte sie.

»Und ob ich das kann. Schneller, als du denkst.«

»Du bist mein Zeuge.«

»Dein Zeuge?«

»Du warst bei mir, als mein widerlicher Stiefvater über mich hergefallen ist. Mich aus Frust über das Testament meiner Ma vergewaltigen wollte.«

»Ich war nie hier!« Er schob sie beiseite.

»Das ist dumm«, sagte sie. »Dann muss ich den Bullen doch das Video präsentieren.« Mickinn stoppte. Langsam drehte er sich zu ihr um, sah sie durchdringend an. Sie lächelte. »Ma galoppiert durch den Wald. Es ist kurz nach Sonnenaufgang, super Lichtverhältnisse. Ihr Pferd stürzt über ein gespanntes Seil und du ...« Weiter kam sie nicht. Mickinn packte sie. Seine Hand war an ihrem Hals, an ihrer Kehle.

»Du wirst niemandem was präsentieren«, zischte er.

Sie schluckte. »Nein«, wisperte sie. »Nein, wenn du ... wenn du ihre Millionen nicht – nicht ausschlägst. Es ... es reicht völlig, zu sagen, es ... es war Notwehr.« Mickinn lockerte seinen Griff.

»Millionen?«

»Wir ...« Sie musste husten. »Wir hätten beide ausgesorgt. Bestens, allerbestens sogar. Ich würd gern irgendwo am Meer leben, in Spanien oder sonst wo. Wir kämen schon miteinander klar.«

»Wir?«

»Das ist der Preis«, sagte sie.

Mickinn schloss kurz die Augen.

Das blaue Stelzenhaus. Das Meer und, weit hinten am Horizont, die untergehende Sonne. Im rot glühenden Gegenlicht die Silhouette eines schmalen Frauenkörpers.

Janette zog schon ihr Handy hervor, wiegte es in der Hand.

Mickinn hatte das Bild immer noch vor Augen. Er hätte nicht sagen können, ob es ein glückliches war. Aber er nickte ab.

Wolfgang Kaes

Wickede, Sommerzeit, 2048

Nur ein Traum. Ist wieder nur ein Traum!

Schweißgebadet richtete sich Adam im Bett auf. Er rieb sich die Augen und wartete, bis sich sein Herzschlag beruhigte. Der Traum hatte ihn aus dem Schlaf gerissen, unmittelbar bevor der Radiowecker ihn ohnehin zurück in die Gegenwart katapultiert hätte.

»Guten Morgen, Adam«, schnurrte die Frau nur Sekunden später aus dem Wecker und Adam erschrak erneut.

»Herzlichen Glückwunsch, Adam.« Die computergesteuerte Frauenstimme jubelte, als hätte er im Lotto gewonnen. *»Heute ist dein sechzigster Geburtstag. Es ist jetzt fünf Uhr und sieben Sekunden. Höchste Zeit, aufzustehen. Noch schnell die Wetterprognose für Wickede am heutigen 21. Juli 2048 …«*

Adam schlug mit der Hand auf den Wecker, kletterte aus dem Bett, wankte hinüber ins Badezimmer und wusch sich am Waschbecken den Angstschweiß vom Leib. Aufs Duschen verzichtete er. Wasser war teuer. Strom war teuer. Er nahm ein frisches T-Shirt aus dem Schrank, seine Sporthose, die Joggingschuhe, und ging in die Küche.

Seit Wochen schon verfolgte ihn dieser Traum. Nacht für Nacht. Erinnerungsfetzen, unscharf. Sommer. Sonntagsausflug. *MS Möhnesee* hieß das Schiff. Er war damals sieben, vielleicht auch schon acht. Ja, acht musste er gewesen sein, denn im Winter zuvor waren seine Eltern ums Leben gekommen.

Und er ins Heim.

Einzelkind. Einzelgänger. Schwierig.

Ja, ein schwieriges Kind sei er gewesen, hatten die im Heim immer gesagt. Schwierig. Seit dem Autounfall. Er hatte hinten gesessen, als es passierte. Erst nach drei Stunden hatten sie ihn gefunden, verfroren, mit gebrochenem Oberschenkel und mit den toten Eltern auf den Vordersitzen.

Sie waren kurz nach Mitternacht in Soest aufgebrochen, um zurück nach Wickede zu fahren. Betriebsfest. Mit Familien. Feierliche Verabschiedung des Chefs. Die Werler Landstraße, durch die Börde. Sein Vater hatte zu viel getrunken, hieß es später. »Fahr nicht so schnell«, hatte seine Mutter noch geschimpft, kurz vor Werl. »Doch, bitte, Papa, fahr schnell, fahr schneller«, hatte Adam vom Rücksitz gerufen.

Glatteis.

Dann wurde es wieder Sommer. Adam stand am Heck der *MS Möhnesee*, er umfasste die Reling mit beiden Händen, so fest, dass die Knöchel weiß wurden, und starrte unentwegt hinunter ins Wasser, das wild aufschäumte und in der Sonne funkelte. Die anderen Heimkinder spielten Nachlaufen und Verstecken auf dem Schiff. Er spielte nicht mit. Er spielte nie mit.

Adam spürte instinktiv seine Nähe. Gleich würde Herr Bertram seine Hand auf Adams Schulter legen. In dieser Sekunde fasste Adam einen Entschluss. Er schloss die Augen und wusste, dass er es tun würde, eines Tages, wenn er groß genug war, stark genug! Dann würde er es tun.

»Beeindruckend, nicht wahr, Adam?« Die Hand auf seiner Schulter brannte wie Feuer. »134 Millionen Kubikmeter Wasser passen in den See. Bei Vollstau ist er an der tiefsten Stelle 36 Meter tief. Und die Staumauer ist 650 Meter lang. Weißt du, was passiert, wenn da ein Loch reinreißt? Das ist nämlich schon mal passiert, Adam. Im Krieg. Eine Bombe. Da gab es eine Welle, die war zwölf Meter hoch. Eintausendsechshundert Menschen sind umgekommen. Jämmerlich ersoffen. Auch in Wickede, da wo du herkommst. Durch das Ruhrtal ist die Welle hereingebrochen und weiter nach Fröndenberg gerast. Hast du das gewusst, Adam?«

Natürlich hatte Adam das nicht gewusst. Herr Bertram wusste und sagte so viele Dinge, die Achtjährige noch nicht wussten.

Oder ihnen Angst machten.

Er hätte einfach davonlaufen sollen, damals, am Möhnesee,

statt nach dem Ausflug wieder mit den anderen in den Bus zu steigen und zurück ins Rheinland zu fahren, ins Heim, in die Hölle. Die einmalige Gelegenheit des Ausflugs nutzen und einfach abhauen, nach Wickede laufen, durch das Ruhrtal, wie die Flutwelle, das konnte doch nicht so weit sein …

Und dann?

Er war doch erst acht, damals.

Jetzt war er sechzig. Und wartete auf das Ende der Geschichte. Adam machte sich Kaffee und schmierte sich eine Stulle. Die Hand aus dem Traum brannte noch immer auf seiner Schulter. Um sich abzulenken, um den Traum und die Hand abzuschütteln, schlug Adam die Zeitung in seinem Notebook auf.

> 21. Juli 2048 – UN-Klimakonferenz in Stockholm – Eine ernüchternde Bilanz: Trotz der intensiven Bemühungen der internationalen Staatengemeinschaft ist es nicht gelungen, die angestrebten Grenzwerte …

Die Vertreter der internationalen Staatengemeinschaft standen auf einer Freitreppe und lächelten zuversichtlich in die Kameras. Schweden. Da war das Wetter erträglich.

> … haben die Industrienationen in der Vergangenheit die komplexen Rückkopplungsmechanismen durch frei werdendes Methan aus ehemaligen Permafrostböden der Polarregionen unterschätzt, trotz der frühen Warnungen vieler Wissenschaftler um die Jahrtausendwende …

Es gab Leute, die sagten jetzt, sie hätten es schon immer kommen sehen. Nur die Politiker in Berlin sagten das nicht. Die sagten, man hätte es nicht kommen sehen können. Nicht in dieser Dimension, unmöglich, nach menschlichem Ermessen.

Jeden Sommer starben in Deutschland mehr als 12.000 Menschen an der Hitze. Kinder, Kranke, Alte. Gestern Abend hatte es im Fernsehen einen Bericht über ein deutsches Altenheim in

Oslo gegeben. Die Norweger machten gutes Geld mit den Alten aus Deutschland.

Wer es sich leisten konnte.

... sind zwei Drittel des Grönlandeises bereits geschmolzen, der Meeresspiegel ist seit 2008 um zwei Meter gestiegen ...

Adam sah sich in seiner Dachwohnung um.

46 Quadratmeter, die Schrägen nicht mitgerechnet. Wohnküche, Schlafzimmer, Bad. Nächste Woche würde das Ehepaar aus Norddeutschland bei ihm einziehen. Wie sollte das nur gehen. Wildfremde Leute. Zum Glück hatten sie keine Kinder. Die letzten drei Monate hatten sie im Durchgangslager Unna-Massen verbracht. Sie waren ihm vom Sozialamt zugewiesen worden. Das neue Solidar-Gesetz. Was sollte er machen? Sie hatten alles verloren, bei der Sturmflut Anfang April.

Tausende in Deutschland, vor allem die Bewohner der Nordseeküste. 476 Millionen Umweltflüchtlinge weltweit ...

Adam trat ans Fenster und sah hinüber zum Bahndamm der Strecke Warburg–Hagen.

Spanier, Portugiesen, Italiener, Griechen. Sie campierten auf den Wiesen entlang der Ruhr. Es wurden immer mehr, obwohl die Bundespolizei die Grenzen dichtgemacht hatte. Früher war der Bogen, den der Fluss um das Wasserwerk beschrieb, einmal Naturschutzgebiet gewesen.

Adam sah auf die Uhr. Höchste Zeit. Sommerzeit. Dienstbeginn in den Büros morgens um halb sieben, wegen der Hitze, von März bis Oktober. Adam klappte das Notebook zu, verschloss sorgsam alle Fenster und ließ die Jalousien herunter, wegen der Hitze. Eine Wohnung mit Klimaanlage konnte er sich nicht leisten, seit die so hoch besteuert wurden.

Im Treppenhaus lauerte der alte Keppler. Wie jeden Morgen.

»Haben Sie schon gehört?«

Adam schüttelte den Kopf.

Keppler sah ihn fassungslos an, während er sich auf den Rollator stützte. »Ja, hören Sie denn kein Radio?«

Adam zuckte entschuldigend mit den Achseln und vermied den Augenkontakt. Stattdessen starrte er auf die gefütterten Pantoffeln, die der Alte zum Bademantel trug. Bei der Hitze.

»Ich hatte heute Morgen nicht viel Zeit, Herr Keppler. Ich bin auch jetzt sehr in Eile.«

Adam versuchte vergeblich, sich an Keppler vorbeizuquetschen. Der Rollator war im Weg. Keine Chance. Aus der offenen Wohnungstür des Alten drang Vivaldi, seltsam verzerrt und in schmerzhafter Lautstärke. Die *Vier Jahreszeiten.* Inzwischen gab es nur noch zwei Jahreszeiten: In der einen war es brüllend heiß und trocken, in der anderen stürmte und regnete es ohne Unterlass.

Keppler setzte einen Blick auf, als sei Adam persönlich für die Klimakatastrophe verantwortlich.

»Die Malaria. Sie haben in Unna die ersten Malariafälle. Was sagen Sie jetzt? So weit sind wir schon. Und den ganzen Wald zwischen Echthausen und Vosswinkel haben sie gestern gesperrt, wegen der Zecken. Wegen der Borreliose.«

Adam sah auf die Uhr. »Herr Keppler, es tut mir sehr leid, aber ich …«

»Und jetzt auch noch die Blaualgen hier.«

»Was für Algen? Wo?«

»In der Ruhr. Sie haben Blaualgen in der Ruhr gefunden. Wie kommen die dahin?, frage ich Sie. Das sind doch tropische Algen, hochgiftig. Übelkeit, Erbrechen. Die sperren in einer halben Stunde das Wasser ab, bis das untersucht ist, sagten sie eben im Radio. Außerdem machen sie die Talsperren dicht. Haben Sie gehört, was ich sage? Es gibt gleich in ganz Echthausen kein Trinkwasser mehr. Und drüben in Wickede auch nicht. Frühestens morgen Abend wieder. Oder gar nicht. Was sagen Sie jetzt?«

Adam sagte nichts, sondern schob Keppler wortlos zur Seite und hetzte die Treppe hinab.

Autofahren war verboten, wenn die Distanz zwischen Wohnung und Arbeitsplatz weniger als zwanzig Kilometer betrug. Und wenn weniger als drei Personen im Auto saßen. Aber Adam hatte sein letztes Auto ohnehin schon vor siebzehn Jahren verkauft. Viel zu teuer.

Seither joggte er täglich zur Arbeit.

Adam lief los, die Ruhrstraße entlang, bog nach rechts auf den schmalen Wiesenweg ab, warf einen Blick auf den Pulsmesser, regulierte sein Tempo und seinen Atem und versuchte, sein Gehirn auszuschalten, was ihm auch bis zur Bahnunterführung gelang. Gleich hinter der Unterführung bog er nach links ab, nahm die Steigung gemächlich. Nur nichts übertreiben. Das Training machte sich zwar bezahlt, aber das Alter zunehmend bemerkbar. *Heute ist dein sechzigster Geburtstag, Adam.*

Tack. Tack. Tack. Tack.

Die hölzernen Bohlen der Fußgängerbrücke, die parallel zu den Bahngleisen die Ruhr überquerte, ließen jeden seiner Schritte übernatürlich laut klingen. Ganz so, als sei er allein auf der Welt.

Mutterseelenallein.

Eine schöne, eine verlockende Illusion.

Adam vermied es, nach rechts zu schauen, flussaufwärts, in Richtung Wehr. Das Herz schlug ihm bis zum Hals. Nicht vom Joggen, nicht von der körperlichen Anstrengung. Nein. Die Angst kehrte zurück, nach so vielen Jahren. Wie in Trance folgte er dem asphaltierten Weg, der ihn zur nächsten Brücke führte, über den Obergraben. Er sah nicht hinab, er brauchte nicht hinabzusehen, denn er konnte es riechen: Der Obergraben war nur noch ein schlammiges, stinkendes Rinnsal in einem Bett aus Geröll und Müll.

Weiter.

Wohin?

Noch zehn Meter bis zur Entscheidung. Zwei Möglichkeiten. Nach links ging es zur Firma. Nicht mehr weit. Oststraße, Ecke Ruhrwerkstraße. Duschen im Keller, die Pförtner-Uniform im Spind.

Guten Morgen, Adam! – Guten Morgen, Chef!

So wie immer.

Aber nichts war mehr wie immer.

Mit der flachen Hand erschlug Adam die Stechmücke an seinem Hals und bog nach rechts ab. Die Füße waren schwer wie Blei. Er folgte dem verwaisten Bett des Obergrabens bis zum Wehr. Früher gab es dort, wo der Obergraben von der Ruhr abzweigte, einen Zaun, der das Areal des Freibads abtrennte. Der Zaun war längst weg, seit Freibäder in Deutschland verboten waren. Wegen der Wasserverschwendung.

Adam zwang sich, weiterzulaufen, über die einstige Liegewiese, vorbei an Sprungturm und Rutschbahn, vorbei an den leeren Bassins, vorbei an den Zelten und provisorischen Hütten, vorbei an den müden Gesichtern, die ihn misstrauisch anstarrten.

Klimaflüchtlinge.

Dann sah er den Pulk. Menschen am Ufer, Bewohner des Camps, die aufgeregt nach unten deuteten. Männer, Frauen, Kinder, die sich vor dem Absperrband drängten und in fremden Sprachen durcheinanderredeten. Feuerwehr. Streifenwagen. Uniformierte Polizeibeamte. Männer in weißen Overalls. Taucher. Eine Seilwinde zog ein verrottetes Autowrack aus dem Wasser.

Adam hatte genug gesehen.

Weiter. Nur nicht auffallen. Er machte erst am Anglerheim kehrt und lief zur Arbeit, um den Tag hinter sich zu bringen.

Als er nach Feierabend zurückjoggte, hing die Hitze wie Blei über Echthausen. Adam verlangsamte sein Tempo, als er auf die Ruhrstraße einbog und schon aus der Ferne das Auto vor dem Haus sah. In dem Neun-Parteien-Mietshaus, in dem er seit achtzehn Jahren wohnte, seit das Haus gebaut worden war, besaß niemand ein Auto. Dortmunder Kennzeichen.

Adam hatte immer auf diesen Tag gewartet. Seit vierzig Jahren. Ein Mann und eine Frau auf den Vordersitzen. Als er den Wagen passierte, stiegen sie aus. Er hörte ihre Schritte in seinem Rücken, als er die Haustür aufschloss.

»Herr Adam?«

»Ja?«

Sie nannten ihre Namen. Adam vergaß ihre Namen sofort wieder. Kripo Dortmund. Sie: Ende dreißig vielleicht. Er: etwas jünger. Sie: Hauptkommissarin. Er: Oberkommissar.

Mordkommission.

»Mordkommission?«

»Können wir Sie einen Augenblick sprechen, Herr Adam?«

»Ja … hier?«

»Vielleicht in Ihrer Wohnung, wenn's Ihnen nichts ausmacht. Dann brauchen Sie nicht mit zum Präsidium …«

Adam ging voran, Stufe für Stufe. Keppler schlurfte aus seiner Wohnung ins Treppenhaus, sagte aber diesmal kein Wort. Sein Radio vermeldete das Wetter von morgen. 38 Grad. Im Schatten. Die beiden Kommissare nickten dem Alten im Vorbeigehen höflich zu.

In der Wohnküche öffnete Adam das Fenster, nahm ein Glas aus dem Schrank, wollte es mit Wasser füllen, doch aus dem Hahn über der Spüle kam nur ein hässliches Gurgeln.

»Dürfen wir uns setzen?«

Adam nickte. Er hatte Durst.

Der Mann klappte ein Notizbuch auf. Die Frau beobachtete Adam interessiert.

Als er ihren Blick erwiderte, lächelte sie freundlich. Adam sah weg und starrte aus dem Fenster.

Hinüber zur Ruhr.

»Familienname Adam … Vorname Jonas, ist das richtig?«

Adam nickte stumm. Er war es nicht gewöhnt, dass jemand seinen Vornamen nannte. Alle nannten ihn nur Adam. Schon immer. Seit seinem ersten Tag im Heim, damals …

»Geboren am 21. Juli 1988 in Wickede.«

Adam sagte nichts. Die Stimme des Mannes war schrecklich laut. Adam hasste laute Stimmen.

»Ist das so richtig, Herr Adam?«

Adam nickte erneut.

»Familienstand ledig?«

Die Frau unterbrach ihren Kollegen. »Dann feiern Sie ja heute Ihren sechzigsten Geburtstag! Herzlichen Glückwunsch!«

»Ich feiere nicht.«

»Sie haben sich gut gehalten. Alle Achtung. Die sechzig sind man Ihnen nicht an. Joggen Sie regelmäßig?«

»Jeden Tag. Zur Arbeit und zurück.«

»Respekt, Herr Adam. Ich müsste auch dringend etwas für meine Gesundheit tun. Meine Krankenversicherung ...«

»Ich tue das nicht aus gesundheitlichen Gründen. Ich laufe zur Arbeit, weil ich Menschenansammlungen nicht ertrage. Die Busse sind ja völlig überfüllt. Und zudem überhitzt, seit Busse und Bahnen keine Klimaanlagen mehr haben dürfen.«

»Und an Ihrer Arbeitsstelle? Wie kommen Sie da mit den Menschen klar?«

»Ich arbeite als Pförtner. Da sitze ich in einem Glashaus. Panzerglas. Da bin ich für mich.«

Adam versuchte, hinter die freundliche Maske der Frau zu blicken. Er ahnte, was jetzt kommen würde.

»Diese Scheu vor Menschen ... die gibt es wohl häufiger bei ehemaligen Heimkindern, nicht wahr?«

»Was wollen Sie von mir?«

»Herr Adam, wir haben heute Morgen eine Leiche gefunden. Beziehungsweise die Flüchtlinge haben sie gefunden. Nicht weit von hier. In einem Auto, in der Ruhr, dort, wo früher das Freibad war. Wenn nicht wegen der Blaualgen die Zuflüsse zur Ruhr gesperrt worden wären, wer weiß, dann wäre das Auto mit der Leiche vielleicht nie aufgetaucht. Aber wenn das mit dem Klima so weitergeht, du meine Güte, dann werden wir eines Tages überhaupt kein Wasser mehr in der Ruhr haben.«

»Und was habe ich damit zu tun?«

»Mit dem Klimawandel?«

»Mit der ... Leiche. In dem Wagen.«

»Ein Renault Clio. Erinnern Sie sich noch an die Marke? Wir haben keine persönlichen Gegenstände im Wagen gefunden.

Auch das Kfz-Kennzeichen wurde entfernt, bevor man das Auto mit der Leiche im Fluss versenkte. Aber mit dem Zahnbild des Toten und der Fahrgestellnummer des Wagens verfügen wir über erste Anhaltspunkte, wer der Tote sein könnte.«

Die Frau schwieg.

Adams Gehirn lief auf Hochtouren. Er verbarg seine zitternden Hände, indem er die Arme vor der Brust verschränkte. Draußen, jenseits der Weide, raste der Zug vorbei, während drinnen, in der Küche, die Zeit stillstand.

»Herr Adam, erinnern Sie sich noch an Wilhelm Bertram?«

Adam schaute auf die Uhr.

»Herr Adam? Haben Sie meine Frage verstanden?«

»Bertram … es gab in dem Heim, in dem ich …«

»Genau. Wilhelm Bertram war damals stellvertretender Leiter des Heims. Am Abend des 21. Juli 2008 verschwand er spurlos. Das war vor genau vierzig Jahren. An Ihrem zwanzigsten Geburtstag. Seitdem fehlte jede Spur von ihm!«

Adam öffnete den Kühlschrank. »Wollen Sie einen Orangensaft?«

»Nein. Vielen Dank. Sie können sich vielleicht vorstellen, was von einem menschlichen Körper übrig ist, der vierzig Jahre im Wasser gelegen hat. Aber das Auto erweist sich als wahrer Segen für uns. Das Auto hat nämlich alles hübsch beisammengehalten. Jemand muss diesen Mann sehr gehasst haben, Herr Adam. Denn er war mit Handschellen an das Steuer seines Wagens gefesselt. Er ist jämmerlich ertrunken, Herr Adam. Jämmerlich ertrunken. Wer könnte ihn nur so gehasst haben?«

»Ich erinnere mich kaum noch an ihn. Es ist so lange her …«

Adam schloss den Kühlschrank. Er hatte die halb volle Flasche Saft nicht angerührt.

»Zuletzt war Bertram am 20. Juli 2008 in der Nähe seiner Wohnung in Köln-Meschenich gesehen worden. Es gibt keine Hinweise, wie er hier nach Wickede gekommen ist, was er hier gewollt haben könnte. Oder ob man ihn hergelockt hat. Und wie der Täter dafür sorgte, dass sein Opfer nicht Zeter und Mordio schrie, als der Wagen mit dem Gefesselten über die Uferkante in die Ruhr stürzte.«

Adam schwieg.

»Herr Adam, es hatte damals, vier Jahre vor Bertrams Verschwinden, einige Anzeigen gegeben.«

»Anzeigen?«

»Wegen sexuellen Missbrauchs. Erinnern Sie sich? Da müssen Sie noch im Heim gewesen sein. Da müssen Sie sechzehn gewesen sein. Wilhelm Bertram soll sich an Heimkindern vergangen haben. An den ganz jungen Kindern. Deren Abhängigkeit und deren Schutzlosigkeit ausgenutzt haben. Erinnern Sie sich da an etwas?«

»Nein. Was ist denn dabei herausgekommen?«

»Nichts, Herr Adam. Die Ermittlungen sind allesamt im Sande verlaufen. Es kam nie zu einer Anklage. In den Neunzigerjahren des vorigen Jahrhunderts fehlte es in der Justiz mitunter noch an der nötigen Sensibilität in solchen Fällen. Außerdem: Die Opfer hatten keine Lobby. Schwererziehbare, ohne Eltern oder mit schwierigem familiärem Hintergrund.«

»Kann ich sonst noch was für Sie tun? Ich bin müde.«

Die Frau studierte ihn, mit unbewegter Miene, so wie ein Zoologe ein seltenes Insekt unter dem Mikroskop studiert. Ihr Kollege räusperte sich, bevor er übernahm.

»Herr Adam, Sie sind damals, als Sie das Heim verließen, gleich wieder zurück nach Wickede gezogen?«

»Ja.«

Der Mann beugte sich über seine Notizen. »Hauptschulabschluss, Elektrikerlehre bei *Westfalenstahl,* DLRG-Schein. Hier steht, Sie haben dann als junger Mann ein paar Jahre als Schwimmmeister im Freibad gearbeitet …«

Adam nickte stumm.

»Herr Adam, die Ruhr ist nur in Höhe des Freibads tief genug, um einen Wagen zu versenken, so kurz vor dem Wehr. Wir haben uns gefragt, wie kommt man wohl nachts mit einem Auto aufs Gelände, um es in der Ruhr zu versenken? Da gab es früher mal in Höhe des Wehrs ein Tor im Zaun. Von da aus sind es mal gerade zwanzig Meter zu der Stelle. Keine Hindernisse auf dem Weg. Perfekt. Dann haben wir uns gefragt: Wer hatte wohl Zugang zum Schlüssel des Tors?«

»Ich, zum Beispiel.«

»Genau, Herr Adam. Und natürlich jeder andere, der damals im Freibad arbeitete. Nur kommt bei Ihnen alles zusammen: das Motiv, die Mittel und die Gelegenheit.«

»Was für ein Motiv?«

Mit der simplen Gegenfrage brachte er diesen Schnösel, der nicht einmal in der Lage war, die Lautstärke seiner grauenhaften Stimme zu regulieren, zum Schweigen. Adam wusste ganz genau, dass er damals nie auf der Liste der Missbrauchsopfer gestanden hatte. Weil er immer geschwiegen hatte. Eisern.

Jetzt schaltete sich die Frau wieder ein. »Herr Adam, Sie sind dann später fristlos entlassen worden. Nachdem Sie wegen Körperverletzung verurteilt worden waren. Richtig? Sie wurden Ihren Job im Freibad los, weil Sie einem Badegast die Nase und den Arm gebrochen hatten. Da sind Sie mit der Bewährungsstrafe glimpflich davongekommen ...«

»Der Dreckskerl hatte sich immer wieder vor den Sammelumkleiden der Kinder rumgetrieben. Ich hatte den schon mal erwischt und ihm geraten, sich nie wieder im Freibad blicken zu lassen.«

»Zeugen sagten aus, Sie hätten den Mann wohl totgeschlagen, wenn andere Badegäste nicht ...«

»Sind Sie etwa deswegen hier? Ich bin damals verurteilt worden. Und ich war meinen Job los.«

»Nein, Herr Adam. Deswegen sind wir in der Tat nicht hier. Wir sind vielmehr wegen der interessanten Schnittmenge hier. Wir haben nämlich den Computer gefragt, welche der ehemaligen Heimzöglinge aus der fraglichen Zeit wohl eine Beziehung zu Wickede an der Ruhr haben, zum Fundort der Leiche also, die wir heute Morgen samt Auto aus der Ruhr gezogen haben. Die Schnittmenge, die uns der Computer nannte, ist winzig.

Genauer gesagt: Sie umfasst eine einzige Person. Herr Adam: Sie sind nämlich der einzige ehemalige Heimzögling, der in Wickede geboren wurde, und der einzige, der immer noch in Wickede wohnt, der einzige auch, was für ein Zufall, der in Wickede wohnte, als Bertram spurlos verschwand, und, wie praktisch, damals als einziger Exzögling im Freibad von Wickede arbeitete und somit Zugang zum Torschlüssel hatte. Herr Adam, wollen Sie uns jetzt vielleicht etwas sagen?«

Adam schwieg. Er starrte stumm aus dem offenen Fenster und wartete auf den nächsten Zug.

Schließlich, nach einer Ewigkeit, stand die Frau auf. Ihr Kollege klappte sein Notizbuch zu und erhob sich ebenfalls.

»Vielen Dank für Ihre Zeit, Herr Adam. Wir melden uns bei Ihnen, falls wir noch Fragen haben.«

Adam hielt ihnen die Wohnungstür auf.

Sie waren bereits auf der Treppe.

»Haben Sie Kinder, Frau Hauptkommissarin?«

Sie blickte über die Schulter zurück und nickte. »Ja, zwei. Ein Junge und ein Mädchen.«

»Passen Sie gut auf sie auf. Passen Sie gut auf ihre Seelen auf. Kinderseelen sind sehr verletzlich.«

Sie schaute ihm in die Augen, als könne sie bis auf den Grund seiner Seele schauen. Dann folgte sie ihrem Kollegen.

Sie waren längst außer Sichtweite, als Adam die Stimme des Oberkommissars durchs Treppenhaus poltern hörte: »Wenn wir ihn im Präsidium in die Mangel nehmen, kippt er spätestens nach drei Stunden um.«

»Vermutlich«, entgegnete sie. »Andererseits …«

»Was … andererseits?«

In diesem Augenblick schlug die Haustür zu.

Adam hetzte zurück zum Küchenfenster.

»… nicht weiterverfolgen? Das kann uns den Job kosten.« Die Stimme des Oberkommissars klang empört.

»Ich weiß«, entgegnete sie. »Aber es ist vierzig Jahre her …«

Die Wagentüren schlugen zu. Der Motor wurde gestartet.

Adam wartete am Küchenfenster, bis der Wagen nicht mehr zu hören war.

Als es dunkel geworden war, lief er los. Von der Ruhrstraße bog er nach rechts auf den Wiesenweg ein, regulierte sein Tempo und seinen Atem und versuchte, sein Gehirn auszuschalten, was ihm bis zur Bahnunterführung gelang. Gleich hinter der Unterführung bog er nach links ab, hetzte die Steigung hinauf und sah auf die Uhr.

Höchste Zeit.

Heute ist dein sechzigster Geburtstag, Adam.

Tack. Tack. Tack. Tack.

Die hölzernen Bohlen der Fußgängerbrücke ließen seine Schritte übernatürlich laut klingen. Jetzt, in der Nacht, noch mehr. Ganz so, als sei er allein auf der Welt.

Mutterseelenallein.

Eine schöne Illusion. Adam blieb stehen. Keuchend stützte er sich auf das Geländer. Was fehlte? Das Rauschen der Ruhr im Wehr. Nichts war zu hören.

Adam hatte ihm damals einfach ein Pflaster über den Mund geklebt. Deshalb konnte Bertram nicht um Hilfe schreien, als der Wagen auf die Uferböschung im Freibad zurollte, dem sicheren Tod entgegen. So einfach war das gewesen.

So einfach.

Adam hatte damals gehofft, dass ihm dieser Moment große Befriedigung verschaffen würde. Aber auch das war nur eine Illusion gewesen.

Adam verharrte bewegungslos in der Dunkelheit.

Es gab zwei Möglichkeiten. Er hatte die Wahl. Wer hatte das schon im Leben?

Er entschied sich, drehte der Ruhr den Rücken zu, sah erneut auf die Uhr an seinem Handgelenk und wartete.

Nicht lange.

Als der Güterzug auf die Brücke donnerte, sprang er.

Jürgen Kehrer

Wilsberg am Hellweg: Chronik eines annoncierten Todes

Er war ein bisschen dicker geworden und trug die Haare jetzt länger. Wie das Männer über vierzig häufig tun, um zu kaschieren, dass das Kopfhaar dünner wird. Ansonsten aber war er der gute alte Holger Sirius. Ich hatte ihn über zehn Jahre lang nicht gesehen und nicht ein einziges Mal vermisst. Er gehörte zu jener Sorte Männer, die abends durch die Kneipen tigern, sich mit allen gut verstehen, stets den neuesten Klatsch auf Lager haben und ziemlich schnell verschwinden, sobald das Gespräch existenziellere Fragen als die nach der neuen Freundin einer lokalen Showgröße oder den Aufstiegschancen von Preußen Münster streift. Ein Mann, den alle kennen und den kaum jemand einen Freund nennt.

Inzwischen lebte Holger Sirius nicht mehr in Münster, sondern im Ruhrgebiet, irgendwo am Hellweg zwischen Dortmund und Paderborn, Hamm und Schwerte. Er war Kulturredakteur beim *Tageblatt* und in Gefahr. Mehr hatte er mir am Telefon nicht verraten wollen. Ich sagte ihm, was es kosten würde, falls ich kommen sollte, um ihm bei dem Problem zu helfen. Schließlich war ich Privatdetektiv und verschenkte keine Arbeitszeit. Nicht einmal an alte Bekannte.

Holger hatte geschluckt, als er meinen Tagessatz hörte, und dann zugestimmt. Offenbar ging es tatsächlich um etwas Ernstes.

Also war ich in Münster in die Regionalbahn gestiegen, war über Ascheberg, Capelle und Lünen an den Hellweg gereist und hatte mich durch die übersichtliche Kleinstadt bis zum Verlagsgebäude des *Tageblatts* am Wall durchgeschlagen. Und jetzt saßen Holger und ich in dem kleinen Restaurant gleich nebenan. Die Köchin sei Sizilianerin, hatte mir Holger zugeraunt, und die Wurstsoße meiner Pasta war scharf genug, ihm in diesem Punkt zu vertrauen.

»Nun«, sagte ich und schob den leeren Teller zur Seite, »wer will dich umbringen?«

Holger riss den Mund so weit auf, dass ich das Zäpfchen in seinem Gaumen sehen konnte. »Wie kommst du darauf?«

»Für was anderes würdest du mich nicht bezahlen. Ich weiß doch, wie geizig du bist.«

Bis der Wirt, der einen ganz und gar unsizilianischen Ruhrgebietsakzent pflegte, unser Geschirr abgeräumt hatte, sagte keiner von uns ein Wort.

Dann nickte Holger. »Es stimmt. Ich habe Angst um mein Leben.«

»Jemand bedroht dich?«

»Nein, aber das hier ist gestern im *Tageblatt* erschienen.« Er griff in seine Jackentasche und zog ein zusammengefaltetes Stück Zeitung heraus, das er auf meine Seite des Tisches schob.

Es handelte sich um eine Seite mit Todesanzeigen. Die, auf die es ankam, war nicht schwer zu finden:

Holger Sirius
** 19.3.1959 † 25.10.2008*

»Du stirbst morgen?« Ich schaute auf. »Ein schlechter Scherz, oder?«

»Würde ich auch gerne glauben.«

»Wer hat die Anzeige aufgegeben?«

»Niemand.«

»Wieso?« Ich runzelte die Stirn. »Muss man nicht eine Sterbeurkunde vorlegen, wenn so etwas in der Zeitung erscheinen soll?«

»Eigentlich schon. In diesem Fall lief das anders.«

»Und das hat keiner bei euch gemerkt?«

Holger wischte ein paar Krümel von der Tischplatte. »Du darfst dir das nicht mehr so vorstellen wie früher, als die Redaktion quasi über der Druckerei saß und es persönliche Kontakte zwischen Redakteuren, Anzeigenmenschen und Druckern gab. Wir kommunizieren gar nicht direkt mit unserer Druckerei in

Hagen-Bathey. Jeden Abend schicken wir die layouteten redaktionellen Seiten elektronisch zur Verlagsleitstelle, die auch andere Blätter unserer Zeitungsgruppe betreut. Erst dort werden die Anzeigen hinzugefügt. Danach gehen die kompletten Seiten zum Druckzentrum in Hagen. In Hagen schaut sich niemand mehr die Inhalte an, schließlich müssen dort pro Nacht Hunderte von Seiten in Auflagen von mehreren hunderttausend Stück produziert werden. Die Drucker kontrollieren höchstens noch die Qualität der Farben. Und irgendwo auf diesem Datenweg«, er tippte mit dem Zeigefinger auf die Tischplatte, »vom *Tageblatt* zum Verlagsleitstand und weiter nach Hagen hat jemand eine bezahlte Todesanzeige gegen meine ausgetauscht.«

»Mit anderen Worten: ein Insider«, stellte ich fest.

»Richtig.« Holger nickte mit dem ganzen Nachdruck seines Doppelkinns. »Deshalb nehme ich die Sache ernst.«

»Und wen hast du im Verdacht? Wem hast du die Frau ausgespannt oder das letzte Hemd ausgezogen?«

»Du kennst mich doch, Georg.«

»Eben.«

»Ich habe keine Ahnung.«

»Komm schon!«, drängte ich. »Wie soll ich herausfinden, wer dir ans Leder will, wenn du mir keine Anhaltspunkte lieferst?«

»Ich will ja gar nicht, dass du das herausfindest.«

»Nein?« Ich war ein bisschen enttäuscht.

»Ich möchte, dass du mich morgen beschützt. Den ganzen Tag.«

»Aber falls dich jemand umbringen will, kann er es auch übermorgen tun.«

»Das denke ich nicht. Wer sich solche Mühe gibt, meinen Todeszeitpunkt öffentlich anzukündigen, wird es an diesem Tag zumindest versuchen. Und du sollst das verhindern.«

»Na schön.« Ich winkte dem Wirt, weil ich dringend einen Espresso benötigte. »Du kennst ja meinen Tagessatz.«

Natürlich glaubte ich keine Sekunde, dass es einen Anschlag geben würde. Die Sache war ein Witz, ein übler und geschmackloser, aber immer noch ein Witz. Und vermutlich hatte sich Holger den Hass des Witzboldes hart erarbeitet.

Auf der anderen Seite war mein Honorar kein Witz. Deshalb würde ich meinen Job so ernst nehmen, als wäre Holger ein extrem gefährdeter Exilpolitiker aus Moldawien. Der Plan sah vor, dass ich um neun Uhr bei ihm zum Frühstück in seinem Häuschen in Brackel erscheinen sollte. Anschließend würden wir zur Redaktion fahren, zwei Konferenzen und ein paar Termine absolvieren und den Abend bei ihm daheim ausklingen lassen. Es gab schlimmere Methoden, Geld zu verdienen.

Der Plan funktionierte. Genau bis zu dem Moment, in dem ich am nächsten Morgen auf die Türklingel drückte. Damit, dass niemand öffnete, hatte ich nicht gerechnet. Ich zog mein Handy aus der Tasche und wählte die Nummern, die Holger mir gegeben hatte. Seine Konservenstimme erzählte mir, dass ich eine Nachricht hinterlassen dürfe. Ich ging um das Haus herum und kontrollierte die Fenster und Türen. Sie waren verschlossen und unversehrt. Und sein Wagen stand im Carport. Das Ganze gestaltete sich schwieriger, als ich es mir vorgestellt hatte.

Zwei Stunden später saß ich in Holgers Büro in der *Tageblatt*-Redaktion am Wall. In der Zwischenzeit hatte ich das für solche Fälle vorgesehene Privatdetektiv-Standardprogramm abgespult: Ich war durch die Kellertür in Holgers Haus eingebrochen und hatte mich nach Spuren einer Entführung umgesehen – und keine gefunden. Ich hatte in Holgers persönlichen Papieren und Notizbüchern geblättert, um irgendwelche Hinweise auf abgrundtiefe Feindschaften und verletzende Zerwürfnisse zu entdecken – und keine gefunden. Dann hatte ich mir Holgers Wagenschlüssel vom Schlüsselbrett im Flur geschnappt und mir seinen Fiesta ausgeliehen, um mobil zu sein.

Jetzt blieb mir nur noch Holgers Kollegin im Kulturressort, mit der er den Doppelschreibtisch in dem kleinen, ganz in Weiß gehaltenen Raum teilte. Tanja Tromerka war feste Freie beim *Tageblatt*, um die dreißig, hatte lange braune Haare und war nervös.

»Keine Ahnung, wo Holger steckt. Wenn er nicht bald auftaucht, muss ich seine Termine übernehmen. Und gleich ist Konferenz am Newsdesk.«

»Was ist das denn?«

»Das Newsdesk? Der Ort, an dem die Zeitung geplant und gestaltet wird. Auf Monitoren kann man verfolgen, wie die nächste Ausgabe entsteht. So macht man heutzutage Tageszeitungen.« Sie schob den Schreibtischstuhl zurück und erhob sich mit einer zackigen Bewegung. »Sorry, ich muss los!«

»Wissen Sie von der Todesanzeige?«, fragte ich.

»Natürlich. Das war hier gestern Gesprächsthema Nummer eins.«

»Und Sie machen sich keine Sorgen um Holger?«

»Wollen Sie mich veralbern?« Sie wühlte in den Ablagekörbchen auf einem Sideboard. »Wie ich den Angsthasen kenne, ist er untergetaucht.«

Hätte mir Holger nicht bereits einen satten Vorschuss für meine Leibwächtertätigkeit gezahlt, wäre das auch mein erster Gedanke gewesen. So aber schloss ich ein Untertauchen aus.

Tanja Tromerka hatte endlich die richtigen Papiere ausgegraben. »Hier – fragen Sie doch unsere Kollegin in Hagen!«

Sie warf mir eine *Westfalenpost* zu. »Die Todesanzeigen sind hinten. Sieht so aus, als hätte sie das gleiche Problem wie Holger.«

Mona Thielen
** 12.3.1968 † 25.10.2008*

Ich nahm die B54 und brauchte nur eine knappe halbe Stunde bis zur Hagener Innenstadt. Das Verlagsgebäude der *Westfalenpost* in der Schürmannstraße versprühte einen ähnlichen architektonischen Charme wie das des *Tageblatts* – nur gab es hier erheblich mehr Büsten und Ölgemälde von ehemaligen Verlegern und Verlegerwitwen auf den Fluren. Mona Thielen sei die Kulturredakteurin und gerade nicht am Platz, erfuhr ich im Sekretariat. Ich erwischte sie auf dem Flur.

»Mein Name ist Georg Wilsberg. Ich bin Privatdetektiv.«

»Falls Sie mit mir reden wollen, müssen Sie mitkommen.«

Ich folgte ihr in ein Verlies, das auch zum Schlachten von größeren Haustieren oder als Ausnüchterungszelle hätte dienen können.

»War früher das Fotolabor«, erklärte Mona Thielen mit dem Timbre von mindestens vierzig Zigaretten pro Tag, »als die Kameras noch Filme hatten und man die Fotos entwickeln musste. Heute ist das unser Raucherraum.«

»Ohne Fenster wirkt's gleich viel gemütlicher. Auch die Kacheln und Steinbecken haben was.«

Die Kulturredakteurin der *Westfalenpost* steckte sich eine Zigarette an und ließ den Rauch durch die Nase entweichen. »Wenn ich es gemütlich haben will, mache ich die Augen zu und träume von einem Palmenstrand. Was wollen Sie eigentlich?«

Ich zeigte ihr die Zeitung mit ihrer Todesanzeige.

»Ach.« Sie kicherte, was in einem Hustenanfall endete. »Hat Holgi Sie engagiert?«

»Holgi? Kennen Sie sich näher?«

»Man sieht sich bei Pressekonferenzen. Mehr ist da nicht.« Ihre Augen blinzelten den Rauch weg. »Und? Schon was rausgefunden?«

»Nein. Aber Holger ist weg.«

»Was heißt das?«

»Weg wie verschwunden, fort, abwesend. Und er geht auch nicht ans Telefon.«

Die Thielen wedelte mit der Zigarette. »Dumm gelaufen, würde ich sagen.«

»Mehr fällt Ihnen dazu nicht ein?«

»Hören Sie, Herr Wilsberg, ich habe nicht vor, mich von dem Mist beeindrucken zu lassen.« Eine neue Zigarette glühte am Ende der ersten auf. »Den Gefallen tue ich diesem Spinner nicht.«

»Vielleicht ist es nicht bloß ein Spinner. Vielleicht will sich jemand an Ihnen beiden rächen. Aus Eifersucht, zum Beispiel.«

»Eifersucht!« Ein weiterer Hustenanfall. »So was gibt's doch nur in schlechten Krimis. Bei Holgi und mir ist die Erotik im Gefrierfach, ehrlich.«

Die Tür öffnete sich und ein Frauenkopf wurde hinter den Rauchschwaden sichtbar. »Mona? Der Chef will mit dir reden. Und mit Herrn Wilsberg auch.«

Frodo Knapp hatte einen festen Händedruck und sah aus wie ein Journalist der alten Schule. Wahrscheinlich hätte er eine Menge Geschichten über den harten Kampf an der Nachrichtenfront erzählen können, aus Zeiten, in denen Recherchieren weitaus komplizierter war, als bei Google oder Wikipedia den richtigen Begriff einzugeben. Im Moment war ihm jedoch nicht nach Plaudern zumute. »Ich habe mit meiner Kollegin beim *Tageblatt* gesprochen«, eröffnete er uns, nachdem wir am Konferenztisch in seinem Büro Platz genommen hatten. »Wir möchten, dass Herr Wilsberg die Angelegenheit aufklärt, bevor die Geschichte publik wird oder wir die Polizei einschalten müssen.«

Thielen öffnete den Mund. »Aber ...«

»Kein Aber, Mona. Du wirst Herrn Wilsberg unterstützen. Schon eine Idee?« Das Letzte galt mir.

»Zwei mögliche Motive, die Frau Thielen und Holger Sirius gemeinsam betreffen könnten«, fasste ich mich ebenso kurz, »ein persönliches und ein berufliches. Da Frau Thielen ausschließt, näher mit Herrn Sirius befreundet zu sein ...«

»Das ist die Wahrheit«, knurrte Thielen.

»... bleibt noch das berufliche. Beide sind Kulturredakteure. Denkbar, dass irgendein Künstler glaubt, ihnen etwas heimzahlen zu müssen.«

»Wie absurd ist das denn?«, protestierte die Redakteurin. »Dann müsste ja jeder Kritiker unter Polizeischutz gestellt werden.«

»Morde werden manchmal wegen Lappalien begangen«, widersprach ich. »Und Morddrohungen gehören in gewissen Kreisen zum normalen Umgangston.«

»Wilsberg hat recht«, mischte sich Knapp ein. »Vergiss nicht, Mona, dass es der Täter auf euch beide abgesehen hat.«

Thielen lehnte sich zurück und schloss die Augen. »Und was sollen wir tun?«

»Nachsehen, wer sich von Ihnen und Holger ungerecht behandelt gefühlt haben könnte«, schlug ich vor.

In den nächsten Stunden lernte ich eine Menge über die kulturellen Angebote zwischen Hamm und Hagen. Neben wirklichen Berühmtheiten, bedeutenden Museen, wichtigen Ausstellungen, Theatern, Philharmonien, Konzertreihen und hochkarätigen Literaturfestivals tauchte ich auch in die kulturellen Niederungen der Region ein. Thielen zeigte mir Selbstdarstellungen von freien Theatergruppen, die sich mit minimaler Begabung durchschlugen, von Musikern, die bei Castingshows schon in der Vorentscheidung gescheitert wären, von Schriftstellern, die ihre Werke selbst verlegten und trotzdem nicht zögerten, ihre Premierenlesung in einer Gaststätte zum nationalen Event hochzustilisieren. Alles in allem nichts Ungewöhnliches: ein kleines Horrorkabinett narzisstischer, talentfreier Selbstdarsteller, wie man sie überall in der Republik findet.

»Der hier tut mir inzwischen ein bisschen leid«, sagte Thielen und reichte mir das großformatige Porträtfoto eines Mannes, der uns durch eine schwarze Designerbrille melancholisch anblickte. »Den haben wir am Ende ignoriert, weil er uns vor Erscheinen seines Buches wochenlang mit E-Mails und SMS genervt hat.«

»Was hat er denn verbrochen?«, fragte ich.

»Einen Lokalkrimi, der am Hengsteysee spielt. Eigentlich gar nicht so schlecht. Das habe ich ihm auch gesagt, als ich ihn mal getroffen habe.«

»Okay, dann fange ich mit ihm an.«

»Der war es bestimmt nicht.« Den Ton kannte ich von Mona Thielen noch gar nicht. Er klang nach mütterlichem Beschützerinstinkt.

»Mit irgendjemandem muss ich ja anfangen.«

Thielen verzog den Mund. »Ich könnte …«

»Bemühen Sie sich nicht!«, sagte ich. »Ich mache das allein.«

Der Schriftsteller hieß Rainer Weppermann und wohnte – wie nicht anders zu erwarten – in Hagen-Bathey, in der Nähe des Hengsteysees. Dummerweise war er bei der Arbeit. Allerdings nicht am Schreibtisch, wie man bei einem Schriftsteller erwarten durfte.

»Er hat das Schreiben aufgegeben«, sagte seine Frau und ich ahnte, welche Dramen sich in der kleinen Wohnung an der Kabeler Straße abgespielt hatten. »Nachdem ihn diese Schlampe ignoriert hat.«

»Reden Sie von Mona Thielen?«

»Ein Schriftsteller ist doch ein Künstler. Sensibel. Da kann man doch nicht einfach drüber hinweggehen!«

»Ist sie das?«

»Was wollen Sie eigentlich von Rainer?« Die Haltung der Schriftstellerfrau wurde zunehmend aggressiver. Vermutlich bereute sie schon, dass sie mich überhaupt hereingelassen hatte.

»Nur mit ihm reden.«

»Er hat Nachtschicht. Danach schläft er.«

»Und wo arbeitet er?«

»Im DVZ.«

»Das heißt?«

»Das Druck- und Verlagszentrum, vorne an der Hohensyburgstraße.«

Das kam mir irgendwie bekannt vor.

Der Pförtner ließ mich erst auf das riesige Gelände, nachdem ihm Frodo Knapp telefonisch versichert hatte, dass ich einer der Guten sei.

Ich stellte Holgers Fiesta auf dem Parkplatz ab und nahm den Hintereingang über die Verladerampen. Rainer Weppermann arbeitete als Rolleur an einer der Druckmaschinen, hatte mir seine Frau noch erzählt. Vielleicht gelang es mir ja, ihn kalt zu erwischen.

Durch eine Halle, in der endlose Kettenachterbahnen mit und ohne zusammengefaltete Zeitungen über den Köpfen der Beschäftigten ratterten, kam ich in ein riesiges Papierlager mit Rollen von bestimmt zwei Metern Durchmesser, die bis an die Decke gestapelt waren. Und dann stand ich in einer Kathedrale des Maschinenzeitalters. *Druckmaschine* war ein viel zu niedlicher Begriff für die Ungetüme, die sich da vor mir über zehn Meter in die Höhe reckten, auf verschiedenen, durch Metalltreppen verbundenen Ebenen über unzählige Walzen und Farbcontainer verfügten und oben durch eine Art Galerie abgeschlossen wurden. Ich zählte neun dieser Giganten, von denen die meisten in Betrieb waren und einen Höllenlärm verursachten. Und das alles nahezu automatisch, denn die einzigen Menschen, die ich in der Halle entdeckte, waren Arbeiter, die die gefräßigen Monster mit frischen Papierrollen fütterten. Rolleure, wie ich annahm. Der Job, den auch Weppermann erledigte.

Es dauerte eine Weile, bis ich mich zu Weppermanns Arbeitsplatz durchgefragt hatte. Sein Kollege war nicht gut auf ihn zu sprechen: »Der ist seit einer Viertelstunde im Papierkeller. Bestellen Sie ihm einen schönen Gruß, wenn Sie ihn finden. Wir brauchen hier dringend neue Rollen.«

Im Papierlager hatte ich Weppermann vorhin nicht gesehen. Als ich mich jetzt erneut dort umblickte, fiel mir ein herrenloser Gabelstapler auf, dessen Vorderteil von Papierrollen verdeckt wurde. Ich ging um das Fahrzeug herum – und da hing er. Seine Füße berührten den Boden, doch sein Kopf baumelte in einer Schlinge, die an einem der Greifarme des Gabelstaplers befestigt war.

Nach einer Schrecksekunde hastete ich zu dem Leblosen, lockerte das Seil und ließ den Körper zu Boden gleiten. Dann suchte ich nach einem Puls. Nichts. Der Mann war tot. Um wen es sich handelte, stand außer Frage. Die Designerbrille und das gegelte schwarze Haar erlaubten keinen anderen Schluss: Rainer Weppermann.

Offenbar sollte es wohl so aussehen, als hätte er sich selbst erhängt. Aber dazu passte nicht das Blut, das ich an meiner Hand entdeckte. Es stammte von der Platzwunde an Weppermanns Hinterkopf.

Hinter mir hörte ich ein Geräusch. Ich fuhr herum. Mona Thielen riss Augen und Mund auf.

»O mein Gott!« Sie rannte an mir vorbei und ging neben dem Kopf des Exschriftstellers in die Knie. »Rainer! Nein!« Sie streichelte die Wange des Toten.

Rainer?

»Was machen Sie hier?«, fragte ich.

»Sie haben mich doch herbestellt.« Die Redakteurin schniefte.

»Ich?«

»Die Tussi, die für Sie arbeitet. Die hat mir am Telefon gesagt, ich soll Sie hier treffen.«

Ich zog Mona Thielen hoch. »Es gibt keine Tussi, die für mich arbeitet. Und jetzt erzählen Sie mir, welche Beziehung Sie zu Rainer Weppermann hatten. Die Wahrheit, bitte!«

»Er tat mir leid.« Sie wischte mit dem Zeigefinger die verlaufene Wimperntusche von der Wange. »Er hatte so schöne Augen. Und er konnte so gut zuhören, da habe ich … also …«

»… ihn getröstet. Mit ganzem Körpereinsatz.«

»Ja.« Sie schluckte. »Es war nur eine einmalige Sache. Nicht mehr. Ehrlich.«

»Wusste seine Frau davon?«

»Keine Ahnung.«

Ein zweiter Gabelstapler brummte hinter dem Papierturm, neben dem wir standen. Ich blickte nach oben. Die Zangen des Fahrzeugs hatten die oberste der sechs Rollen erfasst. Aber sie zogen das Papier nicht nach hinten, sondern schoben es nach vorn, über unsere Köpfe.

»Weg hier!« Ich packte Mona Thielen und riss sie zur Seite. Keine Sekunde später knallte die Rolle neben uns auf den Boden.

»Offensichtlich wusste sie wohl doch davon«, sagte ich, während ich mich aufrappelte und ein paar Haare der Redakteurin aus meinem Gesicht entfernte.

»Kann schon sein«, gab Thielen kleinlaut zu. »Weppermanns Frau arbeitet nämlich auch hier. Sie hat Rainer die Stelle besorgt.«

Der Gabelstapler, der sich noch immer hinter dem Papierstapel befand, machte sich jetzt an der untersten Rolle zu schaffen. Der komplette Turm geriet ins Wanken.

»Deshalb sollten wir schleunigst verschwinden.« Ich packte Thielens Arm.

Wir rannten in Richtung Druckhalle. Plötzlich steuerte von der Seite ein unbemanntes, mit zwei großen Metallschienen bestücktes Elektrofahrzeug direkt auf uns zu.

»Stehen bleiben!«, befahl Thielen. »Heinz und Dieter erkennen Hindernisse.«

»Heinz und Dieter?«

»Es gibt zwei davon. Sie sind nach dem Mann benannt, der …«

Heinz oder Dieter machte keine Anstalten, seine Fahrt zu verlangsamen. Ich schubste die Redakteurin zum Aufgang der ersten Rotationsmaschine und hievte mich selbst auf den ersten Treppenabsatz. Unten rammte Heinz oder Dieter den Turm mit einer Wucht, die die gesamte Konstruktion erschütterte. Im Inneren des Giganten kreischte und schepperte es.

»Ich versteh das nicht«, sagte Thielen fassungslos. Sie war blasser als das Zeitungspapier, das hinter uns über die Druckwalzen raste.

»Ich schon«, gab ich grimmig zurück. »Jemand hat die menschenfreundliche Programmierung von Heinz oder Dieter ausgeschaltet. Dieselbe Person, die Ihren Freund Rainer umgebracht hat und die es jetzt auf uns abgesehen hat.«

»Und was schlagen Sie vor?« Die Redakteurin kaute auf ihrer Unterlippe.

»Erst mal nach oben. Da sind wir relativ sicher. Und dann rufen wir die Polizei.«

Wir stiegen über die Metalltreppen zur Galerie hinauf. Unterwegs begegneten wir einem Drucker, der gerade Druckplatten an einer Walze austauschte und uns einen irritierten Blick zuwarf. Dann waren wir wieder allein.

Ich hatte Thielen den Vortritt gelassen und so war sie die Erste, die die oberste Plattform der Druckmaschinen erreichte. Das heißt, sie erreichte sie nur beinahe. Kaum ragte ihr Kopf über den Rand der Metalldecke, hörte ich einen überraschten Aufschrei, unmittelbar gefolgt von einem zuerst pfeifenden, dann brachial klatschenden Geräusch. Wie von einem Schlag. Thielens Beine wurden schlaff und rutschten von den Treppenstufen. Doch bevor ich sie auffangen konnte, zog jemand den Körper der Redakteurin nach oben. Anscheinend war es doch keine so gute Idee gewesen, auf die Galerie zu flüchten.

Thielen im Stich zu lassen, kam nicht infrage. Ich musste es riskieren. Auf einem Fuß und ganz an der linken Seite der Treppe, um so wenig Angriffsfläche wie möglich zu bieten, zog ich mich hoch und lugte über den Rand. Mona Thielen lag stöhnend auf der staubigen Metallfläche. Und über mir lauerte – Tanja Tromerka. In den Händen hielt die *Tageblatt*-Mitarbeiterin einen Satz Druckplatten, den sie drohend über dem Kopf schwang.

Blitzschnell rollte ich mich auf die Plattform. Tromerka traf mich trotzdem – allerdings nicht am Kopf, sondern irgendwo am Rücken. Ich umklammerte ihre Beine und brachte sie zu Fall. Damit war der Kampf jedoch noch nicht entschieden. Gehandicapt durch die Schmerzen, die mich nahezu lähmten, und überrascht von der Kraft, die ich der Journalistin nicht zugetraut hätte, rollten wir uns schlagend, kratzend und beißend über den Boden. Einmal hatte ich für einen kurzen Moment sogar einen freien Blick in die Tiefe. Das gab mir den letzten Kick, Tromerka unter Kontrolle zu bringen. Sie fauchte und spuckte, als ich endlich auf ihren Armen hockte.

»Was soll das?«, schrie ich sie an. »Warum?«

»Er war so ein Schwein«, heulte sie.

»Wer? Rainer Weppermann?«

Tromerka drehte den Kopf zur Seite.

»Hat er bei Ihnen auch die Schriftsteller-können-so-toll-zuhören-Masche abgezogen?«

Sie schnaufte.

»Doch dann haben Sie gemerkt, dass Sie nicht die Einzige waren.«

»Gehen Sie von mir runter!«, brüllte sie mich an.

»Deshalb musste er sterben«, redete ich weiter. »Und Ihre Kollegin von der *Westfalenpost* sollte gleich mit dran glauben. Aber was hat Holger Sirius damit zu tun? Wieso er? Und wo steckt er?«

»Ich war also nie in Gefahr?« Holger Sirius hob sein Pilsglas. Es war bereits sein viertes und zu dem Honigkuchenpferdgrinsen auf seinem Gesicht gesellten sich zwei dunkelrote Flecken.

»Deine Todesanzeige hat Tanja Tromerka nur platziert, damit der Verdacht nicht gleich auf sie fällt«, sagte ich. »Bei ihrem ursprünglichen Plan sollte es nämlich so aussehen, als hätte Rainer Weppermann Mona Thielen umgebracht und sich dann anschließend am Gabelstapler erhängt. Da wusste Tromerka allerdings noch nicht, dass ich auch in der Halle sein würde. Und in der Hitze ihres Rachefeldzuges hat sie ein wenig den Überblick verloren.«

»Wahnsinn!«, sagte Holger.

Wir saßen in einer Kneipe in Brackel. Gleich nachdem die Meldung von Tromerkas Verhaftung in den Radionachrichten gelaufen war, hatte mich Holger angerufen. Inzwischen wusste ich, dass er den Tag im Schrebergartenhäuschen seines Onkels verbracht hatte, um in aller Ruhe die Entwicklung abzuwarten.

»Etwas kapiere ich immer noch nicht ...«

»Was denn?«, fragte Holger und zeigte der Kellnerin sein leeres Glas.

»Wieso engagierst du mich als Leibwächter, wenn du sowieso abtauchen wolltest?«

»Ich habe auf dein schlechtes Gewissen gebaut. Mir war ja klar, dass du die Sache am Anfang nicht ernst nehmen würdest. Ich dachte, wenn ich verschwunden bin, gibst du dir richtig Mühe, die Geschichte aufzuklären. Und weißt du was?« Er strahlte mich an.

Mir wurde wieder bewusst, warum ich Holger eigentlich nicht leiden konnte. Und dass sich meine Rechnung für ihn grade um einen ansehnlichen Posten erhöht hatte: die Verarschungspauschale.

»Hat doch super funktioniert, oder?« Er grinste mich an.

»Nicht ganz«, sagte ich. »Tanja Tromerka hat dir gestern eine Giftkapsel in den Kaffee getan. Das Zeug wirkt erst nach sechsunddreißig Stunden, also in ungefähr dreißig Minuten.«

Holger war schlagartig ernüchtert. »Ist nicht wahr?«

Zur Abwechslung grinste diesmal ich. »Tja, Holger, war nett, mit dir zu plaudern. Aber jetzt muss ich zurück nach Münster.«

Autorinnen, Autoren und andere

Jürgen Alberts, geboren 1946, lebt als Schriftsteller, Herausgeber und Journalist in seiner Wahlheimatstadt Bremen, über die er eine zehnbändige Romanserie verfasst hat. Seine Bücher wurden in viele europäische Sprachen übersetzt und erhielten mehrere Auszeichnungen wie den ›Marlowe‹ für *Der große Schlaf des J. B. Cool* (1996) und den ›Deutschen Krimipreis‹ für *Tod eines Sesselfurzers* (1993). Zuletzt erschienen: *Leiche über Bord* (zusammen mit dem Bremer Polizeipräsidenten Eckard Mordhorst) und *Tod in der Quizshow* (zusammen mit Marita Alberts). www.juergen-alberts.de

Leo P. Ard ist das Pseudonym von **Jürgen Pomorin,** geboren 1953 in Bochum. Er arbeitete als Bankkaufmann, dann als Journalist und Dokumentarfilmer und schrieb schließlich gemeinsam mit Reinhard Junge die Trilogie um *Das Ekel von Datteln* (1988–91), mit der sie deutsche Krimigeschichte schrieben. Als Drehbuchautor verfasste Pomorin gemeinsam mit Michael Illner alle 124 Episoden von *Balko.* Außerdem lieferte er die Vorlagen für zahlreiche Fernsehfilme, für *Totes Gleis* wurde Pomorin mit dem ›Grimme-Preis‹ ausgezeichnet. 2006 erschien nach langer Pause endlich wieder ein Roman von Leo P. Ard: *Der letzte Bissen.*

Christa Bernuth, geboren 1961, studierte Germanistik und Französisch und arbeitete als Autorin für verschiedenen Frauenmagazine, ehe sie ihren ersten Krimi veröffentlichte. Sie schrieb unter anderem drei Romane um die Kommissarin Mona Seiler, die mit Mariele Millowitsch verfilmt wurden. In ihrem Thriller *Innere Sicherheit* erfasste Christa Bernuth beeindruckend präzise die Stimmung in der DDR der Achtzigerjahre.
www.christa-bernuth.de

Jürgen Ehlers, geboren 1948 in Hamburg, befasst sich für die Umweltbehörde im Geologischen Landesamt Hamburg mit der geologischen Landesaufnahme und Fragen der Eiszeit- und Küstenforschung. Mit seinen Kurzkrimis schreibt er sich seit 1992 in die Herzen der Leser. 2005 erhielt er für *Weltspartag in Hamminkeln* den ›Friedrich-Glauser-Preis‹. Neben zahlreichen Storys veröffentlichte Jürgen Ehlers Kriminalromane über Verbrechen, die tatsächlich begangen worden sind. Zuletzt erschien *Die Nacht von Barmbeck* (2008) über Julius Adolf Petersen, den ›Lord von Barmbeck‹.
www.members.aol.com/EhlersKrimi

Sebastian Fitzek, geboren 1971 in Berlin, ist promovierter Jurist und arbeitet in der Programmdirektion eines großen Berliner Privatradios. Er überraschte mit seinem Debüt *Die Therapie* 2006 die Krimiszene mit einem ausgefeilten Spannungsroman. Es folgten *Amok Spiel* und schließlich 2008 *Das Kind* und *Der Seelenbrecher,* mit denen er seinen Platz in der Spitzengruppe der deutschen Spannungsautoren festigte.
www.sebastianfitzek.de

Frank Göhre, geboren 1943, wuchs im Ruhrgebiet auf und lebt in Hamburg. Er schrieb mit seiner *St.-Pauli-Trilogie* (1986 bis 89) deutsche Krimigeschichte und arbeitete als Drehbuchautor u. a. für das *Großstadtrevier,* den *Tatort* und *Kommissar Stolberg.* Zuletzt publizierte er die Krimis *Zappas letzter Hit* (2006) und *An einem heißen Sommertag* (2008). Darüber hinaus gab er die Werke des Urvaters der deutschsprachigen Kriminalliteratur Friedrich Glauser heraus und schrieb auch dessen ›Lebensroman‹, der unter dem Titel *MO* (2008) erschien.
www.frankgoehre.de

Henrike Heiland, geboren 1975 im Mittelhessischen, lebt in Hamburg. Sie studierte Englische Literatur in Gießen und Durham, arbeitete für Rundfunk und Tagespresse und an verschiedenen Schauspielhäusern. Als Producerin betreute sie internationale TV-Produktionen für KirchMedia. Seit 2003 ist sie freie Autorin und schrieb u. a. die Reihe *Verdeckte Ermittlungen,* in der zuletzt der Roman *Blutsünde* (2007) erschien.

www.henrikeheiland.de

Norbert Horst, geboren 1956 in Bad Oeynhausen, ist Hauptkommissar bei der Polizei in Bielefeld und arbeitete früher als Ermittler in verschiedenen Mordkommissionen. Er erhielt für seinen ersten Kriminalroman *Leichensache* (2004) den ›Friedrich-Glauser-Preis‹ und für seinen zweiten Roman *Todesmuster* (2005) den ›Deutschen Krimipreis‹. In seinen Romanen zeichnet Norbert Horst in seiner unverwechselbaren Sprache präzise den Ablauf polizeilicher Mordermittlungen nach. Zuletzt erschien *Sterbezeit* (2008).

Robert Hültner, geboren 1950 in Inzell im Chiemgau, war Dramaturg und Regisseur, reiste mit einem Wanderkino durch kinolose Dörfer und rekonstruierte historische Filme für das Münchener Filmmuseum. Mit seinem ersten Kriminalroman *Walching* (1993) schuf er die Figur des Inspektors Paul Kajetan, der in den Zwanzigerjahren in der Gegend um München ermittelt. Für seine Kajetan-Romane wurde Robert Hültner zwei Mal mit dem ›Deutschen Krimipreis‹ und ein Mal mit dem ›Friedrich-Glauser-Preis‹ ausgezeichnet. Zuletzt veröffentlichte er den Kurzroman *Ende der Ermittlungen* (2007).

www.moerderisches-bayern.de

Peter James, geboren 1948 in Brighton, war lange Jahre in den USA als Drehbuchautor und Filmproduzent (u. a. *Der Kaufmann von Venedig* mit Al Pacino und Jeremy Irons) tätig. Er schrieb zahlreiche Thriller und hatte zuletzt mit seiner Roy-Grace-Serie *(Stirb ewig, Stirb schön, Nicht tot genug)* international Erfolg. Peter James lebt heute in London und Sussex.

www.peterjames.com

Bernhard Jaumann, geboren 1957 in Augsburg. Nach längeren Aufenthalten in Italien, Australien und Mexiko-Stadt lebt er zurzeit in Namibia und in den italienischen Marken. Er wurde zwei Mal mit dem ›Friedrich-Glauser-Preis‹ ausgezeichnet, 2003 für seinen Roman *Saltimbocca* aus seiner fünfteiligen Reihe um die menschlichen Sinne und 2008 für seine Kurzgeschichte *Schnee an der Blutkuppe.* Zuletzt erschienen *Die Vipern von Montesecco* und *Die Drachen von Montesecco* und der Namibia-Krimi *Geiers Mahlzeit* (2008).

www.bernhard-jaumann.de

Jörg Juretzka, geboren 1955 in Mülheim/Ruhr, ist gelernter Tischler und arbeitet als Roman- und Drehbuchautor in seiner Geburtsstadt. Sein Debüt war der Privatdetektivroman *Prickel* (1998), in dem er die Figur des Mülheimer Schnüfflers Kristof Kryszinski kreierte und damit eine zeitgemäße deutsche Version des Hardboiled-Krimis fand. Jörg Juretzka wurde mit dem ›Deutschen Krimipreis‹ und dem ›Literaturpreis Ruhrgebiet‹ ausgezeichnet. Bisher sind ein halbes Dutzend Kryszinski-Romane erschienen, zuletzt *Bis zum Hals* (2007). Darüber hinaus schreibt Juretzka inzwischen auch mit großem Erfolg Kinderbücher.

Wolfgang Kaes, geboren 1958 in der Eifel, finanzierte sich sein Studium als Waldarbeiter, Lastwagenfahrer und Taxifahrer. Er arbeitete als Fotograf und Researcher für *TIME* und als Polizeireporter für den *Kölner Stadt-Anzeiger.* Heute ist er Ressortleiter beim Bonner *General-Anzeiger.* Die Stoffe für seine Thriller, die er seit 2004 veröffentlicht, findet er durch seine journalistische Arbeit. In seinem jüngsten Roman *Das Feuermal* (2008) geht es um die Odyssee eines Gemäldes seit dem Spanischen Bürgerkrieg und um ein dunkles Familiengeheimnis in einem Eifeldorf.

www.wolfgang-kaes.de

Jürgen Kehrer, geboren 1956 in Essen, lebt in Münster. Er ist der geistige Vater des Buch- und Fernsehdetektivs Georg Wilsberg. Neben bisher achtzehn Wilsberg-Krimis veröffentlichte er auch historische Kriminalromane und Sachbücher zu realen Verbrechen. Zuletzt erschien *Todeszauber,* der zweite Wilsberg-Roman, der in Zusammenarbeit mit der Autorin Petra Würth und ihrer Figur Pia Petry entstand. Außerdem verfasste Kehrer mehrere Wilsberg-Drehbücher für das ZDF.

www.juergen-kehrer.de

Ralf Kramp, geboren 1963 in Euskirchen, lebt und arbeitet als Karikaturist und Autor in der Eifel. Er veröffentlichte bisher mehr als zwei Dutzend Romane und Anthologien. Darüber hinaus veranstaltet er mit der Kölner *Agentur Blutspur* Krimiwochenenden in der Eifel und betreibt in Hillesheim das *Kriminalhaus* samt Bibliothek und dem *Café Sherlock.*

www.ralfkramp.de

Tatjana Kruse, Jahrgang 1960, lebt und arbeitet in Schwäbisch Hall, der vermutlich kleinsten Metropole der Welt. Seit 2000 schreibt sie Kriminalromane, u. a. die Wuchtbrummen-Reihe bei Goldmann um ein rubeneskes Prachtweib. 2007 erschienen von ihr der Borkum-Krimi *Wie klaut man eine Insel?* und der Theater-Krimi *Vorsicht: Stufen!.*

www.tatjanakruse.de

Sandra Lüpkes, geboren 1971 in Göttingen, lebte lange auf Juist und wohnt jetzt in Münster. Sie veröffentlichte bisher u. a. sechs Kriminalromane mit der norddeutschen Kommissarin Wencke Tydmers – zuletzt *Die Blütenfrau* (2008). Daneben tritt Sandra Lüpkes als Sängerin, begleitet von Akkordeon und Piano, mit ihrem eigenen Chansonprogramm auf.

www.sandraluepkes.de

Michael Morley schrieb als Journalist gemeinsam mit Steve Clark *Murder in Mind. Mindhunting the Serial Killers* und realisierte einen Dokumentarfilm über den britischen Serienkiller Dennis Nilsen. Die Einblicke, die er bei seinen Recherchen über und Interviews mit Serientätern gewann, verarbeitete er in seinem ersten Thiller *Spider.* Michael Morley arbeitet als Senior Executive Director bei einer großen TV-Produktionsfirma in den Niederlanden, er lebt dort und in seiner Heimat Derbyshire. Im Herbst 2008 erschien von ihm der Camorra-Thriller *Viper.*

Sabina Naber, geboren 1965 in Niederösterreich, studierte Theaterwissenschaften und anderes in Wien. Sie arbeitete als Schauspielerin und Regisseurin und war auch als Journalistin und Drehbuchautorin tätig. Ihr erster Kriminalroman mit der Wiener Kommissarin Maria Kouba *Die Namensvetterin* erschien 2002. Inzwischen liegen vier Maria-Kouba-Krimis vor, zuletzt erschien *Der letzte Engel springt* (2007). Für ihre Story *Peter in St. Paul* wurde Sabina Naber 2007 mit dem ›Friedrich-Glauser-Preis‹ ausgezeichnet.

www.sabinanaber.at

Theo Pointner, geboren 1964 in Bochum, studierte Betriebswirtschaft und arbeitet im Gesundheitswesen. Schon als Jugendlicher verfasste er Liedertexte und Kurzgeschichten. Mit *Tore, Punkte, Doppelmord* lieferte der bekennende VfL-Fan 1993 seinen ersten Kriminalroman. Hauptfigur der meisten seiner acht folgenden Krimis ist die Bochumer Kriminalkommissarin Katharina Thalbach. Zuletzt erschien: *Highscore* (2007).

www.theopointner.de

Niklaus Schmid, geboren 1942 in Duisburg. Mit achtzehn tourte er mit dem *Zirkus Althoff* durch Frankreich und Schweden, mit dreißig reiste er durch Indien, Afrika und Südamerika. Seit 1978 lebt Niklaus Schmid als freier Schriftsteller in Duisburg und auf Formentera. Zuletzt erschienen von Niklaus Schmid die Elmar-Mogge-Krimis *Hundeknochen, Bienenfresser* und *Stelzvogel und Salzleiche.*

Yrsa Sigurðardóttir, geboren 1963 in Reykjavik, ist Ingenieurin und arbeitet als technische Leiterin bei einem der größten europäischen Kraftwerkprojekte auf Island. Zum Schreiben zieht sie sich in eine Hütte in der Wildnis zurück. Ihr Krimidebüt *Das letzte Ritual,* der erste Fall für die Anwältin Dóra Guðmundsdóttir, erschien in 27 Sprachen. Doras zweiter Fall heißt *Das gefrorene Licht* (2007).

Maj Sjöwall, geboren 1935 in Malmö, studierte Grafik und Journalismus und arbeitete als Redakteurin, Journalistin und Übersetzerin bei verschiedenen schwedischen Verlagen. 1962 heiratete sie den Journalisten Per Walhöö, mit dem zusammen sie zwischen 1965 und 1975 zehn Romane um Inspektor Martin Beck veröffentlichte, die wegen ihres gesellschaftskritischen Hintergrundes wegweisend für die Kriminalliteratur weltweit waren. Nach dem Tod Walhöös 1975 widmete sich Sjöwall journalistischen Arbeiten und Übersetzungen, bis sie mit dem Niederländer Thomas Ross für den Krimi *Eine Frau wie Greta Garbo* (1990) zusammenarbeitete. 2003 erschien der kulinarische Krimi *Erbsensuppe flambiert* (zusammen mit Jürgen Alberts).

Michael Theurillat, geboren 1961 in Basel, studierte Wirtschaftswissenschaften, Kunstgeschichte und Geschichte und arbeitete für verschiedene Schweizer Banken, zuletzt als Managing Director der UBS. Mit 41 Jahren stieg er aus, um sich seiner großen Leidenschaft zu widmen: dem Schreiben. Im Mittelpunkt seiner Thriller *Im Sommer sterben* (2005), *Eistod* (2007) und *Sechseläuten* (erscheint 2009) steht der Zürcher Kommissar Eschenbach.

Raimon Weber, geboren 1961 in Unna, lebt in Kamen. 1998 legte er seinen ersten Kurzgeschichtenband vor. 2003 startete er mit *Wir waren unsterblich* die Krimireihe *Ruhr.Tod.Roman.* Raimon Weber schreibt für die Presse, den Rundfunk und ist einer der erfolgreichsten Hörspielautoren im deutschen Sprachraum. So war er u. a. Autor der preisgekrönten Serien *Gabriel Burns* und *Point Whitmark.* Im Herbst 2008 erscheint sein vierter Roman *Zwienacht.*

Übersetzerinnen und Übersetzer

Jürgen Bürger übersetzte die Geschichte von Michael Morley; er lebt in Köln. Er übersetzte u. a. Stephen King, Sebastian Junger und James Sallis.

Susanne Goga-Klinkenberg übersetzte die Geschichte von Peter James; sie lebt in Mönchengladbach. Sie übersetzte u. a. die Roy-Grace-Serie von Peter James und schreibt selbst historische Kriminalromane.

Almuth Heuner übersetzte die Geschichte von Yrsa Sigurðardóttir; sie lebt in Frankfurt, schreibt auch selbst und übersetzte bisher u. a. P. M. Carlson und Lora Roberts.

Herausgeber

H. P. Karr und **Herbert Knorr,** geboren 1955 und 1952, leben in Essen und Gelsenkirchen. Seit sie die Anthologien zum *Mord am Hellweg* herausgeben, sind sie in der deutschen Krimiszene als ›Good cop‹ und ›Bad cop‹ bekannt bzw. als ›der Raucher‹ und ›der Nichtraucher‹. H. P. Karr ist freier Journalist und Schriftsteller, Herbert Knorr Leiter des *Westfälischen Literaturbüros in Unna e. V.*, er arbeitet ebenfalls als Autor.

Das Buch *Mord am Hellweg IV* ist Teil des Projektes *Mord am Hellweg IV – Tatort Ruhr*, Europas größtes internationales Krimifestival. Wir bedanken uns bei allen Förderern, Sponsoren und offiziellen Medienpartnern:

Der Ministerpräsident
des Landes Nordrhein-Westfalen

Sparkasse Unna
Die Bank für mich.
ServiceLine:(02303) 104-0 • www.sparkasse-unna.de

LWL
Für die Menschen.
Für Westfalen-Lippe.

WP WESTFALENPOST
www.westfalenpost.de

WR WESTFÄLISCHE RUNDSCHAU

ZRL
Zweckverband
Schienenpersonennahverkehr
Ruhr-Lippe

WDR 5

Stadtwerke
Unna
Unsere Energie.

zib
Kulturbetriebe Unna
Zentrum für
Information und Bildung

RINGHOTEL
Katharinen
HOF
Gastfreundschaft aus Tradition · Familie Rieve

WESTFÄLISCHES
LITERATURBÜRO
IN UNNA E.V.

Hellweg-Klassiker

Reinhard Junge / Leo P. Ard
Das Ekel schlägt zurück
ISBN 978-3-89425-010-2

»Die Rezeptur stimmt mal wieder: Tempo, Spannung, der milieusichere Blick in die raue Herzlichkeit des Revier-Genossen-Filzes.« Manfred Breuckmann, WDR

Theo Pointner
Rechts-Außen
ISBN 978-3--89425-214-4

»Fesselnde Dramaturgie, kohlenpöttisches Milieu, tief und prall im Westen – vom Besten.« Rheinische Post

Werner Schmitz
Auf Teufel komm raus
ISBN 978-3-89425-421-6

Schwarze Messen an der Ruhr. Ein Satanist kommt in den Himmel. Reporter Hannes Schreiber wittert den Braten und kommt in Teufels Küche.

Gabriella Wollenhaupt
Grappa und das große Rennen
ISBN 978-3-89425-232-8

»Windige Typen, zwielichtige Politiker und Grappa, die den Überblick und Durchblick behält. Das ist die Story, die begeistert.« Emsdettener Volkszeitung

Jan Zweyer
Tödliches Abseits
ISBN978-3-89425-234-2

»Nach Schalke-Heimspielen werden regelmäßig gegnerische Fans gemeuchelt. Ist da ein Anhänger der Blauweißen völlig durchgeknallt und glaubt, seinen Fußballidolen dadurch helfen zu können, dass er gegnerische Fans in Serie umbringt?«
Rheinische-Lahn-Zeitung

Zu Gast bei ›Mord am Hellweg‹

Matti Rönkä

Bruderland

Aus dem Finnischen von Gabriele Schrey-Vasara
Gebunden mit Schutzumschlag
ISBN 978-3-89425-656-2

PLATZ 1 KRIMIWELT-BESTENLISTE JUNI 2008
PLATZ 1 KRIMIWELT-BESTENLISTE JULI 2008

Mit Viktor Kärppäs ruhigem Leben ist es vorbei, als in Helsinki immer mehr Menschen durch verunreinigtes Heroin sterben. Die finnische Polizei setzt den Privatdetektiv wegen seiner guten Kontakte nach Russland unter Druck: Wer bringt das tödliche Rauschgift nach Finnland? Ist es die Russenmafia? Sind es die Finnen selbst? Oder ist es Viktors Bruder Aleksej, der ausgerechnet jetzt aus St. Petersburg anreist, um sich in Helsinki niederzulassen?

»Das ist so schnörkellos, so exakt und rein, wie derzeit kaum etwas im Kriminalromanuniversum. ›Bruderland‹ ist der beste Krimi des Frühjahrs.« Andreas Ammer, Deutschlandfunk

»Ein bestechender Thriller: brutal und realitätsnah.«
Hendrik Werner, Die Welt

»So begeistert wie Matti Rönkä hat schon lange niemand mehr über die Welt der Schieber, Schmuggler und Schwarzhändler geschrieben. Wer nach diesem Buch immer noch glaubt, dass man sein Geld auch auf ehrliche Art und Weise verdienen kann, dem ist nicht zu helfen. Zeit, sich auf den Weg nach Osten zu machen. Die Finnen sind schon da.« Kolja Mensing, Der Tagesspiegel

»Ein neuer Farbton in der Krimilandschaft.« Sylvia Staude, Frankfurter Rundschau

»Kärppä bewegt sich zwischen den Kulturen Finnlands, der alten Sowjetunion und des neuen Russlands, zwischen den Staaten, zwischen Legalität und Illegalität. Rönkä schreibt Krimis nicht als gemütliche Fiktionsbegrünung der privaten Schallschutzmauern zwischen Leser und unangenehmer Realität, sondern als brausende Ungemütlichkeitseinbrüche, die sehr viel mehr vom neuen Europa der Gier vermitteln als Gipfeltreffenreden der Politiker.«
Thomas Klingenmaier, Stuttgarter Zeitung

Hellweg anno 1923

Jan Zweyer

Franzosenliebchen

ISBN 978-3-89425-605-0

Weimarer Republik, Januar 1923: Im französisch besetzten Ruhrgebiet wird eine junge Frau ermordet. Zwei Soldaten geraten in Verdacht, werden aber vom französischen Militärgericht freigesprochen. In Berlin will man das nicht auf sich beruhen lassen und schickt einen Agenten nach Herne.

»Jan Zweyer – mit seiner Serie um den Herner Rechtsanwalt Rainer Esch bereits ausgewiesener Krimi-Experte – folgt mit dem ›Franzosenliebchen‹ dem Trend zum historischen Krimi. Sein Roman ist ein zeitgeschichtlich gut geschilderter Krimi aus einer fast in Vergessenheit geratenen Phase der Revier-Geschichte. Dazu gibt es viel Lokalkolorit – und das macht die Mischung zum richtigen Lesevergnügen.« Reinhard Jahn, NRZ Feuilleton

»Jan Zweyer ist mit ›Franzosenliebchen‹ ein subtiler, sorgfältig recherchierter Bilderbogen dieser brisanten Zeit gelungen, in der Angst, Misstrauen und Verzweiflung das Leben der Menschen vergiftet haben. Seine Dialoge sind aus dem Leben gegriffen, seine Berichte schnörkellos – ein packendes Buch und der vielversprechende Auftakt zu einer geplanten Goldstein-Trilogie.«
WAZ Westdeutsche Allgemeine Zeitung

»Diese Mischung aus akribischen historischen Beschreibungen und dem krimitypischen Schema ›Whodunnit‹ ist Jan Zweyer außerordentlich gut gelungen.« Recklinghäuser Zeitung

»Krimi-Fans können sich freuen: Zweyer ist ein sicherer Geschichtsdetektiv, die Weimarer Republik als Krimi-Hintergrund ein fast unbearbeitetes Sujet. Da gibt es noch viel zu tun.«
Seite 4 – Literaturbeilage

grafit